소설 속의
그와

소설 밖의
나

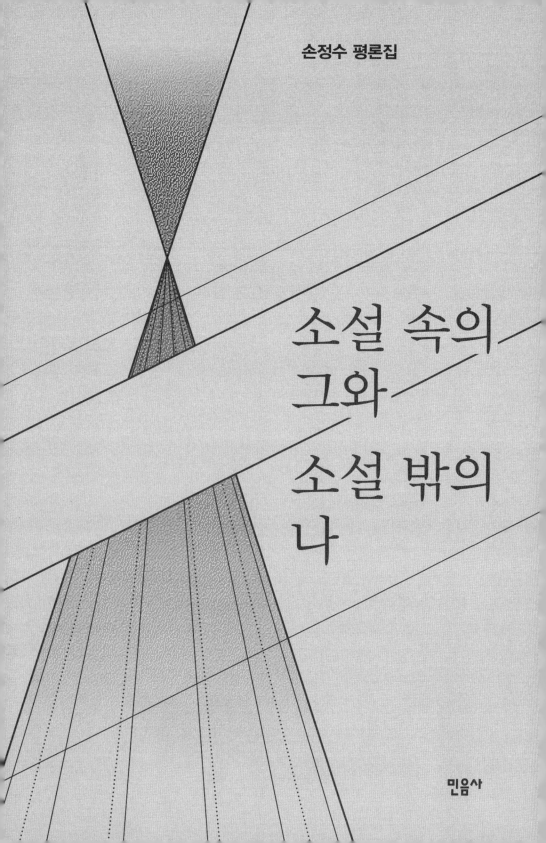

손정수 평론집

소설 속의
그와

소설 밖의
나

민음사

비평 텍스트 속의 나와 그 바깥의 나

소설이라는 장르에 대해 내가 느끼는 매력의 근원에는 텍스트 내부와 외부의 경계에서 발생하는 긴장이 가로놓여 있다. 텍스트 내부의 허구와 그 외부의 현실은 서로 마주보며 동일하지도 그렇다고 아예 다르지도 않은 독특한 관계를 만들어 내고 있기 때문이다. '소설 속의 그와 소설 밖의 나'라는 이 책의 제목이 표상하는 대상 역시 그와 같은 기묘한 닮음의 상태라고 할 수 있다. 그 상태는 논리적인 방식으로 규명할 문제라기보다 언어적 인식을 자꾸만 벗어나는 감각적 인상에 더 가까운 듯한데, 이 문제를 가장 역동적인 방식으로 담고 있는 영역이 작가론이 아닐까 생각한다.

이 책에는 모두 열다섯 편의 작가론이 묶여 있다. 1부에서는 2000년대 한국 소설의 현장에서 활동하고 있는 작가를 대상으로 그들이 개척하고 있는 새로운 소설 영토의 모습을 살폈다. 여기에서 대상이 된 김연수, 염승숙, 김숨, 한강, 편혜영, 김중혁, 배수아, 박민규, 박솔뫼, 백민석, 김솔 등 열한 명의 경우 나 자신이 비평가로서 작품을 매개로 문학적 상황을 공유하며 함께 같은 시간을 지나온 동세대의 작가들이라면, 2부의 대상이 된 김승옥, 최인훈, 이청준, 이문열 등 네 명의 작가들의 작품 세계는 내가 독자로서 먼저 체험한 영역이었다. 그 독서 체험이 비평적 글쓰기의 대상으로 전환되는 과정에는 독자로부터 비평가로 변화한 나 자신의 삶의 과정이 대응되어 있어, 그 글쓰기의 경험은 내게 더 각별했다.

그 대상이 동시대의 작가들이건 아니면 지난 시대의 작가들이건 이 작가론 형식의 글쓰기는 나로 하여금 소설 속 인물들의 삶에 다가가 부분적으로는 그들이 되어야 했던 시간들을 경험하도록 만들었다. 그 글쓰기는 결국 소설 속의 그들과 소설 밖의 내가 서로의 존재를 밝히는 작업이었던 셈이다.

이제 이 열다섯 편의 비평 텍스트들 속의 '나'와 그 바깥에 놓인 현실 속의 내가 이 책을 경계로 마주하고 있다. 시간이 지나 다시 만난 비평 텍스트 속의 '나'들은 나와 닮은 듯하면서도 낯설게 느껴진다.

2016년 6월
손정수

차례

2부 한 시대의 작가들

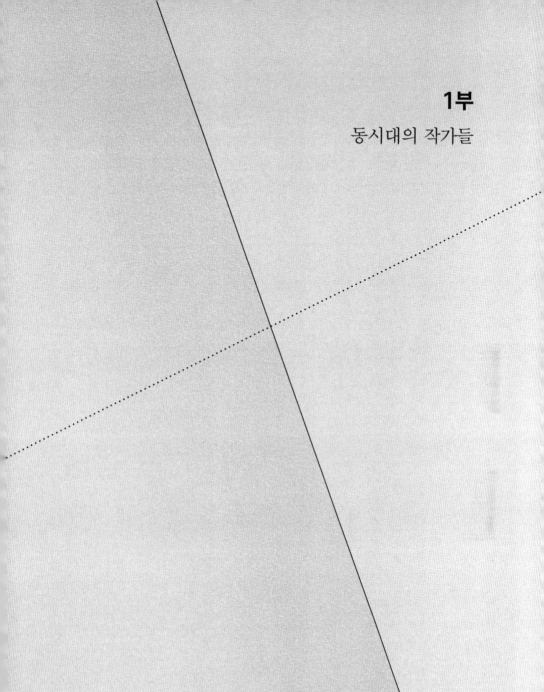

1부

동시대의 작가들

살아남은 자의 운명, 이야기하는 자의 운명
—— 김연수론

> "나 혼자만 살아남아서 그대에게 고하기 위해 찾아왔소."
> 「욥기」 1장 15절.

1 변화(變化), 두 세계 사이에 놓인 단절

김연수의 글들에서 반복하여 나타나는 시간들, 그것을 우리는 그의 소설들이 발생하는 심리적 기원이라고 추측해 볼 수 있을 것인데, 그의 소설을 읽어 온 사람이라면 그것이 바로 1991년 5월이라는 사실을 어렵지 않게 알아차릴 수 있다. 그것은 "재킷에는 *1991년 5월 재현이와 청계천에 가투를 나왔다가, 서연이라고 장난스럽게 적혀 있기까지 했다.*"[1]에서처럼 구체적인 사건이 발생한 시기이기도 하고, "그리고 어느 날 나는 문득 1991년 5월의 어느 날을 떠올렸다. 그때 나는 군대에 있었고 서울에서 전화를 받는 친구는 울먹거리고 있었다."[2]에서 보듯 그 사건과 연루된 사적 기억 속의 시간이기도 하며, "1991년 5월 이전까지만 해도 대

---

1 김연수, 「7번국도」, 문학동네, 1997, 42쪽.
2 김연수, 「썬더버드, 만투스, 바스, 끌로드 샬」, 《문학사상》, 2005년 12월호, 268쪽.

뇌의 언어로 말하던 사람들이 1992년부터 모두 성기의 언어로 떠들어 대기 시작했다."[3]에서와 같이 두 시대가 결정적으로 분기되는 지점이자, 궁극적으로는 "세희가 싫어하는 부분은 재현의 머릿속에 있는 *1991년의 서연의 존재였다.*"[4]에서 확인되듯이 오랫동안 극복되지 않는 무의식의 기호이기도 하다. 그리고 그 시간들은 숫자로 기호화되어 나타난 것보다 훨씬 더 많이 그의 소설들 속에 두루 흩어져 있다. 그것은 마치 수면 아래에 잠겨 있는 빙산의 아랫부분처럼 그 깊숙한 중심에서 그의 소설을 떠받치고 있는 듯 보인다.

그때 과연 무슨 일이 일어났던가. 그해 4월 26일 한 대학 신입생(명지대 강경대)이 시위 도중 백골단의 쇠파이프에 맞아 사망했고, 며칠 후(4월 29일) 전남대생 박승희가 그의 죽음을 잊지 말자는 말을 남기고 분신했다. 그것이 도화선이 되어 5월 1일 안동대 김영균의 분신, 5월 3일 경원대 천세용의 분신이 이어졌다. 어느 시인이 "죽음의 굿판 당장 걷어치워라"라고 목소리를 높여 호소했지만[5] 한번 시작된 그 불꽃 행렬은 쉽게 사그라질 줄 몰랐다. 5월 8일 전민련 전 사회부장 김기설의 분신, 5월 10일 광주 윤용하의 분신, 5월 18일 연세대 철교에서 이정순의 분신, 전남 보성고 김철수의 분신, 광주 운전기사 차태권의 분신, 5월 22일 광주 정상순의 분신 등이 줄을 이었다. 그리고 5월 25일 퇴계로에서 강경 진압 과정 도중 성균관대 학생 김귀정이 질식사하는 사건이 발생했다. 그리고 다시 6월 8일 인천 삼미기공 노동자 이진희의 분신, 6월 15일 인천 공성교통 택시 노동자 석광수의 분신. 불과 두 달도 안 되는 사이에 두 명의 대학생이 시위 도중 진압 과정에서 사망했고 그 사건의 앞뒤로 무려 열

---

3 김연수, 「모두인 동시에 하나인」 1회, 《문학동네》, 2005년 겨울호, 158쪽.

4 김연수, 「7번국도」, 133쪽.

5 김지하, 「젊은 벗들! 역사에서 무엇을 배우는가」, 《조선일보》, 1991년 5월 5일자.

한 명이 분신을 하는 사태가 일어났다.

이 같은 사태는 누구에게도 이성적으로 설명하기 곤란한 것이 아닐 수 없다. 이 곤란함으로부터 벗어나기 위해서는 어떠한 방식으로든 그것에 대해 정리하지 않으면 안 된다. 지젝 식으로 말하자면 그 죽음을 상징화해야 한다. 김지하의 경우처럼 '생명'이라는 초월적 차원을 통해 '젊은 벗들'과는 다른 자리에서 "당신들은 지금 전염을 부채질하고 있다. 열사 호칭과 대규모 장례식으로 연약한 영혼에 대해 끊임없이 죽음을 유혹하는 암시를 보내고 있다. 생명 말살에 환각적 명성을 들씌워 주고 있다." 라고 목소리를 높이는 것 역시 그 죽음을 상징화하는 한 방식이다. 아니면 그에 대해 "왜 본질을 감추는가? 먼저 학생이 쇠파이프로 맞아 죽었다. 그에 대한 항의를 폭력이 막았고, 분노한 저항자가 분신까지 했다면 이는 타살이다."[6]라고 반박하거나 "지하, 당신이 진정으로 생명을 사랑한다면 당신의 그 서슬 퍼런 공격의 언어를 학정에 항거하는 비통한 죽음과 그를 애도하는 양심적인 사람들에게가 아니라 우리의 사회적 생명이 무참히 유린당할 수밖에 없도록 규정하고 있는 지금의 당신 동지들에게 돌려야 합니다."[7]라고 비판하는 것 역시 그 죽음에 대한 상징화의 다른 방식일 것이다. 이런 방식으로 그들은 그 죽음을 상징화하면서 그 당혹스러움을 수습하고 현실로, 그러니까 그 자신의 이데올로기가 놓였던 본래 자리로 되돌아올 수 있었다. 그러나 김연수의 소설 속에서 등장인물들이 그 죽음에 대해 취하는 태도는 그 세대들과 다르다.

영원히 어두워지지 않는 붉은 조명 아래에서 우리는 영원히 건너갈 수

---

6 김형수, 「우리 그것을 배신이라 부르자」, 《한겨레》, 1991년 5월 8일자.
7 방현석, 「김지하에게 보내는 공개서한」, 《말》, 1991년 6월호, 77쪽.

없는 바다를 건너가는 사람들처럼, 혹은 해가 지지 않는 사후의 세계를 떠다니는 중음신의 저주받은 육신처럼 1990년대를 건너가고 있는 것이다. 바뀐 환경에 적응하지 못하고 스스로 불임의 육신이 되어 멸종의 길을 택한 생물체처럼 누구보다도 낯선 제 몸뚱이를 증오하고, 자신의 정체성을 찾기를 거부하고 유령의 모습으로 떠다니는 것이다.[8]

김연수의 초기 소설에서 그 죽음의 행렬은 다양한 이미지들로 변주되면서 반복하여 등장하고 있다. '불길터널'(『뒈져버린 도플갱어』), '영원히 어두워지지 않는 붉은 조명'(『구국의 꽃, 성승경』), 어둡고 습한 '복도' 혹은 '낭하'(『죽지 않는 인간』), '네버랜드 플라잉코스터의 열세 번째 코너인 도살자의 갈고리'(『마지막 롤러코스터』), '7번국도의 희생자들; 리스트(수집순)'(『7번국도』) 등등. 그 죽음을 애도하는 김연수의 방식은 '자신의 정체성을 찾기를 거부하고 유령의 모습으로 떠다니는 것'이다. 그것은 그 죽음으로 인해 떠안은 빚을 상징적인 방식으로 상환하지 않고 대신 몸으로 감당하는 일이다. 그 죽음을 상징화할 수 없기 때문이다. 좀 더 정확히 말하자면 이전 세대의 방식으로는 상징화할 수 없기 때문이다. 그렇기 때문에 그는 그 사건들을 표상하지 않거나 할 수 없는 자리에 스스로를 세우고 있다. 그 죽음과 그에 대한 기억이 '재현'이 아니라 이미지로밖에 제시될 수 없었던 것은 바로 그 때문이다. 그 모호한 상태는 그를 어느 쪽에도 속하지 못하는 불안 속으로 몰아넣었지만, 다른 한편으로는 그가 이전 세대들에 맞서 독자적인 글쓰기를 추구해 나갈 수 있는 고유한 근거를 마련해 주었다.

이전 세대의 방식으로 그 죽음들을 상징화할 수 없지만, 그럼에도 그

---

8 김연수, 「구국의 꽃, 성승경」, 『스무 살』, 문학동네, 2000, 233쪽.

들 역시 그 죽음의 대열과 함께 그 속에 있었기 때문에 그냥 외면하거나 지나칠 수 없다는 사실이 그 세대의 문학적 운명을 결정하고 있다. 그러므로 그들에게 그 죽음에 대한 글쓰기는 가까스로 빠져나온 불길 터널에 대해 이야기하는 것이 아니라 그 속으로 다시 들어가는 것을 의미하는 것이다.

오랫동안 나에게는 잊혀지지 않고 남아 있는 영상이 있다. 어두운 곳이다. 한 번도 빛이 들어간 적이 없는 심실(心室)처럼 어두운 곳이다. 그 어두운 곳은 숨을 쉬듯이 천천히 오르락내리락 움직이고 있다. 손을 들어 그 어둠을 만져보면 쉽게 알 수 있는 일이다. 규칙적으로 말랑말랑한 뭔가가 움직이는 것이 느껴진다. 바로 누군가가 그 어둠 속에서 흐느끼는 소리이다.[9]

「죽지 않는 인간」 연작에서 이 흐느낌 소리는 지하 어디에서 들려오는 누군가의 울음소리로, 문을 잠그고 나온 방에서 흘러나오는 전화벨 소리로 변주되면서 반복하여 등장한다. 브레히트의 잘 알려진 시 「살아남의 자의 슬픔」에 나오는 "그러나 지난밤 꿈속에서 이 친구들이 나에 대하여 이야기하는 소리가 들려왔다."는 대목에서 보듯, 어둠 저편에서 들려오는 소리는 살아남은 자들의 무의식에게 각인된 일종의 원환상이다. 그 소리가 들리지 않는 사람들은 1990년대라는 새로운 세계 속으로 거침없이 달려갈 수 있을 것이나 죽은 자들이 보내는 '사인(sign)'을 받은 자들은 그 환상에 시달리며 그 자리에 붙들려 있을 수밖에 없다. 그 죽음을 상징화하는 경우 그것이 이데올로기화되는 것을 피할 수 없다. 앞 세대들 간의 공방에서 그것이 확연하게 드러났다. 그러나 그렇다고

---

9 김연수, 「죽지 않는 인간 — 기억의 어두운 방」, 『스무 살』, 191쪽.

상징화하지 않을 수도 없다. 그럴 경우 그 죽음에 대해 아무것도 하지 못하게 되어 버리기 때문이다. 이 근본적인 역설의 지점에서 김연수의 소설은 출발한다. 재현의 방식을 벗어나 그 죽음을 표상하되 그 표상들이 현실 속에 근거를 갖고 있다는 것을 동시에 말하지 않으면 안 된다. 김연수 첫 소설의 제목 '가면을 가리키며 걷기'는 바로 그러한 역설을 드러내고 있다.

2 변장(變裝), 살아남은 자를 위한 가면

『가면을 가리키며 걷기』(1994)의 주인공인 최민식과 송찬명은 김연수의 세대가 놓인 자리를 인격화하여 보여 주고 있다. 그들의 한쪽에는 일본의 신풍파와 연결된 '알려지지 않은 제너럴 박'과 신 고문 일당, 그러니까 전통적 전체주의 세력이 있고, 다른 쪽에는 '가칭파'라는 새로운 경향의 전체주의 세력이 있다. 이 두 세력 사이의 다툼에 두 청년이 휘말리게 되는 전말이 소설의 내용을 이루고 있는데, 소설 전체를 관통하고 있는 문제의식은 다음 두 가지로 정리된다. "그 하나는 한 사람의 의식에서 다른 사람의 의식으로 전염되는 듯한 모습을 보이는 사회의 중심 여론의 허구성을 밝히는 것이며 다른 하나는 작가로서 허구의 세계와 현실의 세계에 대한 관계의 모색"[10]이다. 이후 알튀세르나 지젝이라면 이데올로기라는 개념으로 분석했을 법한 '사회의 중심 여론의 허구성'의 문제를 김연수는 '바이러스'라는 알레고리적 차원에서 허구화하고 있으며, 또 하나의 주제인 '허구의 세계와 현실의 세계에 대한 관계의 모색' 역시 이

---

10 김연수, 『가면을 가리키며 걷기』, 세계사, 1994, 336쪽.

소설에서는 '허구를 반영하는 현실 이론'이라는 가칭파의 전략으로 알레고리화되어 있다.

이 알레고리의 가면은 허술한 편이어서 그것이 가리고 있는 얼굴이 거의 그대로 드러나 있다. 게다가 이야기 중간에는 작가의 친구이자 '정신적인 검열자'인 서원기의 편지와 그에 대한 작가의 변명이 삽입되어 있는가 하면, 마지막 부분에는 세 명의 등장인물(최민식, 송찬명, 이지산 등)과 작가(김연수), 그리고 서원기가 함께 참여한 좌담이 첨부되어 있기까지 하다. '편지'가 작가의 글쓰기 의식을 대타화하여 인격화한 것이라면, '변명'은 작가의 글쓰기 의식을 고스란히 육성으로 드러내고 있으며, '좌담'은 그 둘을 맞세움으로써 그 의식을 상대화하는 한편 첨예하게 만들고 있다. 그러하기에 텍스트의 내부와 외부를 동시에 담아내려는 형식적 실험이라고 할 수 있을 이 가면은 얼굴을 가리는 것이 아니라 그것을 그대로, 심지어 특정 부분을 더 크고 선명하게 보여 주고 있다. 하지만 이 특이한 가면을 씀으로써, 그리고 자신이 가면을 쓰고 있다는 사실을 명확하게 인식함으로써 김연수는 시대정신이라고 하는 집단적인 가면을 거부할 수 있는 근거를 얻고 있었던 것이다.

『가면을 가리키며 걷기』가 새로운 방식으로 재편되고 있는 세계에 대한 알레고리 방식의 분석이라고 할 수 있다면, 그 분석의 시선이 주체의 내부로 옮겨진 지점에 『7번국도』(1997)와 『스무 살』(2000)이 놓인다. 이 소설들 역시 세계의 변화에 따른 분열과 변전의 운명을 다른 형식으로 표현한 것인데, 거기에서 우리는 시대의 어둠으로 인해 얼룩진 젊음의 비애를 엿볼 수 있다. 이 젊음의 비애 역시 투명하게 재현되는 방식과는 거리가 멀다. 여기에서도 자신이 눈으로 본 것조차 믿을 수 없게 만드는 근본적인 회의가 그 아래에서 작동하고 있기 때문이다.

돌아보자면 시간이란 비선형적인 어떤 것처럼 보인다. 촌충처럼 단절된 시간이 내 머릿속 어딘가를 헤매고 있기 때문에 나는 늘 아픈 것이다. 뚝뚝, 피가 떨어지듯이 기억은 분절적으로 떠오르고 마치 사진을 찍은 것처럼 장면들만 연속적으로 기억나는 것이다.[11]

'장면들'(이것은 시뮬라크르가 아닐 것인가.)을 '선형적 시간'의 형식으로 통합할 수 있는 이념에 대한 믿음이 결여되어 있기에 그 '장면들'은 뿔뿔이 산재해 있다. 고통은 이처럼 상징적인 애도를 수행하지 못하고 있다는 사실에 기인한다. 그럼에도 그 고통을 앓으면서 애도를 유예하는 방식을 통해서만 외부의 이데올로기에 흡수되지 않는 '나'의 고유함은 보존될 수 있다.

김연수의 소설에서 '장면들'이 변증법에 의해 개념으로 지양되지 못하고 시뮬라크르의 차원을 반복하고 있다는 사실은 그의 초기 소설들에 나타나는 특이한 명명(appellation)의 방식을 통해서도 확인할 수 있다. 재진(「스무 살」), 재민(「구국의 꽃, 성승경」), 재서(「죽지 않는 인간」, 「단풍 · 바라본다 · 불꽃」, 《문학사상》, 2000년 8월호), 재식(「르네 마그리트, 〈빛의 제국〉, 1954」), 재인(「마지막 롤러코스터」), 재현(『7번국도』), 재성(「스케이트」, 《현대문학》, 1998년 10월호), 재구(「깐깐오월」, 《현대문학》, 1999년 10월호) 등 김연수의 초기 소설에서 인물들은 '가족 유사성'이라고 할 수 있을 만한 관계를 이루고 있는데, 이는 심리적인 차원에서 이 소설들이 공유하고 있는 층위가 존재한다는 것을 암시해 주고 있다. 승진(「구국의 꽃, 성승경」), 승민(「뒈저버린 도플갱어」) 혹은 서영(「구국의 꽃, 성승경」), 서연(「죽지 않는 인간」, 『7번국도』) 등의 관계도 같은 맥락에서 설명될 수 있다. 이 같은 상호텍스트성의 양상은 '발

---

11 김연수, 『7번국도』, 107쪽.

생 텍스트'의 존재를 말해 주는 것인바, 그것은 그 텍스트들이 궁극적으로 현실적 시공간으로부터 발원한 것임을 비재현적인 방식으로 알려 주고 있다.

『가면을 가리키며 걷기』의 그것에 비해 좀 더 세련되게 다듬어진 가면이 이 시기 김연수 소설에 씌어져 있다.『스무 살』의 가면이 보르헤스를 참조하는 과정을 통해 마련되었다면,『7번국도』의 그것에는 리차드 브라우티건의『미국에서의 송어낚시』(1967)가 그 제작의 근거로 놓여 있다. 이 새로운 가면(방법론)을 갖춤으로써 김연수의 소설은 이전에 비해 보다 안정된 국면으로 접어들게 된다.

『스무 살』에 실려 있는 소설 가운데 특히「공야장 도서관 음모 사건」, 「죽지 않는 인간」,「마지막 롤러코스터」등에 보르헤스의 영향이 뚜렷한데,「공야장 도서관 음모 사건」에서의 선풍기 수집이나「마지막 롤러코스터」에서의 롤러코스터 타기, 그리고「죽지 않는 인간」에서의 글쓰기 등의 알레고리는 현실을 향한 것이기도 하지만 동시에 글쓰기 자신을 지시하는 것이기도 하다. 그것들은 본질적으로 허구와 실재의 관계 문제를 내포하고 있기 때문이다. 이렇듯『가면을 가리키며 걷기』에서의 문제의식은 새로운 방식으로 계승되고 있으며, 그것은 다시 이후『꾿빠이, 이상』(2001)으로 이어진다. 그런데『스무 살』에 실린 소설들에서 보르헤스를 참조하는 방식은 앞서『가면을 가리키며 걷기』의 경우와 다소 차이가 있다.『가면을 가리키며 걷기』의 알레고리가 보르헤스의 영향을 주제의 차원에서 간접적으로 도입하고 있는 것에 반해, 이 소설들은 보르헤스의 영향을 의식적으로 텍스트의 표면에 드러내고 있기 때문이다.

참조 항목들이 '덧붙이는 말'의 형식으로 붙어 있는『7번국도』는 그 생산 과정을 더욱 직접적으로 드러내고 있다. 그뿐만 아니라 이 소설의 마지막 부분에 작가가 "아주 어린 시절에 브라우티건의『미국에서의 송

어낚시』를 읽고 난 뒤, 브라우티건이 그 소설의 마지막을 *마요네즈*로 끝을 낸 것처럼 나도 *짜장면*으로 끝이 나는 소설을 꼭! 쓰고 싶었다."[12]라고 적은 대목에서는 텍스트의 발생 근거를 직접적으로 확인할 수 있기도 하다. 이처럼 이 시기의 김연수 소설에는 참조항이 뚜렷할 때 그것에 의해 대타화되는 작가 고유의 영역이 발생한다는 역설에 대한 인식이 자각적으로 드러나 있다.

「르네 마그리트, 〈빛의 제국〉, 1954」에서의 그림, 「뒈져버린 도플갱어」에서의 사진, 「구국의 꽃, 성승경」의 영화 역시 궁극적으로는 글쓰기에 대한 은유라고 할 수 있는데, 그것들은 모두 재현에 대한 회의를 드러내기 위한 방법적 장치들이기 때문이다. 그와 더불어 그 매체들은 푸코의 『이것은 파이프가 아니다』(1968)나 롤랑 바르트의 『밝은 방』(1980) 등의 방법론을 도입하는 매개로 기능하고 있다. 이 방법론으로 말미암아 재현에 대한 회의는 근거를 마련하고 재현되지 못한 이미지는 형식을 갖출 수 있게 된 것이다. 그에 반해 「우리 집, 불타는 모습」(《문학사상》, 1995년 11월호), 「사랑이여, 영원하라!」(《문예중앙》, 1996년 여름호) 등에서처럼 가면이 없이 삶의 장면이 그대로 재현될 때, 적어도 초기의 김연수 소설에서는 문제의식의 표현이 오히려 부자연스럽게 되는 경향이 있다. 「스케이트」, 「달의 다른 얼굴」(《소설과 사상》, 1997년 겨울호), 「깐깐오월」 역시 마찬가지이다. 가면 없이 춤출 수 있게 되기까지 김연수에게는 아직 시간과 훈련이 더 필요했다. 이 계열이 발전해서 『내가 아직 아이였을 때』(2002)의 세계로 자라나기까지, 『7번국도』가 『사랑이라니, 선영아』(2003)로 변전하기까지 말이다. 그런 의미에서 『스무 살』과 『7번국도』에서 참조의 텍스트를 직접적으로 노출시켰던 것은 눈앞의 죽음을 상징화할 수 없음

---

12 같은 책, 208쪽.

에도 불구하고 상징화해야만 하는 역설을 해결하기 위한, 그 단계에서 취할 수 있었던 고육지책의 방식이었다고 할 수 있다.

3 변주(變奏), 하나의 노래를 다르게 부르기

어떤 잊힌 죽음과 그것을 상징화하는 과정을 목격하면서 실재와 그 재현에 대한 믿음을 잃어버린 자가 텍스트주의자 혹은 수사학자가 되는 것은 자연스럽다. 이번에는 텍스트주의자의 얼굴을 감추기 위해 오히려 맨얼굴과 유사한 가면을 쓸 필요가 있었다. 그리하여 『꾿빠이, 이상』, 『내가 아직 아이였을 때』, 『사랑이라니, 선영아』 등에서는 참조의 텍스트들이 서사에서는 감추어진 채 다만 구조로서만, 그러니까 이야기의 틀로서만 잠재되어 있다.

이 무렵 김연수의 고민은 서술하는 '나'를 객관화하는 문제에 집중되어 있다. 『내가 아직 아이였을 때』의 '작가의 말'에서 김연수는 이렇게 적고 있다. "지금은 폐선이 된 가은선에 기차가 몇 시간마다 다녔는지 알아내는 일도, 공중보건의 제도가 어떻게 운영됐는지 따져 보는 일도, 하현달이 뜨기 전 산길이 과연 사람의 눈에 보이는지 확인하는 일도 모두 내가 해야 할 일들이었다. 1980년대 부분일식이 언제 일어났는지, 멧돼지를 잡는 사냥개들은 어떻게 행동하는지, 내가 확인해야만 하는 일은 한두 가지가 아니었다. 이야기를 소설로 만드는 일은 그다음의 문제였다."[13]라고. 이는 감각을 표현하는 것이 아니라 근거를 수집하고 그 것을 소설로 제작하는 방식에 더 가깝다. 그것을 김연수는 "객관적 현

---

13 김연수, 『내가 아직 아이였을 때』 '작가의 말', 문학동네, 2002, 285쪽.

실은 어디에도 존재하지 않으므로 주관적인 내 몸뚱어리의 경험을 무한히 세계의 지평까지 확장시키려는 욕망"[14]이라고 표현하고 있다. 이지점에서 김연수의 소설은 한 번 더 변화한다. 다시 한 번 그의 말을 빌리자면, 그 새로운 방향은 "희망을 감각에 의한 단절이 아니라, 참조에 의한 소통에서 찾는" 것이며 "감각보다는 이성에 가까울 것이며 직관보다는 실증에 가까울 터"[15]이다. 『꾿빠이, 이상』, 『내가 아직 아이였을 때』, 『사랑이라니, 선영아』 등은 이와 같은 객관화에 대한 요구에 근거하여 쓰였다는 점에서 이전 소설들과는 다른 김연수 소설의 새로운 국면을 보여 준다.

이 객관화를 위한 실험은 우선 『꾿빠이, 이상』에서부터 비롯된다. 오빠의 데스마스크에 대해 증언하는 이상의 동생 김옥희의 회상에 근거한 상상력이 『꾿빠이, 이상』을 성립시켰다고 작가 스스로 술회하고 있거니와,[16] 텍스트의 빈틈에서 새로운 텍스트의 성립 근거를 발견하는 이와 같은 방식의 글쓰기가 1990년대의 고백록으로부터 벗어나기 위한 모색의 과정에서 유력한 방법으로 등장한 바 있었다. 『꾿빠이, 이상』은 김영하의 『아랑은 왜』(2001), 김경욱의 『황금사과』(2002) 등과 함께 그 대표적인 사례였다.

이 소설은 이상의 작품을 비롯해 이상과 관련된 많은 자료와 문헌이 아니었다면 태어나기 힘들었을 것이다. 또한 줄리언 반스의 『플로베르의 앵무새』(1984)도 발상에 참고가 되었으리라 짐작된다. 김연수가 이 책을 여러 자리에서 언급하고 있기에 '플로베르의 박제 앵무새'와 '이상의 데스마스크'의 상관관계를 추측해 볼 수 있다. 그는 21세기의 새로운 고

---

14 김연수, 「소수의 문학성이지 감각이 아니다」, 《작가세계》, 1999년 봄호, 302쪽.
15 같은 글, 306쪽.
16 김연수, 「꾿빠이, 이상」 '작가의 말', 문학동네, 2001, 276쪽.

전으로 이 책을 소개한 바도 있고(《동아일보》, 2005년 9월 16일자) 스무 살이 되기 전에 꼭 읽어야 할 책으로 꼽은 바도 있다(「문학의 미래, 문학의 과거」, 『스무 살이 되기 전에 꼭 읽어야 할 책』, 하늘연못, 2003).

그러나 방법론에 의거한 글쓰기라고 해서 작가 고유의 영역이 없다는 것은 결코 아니다. 그것은 선행 텍스트에 빚진 그 부분이 없었다면 이 새로운 영역도 없을 만큼 그 부분이 새 텍스트의 생산과정에 결정적인 몫을 하고 있었다는 의미이다. 말할 것도 없이 선행 텍스트에 빚진 부분보다 그에 의거하여 생산해 낸 새로운 영역이 훨씬 더 넓다. 『꾿빠이, 이상』의 한 부분인 다음의 문장들에 투영된 욕망은 그 누구의 것도 아닌 글을 쓰고 있는 김연수 자신의 것이다.

> 김해경은 자신의 삶을 판돈으로 걸고 확률이 불분명한 도박판에 뛰어들었다. 작품이 아니라 삶을 판돈으로 걸었다는 점이 중요하다. 불멸의 작가 이상이 그의 기댓값이었다. (……) 하지만 불멸의 문학이란, 위대한 작가란 그만큼이나 무한한 것일까? 그 끝없음을 믿을 수 있을 만큼 대단한 것일까? 논리와 열정과 진위의 문제가 아니라면, 영원한 문학작품이란 도대체 무엇인가? 그것은 자신의 삶을 판돈으로 내걸 수 있는 의지의 문제일까, 아니면 제멋대로 굴러가는 운명이라는 주사위의 문제일까?[17]

이 순간 김연수는 자신의 글쓰기의 욕망에 대해 이야기하고 있으며, 또 그것에 대해 회의하고 있다. 다만 그의 욕망이 아직은 초라한 자신의 삶에는 잘 담아지지 않기에 이상이라는 더 큰 그릇을 필요로 하고 있었을 따름이다. 그것은 객관화의 시도로 인해 초래된 딜레마였다. 자기가

---

17 같은 책, 84~85쪽.

드러날 경우 주관적인 세계에 함몰되고 그것이 객관화되고 나면 자기가 사라져 버리는 딜레마. 그것은 주관도 객관도 아닌 어정쩡한 상태일 수밖에 없다.

『내가 아직 아이였을 때』는 표면상 유년 시절의 사적인 기억의 세계를 펼쳐 보이고 있어 문학사와 그로부터 파생된 세계를 대상으로 한 『꾿빠이, 이상』의 시선과 대비를 이루고 있다. 『꾿빠이, 이상』의 시선이 외부에서 출발한 것에 반해 『내가 아직 아이였을 때』는 내부의 기원에서 출발하고 있는 셈이다. 『내가 아직 아이였을 때』가 김천시 평화동 80번지 일대의 공간에서 펼쳐지는 연대기의 성격을 띠고 있다는 것이 그 사실을 말해 주고 있다. 앞서 말했듯이 『스무 살』에 수록되지 않은 단편들이 이 새로운 세계를 예비하고 있었다. 평화동 80번지라는 지명이 그대로 드러나 있는 「달의 다른 얼굴」, 「스케이트」, 「깐깐오월」 등은 물론이거니와, 남경반점을 배경으로 한 「우리 집, 불타는 모습」이나 「사랑이여, 영원하라!」, 「단풍 · 바라본다 · 불꽃」 등도 크게 보면 이 범주에 넣을 수 있다. 이 소설들은 전체적으로 1980년 광주에서 발생한 사건에 대한 의식을 담고 있는데, 그와 같은 의식을 소설적으로 형상화할 때 문제가 되는 것은 공적 역사와 한 개인의 사적 역사 사이의 균형을 확보하는 일이다. 그것이 제대로 조절되지 않을 때 공적 역사가 개인의 사적 역사에서 빠져나가거나, 아니면 공적 역사가 개인의 사적 역사를 규정하는 일들이 일어나게 된다. 「사랑이여, 영원하라!」나 「달의 다른 얼굴」의 경우 광주의 사건이 지나치게 간접화되어 공적 역사가 사적 역사 속에 함몰되어 있다고 말할 수 있다면, 「깐깐오월」에서는 반대로 그것이 너무 전경화되어 있다. 그럼에도 이 소설들은 김연수 소설의 새로운 방향 전환을 이미 예고하고 있었다. 이 새로운 방향 전환의 결과가 『내가 아직 아이였을 때』라는, 김연수의 이전 소설과는 사뭇 다른 물건으로 보이는 유년기의 성장담이었다. 작가가 '연필로 썼다'는 소설이 들어 있다 보니[18] 그 단절은 더욱 커 보이게 됐지만, 사실 그 과정의 역사는 상당히 멀리 거슬러 올라가는 것이었다.

『내가 아직 아이였을 때』가 연대기라고 했거니와 이 연대기는 매우 특징적이다. 무엇보다 그것이 한 개인의 연대기로 구성되어 있지 않다는 점 때문에 그렇다. 물론 이 소설들을 시간적 순서대로 배열해 볼 수는 있다. 그러면 그 시간대가 막연한 「하늘의 끝, 땅의 귀퉁이」로부터 이른바 '소문의 시대'인 「똥개는 안 올지도 모른다」를 거쳐 1980년을 전후한 「호모 사피엔스 사피엔스」와 「그 상처가 칼날의 생김새를 닮듯」에 이르는 순서의 배열이 마련될 수 있다. 여기에 1984년을 배경으로 하고 있는 「비에도 지지 말고 바람에도 지지 말고」, 1987년을 전후로 한 「첫사랑」, 「리기다소나무 숲에 갔다가」가 차례로 그 뒤를 잇고, 방위병이 주요 인물로 등장하는 「노란 연등 높이 내걸고」가 마지막에 놓일 것이다. 하지만 이 소설들의 시점은 하나의 '나'로부터 현상된 것이라고 보기 어렵다. 1인칭과 3인칭이 교차하고 있고 남성 화자와 여성 화자가 섞여 있다. 그 점에서 보면 『내가 아직 아이였을 때』의 연대기는 제임스 조이스의 『더블린 사람들』(1914)의 방식을 떠올리게 한다. 두 소설은 여러 시점을 불연속적으로 병치시키는 방식을 취하고 있다는 점에서도 일치하지만, 그 불연속적으로 병치된 시점들이 하나의 공간을 둘러싸고 펼쳐지는 역사의 여러 겹의 주름에 대응되고 있다는 점에서도 공통되는 특징을 나눠 갖고 있다.

여러 시점이 불연속으로 병치된 연대기 형식을 취하고 있다는 점뿐만 아니라, 개인의 사적 기억을 규정하고 있는 공동체의 이데올로기를

---

18 김연수, 「뉴욕 제과점」, 『내가 아직 아이였을 때』, 69쪽.

드러내는 방식에서도 두 소설은 유사점을 보유하고 있다. 『내가 아직 아이였을 때』에서 집단적인 이데올로기는 담벼락에 붙은 쥐잡기 포스터나 아이들이 수집하는 우표처럼 일상 속의 수사적 경계선 위에 기입되어 있다. "14는 국군이 인민군을 쏘아 죽이는 그림이었다. 성환이는 고속도로를 타고 단숨에 66까지 올라갔다."[19]에서 보는 것처럼 아이들이 하는 뱀 주사위 놀이에도, 아니 그런 곳일수록 더욱 선명하게 이데올로기의 낙인이 찍혀 있다.

이사한 뒤로 우리는 어느 때든 표준어로 얘기했다. 아버지의 명령이었다. 허벌나게 먹어쌓네, 라고도 그케 마이 묵나, 라고도 말하지 않았다. 그저, 많이도 먹네, 라고 또박또박 끊어서 말했다. 가끔 저도 모르게 아까맨치로, 라든가 긍가 안 긍가, 따위의 말을 내뱉을 때도 있었다. 그럴 때면 우리 자매는 저희끼리 입을 툭 쳤다. 손바닥으로 언니 입을 치거나 언니가 내 입을 치고 나면 배시시 웃음이 나오고 그 끝에 아련한 슬픔이 맴돌았다. 왜 그런 생각이 들었는지 모르겠다. 우리는 꼭 뿌리 뽑힌 강아지풀 같았다.[20]

『더블린 사람들』 가운데 하나인 「애러비」의 한 장면이 그랬듯, 위의 인용 부분에서는 언어의 내용이 아닌 형식에 각인되어 있는 이데올로기의 차원이 섬세하게 부조되어 있다. 이렇게 본다면 『내가 아직 아이였을 때』는 '김천 사람들'인 셈이다. 그리고 보니 "마비는 곧 죽음이라고 말했던 *더블린 사람들*의 얘기가 생각이 납니다."[21]라고 작가가 적었던 것이 생각이 난다. 『더블린 사람들』이 '마비'에 대한 이야기라면 '김천 사람

19 김연수, 「똥개는 안 올지도 모른다」, 『내가 아직 아이였을 때』, 138쪽.
20 김연수, 「그 상처가 칼날의 생김새를 닮듯」, 『내가 아직 아이였을 때』, 50~51쪽.
21 김연수, 「7번국도」, 206쪽.

들'은 무엇에 대한 이야기일까. 김연수는 '김천 사람들'의 마비의 속성뿐만 아니라 그들의 소박하고 건강한 삶의 의지를 동시에 조명한다. 『더블린 사람들』과 비교하면 이 점은 『내가 아직 아이였을 때』의 특징이자 한계라고 할 수 있을 듯하다.

이처럼 김연수는 『꾿빠이, 이상』과 『내가 아직 아이였을 때』에서 각각 역사담과 성장담을 자기의 방식으로 변주하는 수사학자의 면모를 보여 주고 있다. 이 수사학적 실천을 통해 그는 객관적인 이야기를 만드는 훈련을 수행하는 한편, 그와 더불어 작가로서, 혹은 한 사람의 인간으로서 자신의 정체성을 탐구해 나가고 있었다.

여기에 『사랑이라니, 선영아』를 추가할 수 있다. 역사담, 성장담이 놓였던 곳에 이제 연애담이 자리한다. 『꾿빠이, 이상』이 작가로서의 정체성 문제에 대한 탐색과 연관되어 있고, 『내가 아직 아이였을 때』가 1970년 지방 소도시 김천에서 태어나고 자란 한 인간의 정체성을 되돌아보는 의식의 소산이라면, 『사랑이라니, 선영아』는 80년대 후반에 대학 생활을 경험한 연배의 세대적 정체성을 대담하게 표현하는 또 다른 시도의 결과라고 말할 수 있다.

89학번 영문과 동기생 진우, 선영, 광수 세 사람이 서로 부부, 친구, 연인으로 얽혀 있는 이 이야기는 어떤 텍스트에 견주어 이야기해 볼 수 있을까. 줄리언 반스의 『내 말 좀 들어봐』(1991) 정도면 어떨까. 『내 말 좀 들어봐』에도 30대 초반의 두 남성과 한 명의 여성이 등장한다. 올리버와 스튜어트, 그리고 질리언이 그들이다. 올리버는 친구 스튜어트의 아내 질리언에게 반해서 그녀에게 사랑을 고백하고, 결국 질리언은 스튜어트와 이혼하고 올리버와 결혼하지만, 그럼에도 스튜어트는 여전히 질리언 곁을 떠나지 못한다. 『내 말 좀 들어봐』는 이 같은 삼각관계의 상황에서 펼쳐지는 사건들을 세 사람을 중심으로 한 등장인물들이 교차하며 진술하는 형식을 취하고 있다. 『사랑이라니, 선영아』는 서술자가 이야기 전체를 직접 서술하고 있다는 점에서는 『내 말 좀 들어봐』와 차이가 나지만, 인물들의 관계가 이루는 구도에서는 흡사한 면이 있다. 물론 『사랑이라니, 선영아』는 세 사람의 삼각관계에 대한 이야기와는 별도의 영역을 갖고 있다. 삼각관계의 당사자들을 포함한 89학번 동기들의 대화를 통해 2000년대 초반의 상황을 살아가고 있는 89학번 세대들의 현실 감각의 폭을 보여 주는 작업이 그것인데, 그 점에서 보면 『사랑이라니, 선영아』는 가벼운 서사 안에 제법 무거운 주제를 자연스럽게 담아내고 있으며 그것은 이 소설의 독자성을 입증하는 근거라고 할 수 있다.

말할 것도 없이 더 강조되어야 하는 것은 김연수 소설의 밑그림이 다른 소설들에서 찾아진다는 것이 아니라, 이 시기를 통과하면서 김연수에게 자신의 스타일이라고 할 만한 것이 비로소 마련되었다는 사실이다. 물론 이 지점까지도 김연수의 소설적 상상력의 주된 근원은 텍스트라고 할 수 있지만 『스무 살』이나 『7번국도』에서와는 달리 이제 그 밑그림들은 서사 속으로 사라져서 거의 보이지 않는다. 마치 "몇 번의 변주를 거치는 동안, 애초의 주제 프레이즈는 그 흔적도 찾아볼 수 없는 만큼 변형"[22]된 연주처럼 말이다. 이 지점에서 김연수는 맨얼굴과 구분되지 않는, 그것을 뜯어내면 얼굴까지 지워져 버리는 가면을 쓰고 있는 것이다.

『꾿빠이, 이상』, 『내가 아직 아이였을 때』, 『사랑이라니, 선영아』 등의 작품은 김연수의 개성이 잘 드러난 것들이지만 그럼에도 그것들이 선행 텍스트들의 영향으로부터 완전히 벗어났다고 보기는 어렵다. 특정 텍스트와의 관계 때문에 그런 것이 아니다. 이 시기의 그가 어떤 것을 썼더라도 그에 대응되는 선행 텍스트들이 있었을 것이다. 이러한 상황은 객관

---

22 김연수, 『꾿빠이, 이상』, 212쪽.

적인 이야기를 만드는 과정에서 그가 통과하지 않으면 안 되었던 국면이라고 할 수 있을 것이다. 그가 자신의 이야기를 객관화하는 만큼 외부의 이야기를 자신의 이야기의 일부로 받아들이는 과정은 불가피한 것이기 때문이다. 그와 더불어 이러한 사태는 엄밀하게 말하자면 그의 한계라기보다는 그가 속한 글쓰기 리그의 한계에서 비롯된 것이라고 해야 할 것이다. 이 소설들의 방법론은 보편적인 것이지만 그것은 한국의 천재 시인, 1970~1980년대 한국의 지방 소도시, 1989년에 대학에 입학한 세대 등 한국적 특수성에 입각한 대상에 적용되고 있다. 아마도 이와 같은 국면은 우리 소설이 외부와 소통 가능한 형식을 갖추어 나가는 과정에서 거치지 않을 수 없는 단계일 것이다. 그것은 한국적 특수성에 한정된 이야기로부터 보편성을 구현하고 있는 이야기로 나아가는 과도기적 양상으로 볼 수 있다. 그리고 분명한 것은 그가 이 과정에서 익힌 실력으로 이제 한 단계 더 높은 차원의 리그에 도전할 수 있게 되었다는 점이다. 그가 자주 떠올렸던 '변형'이라는 용어는 이처럼 현재에 잠재되어 있는 미래를 이야기하기 위한 개념이었다.

변형, 원래의 형질이 바뀐다는 것. 물이 얼음으로 바뀐다는 것, 알이 더이상 새를 품지 못한다는 것, 아이가 아버지가 된다는 것, 성천의 녹음이 진보초의 어둠이 된다는 것, 공포에 질려 얼굴이 하얀 아이 김해경이 박제가 되어버린 천재 이상으로 바뀐다는 것.[23]

그리고 마침내 그가 선행 텍스트의 사다리를 걷어차고 자신의 고유한 이야기의 세계 속으로 한 발 내딛기 시작한다는 것.

---

23 같은 책, 147쪽.

4 변태(變態), 번데기 속에 숨어 있던 날개

　이로써 그는 방법론으로 글을 썼던 시기를 마침내 통과했다. 그러나 그렇다고 그가 써야 할 대상이 달라진 것은 아니었다. 여전히 그에게 소설은 해명되지 않는 어둠을 드러내는 작업을 의미하는 것이었다. 다만 드러내는 방식이 달라졌다. 그 어둠에 서투르게 알레고리로 접근하려 했던 단계가 그의 초기 소설의 세계였다면, 그다음 단계에서 그는 그것을 다른 선행 텍스트들에 의거하여 간접적으로 표현하는 방식을 취하면서 조금 더 객관적인 상태에 도달한 바 있다. 그리고 마침내 자신의 몸으로 그 어둠을 마주하는 단계에 이르게 된다. 그런 의미에서 「다시 한 달을 가서 설산을 넘으면」에 인용된 릴케의 "결국 우리에게 필요한 것은 용기다. 아주 기이하고도 독특하고 불가해한 것들을 마주할 용기"라는 문장은 이 새로운 국면을 향한 그의 의지를 돌려 말해 주는 것이기도 하다. 그러니 그 소설의 인물의 입을 빌려 그가 "더 이상 나아갈 수 없는 곳에서 조금 더 밀고 나가는 일에 대해서 그가 관심을 두는 건 당연한 일이었는지도 모른다."[24]라고 적었던 것은 당연한 일이었는지도 모른다.

　어둠을 마주하는 방법의 변화는 사실 그 어둠의 성격 변화와 나란히 이루어진 것이라고 보아야 한다. 이제 그 어둠은 한 개인의 기억 속에 유폐된 주관적인 세계가 아니라 소설이라는 장르가 추구하는 객관적 문제의 차원으로 변환되기에 이른다. 「다시 한 달을 가서 설산을 넘으면」이 1991년 5월이 아니라 1986년 5월을 배경으로 삼고 있는 이유도 그와 관련된다. 여자친구가 한강에 투신하면서 남긴 것은 너무도 간단한 내용의 유서와 죽기 며칠 전 반납한 『왕오천축국전』의 도서대출카드에 적힌 그

24　김연수, 「다시 한 달을 가서 설산을 넘으면」, 『나는 유령작가입니다』, 창비, 2005, 112쪽.

녀의 이름뿐이다. 유서는 너무 간단했기에 오히려 거대한 틈을 드러내고 있고 『왕오천축국전』 역시 원문이 사라진 탓에 빈칸들은 추측을 부추기고 있다. '그'의 소설 쓰기는 여자친구의 죽음으로 그가 마주하게 된 이 막막한 어둠을 기록하는 작업이다. 이 같은 배경 설정은 그해 4월 두 명의 대학생이 분신한 사건 직후 한강에 투신한 한 여대생의 사건을 떠올리게 만드는 것이 사실이지만, 그것은 박혜정이라는 구체적인 사례를 소설적으로 다루는 것이라기보다 작가의 체험과 어쩔 수 없이 연루된 시공간에 의존하지 않고 가치중립적인 무대에서 새로운 승부를 벌이고 싶어하는, 보편성을 향한 모험의 새로운 출발점을 의미하는 것으로 해석해볼 수 있다. 그 맥락에서 바라보면 「밤은 노래한다」(《파라21》, 2004년 봄호~겨울호)에서 연인으로 믿었던 정희가 모호한 편지를 남긴 채 죽은 이후 거대한 의문에 사로잡히게 되는 주인공 김해연을 1930년대 만주라는 시공간 속에 던져 넣은 설정 역시 보편성을 향한 그의 의지의 소산이라고 할 수 있다. 그들은 자신들이 놓여 있는 서로 다른 시공간 위에서 공통된 운명을 실현하고 있는 것이다.

이전 시기 소설들에서 어느 정도 독립된 형식으로 시도되었던 연애담, 역사담, 성장담이 하나의 이야기에 결합되기 시작했다는 사실도 「밤은 노래한다」를 논하는 마당에 특기할 만한 것이기는 하지만, 여기에서는 내용의 연속성에 일단 초점을 고정시켜 이야기해 보기로 한다. 「밤은 노래한다」는 1930년대 초반 동만(지금의 연변) 지역의 항일 유격구에서 발생했던 민생단 사건을 모티프로 취한 이색적인 역사소설이다. 1910년 통영에서 태어났고 경성고공 출신으로 만철 용정 지사의 측량기수로 일하고 있는 '나'(김해연)가 이 소설의 화자이다. 그곳에서 '나'는 용정의 여학교 음악 선생인 정희를 만나게 되는데, 그러면서 그는 새로운 운명에 휘말리기 시작한다. 정희의 죽음을 입구로 해서 '나'가 들어간 그 세계는 밤과 어두움의 세계였다.

영국더기 언덕에 앉아 있을 때, 나는 빛의 세계만 알고 있었다. 하지만 이제 나는 빛의 세계 속에 어둠의 세계가 존재한다는 사실을 어렴풋이 눈치채게 됐다. 인화된 양화(陽畫)는 필연적으로 음화(陰畫)를 지니고 있다. 그러므로 진실은 현상한 필름에도, 인화한 사진에도 있지 않았다. 진실은 음화와 양화, 두 가지 세계에 동시에 걸쳐 있다.[25]

그 밤과 어두움의 세계 속에서 정희는 용정 내 대중조직에서 암약하는 박타이의 애인이자 프락치인 공산주의자 '안나 리'였다. 그렇게 빛의 세계로 떠오른 사실로 인해 '나'는 더 큰 어둠 속으로 밀려들어 간다. 자신이 사랑했던 대상이 분열되자 '나' 역시 분열될 수밖에 없었던 것이다. 이제 그 어둠의 세계에 대한 탐색은 '나'의 정체성을 찾는 작업과 같은 것이 된다. 정희의 죽음을 따라 들어간 그 어둠의 세계 속에서 항일유격구의 조선인들은 민생단이기도 하고 독립군이기도 했다. 그곳에서 사람들은 모두 가면을 쓰고 있었다. 어떤 가면을 쓰느냐에 따라 박길룡은 박타이가 되었다가 다시 양도생이 되기도 했다. 죽음만이 수시로 얼굴을 바꾸는 유동적인 그들의 존재를 최종적으로 증명할 수 있을 따름이었다. 그들은 살아 있지만 이처럼 어둠을 내재하고 있기 때문에 삶과 죽음 사이에서 유동하는 인물들이라고 할 수 있었다.

「이등박문을, 쏘지 못하다」에 나오는 "안중근이란 고유명사가 아니라 보통명사"[26]라는 말의 의미 역시 "누구도 다른 사람이 될 수 없는 존

---

25 김연수, 「밤은 노래한다」, 《파라21》, 2004년 여름호, 154쪽.
26 김연수, 「이등박문을, 쏘지 못하다」, 『나는 유령작가입니다』, 196쪽.

재"[27]인 인간의 운명을 조금 다른 방식으로 표현하고 있는 것이다. 이토 히로부미를 저격하기 위해 하얼빈 역에서는 안중근이, 그리고 차이자거우(蔡家溝) 역에서는 우덕순이 각각 총을 들고 기다리고 있었다. 마침내 안중근이 이토를 저격하기 전까지 두 사람의 조건은 동일했고, 역사는 안중근을 선택했다. 이런 발상을 거슬러 올라가면 거기에는 "점차 인간 성승경은 사라져 갔고 그 자리를 대신해 구국의 꽃 성승경이 16밀리 카메라 속에서 완성되어 가"[28]던 장면이 그 원풍경으로 놓여 있다. '구국의 꽃'이라는 개념이 '인간 성승경'을 대체했듯이, '보통명사'로서의 안중근이 '고유명사'로서의 안중근을 대체하는 것이다.

이 대목에서 김연수는 '역사'라는 이름의 이야기 이면에서, 들뢰즈라면 아마도 '개념화되지 않는 차이'라고 불렀을 그 시뮬라크르들의 세계를 들여다보고 있는 듯하다. 그는 개념의 차원에서 이루어진 표상(이야기, 역사 따위들)을 의심하면서 시뮬라크르들 속에 머무는 것, 그러니까 들뢰즈의 용어로 하자면 '차이들의 반복'에 대해 사유하고 있는 것이다.

그런데 문제는 이야기라는 형식을 통해서만 우리는 그 차이들에 대해 사유할 수 있다는 역설이다. 데리다의 말처럼 텍스트 바깥은 없기 때문이다. 그러니까 "삶은 살아가는 것이지 이야기하는 게 아니거든."[29]이라고 말하는 것조차 궁극적으로는 이야기하는 것의 범주에 속한다. 이렇게 본다면, 죽음에 대한 상징적 애도의 문제로 나타났던 김연수 소설의 기원은 이미 글쓰기의 본질적인 문제를 그 속에 품고 있었다고 할 수 있다.

『나는 유령작가입니다』(2005)에 실린 소설들을 두고 역사와 이야기에 대한 사유를 담고 있다고 말할 수도 있겠지만 그럼에도 그것이 표면적

---

27 같은 글, 188쪽.
28 김연수, 「구국의 꽃, 성승경」, 『스무 살』, 228쪽.
29 김연수, 「뿌넝쒀」, 『나는 유령작가입니다』, 61쪽.

인 지적이라고 할 수밖에 없는 것은 바로 그 때문이다. 그렇게만 말하고 만다면 김연수가 그 책을 묶으면서 적었던 "1인칭. '나'. 내 눈으로 바라본 세계. 이제 안녕이다."[30]라는 구절의 의미를 한 번도 생각해 보지 않은 것이다. 그 구절을 음미해 보면 그가 그 책에 그 같은 제목을 붙인 이유를 짐작해 볼 수 있다. 그와 같은 맥락에서 '유령작가'는 더 이상 '고백록'을 쓰지 않겠다는 선언을 담고 있는 개념이라고 할 수 있다.

이 점을 설명하기 위해 「밤은 노래한다」를 쓰기까지의 내력에 대해 작가 자신이 이야기해 놓은 바(「몇 가지 사소한 의심의 연대기」, 《작가세계》, 2004년 가을호)를 참조해 보기로 하자. 그에 따르면 그 소설의 모티프는 멀리는 고3(1988년)과 대학 신입생 시절의 일들로부터 가까이는 비행기를 타고 연변에 가기까지(2004년), 길게 보면 장장 16년의 역사를 가진 것이다. 그 모티프가 곧바로 실현되지 못했던 것은, 이 소설의 경우 그 이전에 쓴 김연수의 소설들과는 달리 『만주 지역 한인의 민족운동사』만으로는 쓸 수 없었기 때문이다. 결국 그는 "연변에 가지 않으면 소설을 쓸 수 없다는 것"[31]을 깨닫게 된다. 그의 연변행은 "써야만 할 계기"를 마련하기 위한 불가피한 것이었다. 그렇지 않았더라면 이 소설은 끝내 쓰이지 못했을 것이다. 이러한 사실은 김연수 소설에서 또 하나의 새로운 국면이 시작되었음을 말해 준다.

30 김연수, 「나는 유령작가입니다」, '작가의 말', 266쪽.
31 김연수, 「몇 가지 사소한 의심의 연대기」, 《작가세계》, 2004년 가을호, 308쪽.

5 변경(邊境), 그 경계 위의 존재들

그가 쓰고자 하는 주제와 관련된 폭넓은 텍스트들은 여전히 객관적인 근거로서 그의 소설 속에 도입되고 있다. 그런 의미에서 '문서 보관인(the archivist)'은 그의 작가적 정체성을 말해주는 중요한 키워드이다. 그런데 이제 여기에 중요한 항목 하나가 더 보태어진다. 밤과 낮의 세계에 동시에 속해 있는 몸의 경험이 김연수 소설의 새로운 동력으로 등장하기 시작하는 것이다.

두 세계에 동시에 속해 있다는 것은 다르게 말하면 어디에도 온전하게 속하지 못한다는 것을 의미한다. 김연수의 소설에는 초기부터 이처럼 어느 세계에도 소속되지 못한 의식이 그 바탕에 놓여 있었거니와, 어느 시기 이후 그와 같은 의식을 온몸으로 체현한 존재들이라고 할 수 있는 디아스포라에 대한 관심과 이해가 보다 선명하게 드러나기 시작한다. 역사에 의해 통합되지 못한 장면들에 대한 관심이 표상되지 못한 존재들에 대한 이해로 옮아가기 시작했던 것이다.

일찍이 『꾿빠이, 이상』에는 미국으로 건너온 중국인 여인의 몸에서 태어나 그곳에 정착한 한국인 가정에 입양된 피터 주라는 인물이 등장한 바 있었고, 좀 더 가깝게 「밤은 노래한다」에는 중국공산당에 소속되어 항일운동을 펼친 조선인들이 등장하기도 했는데, 어느 시점 이후 김연수 소설에서는 그처럼 국경을 내면화한 존재들이 주류를 이루기 시작한다. 아마도 그 시점은 그가 「밤은 노래한다」를 쓰기 위해 연변에 체류하면서 중국 동북 지역을 답사하기 시작했던 무렵이 아닐까 싶다. 「뿌넝숴」, 「이 등박문을, 쏘지 못하다」 등의 단편들 역시 그 경험의 소산이다.

『나는 유령작가입니다』 이후에 발표된 소설에서 그 경향은 더욱 본격화되고 있다. 「우는 듯 웃는 듯, 알렉스, 알렉스」(《실천문학》, 2005년 봄호)의 배경은 중국 칭다오(靑島)이고 「네가 누구건, 얼마나 외롭건」(《문학사상》, 2005년 6월호)의 그것은 일본의 이즈미(和泉)이다. 앞의 소설에는 이스탄불, 캘커타를 거쳐 칭다오에 도착한 영국인 알렉스와 재클린, 그리고 유럽풍 해안 도시에서 아침부터 맥주에 취해 있는 한국에서 온 소설가 '그'가 등장하고, 뒤의 소설에는 '자이니치'(在日) 김경석과 스웨덴에 입양된 한국 여성 미아가 등장한다.

굳이 국적의 문제가 아니라고 하더라도 그처럼 표상되지 못한 타자들의 이야기가 이 시기 김연수 소설의 주된 대상이다.

성수에게는 눈앞에 존재하는 것만이 세상의 모든 사물이었다. 자기 눈앞으로 불러들여 손으로 만질 수 있는 것만이 성수가 아는 세계의 전부였다. 성수는 복선이라는 게 없는 동화책 같았다. 성수가 아는 세계에는 아무런 인과관계가 없었으며, 따라서 슬픔이란 없었다. 모든 일은 그저 인과관계 없이 일어나는 일에 불과하므로.[32]

「이등박문을, 쏘지 못하다」에서 언어장애를 앓는 동생 성수는 상징의 세계 바깥에 있는 존재이다. 그러하기에 그는 정상적인 사람들이 바라보는 것(인과관계)을 보지 못하는 대신, 그들이 보지 못하는 것, 바로 '눈앞에 존재하는 것'을 본다. 「네가 누구건, 얼마나 외롭건」에서 여성 화자인 '나'와 「기억할 만한 지나침」(《문학과사회》, 2005년 여름호)에서 사춘기를 통과하고 있는 '그녀'가 갖는 타자로서의 여성의 욕망 역시 같은 범주에 속한다.

「밤은 노래한다」에서의 정희(안나 리)나 박타이(박길룡, 양도생)처럼 이들 역시 정체성이 불투명한 존재들이기에 그들의 삶은 바라보는 각도에 따

---

32 김연수, 「이등박문을, 쏘지 못하다」, 『나는 유령작가입니다』, 197쪽.

라 달라진다. 「우는 듯 웃는 듯, 알렉스, 알렉스」에서 "그 도시에서 그에게는 다른 이름이 있었"[33]고 "자신을 리 선생이라고 소개했던 그 노인은 다른 이름으로 발행인의 자리에 올라 있었"[34]던 것 역시 그들 삶의 본성에서 보면 이상한 일이 아니다. 「모두인 동시에 하나인」(《문학동네》, 2005년 겨울호~2007년 봄호)[35]에 등장하는 인물들 역시 그와 같은 본성을 공유하고 있다.

　「밤은 노래한다」가 '민생단' 이야기라면 「모두인 동시에 하나인」은 '방북단' 이야기이다. 「밤은 노래한다」에서 1931년의 만주가 중국, 일본, 조선의 점이지대였다면, 「모두인 동시에 하나인」에서 1991년의 베를린은 당시의 이데올로기의 지정학적 역학 구도 위에서 한국과 북한 사이에 놓인 사실상의 국경의 의미를 지닌 공간이었다. 「밤은 노래한다」에서도 그러했지만 「모두인 동시에 하나인」에 등장하는 인물들 대부분 또한 그 경계 위에서 살아가는 존재들이다. 이 소설에서 가장 평범한 삶을 살았던 축에 속하는 할아버지조차 고색창연한 서사시와 은밀한 사적 연대기 사이에서 분열되어 있거니와 반쪽 유대인, 이른바 미슐링(Mischling)인 칼 하프너로 태어나 아우슈비츠에서 새로운 이름을 얻은 헬무트 베르크, 강시우로 다시 태어나게 되는 '광주의 랭보' 이길용, 일본인 아버지와 재일 조선인 처녀 사이에서 태어난 레이(레이코), 파독 간호사로 독일행 비행기에 몸을 실었던 안젤라(양경자), 타밀족으로 위장한 연변 출신의 조선족 찬드리카 등 이 세계 속의 인물들 대부분은 두 개의 이름을 가진 존재들이다. "망명이란 이름으로부터 도망치는 일"[36]이라는 것을 받

33　김연수, 「우는 듯 웃는 듯, 알렉스, 알렉스」, 《실천문학》, 2005년 봄호, 108쪽.
34　같은 글, 114쪽.
35　이후 단행본으로 출간되면서 『네가 누구든 얼마나 외롭든』(문학동네, 2007)으로 제목이 바뀌었다.
36　김연수, 「모두인 동시에 하나인」 3회, 《문학동네》, 2006년 여름호, 149쪽.

아들인다면, 그런 의미에서 그들은 진정한 망명자들이다. 이름을 버린 자들, 그래서 두 개의 이름을 갖게 된 자들. 가면을 쓸 수밖에 없는 존재들, 어쩔 수 없는 망명자들. 「모두인 동시에 하나인」의 분량이 길어질 수밖에 없는 이유 역시 여기에 있다. 서로 다른 곳에서 출발한 그들의 운명이 하나로 엮어지기까지는 시간적 과정이 필요했던 까닭이다. 소설의 첫 장면에 등장하는 한 장의 '입체 누드 사진', 그리고 베를린에서 '나'가 본 〈그 누구의 슬픔도 아닌〉이라는 비디오테이프가 이 복잡하게 뒤얽힌 인물들을 이어주는 연결 고리의 몫을 하고 있다.

「모두인 동시에 하나인」의 연재로 잠시 중단되었던 단편 발표가 최근 다시 이어지고 있다. 「내겐 휴가가 필요해」(《창작과비평》, 2006년 가을호)와 「모두에게 복된 새해」(《현대문학》, 2007년 1월호) 등의 두 작품이 그것이다. 전자는 대학생을 물고문하여 사망케 한 혐의를 받는 한 전직 형사의 이야기이다. 그는 그 사건 이후 이곳 남해안의 도시에 온 이래 10년 동안 휴관일을 제외하고 하루도 빼먹지 않고 도서관을 찾아가 책을 읽다가 어느 날 바다에 몸을 던져 자살한다. 애초에 그의 책 읽기는 자신의 정당함을 증거하려는 시도였다. 하지만 10년 동안의 책 읽기는 오히려 애초의 그의 생각이 맞지 않았다는 것을 증명해 준다. 그러한 그의 내력이 그를 신기한 눈으로 바라보았던 도서관의 직원들에게 온전하게 이해될 리 없다. 그의 자살은 그나마 상대적으로 친밀했던 도서관의 막내 직원 강에게조차 오해되고, 강이 그와 같이 오해하게 된 사연은 다시 도서관의 다른 직원들에 의해 오해된다. 이처럼 타자를 이해하지 못하고 배려할 수 없는 것은 일상에 매몰되지 않을 수 있는 여유가 허락되지 않고 있기 때문이 아니겠는가. 다시 말해 휴가가 없기 때문이 아닌가. 우리에게는 책을 읽고 자신의 삶을 되돌아볼 수 있는 시간, 그러니까 '휴가'가 필요한 것이다.

「모두에게 복된 새해」 역시 소통의 문제를 제기하고 있다. 이 소통의 매개로 놓인 것이 낡은 피아노이다. 그 피아노는 전처와의 사이에서 낳은 딸을 미국으로 보낸 노인에게서 '나'가 받은 것이다. 그 피아노를 조율하기 위해 아내의 친구인 사트비르 싱이라는 펀자브 출신의 시크교도 인도인이 '나' 홀로 있는 집을 방문한다. 노인의 딸이 보내는 서툰 한국어로 된 편지, 그리고 사르비트 싱의 어눌한 한국어가 그럼에도 불구하고 소통의 기능을 담당하고 있다. 그것은 언어라는 장벽보다 더 근본적인 문제의 차원이다. 사실 문제는 언어보다 더 높은 마음과 의지의 벽일 것이다. "아무런 대가 없이 서로에게 한국어와 영어를 가르쳐 주는"[37] 아내와 사트비르 싱의 관계가 그 점을 새삼 상기시키고 있다.

최근 김연수 소설의 무게중심은 확실히 장편 쪽에 놓여 있는 듯하다. 최근에 발표된 단편들의 방향성은 아직 뚜렷하지 않다. 그럼에도 「내겐 휴가가 필요해」나 「모두에게 복된 새해」 두 작품 모두 공동체 내부에 국한된 문학으로부터 벗어나되 보편적 문학으로 초월하지도 않는 방향성에 닿아 있다는 것만은 확인할 수 있다. 바로 이 방향이야말로 김연수 소설이 내장하고 있는 새로운 문제성이라고 할 수 있을 것이다.

6 변전(變轉), 지속을 위한 패러독스

「모두인 동시에 하나인」이나 「내겐 휴가가 필요해」 등의 최근 소설에서 한 가지 더 특기할 만한 사항은 이 소설들이 처음에 제시했던 김연수 소설의 기원으로 다시 회귀하는 경향을 보이고 있다는 사실이다. 「내

37 　김연수, 「모두에게 복된 새해」, 《현대문학》, 2007년 1월호, 132쪽.

겐 휴가가 필요해」의 경우 다소 불분명하나마 소설 속 10년 전의 사건은 1987년 1월에 일어났던 역사적 사건을 떠올리게 만드는 것이 사실이다. 「모두인 동시에 하나인」은 1990년 10월부터 1991년 10월까지 약 1년에 걸친 시기를 배경으로 삼고 있다. 앞서 이야기했듯 이 시기는 김연수 소설의 기원에 해당된다.

> 퇴계로 좁은 골목길에서 시위를 벌이던 김귀정이 죽어갈 때, 나는 아주 멀리 있었다. 아주 먼 곳에서 나는 꿈을 꾸고 있었다. 그 꿈은 달콤하고도 황홀하고도 영롱했으며, 그런 까닭에 어찌나 절박하고 손에 잡힐 듯 현실적이었던지 나중에 그 죽음에 대한 이야기를 전해 들었을 때, 같은 시간 이 세계에 나의 꿈과 김귀정의 죽음이라는 그 두 가지 사실이 양립할 수 있었다는 사실을 도무지 믿을 수 없었다.[38]

초기 소설들에서와는 다르게 여기에서는 그 기원의 모습이 지극히 투명하게 드러나 있다. 그러나 투명하게 드러난 의식 이면에서는 "삶과 죽음이 서로 그 자리를 바꿨고, 그다음에는 정의와 불의가, 진실과 거짓이, 꿈과 현실이 서로 뒤엉키기 시작했"[39]으며 "내가 반석이라고 믿었던 모든 것들이 한낱 환상에 불과하다는 사실을 그 순간 알게 됐"[40]다고 할 수 있을 만한 사건이 일어나고 있었다. 그 지점이 기원일 수밖에 없는 이유이다. 그는 바야흐로 자신의 글쓰기의 원점으로 되돌아가는 모험을 감행하고 있는 것이다. 당연히 이 출발과 회귀 사이에는 삶과 글을 통과하는 그의 편력의 여정이 가로놓여 있다. 그런 의미에서 이 글쓰기의 여정은

---

38 김연수, 「모두인 동시에 하나인」 1회, 《문학동네》, 2005년 겨울호, 153~154쪽.
39 같은 글, 151쪽.
40 같은 글, 152쪽.

전진과 회귀의 반복 운동이라기보다 마치 나선형과도 같이 출발점을 스치며 다시 되돌아나가는 역동적 궤적을 그리는 운동이라고 할 수 있다.

이 나선의 운동은 앞서 쓰였던 소설들에 새로운 의미를 부여하며 더 큰 맥락을 이루어 갈 것이다. 그러면서 그 소설들은 그 전체가 하나의 소설이 된다. 그것은 "끊임없이 다른 모습으로 바뀌어 가는 무한한 삶. 그럼에도 우리의 삶은 일생, 즉 하나"[41]인 이치와 같다. 김연수에게 소설 쓰기란 지금까지 자신이 쓴 이 커다란 소설 바깥으로 걸어 나가는 것이다. 그 순간 새로운 이야기는 쓰이기 시작한다.

우리가 완벽한 어둠 속으로 들어가기 전까지 이야기는 계속 고쳐질 것이다. 그는 자리에서 일어나 천천히 걸어 나가기 시작했다. 이제 그가 어디로 가느냐에 따라서 첫 문장은 달라질 것이다. 그는 어둠 속 첫 문장들 속으로 걸어갔다.[42]

『나는 유령작가입니다』에 실리지는 않았지만 「우는 듯 웃는 듯, 알렉스, 알렉스」야말로 '유령작가(ghostwriter)'의 운명에 대한 이야기라고 할 수 있다. 소설 속의 리 선생은 "평생 한 가지 이야기만을, 몇 번이나 다른 형식으로 써온 작가"[43]이고, 알렉스와 '그'는 그 이야기를 다시 쓴다. 그들은 모두 원본이 아닌 새로운 복사본을 만드는 대필 작가, 곧 유령작가들이다. 한 가지 이야기를 계속 다르게 쓸 수밖에 없다는 것, 이야기를 바꿀 수 없다면 글을 쓰는 사람이 변해야 한다는 것, 변하기 전의 '나'를 죽이고 새로운 '나'로 거듭나지 않으면 안 된다는 것, 그러니까 작가라는

---

41 김연수, 「모두인 동시에 하나인」 3회, 140쪽.
42 김연수, 「웃는 듯, 우는 듯, 알렉스, 알렉스」, 125쪽.
43 같은 글, 116쪽.

존재는 영원히 죽지 않는 '유령'일 수밖에 없다는 것, 그것이 바로 그들의 운명이다.

그런 의미에서 글을 쓴다는 것은 글 속에 죽어 있는 자아를 살아 있는 자신이 보게 되는 일이다. '변전'은 죽어 있는 자신을 확인케 하는 것이면서 동시에 자신이 살아 있다는 증표이기도 하다. '변전'이 없으면 절멸한다는 것이야말로 처음부터 김연수 소설의 전제였다.

> 쉼 없는 변전. 어쩌면 물고기들에게서 7번국도 균이 발견된 것도 그 때문이 아니었을까? 변전하지 않았더라면 삶이 지루했을 수도 있지만, 그렇게까지 폭력적이지는 않았을 것이다. 자궁 속에서 시간이 멈춰 있었다면. 폭력과 지루, 둘 중에서 어떤 것을 선택하느냐에 있어서 우리는 본능적으로 폭력을 선택해 버렸다. 그 결과로 우리들은 수없이 변하는 존재로서의 뭔가가 되었다. 그리하여 우리는 7번국도에 감염되어 항상 뭔가에 의해 격리수용된 것이다.[44]

이 변전의 연대기는 1990년대 초반 성균관대학교 영문과 학생이던 시인 지망생 김영수가 '연(衍)'이라는 한자를 떠올리는 순간 시작되었다. 처음에는 머리로 쓰는 소설처럼 보였고 또 어느 순간에는 텍스트로 쓰는 소설처럼 보였던 김연수의 소설은 이제 온몸으로 쓰는 소설이 된다. 김연수는 최근에 쓴 산문에서 다음과 같이 적은 바 있다.

> 얼마간 시간이 흐르자, 모든 것이 분명해졌다. 상상력의 반대말은 타성에 젖은 생각이 아니라 피곤이라는 것을. 문학이 죽든 책이 죽든 예술이 죽

---

44 김연수, 「7번국도」, 52~53쪽.

든 인문학이 죽든 그건 모두 피곤해서 죽는 것이라는 것을.[45]

김연수에게 상상력의 반대말이 '피곤'인 이유는 그가 온몸으로 글을 쓰고 있기 때문이다. 그의 소설은 더 이상 머리로 쓰는 글이 아니다. 텍스트에만 의존해서 쓰는 소설도 아니다. 그의 소설적 상상력은 이제 그가 새로운 세계를 향해 몸을 던져 얻은 외로운 체험과 고독한 사유를 근간으로 해서 생성되고 있기 때문이다. 그러니 당연히 상상력의 반대말은 피곤일 수밖에 없다. 피로가 그의 몸을 묶어 꼼짝 못하게 만들 때 상상력은 더 이상 솟아나지 않을 것이기 때문이다.

그런데 문제는 상상력이 그대로 표현이 될 수 없다는 데에 있다. 표현에 이르기 위해서는 세계와 단절된 시간이 요구되는데 이 요구를 받아들이는 것 역시 몸이 하는 일이다. 오르한 파묵이 문학은 사방이 책으로 둘러싸인 방 안에 스스로를 가두는 일이라고 말했을 때 그는 글쓰기가 몸으로 하는 일이라는 것을 분명하게 인식하고 있었다.

그렇다면 글을 쓴다는 것은 혼자 있는 일과 세상을 향해 몸을 던지는 일을 동시에 해 나가야 하는 일일 것이다. 그러하되 둘 사이의 균형을 맞추는 일이다. 그 균형이 정확히 반반씩 하면 되는 일이라면 누구든 할 수 있으리라. 글을 쓴다는 것은 종이 위에 쓰기에 앞서 그 균형을 맞추기 위해 필사적으로 사는 일과 다르지 않다는 것을, 사실은 그것이야말로 어려운 일이라는 것을 글을 써 본 이라면 누구나 알 수 있다. 여기까지 온몸으로 밀고 나갔을 때 한 편의 글이 쓰이는 것이리라.

그 문장들이 끝나는 곳에서 다시 글쓰기는 시작되고, 그 과정은 반복

45 김연수, 「버클리에서, 그리고 내 인생이 손톱만큼이라도 바뀌게 됐다면」, 《한국문학》, 2007년 봄호, 256쪽.

된다. 그 반복이 수렴되는 지점은 아마도 글쓰기의 극한일 것이다. 그 지점을 김연수는 다음과 같이 아름답게 묘사해 놓고 있다.

바로 저기. 다시 한 달을 가서 설산을 넘으면. 바로 저기. 문장이 끝나는 곳에서 나타나는 모든 꿈들의 케른, 더 이상 이해하지 못할 바가 없는 수정의 니르바나, 이로써 모든 여행이 끝나는 세계의 끝.[46]

그곳을 향한 그의 고된 글쓰기 여행에 축복 있기를.

---

46 김연수, 「다시 한 달을 가서 설산을 넘으면」, 『나는 유령작가입니다』, 154쪽.

개인 방언으로 그려 낸 환상의 세계
— 염승숙론

1 개인 방언의 문학적 의미

언어는 한 개인의 사유물이 아니라 공동체가 공유하는 문화적 자산이라고 보는 것이 일반적이다. 언어라는 것이 발생했고 또 존재하는 기본적인 의의도 그것을 공유하는 사람들 사이의 원활한 소통에 있다. 그런 의미에서 언어는 일종의 규범이라고 할 수 있다. 하지만 그 규범은 언어공동체 내에서 균일하게 작동되지는 않는다. 지역과 계층 등의 요인에 따라 차이가 나기도 하고 시간의 변화에 따라 변천을 겪기도 한다. 한 구성원의 구체적인 발화가 이루어지는 것은 바로 그와 같은 유동적이고 입체적인 언어의 시공간의 좌표 속에서일 것이다. 랑그와 파롤 사이의 이항대립은, 모든 이항대립이 그러하듯 어느 지점에 이르면 숙명적으로 해체된다.

문학작품의 언어는 그 공동체의 언어 수행의 좌표 속에서 한 특정 영역에 걸쳐 있다. 그것은 대체로 규범적인 언어 수행의 중심에서 어느 정도 떨어진 거리에 위치한다. 그 거리가 특정 언어에 소통적 기능과 구별되는 미적 기능을 부여한다. 바로 그 장면에서 일상 언어와 대비되는 문학 언어의 특수성이 생성되지만 그 역시 고정적, 절대적인 것은 아니다. 특정 공동체의 문학적 전통이 찍어 온 산발적인 점들이 어느 시점 이후 기하학적 도형의 형태로 이루어진 특권적 지대를 형성하게 되는데, 그 과정에서 한 공동체의 문학이 갖는 미적 규범이 생성된다. 그것은 애초에는 한 개인에 의해 고독하게 수행된 예술적 저항이었지만 이제는 한 공동체가 보유한 문학적 자산의 목록에 등재되어 당당한 문학적 권위를 누리게 된다. 한 언어공동체 속에서 문학적 발전은 어느 지점에 이르면 그 자체의 고유한 새로움을 통해 생성되는 것보다 기존의 문학적 규범을 재조합하거나 혹은 갱신하는 작업을 통해 이루어지는 면이 더 두드러지게 된다.

이와 같은 새로운 국면에서 참신한 문학적 실천은 관습화된 미적 규범의 전제들을 의식적으로 위반하면서 성립된다. 새로운 텍스트와 그 언어의 문학성은 그 자체의 미적 자질이 아니라 그것이 대응, 혹은 위반하고 있는 선행 텍스트(pretext)와의 대비를 통해 확보된다. 리파테르가 시의 기호적 분석에서 규명하고 있는 바와 같이, 사회방언(sociolect)에 대비되는 개인 방언(idiolect)이 문학성의 성립 요건으로 등장하는 것은 바로 이 장면에서이다. 난삽하고 주관적인 것으로만 치부되었던 개인 방언은 이제 선행 텍스트를 매개로 새로운 미학을 창출하는 유력한 수단으로 등장한다.

2 개인 방언의 양상

염승숙의 첫 소설집 『채플린, 채플린』(2008)에 실려 있는 여덟 편의 단편들에는 낯선 단어와 문장이 자주 눈에 띈다.

우선 단어부터 보면 그것들은 대체로 부사나 형용사이다. 대표적인 것들만 살펴도 '잔미운'[1], '모짝'[2], '생게망게한'[3], '실쌈스러운'[4], '상글방글'[5], '두글두글'[6], '어빡자빡'[7], '울가망해져'[8], '한드랑한드랑'[9] 등 주로 구어적 표현에서 사용되는 순우리말 관형어가 소설 안에 두루 흩어져 있다.

그런데 잘 살펴보면 순우리말 관형어만 있는 것이 아니다. 거기에는 겉으로는 그와 유사하지만 사실은 사전에 등록되어 있지 않은 '엉터리' 단어들이 섞여 있다. '악머구리'에서 변형된 것으로 보이는 '엉머구리'[10]나 '호락호락'에서 살짝 일탈한 '호랑호랑'[11], '짜릿짜릿'의 음성 이미지를 활용한 '싸릿싸릿'[12] 같은 단어들이 그 예이다. '말을 타고 재주를 부리는 일'이라는 의미를 가진 '말놀음'이라는 단어를 '말을 가지고 하는 유희'로 전치시켜 사용하고 있는 대목[13] 역시 넓게 보면 이 범주에 속한다. 여기에서 작가가 순우리말과 유사 순우리말을 의식적으로 배치하고 있다는 점과 거기에는 어떤 전략적 의도가 숨겨져 있다는 것을 감지할

---

1 염승숙, 『채플린, 채플린』, 문학동네, 2008, 44쪽.

2 같은 책, 45쪽.

3 같은 책, 87쪽.

4 같은 책, 91쪽.

5 같은 책, 121쪽.

6 같은 책, 141쪽.

7 같은 곳.

8 같은 책, 157쪽.

9 같은 책, 207쪽.

10 같은 책, 122쪽.

11 같은 책, 123쪽.

12 같은 책, 125쪽.

13 같은 책, 122쪽.

수 있다.

그들 가운데 어떤 단어들은 사전에 등록되어 있고 또 어떤 것들은 그렇지 않지만, 그러니까 전자는 사회방언이고 후자는 개인 방언이지만, 모두 낯설기는 마찬가지이다. 한자어와 외래어를 합치면 80퍼센트가 넘는 우리의 언어 현실에서 보면 순우리말 가운데 표준적인 것과 그렇지 않은 것의 차이는, 일상생활의 언어 감각에서라면 사전을 일부러 찾아보기 전에는 실감하기 어렵다. 순우리말 언어들의 규범성을 보증했던, 그리고 그 수행에 당위성을 부여했던 민족주의적 관념이 구체적인 실천 속에서 규정력을 발휘하기가 점점 더 어려워진 상황에서는 더욱 그러하다. 이와 같은 규범적 언어의 취약 지대에서 개인 방언은 그 출현의 조건을 발견한다.

규범적 언어가 취약해지는 상황은 특정 세대의 경우에 한자어에서도 빈번하게 발견된다. 남북한은 어느 사이 전통적인 한자 문화권 가운데 더 이상 한자를 공식적으로 사용하지 않는 지역이 되었다. 공식 문서와 미디어에서 한자가 거의 사라진 우리의 언어 현실에서 정확한 한자어의 구사는, 적어도 일상 속에서는 기대하기가 점점 더 어려워지고 있다. 젊은 세대일수록, 교육 수준이 낮을수록 그와 같은 양상은 뚜렷하다. 염승숙 소설에 등장하는 어색한 한자어 사용의 문맥들은 그의 소설들의 화자와 등장인물들이 한자어의 규범적 활용 능력으로부터 멀리 소외되어 있는 인물들이라는 사실과 밀접하게 맞물려 있다.

    (A) 한 달간 조사 기간을 거친 뒤에야 말소 신청을 받아들여 주겠다고 일갈해 왔다.[14]

---

14 같은 책, 265쪽.

(B) 나 역시 사부자기 궁금해지긴 매일반이었다.[15]

(C) 그들을 잃는 대가로 받은 보상금의 액수가 모래알에 게 눈 감춰지듯 줄어드는 속도에 놀라워하던 순간에 이런 상황쯤 이미 예상하고 있었는지도 몰랐다.[16]

(D) 조사맨은 말꼼말꼼 눈동자를 굴리다가는 다시 환하게 미소 지었다.[17]

위 문장의 발화자들은 '一喝'이라는 한자어나 '사부자기'라는 순우리말 부사의 정확한 의미를 알 만큼 제대로 교육받은 계층 출신의 인물들이 아니다. 그들에게는 '마파람에 게 눈 감추듯' 한다는 속담도 정식 교육을 통해서가 아니라 일상의 구어 생활로부터 비정규적으로 습득되었기 때문에 원본 그대로가 아니라 뒤틀린 형태로 습득되었을 공산이 크다. '말꼼말꼼'과 같은 유사 단어들도 그런 과정에서 무의식적으로 성립되었을 것이다.

이와 같은 성격의 인물들은 소설이라는 근대 예술 장르의 언어와 격절된 존재들이었다. 그들은 그들이 보유하지 못한 규범적 언어를 능숙하게 활용하는 엘리트 지식인들에 의해 재현되는 수동적 존재들에 지나지 않았기 때문이다. 이때 규범적인 문학 언어는 의도와 무관하게 결과적으로 그들을 소설로부터 분리시키는 장치로 작용된다. 소설 속에는 그들이 등장하고 그들의 삶이 기술되어 있으되 그 기술의 언어는 그들의 것이

---

15 같은 책, 268쪽.
16 같은 책, 282쪽.
17 같은 책, 286쪽.

아니었다. 당연히 규범적 언어들이 그들을 주인공으로 삼아 그려 내는 공동환상 혹은 집단 환상 역시 소설의 창작자인 지식인의 것이지 그들의 것이 아니었다.

최근 소설에 등장하는 개인 방언들은, 그리고 그것이 그려 내는 개인 환상들은 유치하고 세련되지 못한 언어 그대로, 거칠고 투박한 상상 그대로 한국 소설의 새로운 국면을 암시하고 있다. 염승숙 소설의 일탈적인 문체는 그 새로운 소설의 화자와 인물들을 위해 마련된 것이라고 할 수 있다. 이처럼 비문학적 언어를 가지고 문학작품인 소설을 써야 하는 역설이 염승숙 소설의 창조적 오문을 낳았던 것이다.

3 개인 환상의 양상

3.1 개인 환상의 특징들

이렇듯 염승숙의 소설은 기본적으로 규범적 언어, 문학적 언어로부터 소외된 존재들의 이야기이다. 그들의 어설프고 유치한, 그러나 그렇기 때문에 그들 존재에 즉자적인 언어들이 그려 내는 환상 역시 기왕의 소설들처럼 논리적이고 필연적인 방식으로 제시되고 있지는 않다.

가령 등단작이기도 한 「뱀꼬리왕쥐」의 '나'는 꼬리뼈 전문 물리치료사라는 직업을 갖고 있다. 그 해괴한 직업 자체가 현실로부터 치환, 압축된 꿈 같은 환상일 것이지만, 그렇기 때문에 기왕의 소설에서라면 그 치환, 압축의 과정과 그 원인에 대한 현실적 분석이 이루어졌을 테지만, 여기에서는 다만 환상만이 제시되어 있을 뿐 그 과정이나 원인에 대한 분석이 전혀 나와 있지 않다. '나'는 환자이지 분석가가 아닌 것이다. 그렇기 때문에 '나'는 "쉴 새 없이 볼칵거리며 솟아나는 환상에서 자유롭지 못"[18]하다.

내 몸을 마음대로 할 수 없다는 것. 내 몸을 믿을 수 없게 된다는 것. 나는 내 눈이 보여주는 시공간의 풀숲을 헤맨다. 내 머리가 판단하는 세상과 우주의 바다에서 허우적거린다. 매시 매분 매초, 나는 정확한 걸음으로 표지판을 향하여 걷지만 매순간 나를 맞이하는 것은 막다른 골목의 담벼락뿐.[19]

환상은 끊임없이 새로운 환상을 몰고 온다. 그 반복의 과정 속에서 '나'는 더 이상 환상의 주체가 아니다. '나'는 환상들이 통과하는 교차점일 따름이다. "텅 빈, 나의 몸. 그 무엇이 들어와 나를 채운다 해도 변할 것이 있으랴. 나는 여전히 나, 척추가 부러지고 파충류의 표피를 얻어도 나는 여전히 나, 세상을 바라보고 세상에 존재하는 나, 나의 몸."[20] '나'에게 꼬리뼈를 내놓고 자신들의 세계로 들어오라고 권유하는 '뱀꼬리왕쥐' 역시 그와 같은 환상의 연쇄 고리로부터 파생된 것이다. 왜 갑자기 그런 환상이 등장하는지 설명되어 있지 않아 당혹스럽지만, '나'가 환상 바깥에 서 있는 자가 아니라 바로 그 환상을 앓고 있는 자라는 사실을 고려하면 이 소설에서는 오히려 그편이 더 자연스러울 수 있다.

「뱀꼬리왕쥐」가 새로운 환상으로 진입하는 장면에서 그쳐 있다면 「수의 세계」는 그 환상 속을 유쾌하게 주유하는 이야기이다. 몸에 숫자를 새기고 태어난 주인공 '공영'이 수(환상)의 세계를 믿는 반면, 그가 사랑한 '하나'는 수를 믿지 않고 현실을 믿는다. 수에 대한 공명의 믿음은 그가 현실이라는 이름의 공동환상 바깥으로 진입하는 이유를 설명해 준

---

18 염승숙, 「뱀꼬리왕쥐」, 『채플린, 채플린』, 문학동네, 2008, 24쪽.
19 같은 글, 25쪽.
20 같은 글, 34쪽.

다. 공영이 들어간 그 바깥의 세계는 자연수(현실)에 대비되는 소수(마이너리티, 주변부 현실)들의 세계이거나 허수나 무한수처럼 실재감이 약하거나 없는 세계이다. 염승숙은 이 이상한 '수의 세계' 속에서 펼쳐지는 공영의 모험을 특유의 만화적 상상력으로 그려 내고 있다.

「뱀꼬리왕쥐」나 「수의 세계」의 환상은 이렇듯 직접적이고, 그렇기 때문에 생경하다. 환상의 생성 과정이 드러나지 않거나 너무 도식적으로 드러나 있기 때문이다.('뱀꼬리왕쥐'로 비약하는가 하면 '수의 세계'로 도식화되고 있다.) 그것은 즉흥적이고 단순하며, 그래서 소설적이라기보다 동화적, 우화적, 만화적인 것에 더 가깝다.

그에 비해 「거인이 온다」, 「춤추는 핀업걸」 등의 소설에서는 환상의 생성 과정이 간접화되어 드러나 있다.

3.2 개인 환상의 파생 방식

「거인이 온다」는 시청 공무원인 '나'가 사랑니를 뽑으러 치과에 가는 이야기이다. 그런데 치과에 가니 의사가 '나'의 사랑니가 사실은 사랑니가 아니라 1822년 발견된 바 있는 '이구아노돈'이라는, 공룡의 뼈라고 한다.

이 이야기는 낯설고 황당하지만 사실 익숙한 장면을 밑그림으로 깔고 있다. 언어공동체에 속한 상당수의 구성원들이 알고 있는 것처럼 이범선의 「오발탄」(1959)에서 변리사 사무실에 다니는 '철호'의 가족은 전쟁 직후 피난 내려온 월남민들이다. 이 소설은 철호가 출산 중 사망한 아내의 사건 이후 양공주 여동생이 건네준 병원비로 앓고 있던 사랑니를 한꺼번에 모두 뽑아 버리고 그 출혈의 충격으로 환상 속을 헤매는 장면으로 결말을 맺고 있다. 여기에서는 환상의 현실적 원인이 분명하게 제시되어 있다.

'사랑니'를 비롯한 몇 개의 동위소(isotopy)들이 「오발탄」과 「거인이 온다」의 상호텍스트성을 말해 주고 있다. 그런데 새 텍스트에서 이 동위소들은 선행 텍스트에서와는 다른 변형된 맥락 속에 위치한다. 가령 「거인이 온다」에서는 아내가 거인증을 앓고 있는 것으로 치환되어 있다.('나'가 집을 나서기 전 아픈 아내가 '나'를 배웅하는 장면은 현진건의 「운수 좋은 날」(1924)로부터 부분적으로 치환되어 있다.) 말하자면 「오발탄」을 비롯한 선행 텍스트로부터 조합된 이미지들을 마치 꿈작업(dream work)과 같은 과정을 통해 한 단계 더 압축, 치환해나감으로써 얻어진 환상이 곧 「거인이 온다」인 셈이다. 그렇기 때문에 이 환상은 현실적인 것을 비현실화하고, 낯익은 것을 낯선 것으로 만든다. 그리하여 환상이 진행될수록 비현실성과 낯섦은 증폭된다.

이 소설의 결말에서 시청 공무원인 주인공은 자신이 시달리던 민원, 그러니까 눈이 자꾸만 사라진다는, 누군가 눈을 먹어 치우고 있다는 민원의 실체를 확인하게 된다.

나는 두 눈을 희번덕거리며 헐겁게 매달린 눈밭의 엷은 막을 조심스레 헤쳤다. 그와 동시에 나의 시야는 믿을 수 없는 광경으로 뒤섞이고 얼크러졌다. 검실검실한 광경에 입이 딱 벌어졌다. 작은, 그러나 무수한 공룡들이 옹긋옹긋 모여 앉아 눈을 뭉쳐 허겁지겁 입속으로 집어넣고 있었다. 나는 얼먹은 표정으로 옴짝달싹 못한 채 하염없이 그들을 바라볼 수밖에 없었다.[21]

무수한 작은 공룡들이 '옹긋옹긋' 모여 앉아 눈을 뭉쳐 허겁지겁 입속으로 집어넣고 있는 '검실검실'한 광경. 이 조그만 공룡의 환상에는 '나'의 사랑니가 '이구아노돈'이라 주장하는 의사의 이야기가 그 생성의 한

---

21 염승숙, 「거인이 온다」, 『채플린, 채플린』, 103쪽.

요소로서 개입되어 있을 것이다. 하지만 두 환상이 원인과 결과로서 대응되고 있는 것은 아니다. 그것들은 오히려 자유롭게 반복되는 지속적인 연상 과정에서 임의적으로 선택된 두 지점에 가깝다.

「수의 세계」의 숫자로 치환된 인물들에서도 루이스 캐럴의 『이상한 나라의 앨리스』(1865)의 한 장면을 연상할 수 있었지만, 그리고 「뱀꼬리왕쥐」에서 '뱀꼬리왕쥐' 역시 앨리스를 이상한 나라로 데려간 토끼의 변형체라고 볼 수도 있었지만, 「춤추는 핀업걸」에서 그 연관성은 더 폭넓게 드러나 있다.

이 소설의 화자인 '나'는 꼭 몸의 절반만큼 조로(早老)를 앓고 있다. '나'의 몸속에는 속도가 다른 두 개의 시계가 째깍거리고 있는 셈이다. '나'의 주위에는 떠돌이 아버지가, 빚쟁이들을 피해 달력 속으로 숨는 엄마가, 엄마처럼 달력 속을 드나드는 '작달막', '새', '지겨워' 등의 핀업걸들이 있다. 여기에 눈덧신토끼까지 등장하면 '나'가 빠져 있는 이른바 '앨리스 증후군'의 증상은 더욱 두드러진다.

이처럼 「거인이 온다」와 「춤추는 핀업걸」에서는 환상이 생성되는 경로와 그 근거들이 암시되어 있다. 하지만 그 경로와 근거를 정확하고 분명하게 복원하는 것은 가능하지 않고 또 그다지 의미 있는 일도 아니다. 언어공동체가 공유하는 선행 텍스트(집단 환상)를 활용하여 새로운 텍스트(개인 환상)를 생산해 내는 이 방식에서 그 선행 텍스트들은 단일하지도 않고 또 분명하게 드러나 있지도 않다. 여기에서는 패러디나 알레고리와 같은 치환의 전략이 없다. 환상은 다만 환상 그 자체로 제시되어 있을 따름이다.

3.3 개인 환상의 현실적 근거

그렇다고 이 환상들이 자동적으로 증식되기만 하는 것은 아니다. 거기에는 그러한 환상을 생성시킨 현실적인 근거들이 잠재해 있다. 다만 그 환상의 원인을 현실 속에서 직접 발견할 수 있다고 믿는 것은 지나치게 단순한 것이다. 환상은 궁극적으로 현실을 비껴 나가기 위한 방어기제인바, 그러하기에 거기에는 복잡한 치환과 압축의 과정이 개입하기 때문이다. 그렇기 때문에 환상은 직접 현실로 환원되지 않는다.

「채플린, 채플린」 연작과 「지도에 없는」, 「피에로 행진곡」 등에는 염승숙 소설의 인물들이 환상에 탐닉할 수밖에 없는 현실적 근거들이 암시되어 있다. 이 소설들에는 공통적인 현상이 있다. 채플린으로 변하거나(「채플린, 채플린」 연작), 불광동 1-173번지가 갑자기 사라지거나(「지도에 없는」), 우산을 들고 하늘로 떠올라 사라지는(「피에로 행진곡」) 등의 현상이 그것이다. 「채플린, 채플린」 연작에서 채플린으로 변하는 사람들은 가짜 하객 역할을 하는 웨딩게스트 모철수처럼 존재감이 희미한 인물들이다. 「지도에 없는」에서 불광동 1-173번지에 살았던 사람들 역시 마찬가지이다.

아무도 찾아오지 않는 먼지 쌓인 사무실에서 나름대로 로망 있는 합동결혼식을 준비하는 갑, 이 나라의 중년들을 멀티플레이어로 만들겠다고 목 놓아 부르짖는 을, 자신의 이름이 도용되는 것을 막고자 가로 뛰고 세로 뛰는 병, 요식업 종사자들의 엄지손가락 안전을 사수하기 위해 부르스타의 레바리콜을 요구하는 정, 이 사회를 쿨 드링커들로 채워 건전한 음주문화를 사수하겠다고 노래하는 무, 그리고…… 이제 와 새삼 그들을 찾아다니며 불광동 1-173번지에 살았던 것을 기억하느냐고, 나를 알아보지 못하겠느냐고 애원하듯 물어보는 김 씨 자신.[22]

---

22 염승숙, 「채플린, 채플린」, 『채플린, 채플린』, 254쪽.

이들 역시 갑, 을, 병, 정, 무 등으로 불릴 만큼 존재감이 희미한 인물들이다. 위에서 드러나 있듯 이들이 필사적으로 하는 일 역시 마찬가지로 우스꽝스러울 정도로 사소한 것들이다. 「피에로 행진곡」에서 한쪽 다리가 불구이고 누나 부부가 사망하면서 남겨 놓은 빚에 허덕이고 있는 '나'나 고아원 출신의 혼혈아 '존'을 포함하여 거기에 등장하는 주민등록 말소 신청자들의 신세 역시 크게 다르지 않다.

염승숙의 소설에서 공통적으로 아버지가 무기력한 존재로 그려져 있다는 점도 그와 관련된다. 「뱀꼬리왕쥐」에서 아버지는 고양이가 삼켜 버렸고, 「채플린, 채플린」 연작에서 아버지는 어설프게 채플린 흉내를 내고 있다. 「지도에 없는」에서 아버지는 정신을 놓아 버렸고, 「피에로 행진곡」은 그런 아버지조차 없는 고아들의 이야기이다. 말하자면 상징적 규범이 약화된 지점에서 환상은 범람하고 있는 것이다. 존재감이 희미한 그들은 현실에 발을 딛고 서 있기가 힘들다. 그들은 언제든지 환상 속으로 날아가 버릴 수 있는 가벼운 몸의 소유자들이다.

이대로 계속 걷고 걸어 아무도 알지 못하는 길로 접어들었으면 하는 마음이 간절해졌다. 그 누구도 발견치 못한 길, 이 세상 어디에도 표시되지 않은 길, 지도에조차 나와 있지 않는 길로 무작정 걸어 나가면 '아임 다이. 아임 다이.' 하고 웃으며 죽는 시늉을 해 대던 누나와 매형을 만날 수 있을까. 그래, 만날 수 있지 않을까. 지구는, 아직 둥근데.[23]

이 존재감이 희미한 인물들이 갖는 환상은 그렇게 고상하거나 화려하지는 않지만 따뜻하고 낙관적이다. 자기의 일거수일투족을 적어서 신문

---

23 염승숙, 「피에로 행진곡」, 「채플린, 채플린」, 284쪽.

으로 만들고는 사서 읽어 줄 사람을 기다리거나 김밥을 말면서 시를 쓰는 사람들의 이야기는 세상을 향해 꺼내기 힘든 자기만의 환상이었을 것이다. 염승숙의 소설은 그들의 환상이 비록 유치하고 단순할지 모르나 거기에는 그들만의 절실함이, 솔직함과 소박함이 담겨 있다는 것을 새삼 확인시켜 주고 있다.

4 개인 환상의 문학적 방향

이처럼 염승숙의 소설이 그려 내는 세계는 기존의 규범적인 언어로 접근하기 어려웠던 개인 환상들의 세계이다. 그 세계는 기존의 우리 소설이 전위적인 언어를 동원하여 새롭게 개척하고자 했던 영역과는 조금 성격이 다른 듯하다. 그렇기 때문에 염승숙의 소설은 매끈하고 유기적인 서사나, 분열을 실험하는 급진적인 서사와는 거리가 있다. 그 이야기는 오히려 단순하고 평면적인 반복과 나열을 즐기는 성향이 있다.

그렇다면 이 작가는 자신이 만들어 낸 환상을 누구와 공유해야 하는가. 아마도 궁극적으로는 자신의 소설 속에 등장하는 인물들과 같은 그 개인 환상의 주체들일 것이다. 하지만 그들은 아직 자신들 속에서 출몰하는 개인 환상들을 향유할 준비가 되어 있지 않은 듯하다. 그들은 미디어가 제공하는 공동환상에 더 많이 노출되어 있는 실정이다. 그의 소설은 모든 개인이 자신의 고유한 환상의 주체가 되는 세계를 꿈꾸고 있지만 아직까지 그의 비문법성의 문학적 실험은 딜레마 속에 놓여 있는 듯 보인다.

이런 문제는 단기간 내에 의지에 의해 해결될 수 있는 성격의 것이 아니다. 집단 환상 속에 빠져 있는 그들을 리좀적 네트워크로 끌어들일 필요가 있고, 또 그럴 수 있는 장치와 전략이 필요하다. 그것은 그들이 자신의 언어적, 문학적 능력을 주체적으로 전유하는 과정과 나란히 진행될 수밖에 없다. 그것은 지금으로서는 매우 아득해 보인다.

그럼에도 그러한 방향을 향해 앞서 내딛는 시도들이 출현하고 있다는 것은 분명 고무적인 일이 아닐 수 없다. 다만 충분한 가속을 얻기 전까지는 좌우로 뒤뚱거리며 몸을 흔들어야 하는 단거리 주자의 출발 장면처럼 새로운 시도의 초반부는 늘 흔들림을 동반하는 법이다. 이 작가는 그 국면을 성실하고 우직하게 감당해 냈으니 그의 첫 소설집 『채플린, 채플린』은 그가 개인 환상의 주체들의 현실 속으로 더 깊이 뛰어들어가 그들과 더 직접적으로 소통하기 위한 힘찬 도움닫기라고 할 수 있을 것이다.

숨의 기원

— 김숨론

1 성장소설로서의『백치들』

김숨의 첫 장편『백치들』(2006)은 성장소설의 형식을 취하고 있다. 사막으로 떠났던 아버지가 6년 만에 돌아온 1984년을 기점으로 서울올림픽과 IMF를 거쳐 미국과 이라크의 분쟁이 발발한 2002년 무렵에 이르는 시기까지가 이 소설의 시간적 배경인바, 이 약 20년에 걸친 시간 동안 지방 도시 변두리의 어느 가난한 집안 출신의 한 여자아이가 시대와 더불어 성장한 내력이 소설의 줄기를 이루고 있다. 이 성장의 과정은 가정과 그 주변 인물이 세계의 전부였던 유년으로부터 현실의 사회적, 역사적 맥락 속에서 개인으로서의 삶의 좌표를 읽어 낼 수 있게 되는 성인에 이르는 과정이라는 점에서 일반적인 성장소설의 구도를 따르고 있다. 그럼에도『백치들』의 경우 개인의 성장과 공동체 이념의 조화라는 성장소설 일반의 목표와 거리가 있으며, 뿐만 아니라 성장소설 일반의 원리가 각 시대적 상황과 결합되어 형성된 그 변형들의 특수한 맥락과도 다른 새로운 방식을 보여 주고 있다. 우선 성장을 서사화하는 이 새로운 방식의 성격을 몇몇 전범들과 비교하면서 살펴보기로 하자.

구장동 15번지는 분지처럼 낮은 지대에 자리한 변두리 동네였다. 달동네는 아니었지만 그다지 넉넉하지 않은 사람들이 그곳에 모여 살았다. 구장동 15번지에 살고 있는 사람들 중에 가장 그럴듯한 직업을 가진 사람은 14통 6반의 김도형 아저씨였다. 그는 고등학교 윤리선생님이었다. 왜 그런지 모르겠지만 백치들은 김도형 아저씨를 어려워했고 그를 보면 꼬박꼬박 고개를 숙여 인사를 했다. 그렇다고 그가 백치들과 스스럼없이 어울리는 것도 아니었다. 그는 구장동 16번지에 주공아파트가 들어서자 서둘러 그곳으로 이사를 가 버렸다.[1]

．

『백치들』의 공간적 배경은 대전시 중구 구장동 15번지이다. 비탈길과 경부선이 지나가는 철도에 의해 다른 지역과 구분된, 도시 변두리의 가난한 동네인 이 가상의 공간은 조세희의 『난장이가 쏘아올린 작은 공』(1978)의 배경인 서울의 낙원구 행복동이 점차 지방의 대도시로, 다시 소도시로 확장되는 과정에서 생성된 곳이라고 볼 수 있다. 그렇기는 하되, 난장이의 죽음을 목격하며 위성도시로 내몰린 그때의 소시민들이 '아홉 켤레의 구두'(윤흥길, 『아홉 켤레의 구두로 남은 사내』, 1978)를 남겨 놓은 채 노동현장 속으로 뛰어들었다면, 『백치들』에서 '열아홉 켤레의 나막신'으로 남은 당숙어른은 폐결핵으로 초라한 죽음을 맞는다. 『난장이가 쏘아올린 작은 공』이나 『아홉 켤레의 구두로 남은 사내』에서 희망처럼 드러났던 중산층 소시민과 기층 민중 사이의 계급적 연대의 의지는, 위의 인용

---

1 김숨, 『백치들』, 랜덤하우스코리아, 2006, 29~30쪽.

에서 보듯, 『백치들』에서는 사라져 버리고 없다. 말하자면 삭막한 가난 속에서 뿌리 뽑힌 삶을 살아가는 인물들을 그리고 있다는 점에서 김숨의 '백치들'은 조세희의 '난장이들'이나 윤흥길의 '사내들'(계급적으로 분해되어 가는 소시민들)과 비교될 수 있지만 이 '백치들'에게는 사회적 의식에 도달하려 하는 필사적인 의지가 박약하다는 점에서 그들과 근본적으로 구분된다. 그것은 그들이 '백치들'인 이유이기도 하다.

김숨의 구장동 '백치들'은 따뜻한 인정과 건강한 심성의 소유자들이지만 사회적 의지를 품어 보지도 못하고 무력하게 살아가고 있다는 점에서 김소진의 길음동 '장석조네 사람들'(김소진, 『장석조네 사람들』, 1995)에 가까운 존재들이다. '장석조네 사람들'이 전쟁과 분단이라는 역사적 아픔을 겪었고 그 때문에 가난하고 고달픈 유랑의 삶을 살았던 것처럼, 그다음 세대에 해당하는 김숨의 '백치들'의 삶에도 역시 시대의 그늘이 드리워져 있다.

> 백치들에게는 몇 가지 공통점이 있었다. 백치들은 광복과 함께 태어나거나 광복 이후에 태어났으며 어린 시절에 6·25전쟁과 4·19를 겪었다. 백치들 중에는 북한에서 내려온 김신조 때문에 6개월 연장된 40개월 동안을 군인으로 살아야 했던 이도 있었다. 청년이 되어서는 사막의 건설 현장으로 가거나, 군인이 되어 월남의 전쟁터로 가거나, 광부가 되어 서독으로 나아갈 것을 강요받았다. 백치들은 젊은 날 청바지를 입고 장발을 하기도 했지만 근면과 절약과 저축을 미덕으로 믿고 살았다. 백치들은 통행금지 시간을 알리는 사이렌 소리를 기억하고 있었다. 차범근과 신성일은 백치들과 같은 세대이기도 했다. 백치들은 차범근처럼 자식을 셋만 낳거나 둘을 낳았다. 국경아저씨만이 딸 여섯 명을 낳았는데, 첫째나 둘째가 아들이었다면 그도 틀림없이 둘이나 셋밖에 자식을 두지 않았을 것이다.[2]

'백치들'이 공유하고 있는 역사적 경험과 그에 근거한 세대적 특성들이 위의 인용에서 제시되어 있다. 두서없는 나열처럼 보이기도 하지만 이는 인과적 구성보다는 무의지적 연상 쪽에 기울어져 있는 이 소설의 성향에 기인한다고 볼 수 있다. 이와 같은 서술 방식의 선택은 이 소설의 전략과도 밀접하게 관련을 맺고 있다. 이 소설이 제시하고 있는 인물들의 삶은 시간성의 마력에 의해 기본적으로 제약되어 있지만 종종 그것을 초월하는 환상적인 장면을 연출하기도 하거니와, 그 환상적 초월의 근거는 다름 아닌 그들의 무의식이다. 인물들의 삶 내부의 시간성(이데올로기성)뿐만 아니라 그 시간성이 포착하지 못하는 잉여의 지대까지 답사하여 그것을 표상의 차원으로 이끌어 내는 것, 『백치들』의 소설적 전략이 바로 여기에 놓여 있으니 이와 같은 전략은 '백치들'의 삶을 서술하는 방식을 규정하고 있었던 것이다. 그것은 김소진이 '장석조네 사람들'의 삶을 서술할 때 사용했던 핍진하면서도 유머러스한 방식과는 달리, 얼마간의 비약을 동반한 이미지들의 제시에 의해 이루어진다. 김소진의 '장석조네 사람들'이 사회적 의지가 거세된 실존의 드라마 속에 놓여 있다면, 김숨의 '백치들'은 무의식의 무대 위에서 펼쳐지는 환상의 드라마 속에 위치한다.

　　…… 그러니까 그날 나는 분명히 국경아저씨가 실을 뽑아내는 장면을 목격했다.
　　벽돌공들이 술에 취해 양철 조각 같은 어금니로 서로의 어깨를 물어뜯다가 돌아간 늦은 밤이었다. 서울세탁소의 녹슨 셔터는 반쯤 내려져 있었다. 천장에 걸어놓은 것처럼 괴괴한 분위기를 풍기며 허공에 떠 있었다. 국경아

2　같은 책, 28~29쪽.

저씨는 개구리처럼 다리미대 위에 두 발과 두 손을 내딛고는 천장을 향해 고개를 쳐들고 있었다. 국경아저씨는 허벅지와 엉덩이를 팽팽하게 조이는 녹색의 기지바지를 입고 있었다. 백열전구가 국경아저씨의 이마 바로 위에서 깜박깜박 희미하게 빛을 발하고 있었다. 빛 속으로 실밥 먼지가 떠다녔다. 국경아저씨가 턱을 직각으로 쳐들고 입을 뾰족하게 내밀었다. 백열전구의 빛이 깜박, 잦아들었다. 국경아저씨의 형체가 어둠 속으로 희끄무레하게 떠올랐다. 옷가지들의 그림자가 국경아저씨의 형체 주변을 유령처럼 떠돌고 있었다. 국경아저씨는 목각인형처럼 부자연스럽게 목을 꺾으며 실을 토해 내기 시작했다. 실은 동굴 속으로 산란하는 한 줄기 빛처럼 세탁소에 들어찬 어둠 속으로 가늘고 길게 뻗어 나갔다. 실은 눈 깜짝할 사이에 다리미대 위에 수북하게 쌓였다.[3]

사회적, 실존적 성장의 과정을 환상을 통해 새롭게 서사화하고 있다는 점에서 김숨의 백치들은 백민석의 『헤이, 우리 소풍 간다』(1995)에 등장하는 '만화영화 캐릭터들'에서 가장 근사한 전범을 발견한다. 백민석의 환상이 'Mother-Fatherless Children', 곧 업둥이의 그것이기에 과격한 급진성을 동반하고 있다면, 김숨의 환상에는 업둥이의 거친 자의식으로 인한 공격성이 보이지 않는다. 여기에는 '만화영화 캐릭터'에 욕망을 투여하는 사내아이들 특유의 외향성조차 결여되어 있다. 말하자면 이 개인적이고 내밀한 무의식적 환상은 외부에서 투여의 대상을 발견하지 못한 고립된 여자아이의 성장에 대응되는 것이라 하겠다. 그런 점에서 『백치들』은 역사적 상황을 배경으로 여성으로서의 사회적 혹은 실존적 의식에 도달했던 박완서, 오정희의 자리에서 한참을 지나온 것으로 보이

---

3 같은 책, 54~55쪽.

며, 역사적 상황의 규정성으로부터 벗어나 있는 여성적 의식의 고유한 영토를 천착한 신경숙, 은희경의 자리와는 좀 더 가깝지만, 그 영토 이면의 무의식적 환상을 지향한다는 점에서 그로부터 한 발 더 나아간다. 바로 여기에 74년생 여성이 기록한 성장소설로서의 『백치들』의 좌표가 놓여 있다.

2 가족소설로서의 『백치들』

이처럼 김숨의 성장소설은 시대적 현실(이념)과의 소통으로 향하지 않고 심리적 계기에 고착된 양상을 드러내고 있다. 이 고착의 지점에서 존재에 대한 근원적인 물음이 제기되는 한편 그에 대한 해결이 모색되고 있다.

『백치들』에서 '나'와 현실 사이의 소통을 가로막는 가장 근원적인 장애는 바로 사막에서 돌아온 아버지가 '백치'가 되었다는 사실이다. 아버지가 완전한 존재가 아니라 '백치'에 지나지 않는 인물이라는 발견이 아이를 절망케 한다. 아이는 어떠한 방식으로든 이 절망을 딛고 자신에게 주어진 현실과의 타협을 이루어 내야만 한다. 이 지점에서 아이는 가상의 부모를 꿈꾸기 마련인데, 그러한 방식으로 불완전한 오이디푸스 구조로 인한 심리적인 문제에 대한 상징적 해결을 모색할 수 있기 때문이다. 이와 같은 심리적 메커니즘, 즉 아이가 성장의 과정에서 직면하는 정체성의 위기를 해결하기 위해 상상력의 주재 아래에 구성되는 몽상을 설명하는 용어로 프로이트는 '가족소설'이라는 개념을 고안한 바 있다.

그런데 『백치들』에서 문제는 아이의 주위에 가상의 부모가 될 만한 모델이 존재하지 않는다는 사실에 있다. 왜냐하면 아이의 주위에 있는 아버지 또래의 인물들은 모두 아버지처럼 '백치들'이기 때문이다. 바로 여기에 보다 근원적인 절망이 가로놓여 있다.

> 나는 왠지 안심이 되었다. 나는 모래를 두려워하고 멀리하면서도 모래의
> 기운에 길들여져 있었던 것이다.[4]

이미 아버지의 모래의 기운에 길들여져 있는 '나'이기에 부모와의 오이디푸스 구조를 상상적으로 재편하는 것조차 쉽지 않다. 외부로의 출구를 갖지 못한 이 유폐된 현실주의는 '나'가 놓여 있는 현실의 좌표를 직시하지 않을 수 없도록 유도하고 있기 때문이다. 이는 아버지의 권위로부터 받는 억압을 증언하거나 아니면 어머니로부터 전승된 모계의 운명에 도전하는 한편 그것을 마침내 수용하는 방식으로 제시되는 일반적인 여성 화자의 가족소설과 달리『백치들』에 남근적 권위나 모성적 초자아가 드러나지 않는 이유를 말해 주는 것이기도 하다.

그러나 그렇다고 해서 그 잉여의 리비도가 사라져 버리는 것은 아니다. 실제의 아버지를 현실 속의 다른 대상으로 치환할 수 없다면 불안전한 오이디푸스 구조로 인해 발생한 잉여의 리비도를 어떻게 처리해야 할까.

> 겨자 씨앗만 한 눈물방울이 그의 거뭇한 눈 밑에 맺혔다. 그의 더덕 같은
> 손등으로 눈물방울이 떨어졌다. 내가 혐오하는 것이 있다면 그것은 한 방울
> 의 눈물이라는 것을, 나는 그의 손등으로 흘러내리는 눈물을 훔쳐보며 깨달
> 았다.[5]

---

4 같은 책, 153~154쪽.
5 같은 책, 169쪽.

에로스적 욕망에 흡수되지 못한 이 잉여의 리비도가 오이디푸스 구조 바깥의 다른 대상과 결합하여 가족소설을 생산해 내는 것일 텐데,『백치들』은 다른 대상을 찾는, 그러니까 불완전한 부모를 몽상 속에서 완전한 부모로 대체하는 방식으로 이 리비도를 처리하지 않고, 실재의 부모 혹은 아저씨들에게 그와 결부된 환상을 부여함으로써 새로운 형태의 가족소설을 만들어 내고 있다. 말하자면 이 환상이 그들의 결여 부분을 메우고 있는 것이다. 아버지는 모래로 둘러싸여 있고 서울세탁소의 국경아저씨는 입에서 실을 뽑아낸다. 희야아저씨의 잠이나 도식아저씨의 식욕은 실제를 초과하는 비현실의 느낌을 동반하고 있다. 이런 방식으로 김숨은 "자랑하고 뽐낼 만한 '빛나는' 어떤 부분"[6]을 갖지 못한 '백치들'에게 '빛나는' 것을 하나씩 선사하고 있는 것이다.

그러나 표면상으로는 마치 동화적 환상과도 같은 순치된 형식으로 드러나는 이 과정은 그 밑바닥에 앙금처럼 가라앉은 고통의 시간들을 기억하고 있다.

나는 한때 백치들의 이름들을 한없이 경멸하며 잊기 위해 노력했다. 그래야만 내가 어른다운 어른으로 성장할 수 있다고 믿었다. 백치들의 이름을 잊어야 한다는 것은 내게 일종의 강박이었다. 나는 한때 백치들의 이름들을 잊어 버렸다고 믿었던 적도 있었다. 단 하나의 이름도 기억하고 있지 않다고. 그러나 내가 서른을 넘기면서 백치들의 이름들은 자주 시(詩)의 한 구절처럼 내 머릿속에 명징하게 떠올랐다. 밤늦게 버스를 타고 가거나, 혼자 극장에서 영화를 보거나, 침침한 식당에 들어가 주문한 음식이 나오기를 기다리거나, 9시 뉴스를 시청하다가 백치들 중 누군가의 이름을 가만히 불러보

---

6 같은 책, 15쪽.

곤 하는 것이다.

　무딘 돌멩이를 들고 서툴게 일생일대(一生一代)의 들판으로 달려 나간 백치들의 이름을 불러보곤 하는 것이다.[7]

자신에게 운명적으로 부과된 삶의 밑그림을 온전히 긍정할 수도 그렇다고 전적으로 거부할 수도 없다는 것은 인간이라면 누구에게나 해당되는 숙명일 터이다. 그러하기에 우리는 이 부정과 긍정을 생이 다하는 순간까지 수도 없이 반복해야 하리라. 이 생의 의지가 이루어 낸 긍정과 부정의 변증법에 의해서도 지양되지 못한 잉여의 리비도가 무의식 속에 남아 있으니, 이 무의식과의 싸움을 통해 얻어진 한 줌의 추출물이 다름 아닌 '시(詩)'일 것이다. 이처럼 시로 승화된 이미지들은 경멸과 부정의 처절한 몸부림을 그 배후에 거느리고 있었던 것이니, 그 빛나는 환상들이 잉여의 리비도로부터 추출된 '독(毒)'의 현상학의 산물이라는 사실이 이 지점에서 새삼 확인되기에 이른다.

이런 관점에서 보자면 『백치들』은 특이한 형식의 가족소설이다. 마르토 로베르는 가족소설을 문학과 심리학의 중간 지점에서 형성되는 소설의 기원으로 설명하면서 그에 근거하여 소설을 두 가지 유형, 곧 사생아의 방식과 업둥이의 방식으로 구분하고 있다. 전자가 세계를 정면으로 공격하면서 결국은 세계를 도와주는 리얼리스트의 방식이라면 후자는 세계로부터 도피하여 다른 세계를 창조하는 모더니스트의 방식이다. 『백치들』의 경우 업둥이형이라 하기에는 현실의 그림자가 너무 생생하게 드러나 있으며, 사생아형이라 하기에는 환상의 범람이 뚜렷하다. 그런 의미에서 이 소설은 사생아도 업둥이도 아닌 '나'가 그려 내는 새로운

7　같은 책, 27~28쪽.

유형의 가족소설이라 할 수 있다.

3 상호텍스트로서의 『백치들』

앞에서 살펴보았듯이 『백치들』에는 수다한 전범들의 흔적이 새겨져 있다. 우선 천양희의 「자화상」과 정병근의 「빙하기의 추억」 등의 시 일부가 직접 인용되어 있으며, 비록 그만큼 직접적으로 제시되어 있지는 않지만 조세희, 윤흥길, 김소진, 백민석 등의 소설들과 비교될 수 있는 영향 관계 또한 암시적으로 드러나 있다.

하지만 기호에 대한 정신분석의 관점에서 보면 이러한 텍스트들 사이의 상호 관련은 텍스트의 역사성에 비해 부차적인 것이다. 선적으로 연결된 표상의 역사 이면에는 그것의 토대가 되는, 불투명하지만 보다 근원적인 역사가 놓여 있다. 크리스테바가 이야기하고 있듯이, 그것은 산물(product)의 역사가 아니라 산물에 선행하는 의미화 생산(production)의 역사라 할 것이다.

비슷한 시기에 발표된 김숨의 단편 「트럭」(《문학사상》, 2006년 2월호)은 『백치들』과 거의 유사한 내용으로 되어 있다. 가령 다음과 같은 대목을 보자.

아버지는 한때 중동에 다녀오기도 했다. 아버지는 벌어먹고 살기 위해 중동의 사막으로 떠났다. 아버지의 형제들과 친구들은 벌어먹고 살기 위해 월남의 전쟁터로 가거나 광부가 되어 독일로 떠났으며 중동의 사막으로까지 가야 했다. 아버지는 사막에서 육 년을 있었다. 그리고 중동에서 돌아오자마자 백수가 되었다. 아버지는 백수가 되기 위해 그토록 뜨겁고 지루한 사막을 묵묵히 건너온 것만 같았다······. 사막을 건너오는 동안 아버지에게 는 식빵과 노른자를 익히지 않은 계란 프라이와 시큼한 녹 맛이 나는 물 한 방울이 위로로 주어졌다. 아버지는 백수로 지내는 동안에도 식빵과 계란 프 라이로 허기와 막막함을 채우곤 했다. 아버지는 간혹 식빵에 소금과 설탕을 골고루 뿌려 자식들에게 먹이기도 했다. 아버지가 자식들에게 베풀 수 있었 던 것은 소금과 설탕을 뿌린 한 장의 식빵! 식빵뿐이었는지도 모르겠다.[8]

어떻게 보면 「트럭」이 『백치들』의 축약본이라고 할 수 있을 만큼 그 내 용상의 대응 관계는 뚜렷하다. 다만 『백치들』에서 아버지가 모래의 환상 과 분리되지 않았다면 「트럭」의 경우에는 그 자리에 트럭이라는 실제의 사물이 놓여 있다. 『백치들』에서 아버지의 환상과 결합된 이미지였던 모 래를 「트럭」에서는 아버지가 가족의 생계를 위해 트럭에 싣고 옮기고 있 다. 『백치들』에서 '백치들'이 옥상에 올라갈 때면 들고 갔던 파란 방수포 가 「트럭」에서는 아버지의 트럭 위에 산처럼 쌓인 모래 위에 덮여 있다.

『백치들』과 「트럭」에서 '나'가 부모나 오빠와 이루는 가족 구조는 첫 소설집 『투견』(2005)에 실린 김숨의 다른 단편들에도 그대로 드러나 있 다. 가령 김숨의 첫 발표작 「느림에 대하여」에서 아버지는 트럭 대신 택 시를 운전한다. 본드로 혁대를 붙이는 어머니 대신 다리를 절며 느리게 걷는 어머니가 등장한다. 여기에는 아버지가 '백치들'과 함께 옥상에 올 라가는 장면 대신 지붕에 구멍을 뚫은 오빠와 그것을 막으러 지붕 위로 올라가는 아버지가 함께 그려진 그림이 놓여 있다. 「중세의 시간」에서 아버지는 집을 나갔고(부재 또한 자리를 차지하는 한 가지 방식이다.) 어머니는 심 한 결벽증의 소유자로 등장한다. 그리고 '나'의 나체를 그리는 '그'가 오

8 김숨, 「트럭」, 《문학사상》, 2006년 2월호, 309~310쪽.

빠의 자리에 놓여 있다. 여기에서는 아버지의 부재 속에 모성적 초자아에 의한 억압의 양상이 두드러진다. 한편 「투견」에서 아버지는 트럭에 모래 대신에 도살한 개고기를 싣고 다닌다. 죽은 어머니 대신 아버지가 데려온 여자가 있다. 이번에는 어머니의 부재 속에 아버지의 억압적 권위에 초점이 맞춰진다. 이 뒤틀린 가족 구조로부터 '나'를 탈출시켜 줄 수 있는 구원의 존재였던 영식은 아버지의 죽음 이후 그 자리를 차지하게 되면서 오빠의 자리로부터 아버지의 자리로 이동하고 있다. 「검은 염소 세 마리」에서 수직적인 가족 구조는 수평적으로 재편되어 있다. 태식(아버지)은 트럭 대신 오토바이를 타고 다니며 그의 곁에는 성냥 공장에 다니는 순영(어머니)이 있다. 그들의 억압에 소년(오빠)과 소녀('나')가 함께 맞서고 있다. 「지진과 박쥐의 숲」에서 마르케스(아버지)는 겨울이 지나 봄이 되자 초췌한 모습으로 돌아온다. 아나(어머니)는 본드로 혁대를 붙이는 대신 털실로 스웨터를 짜고 있다. 이 경우 꼽추인 '나'의 탈출구는 '검은 길'(오빠)로 추상화되어 나타나고 있다. 김숨 소설에서 이 가족 구조의 변주는 이처럼 추상성과 사실성 사이를 진동하면서, 해체와 복원을 반복하면서 끊임없이 변형되어 나가는 양상을 보이고 있는데, 이 역동적인 변형 운동의 기원에 바로 『백치들』이 놓여 있다. 그런가 하면 「트럭」은 『백치들』의 시간적 기원으로서의 실재성을 다시 분산시키면서 『백치들』을 수평적으로 펼쳐진 여러 상호텍스트 가운데 하나로 만들어 놓는 바, 여기에 「트럭」의 필연적인 존재 이유가 있다.

어떻게 이렇듯 겹침과 어긋남이 공존할 수 있는가. 왜 발화는 하나의 의미로 통일되지 못하고 복수로 분산되어 있는가. 그것은 상상계와 상징계가 매번 새롭게 결합하기 때문일 것이다. 그것은 발화의 대상뿐만 아니라 발화의 주체 또한 매순간 갱신한다. 그러나 그렇다고 그 주체들이 뿔뿔이 무정부 상태로 흩어져 있는 것은 아닐 것이다. 그것들은 자신의 정체성을 수립하기 위한 필사적인 의지를 내포하고 있을 것이기 때문이다. 그럼에도 그 발화의 주체들이 초월적 자아로 확고하게 유지될 수 없으며 그러하기에 그 주체들 사이의 빈틈들은 타자성에 의해 점령되어 있다. 크리스테바에 의하면 정신분석은 바로 이 정체성 내부의 타자성을 분석하는 이론이다. 그런 의미에서 "물에 비친 모랫길을 제 길인 양 생이 다하도록 잘 걸었다는 낙타"(천양희, 「자화상」)는 내부의 타자성과 더불어 평생을 함께할 수밖에 없는 우리 삶의 운명을 적나라하게 표현하고 있는 메타포일 것이다.

『백치들』의 아버지를 비롯한 가족 역시 '나'의 내부에서 '나'와 더불어 평생을 함께해온 타자성의 다른 이름이다. 그렇기 때문에 아버지라는 타자에 대한 이해는 결국 '나'의 정체성 확인과 불가피하게 연루되어 있다. 김숨 소설의 화자는 다음과 같이 자각적으로 고백하고 있다. "나는 간혹 내가 아버지의 생애를 너무도 깊이 이해하고 있다는 착각을 하기도 한다. 그러나 내가 아버지의 생애 중에 이해하고 있는 것은, 어쩌면 한 알의 모래만큼이나 지극히 작은 부분일지도 모르겠다."[9]고. 이처럼 정체성과 타자성은 두 계열의 차원으로 정연하게 나뉘어 인과적으로 연결되어 있는 것이 아니라 한데 뒤섞여 있다. 그러하기에 마르토 로베르가 『소설의 기원, 기원의 소설』에서 말하듯 사실과 허구를 구분할 수 없는 이 장소, 자아와 타자의 구분이 소멸되는 이 지점이야말로 글쓰기의 궁극적인 기원일 것이다.

이렇게 본다면 김숨이 그의 단편들에서 보여 준 그로테스크한 환상의 이미지들의 기원이 바로 여기에 있음을 다시 한 번 확인하게 된다. 이상(李箱)에게 그의 글쓰기의 원점으로서 장편 「12월 12일」(1930)이 놓여 있

---

9 김숨, 앞의 책, 16쪽.

었다면, 김숨에게는 그에 대응되는 것이 바로『백치들』일 것이다. 이처럼 복수의 텍스트들을 분산하는『백치들』은 김숨 글쓰기의 기원을 선명하게 보여 주고 있다. 우리는 이 중간에 불쑥 솟아난 기원에서 김숨의 소설이 숨 막히는 가족 구조로부터 벗어나 참았던 숨을 몰아쉬며 새로운 서사를 향한 전환점을 돌고 있는 장면을 바야흐로 목격하고 있다.

식물이 자라는 속도로 글쓰기

── 한강론

1 한강의 소설과 '한강현'의 소설

『내 여자의 열매』(2000)나 『채식주의자』(2007)와 같은 대표작, 혹은 『바람이 분다, 가라』(2010) 등의 신작들을 통해 현재 독자들이 작가에 대해 갖고 있는 인상과는 달리, 한강의 초기 소설들에서 등장인물은 대부분 남성이다.

1994년 《서울신문》 신춘문예 당선작인 그의 첫 소설 「붉은 닻」은 한 가족의 이야기이다. 실종된 아버지와 밤이 늦도록 찾아오는 사람 없는 조그만 문구점을 지키고 있는 어머니를 둔 형제 동식, 동영 가운데 형 동식에 초점을 두고 서술이 전개되고 있다. 두 번째로 발표된 「진달래 능선」(《샘이 깊은 물》, 1994년 3월호) 역시 어려서 고향을 떠나온 정환에 서술의 초점을 맞추어져 있다. 한참 후 고향을 다시 찾은 그는 그동안 아버지가 죽고 어머니는 백치 동생 정임을 데리고 개가했다는 소식을 전해 듣는다. 그가 세 들어 있는 집의 주인 황씨는 죽은 딸이 있는 세계로 나무를 보내기 위해 정원의 나무를 태운다. 어머니, 정임, 그리고 황씨의 딸 등 여성들은 죽었거나 아니면 어딘가로 떠나고 없다. 그들은 남성들의 증상으로만 그 흔적을 남기고 있다. 세 번째 소설 「질주」(《한국문학》, 1994년 5·6월호)에도 일그러진 가족이 등장한다. 초점 인물 인규의 동생 진규는 어려서 죽었고, 어머니는 개가하여 의붓아버지와 함께 살고 있다. 온 힘을 다해 주먹을 쥐는 버릇 때문에 그의 손바닥에는 면도칼로 그려 놓은 것 같은 두 개의 흉터가 남아 있다. 네 번째 소설 「야간열차」(《문예중앙》, 1994년 여름호)는 앞서 발표된 세 편의 소설들과 달리 1인칭 시점을 취하고 있다. 여기에서 '나'(영현)는 「질주」의 인규처럼 자신의 짓눌린 운명으로부터 벗어나고자 몸부림치고 있는 친구 동걸의 욕망을 관찰하고 증언하는 역할을 맡고 있다. 그리고 동걸의 여동생 선주는 동걸의 정신적 외상을 '나'에게 대신 알려 주는 메신저 역할을 한다.

등단 후 반년 동안 한강이 발표한 네 편의 소설은 이처럼 남성들의 이야기이다. 여성 인물들도 등장하기는 하지만 그들의 존재감은 희미하다. 1994년이면 그 이전 시기 현실에 대한 남성들의 저항의 드라마에서 그 주변에 머물러 있던 여성들이 점차 자신의 목소리로 그들의 일상과 내면을 한참 이야기하고 있을 무렵이었기에 이런 한강 소설의 면모는 다소 의아스러운 것이었다. 첫 소설집의 해설에서 김병익이 "그의 작품 속의 세계는 오히려, 그의 아버지 세대가 지금 그의 나이로 살았을 60년대, 혹은 그 이전의 시대에 속해 있을, 어둡고 간난스럽고 한스러운 세계이다."[1]라고 지적했던 것도 그런 맥락이라고 할 수 있겠다.

인물들이 남성이었을 뿐만 아니라, 소설의 문법 역시 그 이전 시대 남성 작가들의 소설에 의거하고 있었다. 잘 알려져 있지 않지만, 그가 처음

---

1 김병익, 「희망 없는 세상을, 고아처럼」, 『여수의 사랑』, 문학과지성사, 1995, 306쪽.

소설가로 발을 디뎠던 때 그는 '한강현'이라는 이름으로 신춘문예에 투고했고 당선된 바 있다(《서울신문》, 1994년 1월 4일자). 두 번째 소설을 발표하면서 한강이라는 이름을 다시 회복했지만, 앞서 살펴본 바와 같이 한강의 초기 소설들은 오히려 '한강현'이라는 남성 혹은 중성적인 느낌의 필명에 더 잘 어울리는 분위기를 담고 있다.

작가 자신이 작성한 연보에 따르면, 그는 이렇게 네 편의 소설을 발표하고 나서 "꼭 6개월만 자유롭게 소설만 쓰고 싶다."[2]라는 생각으로 다니던 직장을 그만두고 이후 첫 소설집 『여수의 사랑』(1995)에 실릴 나머지 세 편의 소설을 쓴다. 그중 「여수의 사랑」(《리뷰》, 1994년 겨울호)이 그해 먼저 발표되었고, 「저녁빛」(《문학과사회》, 1995년 봄호)과 「어둠의 사육제」(《동서문학》, 1995년 여름호)는 그 이듬해 발표된다. 이 과정에서 한강 소설의 인물은 남성으로부터 여성으로 서서히 옮아가고 있다. 동생 재인의 시선으로 형 재헌의 타나토스적 충동을 그리고 있는 「저녁빛」은 무엇보다 두 형제의 이야기라는 점에서 아직 '한강현' 소설의 범주에 속하는 것이다. 「어둠의 사육제」의 1인칭 화자는 '영진'이라는, 굳이 따지자면 남성적 이름을 가진 여성이다. 그 자신의 불우하고 기구한 삶의 내력 또한 소설의 일부이지만, 그가 맡은 더 큰 역할은 교통사고로 아내와 아이를 잃은 명환의 고통, 그리고 그로 인한 뒤틀린 심리와 행동이 결국 그를 죽음으로 몰고 가는 과정을 관찰하고 증언하는 것이다. 여기에서는 관찰자가 여성으로 바뀌었다는 점이 주목된다. 하지만 아직까지 관찰 대상은 남성이다.

그리고 「여수의 사랑」이다. 이 소설에도 1인칭의 여성 화자 '정선'이 등장한다. 그가 앓고 있는 결벽증과 위경련은 그의 정신적 외상이 신체적 증상으로 전이되어 나타난 것이다. 하지만 '나'의 상처는 자신보다 더

---

2 「한강 — 아기 부처: 2000년 제25회 한국소설문학상 수상작품집」, 개미, 1999, 333쪽.

큰 외상을 가진 여성 인물 '자흔'과 만나, 그를 이해하고, 결국 그 존재를 증언하기 위한 매개로서의 의미가 더 크다. 「어둠의 사육제」에서의 '영진'의 자리에 '정선'이, 그리고 결정적으로 남성 인물 '명환'의 자리에 이제 여성 인물 '자흔'이 있다.

「여수의 사랑」에 이르러 한강 소설의 인물은 '젠더'의 '트랜스' 과정을 완성한다. 하지만 그들의 삶을 서술하는 방식은 여전히 이전 시대 남성 소설의 문법에 가깝다. 다른 동시대의 여성 작가들이 문체를 매개로 기존 소설의 문법을 갱신하여 여성들의 삶을 포착하고 서술했다면, 한강은 그와 달리 기존 남성 중심 소설의 문법 내부에 여성이라는 폭탄을 장치하고 그 내부로부터 터뜨려 나가면서 여성을 이야기하는 또 다른 소설적 방식을 추구한다. 그 지난하고 더디지만 꾸준하고 일관된 추구의 과정을 더듬어 보면서 한강 소설의 세계와 그 의의에 대해 생각해 보는 것이 이 글의 내용이 될 것이다.

2 여성을 이야기하는 한강 소설의 방식, 그 변모의 과정

2.1 여성에 의한 여성의 이야기

한강의 첫 장편 『검은 사슴』(1998)은 잡지사 기자인 인영과 후배 명윤이 그들과 각각 동거인과 연인의 운명으로 맺어져 함께 지내다가 어느 날 갑자기 사라진 의선을 찾아 그의 고향인 탄광촌 일대를 헤매 다니는 내용의 스토리를 담고 있다. 그들의 최종 목적은 의선의 행적을 좇는 것이지만, 명목상의 이유는 탄광촌에서 광부들의 사진을 찍는 사진작가 장종욱을 취재하기 위한 것이다. 그리하여 이야기는 더 넓어져서 황폐한 탄광촌의 풍경과 그 속에서 살아가는 사람들의 이야기가 소설 속으로 흘러들어 온다. 시점을 바꾸어 가며 서술되는 이 여로는 그 인물들의 삶의 사연이 하나씩 펼쳐지고 그들 사이에 감춰진 관계가 차례로 드러나는 장소이기도 하다.

이 소설에는『여수의 사랑』의 단편들에서 제시되었던 모티프들이 장편의 서사에 맞게 다듬어져서 새로운 모습으로 다시 등장하고 있다. 일단 전체적으로『여수의 사랑』에서 인물들을 떠돌게 만들었던 삶의 상처는 명윤과 인영, 그리고 의선 등『검은 사슴』의 주요 인물들에게로 분배되어 전이된다. 그 가운데에서『여수의 사랑』에서 형성되어『검은 사슴』으로 이전되고 또 그 이후로도 지속적으로 변주되는 모티프로 한강 소설에서의 여성 인물들이 이루는 구도를 들 수 있다.「여수의 사랑」에서 정선과 자흔의 관계는『검은 사슴』에서의 인영과 의선,『그대의 차가운 손』(2002)에서의 '나'(H)와 L, E,『채식주의자』에서의 언니(인혜)와 영혜,『바람이 분다, 가라』에서의 '나'(정희)와 인주 등의 관계로 이어지면서 연속적인 계보를 이루게 되고 그리하여 그 관계 자체가 한강 소설의 원형적인 인물 구도를 형성한다. 여성 관찰자들 역시 저마다의 삶의 상처를 갖고 있지만 그럼에도 그들은 관찰 대상이 되는 여성들에 비하면 상징의 질서에 속해 있는 인물들이다. 반면 관찰 대상이 되는 여성들은 그보다 더 큰 고통으로 말미암아 상징의 질서로부터 스스로 이탈한 인물들인데, 한강의 소설 전체에서 이 유형의 인물이 가장 문제적 영역을 차지하고 있다. 이 문제적 인물 유형은「여수의 사랑」의 자흔에서 비롯되어『검은 사슴』의 의선에게서 그 원형을 얻고, 그리고「내 여자의 열매」의 아내인 '나'와『채식주의자』의 영혜 등으로 변주, 확장되면서 한강 소설 세계의 중심에 놓인다.

마치 식물 같았어요. 이렇게 어두운 방에서도 그 애는 늘 저 창문을 향해 앉아 있었어요. 어두운 방에 놓인 화분 속의 풀이, 아무리 가냘픈 빛이라도 있으면 그쪽으로 구부러지는 것처럼 말예요.[3]

『검은 사슴』의 의선에게서 이미 한강 소설의 문제적 인물들이 공유하는 식물성, 향일성, 채식성, 그리고 그 근원에 놓인 운명적 광기가 드러나 있다. 하지만 그들은 자신의 고통을 앓고 있느라 그 고통의 원인을 분석하거나 그 해결을 호소할 여유가 없는 인물들이다. 그래서 그들의 고통을 관찰하고 그 문제를 공동체에 전하는 일은 고통의 당사자 곁에 머물고 있는 다른 여성에 의해 이루어질 수밖에 없다. 한강 소설에서 여성 관찰자가 필요한 이유가 거기에 있다. 마치 샬럿 브론테(Charlotte Brontë)가 커러 벨(Currer Bell)이라는 남성 필명(male pseudonym)으로 발표한 『제인 에어(Jane Eyre)』(1847)에서 '다락방의 미친 여자' 버사 메이슨이 제인 에어를 필요로 했던 것처럼. 그런데 여기에서 문제는 이 관찰자 여성 역시 공동체의 남성적인 언어 규범에 의거하여 그 작업을 수행할 수밖에 없다는 사실이다. 이 지점에서 남성적 문법과 여성적 무의식 사이의 괴리가 발생하는데, 이후의 한강의 소설은 이 문제를 해결하는 일련의 과정을 보여 주고 있다.

2.2 여성적 현실을 구체화하는 매개로서의 부부 관계

그 첫 단계에서 한강 소설은 남성 관찰자가 남성 인물을 관찰하는 방식에서 점차 여성 관찰자에 의한 여성 인물의 이야기로 옮아가는 양상을 보여 준 바 있다. 그렇게 하여 「여수의 사랑」과 『검은 사슴』이 성립되었다. 그 소설들에서 여성 인물들은 자멸의 운명을 살아가고 있는데, 그들의 고통에는 뚜렷한 원인이 제시되어 있지 않다. 그들은 그저 운명적으

---

3 한강, 『검은 사슴』, 문학동네, 1998, 266쪽.

로 그 고통을 앓고 있다. 한강 소설에서는 남성 인물들도 구체적인 현실의 원인에 의거하여 행동하지는 않는 편인데 그래도 그들의 경우에는 가난이나 가족 관계라는 현실적인 원인이 부분적으로나마 고통의 근거로서 제시되어 있다. 하지만 여성 인물들의 경우에는 그 고통의 원인이 보다 모호하기 때문에, 여성이라는 존재 자체가 고통의 근거가 아닌가 생각이 될 정도이다.

이와 같은 중심 캐릭터의 성격과 성향은 이후에도 어느 정도 유지된다. 그럼에도 어느 시점 이후 한강 소설에서는 여성의 문제가 좀 더 구체화되어 나타나기 시작하는데, 그 문제들은 주로 결혼을 통해 성립된 부부 관계를 상황으로 하여 발생하고 있다. 두 번째 소설집『내 여자의 열매』에서 여성 인물들이 겪는 고통은 그와 같은 부부 관계에서의 소통의 문제라는 보다 구체적인 원인으로부터 발생한 것이다. 한강 소설에서 여성들은 결혼이라는 관계 속에서 예외 없이 행복한 결과를 얻지 못하고 있다.「어느 날 그는」의 태식과 민화의 관계는 결국 태식이 칼로 민화의 몸을 열일곱 번이나 찌르는 것으로 끝났고,「아기 부처」의 '나'와 뉴스 앵커인 남편의 관계는 법률적으로 정리되기 오래전부터 이미 실질적으로 결렬되어 있었다.『채식주의자』에서도 인혜와 영혜 부부는 만남부터 서로 어긋나 있었고, 결국 두 부부 관계 모두 영혜의 자살 소동 사건과 형부와 처제 사이의 퍼포먼스를 계기로 하여 차례로 파탄에 이른다.『바람이 분다, 가라』에서는 '나'(정희)와 K, 인주와 정선규 부부의 관계가 이미 결별된 상태에서 이야기가 시작된다.

그 관계 속에서 남성 인물들은 전형적인 몰이해와 억압의 태도를 공유하고 있다. 그들은 자신의 콤플렉스를 아내에게 폭력적으로 전가한다. 「어느 날 그는」에서 태식의 외모나「아기 부처」에서 남편의 화상 흉터로 상징되는 그들의 내면의 상처는 부부 사이의 갈등의 과정에서 아내에게로 전이되고, 여성들이 본래 가지고 있던 삶의 무게는 그 때문에 더 무거워진다. 그런 방식으로 묘사된 남성들의 면모는 어느 정도 현실을 반영하고 있는 것은 사실이지만, 그런 전형성으로 인해 오히려 현실성이 약화되는 측면도 있다. 그에 비하면 화가인 아내('나')가 교통사고로 왼손을 다쳐 결국 양손 모두를 제대로 사용할 수 없게 되면서 점점 수렁에 빠져들어가는 「노랑무늬영원」(2003)의 부부 관계는 비교적 현실적이라고 할 수 있다.

저 사람은 이런 사람이 아니었다. 기본적으로 심성이 여리고 다정했었다. 그러나 닳아 간다. 타이어가 닳는 것처럼, 이런저런 일들을 몸으로 겪으면서. 그와 나만 그런 것은 아닐 것이다. 누구나 그렇게 조금씩, 닳아 간다는 것을 의식 못하면서 조금씩, 바퀴가 미끄러워진다. 미끄러워지고, 미끄러워져서, 어느 날 아침 갑자기 브레이크가 듣지 않는다.[4]

이 대목에서 부부 관계는 전형성에서 벗어난 좀 더 객관적인 시선에 의해 파악되고 있는 듯하다. 최근작 「훈자」(2009)에서의 남편 역시 아내 '나'로 하여금 삶을 고통으로 인식하게 만드는 존재이지만, 이 경우에 그 고통은 남편의 억압적 성격 때문이 아니라 오히려 무능력과 무기력 때문이다.

2.3 남성의 시선으로 여성을 바라보기

뒤로 가면 부부 관계는 더 현실적으로 바뀌어 나가지만, 그 관계가 서사화된 초기에는 남성의 억압으로 인한 여성의 고통이라는 구도가 선명

---

4 한강, 「노랑무늬영원」, 《문학동네》, 2003년 봄호, 161쪽.

하다. 경우에 따라서는 이 관계를 관찰하는 데 남편, 그러니까 남성의 시점을 활용하기도 한다. 가령 「내 여자의 열매」는 모두 여덟 개의 장으로 이루어진 소설인데, 그 가운데 일곱 번째 장만이 아내의 독백이고 나머지 일곱 개의 장은 남편의 시점으로 서술되어 있다. 『채식주의자』는 각각 남편, 형부, 언니의 시선에서 영혜를 서술하고 있는 세 개의 이야기로 구성된 연작 형식의 소설인데, 그 가운데 첫 이야기 「채식주의자」에서도 아내 영혜를 관찰하는 남편을 1인칭 시점으로 하여 서술이 이루어지고 있다.

"뭐 하는 거야, 지금!"
나는 마침내 이성을 잃고 고함을 질렀다. 어젯밤과 똑같이 나의 존재를 무시하며 그녀는 계속해서 고기 꾸러미들을 쓰레기봉투에 넣었다. 쇠고기와 돼지고기, 토막 난 닭, 적게 잡아도 이십만 원어치는 될 바다장어를.
"당신 제정신이야? 이걸 왜 다 버리는 거야?"
나는 비닐봉지를 헤치고 달려가 그녀의 손목을 낚아챘다. 뜻밖에 아내의 손목 힘은 완강해, 내 얼굴이 더워지도록 힘을 주고서야 비닐봉지를 놓게 할 수 있었다. 발개진 오른 손목을 왼손으로 주무르며 아내는 평상시와 똑같은 침착한 어조로 말했다.
"꿈을 꿨어."
다시 그 얘기였다. 표정 하나 흐트러뜨리지 않은 채 아내는 나를 마주 보았다.[5]

남성 작가들의 소설에 남성이 등장하는 경우 그들은 여성의 시선이 필요하지 않다. 하지만 여성 작가들의 소설에 등장하는 여성은 어느 시

---

5 한강, 「채식주의자」, 『채식주의자』, 창비, 2007, 16쪽.

점에 이르기까지 타자의 시선을 필요로 한다. 남성의 시선을 통해 여성의 광기를 그려 내지만 그러한 서술을 통해 궁극적으로 드러나는 것은 남성적 관점 자체의 편협함이다. 그리고 그와 대비되어 그런 관점에 의해 포착될 수 없는 여성성의 존재가 드러나게 된다. 위의 남편과 아내의 대화 장면, 특히 남편의 신경질적 말투와 아내의 침묵의 대비에서도 그와 같은 전략을 확인해 볼 수 있다.

리타 펠스키(Rita Felski)는 이러한 여성 인물의 특징을 '다락방의 미친 여자'와 구분하여 '가장무도회'에서 감춰진 얼굴의 여성으로 범주화하고 있다.[6] 한강의 소설은 가장무도회의 여성이 가질 법한 여러 가지 얼굴 가운데에서도 가장 심각한 표정을 남성에게 보여 준다. 리타 펠스키가 설정하고 있는 여성 인물의 또 한 유형은 모녀 관계를 자기 정체성의 기원으로 긍정하고 가정을 생기의 근원으로 받아들이는 복수의 여성들인 '홈 걸즈(home girls)'인데, 그들과 비교하면 대체로 어머니의 삶을 부정하고 가족의 관계를 여전히 굴레로 인식하고 있는 한강 소설의 인물들은 여전히 자아 속에 갇혀 있다.

2.4 여성 의식의 심층과 그 형상화

여성적 자아를 가장 본격적으로 표현하는 방식은 아무래도 여성 자신에 의한 여성의 이야기일 것이다. 그런 흐름에 따라 한강 소설은 여성과 남성 관찰자의 시점에서 벗어나 여성 자신의 시점으로 점차 옮아가고 있다. 이 여성의 이야기는 사회적인 관계 속에서의 여성의 삶보다 여성의 의식, 혹은 무의식을 그 중심에 놓고 있다. 이런 특징을 보여 주는 가장 뚜렷한 매개가 바로 그들이 꾸는 꿈이다.

---

6 리타 펠스키, 『페미니즘 이후의 문학』, 이은경 역, 여이연, 2010 참조.

"강렬한 꿈 때문에 잠에서 깨는 일은 나에게 가끔 있는 일이다. 의미가 있는 꿈이라고 느껴질 때, 기억에서 사라지기 전에 그 내용을 얼른 적기도 한다(그렇게 해서 쓰게 된 소설도 있다)."[7]라고 작가는 적기도 했는데, 한강 소설에는 꿈 장면으로 시작되는 경우가 유난히 많다. 『검은 사슴』과 『바람이 분다, 가라』는 꿈 장면으로 시작되는 대표적인 경우이다. 『채식주의자』에서도 꿈은 영혜를 둘러싼 모든 사태의 진원지라고 할 수 있다. 「어느 날 그는」에서 민화는 악몽에 시달리고 자신이 죽은 꿈을 꾼다. 「아기 부처」에서 '나' 역시 아기 부처 꿈을 반복해서 꾼다. 「내 여자의 열매」에서도 아내는 식물로 변하기 전 '키가 미루나무만큼 드높게 자라나는 꿈'을 자꾸만 꾼다. 그 꿈들은 자기 내부의 낯선 곳으로부터 보내오는 신호일 것이다.

격렬한 감정들의 파고를 타고 나는 점점 더 내려갔다. 인간의 밑바닥을 향해, 무서운 속력으로 곤두박질쳤다. 가장 낮은 지점, 동물적인 지점까지 내려갔다고 기억한다. 치매 노인의 정신세계가 이런 것일까 짐작될 만큼, 종종 나는 먹고 배설하고 잠을 잘 뿐인, 그야말로 본능과 무의식으로만 남은 존재였다.

깊은 밤, 잠에서 깨어 세면대에 달린 거울을 보면, 숱한 동물적 감정들로 출렁거리는 내 내면이 간신히 한 겹의 피부로 봉합되어 있는 것 같았다. 믿기지 않는 것은, 동안(童顏)의 섬세한 그 얼굴이 예전에 비하여 별로 변하지 않은 것처럼 보였다는 것이다. 도리언 그레이의 초상처럼, 어느 어둠 속의 창고에서 내 얼굴이 추악하게 일그러지고 있었을까. 퇴행과 은밀한 발광의 흔적을 고스란히 이목구비에 새겨 가고 있었을까.[8]

7　한강, 「가만가만 부르는 노래」, 비채, 2007, 28쪽.

의식의 지층 아래로 내려가면 그 끝에는 '본능과 무의식으로만 남은 존재'가 웅크리고 있다. 한강 소설에서 무의식은 의식과의 관계에서 그처럼 수직적인 성향을 갖고 있다. 이와 같은 수직적 이미지를 통해 접근하는 경우 의식과 무의식 사이에는 위계가 형성되고 단절보다 연결의 속성이 더 강하게 나타나는 경향이 있다. 무의식에서 조우하는 낯설고 기괴한 모습의 타자 역시 자기 자신의 초상인 것이다.

한강 소설 속의 인물들은 외부의 시선보다도 자신의 내부에서 전해져오는 그 내면의 소리에 더욱 민감하게 반응하는 습성을 공유하고 있다. 그들은 외부 세계와의 관계 위에서 사유하고 행동하는 것이 아니라 그들을 내적으로 규정하고 있는 자기 안의 신호와 명령에 따라 반응하기 때문에, 그리고 그 반응은 내적 회로를 순환하면서 반복되고 증폭되기 마련이기 때문에, 그들의 사유는 일상의 그것에 비해 극단적이고 그들의 행동은 일상인의 그것보다 포즈가 크다.

한편으로는 그런 내향적 특성을 보이면서도 그들의 무의식과 외부 세계와의 연결선은 선명한 편이다. 가령 에일리언 핸드 신드롬(Alien hand syndrome, 외계인 손 증후군)을 모티프로 한 「왼손」(《문학수첩》, 2006년 가을호)에서의 증상은 정신분석적 의미에서의 무의식이라기보다 사회적 의식의 한 양상에 가깝다.

이처럼 한강 소설에서 여성 의식은 무의식의 심층에서 그 외부와의 접면에 위치한 사회적 의식까지 넓은 지점으로부터 발생한다. 그 의식의 여러 지점은 대체로 서로 연결되어 있지만, 그럼에도 그들은 조화롭게 공존하기보다 서로 충돌하면서 격렬한 파노라마를 펼쳐 보인다.

---

8 한강, 「노랑무늬영원」, 152쪽.

2.5 탈성화(脫性化)의 징후들

『바람이 분다, 가라』에서도 남성과 여성의 성적 대립은 뚜렷한 구도를 이룬다. 서인주의 죽음을 두고 두 명의 인물이 그의 삶과 죽음을 기록하려 한다. 강석원의 남성적 글쓰기와 '나'(이정희)의 여성적 글쓰기가 그런 관점에서 필사적으로 대립하고 있다.

그러나 지금 나는 책상 앞에 앉아 있다. 팔 년 만에, 백지 위에 무엇인가를 쓰려고 한다.

무엇을, 어떻게?

모른다.

인주에 대해서?

삼촌에 대해서?

아니, 그들 모두에 대해서.

어떻게든, 강석원의 글과는 전혀 다른 것을. 전혀 다른 사실들을.

분명한 건 하나뿐이다. 내 말들은 그의 말처럼 매끄럽지 않을 것이다. 견고하지 않을 것이다. 일사불란하지 않을 것이다.

함부로 요약하지 마라. 함부로 지껄이지 마. 그 빌어먹을 사랑으로 떨리는 입술을 닥쳐.

나는 더듬을지도 모른다. 비명을 지를지도 모른다. 내 말들로 그의 말에 부딪칠 거다. 부서질 거다. 부술 거다. 조각조각 부수고 부서질 거다.[9]

강석원을 카운터파트로 삼은 '나'의 글쓰기의 절실함이 위에서 격렬한 표현을 통해 나타나 있다. 그런 의미에서 여전히 젠더를 둘러싼 갈등

---

9 한강, 『바람이 분다, 가라』, 문학과지성사, 2010, 40~41쪽.

(gender trouble)은 『바람이 분다, 가라』에서도 서사의 기본 구도를 이루고 있다.

그럼에도 『바람이 분다, 가라』에는 다른 한편으로 탈성화(desexualisation)의 양상이 징후적으로 나타나 있기도 하다. 이정희와 서인주는 이전의 한강 소설 속의 여성 인물들에 비해 육체적으로나 내면적으로 더 강하다고 할 수 있고, 남성과의 관계에서도 수평적인 차원에서 그들과 대립하고 있다. 한편 인주의 외삼촌이자 정희의 연인인 이동주는 남성임에도 오히려 여성적인 특징을 갖고 있다.

그는 조금 이상했다. 도무지 남자 같지 않았다. 마치 이모처럼 접시에 고구마를 내오고 물을 갖다 주고는, 온화한 미소를 띠고 인주와 내 말에 귀를 기울였다. 그 무렵의 나는 퍽 낯을 가리는 편이었는데도, 낯선 남자와 함께 있다는 긴장을 거의 느낄 수 없었다.[10]

여자였으면 좋겠다고, 때로는 자신이 여자인지도 모른다는 생각이 든다고 당신은 나에게 말한 적이 있지요. 퍽 진지한 어조여서 나도 진지하게 물었습니다.

남자를 사랑해 본 적 있어요?

싱크대에서 스프레이통에 물을 채우던 당신의 얼굴에 웃음이 어렸습니다. 찬 물방울이 얼굴에 튀자 조금 얼굴을 찌푸리며 당신은 대답했습니다.

몇몇을 제외하곤, 남자랑은 친구도 잘 안 돼.

웃음 띤 얼굴로 수도꼭지를 잠그고는, 당신은 조금은 진지해진 표정으로 말을 이었습니다.[11]

---

10 같은 책, 93쪽.

『바람이 분다, 가라』의 압축된 초고라고도 할 수 있을 「파란 돌」에는 『바람이 분다, 가라』의 면모가 앞서 제시되어 있다. 두 소설에서 유사하게 나타나고 있는 위의 장면들을 비교해 보면『바람이 분다, 가라』에서의 삼촌의 중성적 성격이 이미 뚜렷하게 의도된 것이었다는 사실을 짐작할 수 있다. 한편 「파란 돌」에는 나와 있었지만『바람이 분다, 가라』에서는 지워진 부분도 있는데, 삼촌과의 기억을 서술하고 있는 두 번째 대목이 대표적으로 그렇다. 이 부분에서 삼촌은 타인에 의해서 여성적으로 느껴질 뿐만 아니라 여성의 범주에 의해 스스로를 의식하고 있다.

2.6 복화술의 글쓰기

이상에서 살펴본 바와 같이, 한강 소설은 남성 서사의 틀에서 출발했지만 거기에는 여성 의식의 폭탄이 이미 내장되어 있었고, 이후 남성 서사의 틀을 해체해 나가면서 여성의 의식과 무의식을 서사화하는 여성적 글쓰기의 한 가지 방식을 전개해 왔다. 그리고 최근에는 여성의 문제를 새로운 방식으로 바라보는 징후들도 나타나고 있었다.

그 과정에서 어느 시점 이후 한강의 소설에는 서사 안에 다른 서체, 그러니까 뉘어진 글자로 이루어진 부분들이 등장하기 시작한 바 있다. 이탤릭 서체의 활용은 「노랑무늬영원」부터 시작되었고, 『채식주의자』를 거치면서 본격화되었으며,『바람이 분다, 가라』에서 더욱 전면화되고 있다. 그 초기에 이탤릭 서체는 주로 여성 인물의 심층으로부터 떠오른 의식을 기술하기 위해 사용되는 맥락을 보였는데, 최근의『바람이 분다, 가라』나 「훈자」에서는 이탤릭 서체가 사용되는 명백하고 분명한 기준을 확인하기가 어렵다. 꿈과 기억, 혹은 그것을 떠올릴 때의 아련함, 아니

---

11 한강, 「파란 돌」, 《현대문학》, 2006년 7월호, 85~86쪽.

면 인물 내부의 낯선 감정의 표현, 다른 텍스트로부터의 인용 등등 그 목소리들의 발원지는 의식의 심층 혹은 외부인데, 그런 사실을 두고 생각하면 그 서체는 무의식이나 상상계와 같은 용어를 통해 범주화된 영역을 표현하기 위해 전략적으로 고안되었다기보다 그런 방향으로 의식의 문을 여는 장치 정도로 사용되었다고 할 수 있을 것 같다. 작가는 의식의 여러 심급으로부터 연유하는 다층적인 의식을 표현하기 위해 그와 같은 서체를 사용했을 텐데,[12] 그 방식은 논리적, 산문적이라기보다 시적, 직관적이다. 그런 방식을 통해 한강 소설에서 여성 의식의 심층은 전통적인 소설 문법을 균열시키면서 서사의 표면에 드러날 수 있었고, 더 나아가 의식의 여러 지대로부터 연유한 다양한 목소리들이 교차하는 그 같은 '복화술(ventriloquy)'에 의해 한강 소설은 한층 밀도 높은 서사를 갖추게된 것 같다.

3 경험과 관념을 초월하는 감각적 이미지의 글쓰기

지금까지 남성 서사에서 출발한 한강 소설이 그만의 독특한 여성적 글쓰기를 수립해 나가는 과정을 살펴보았다. 다음으로 이 장에서는 그 과정에서 발생했지만 여성적 글쓰기의 전개 과정이라는 맥락에서는 본격적으로 다루기 어려웠던 한 가지 문제를 좀 더 자세히 살펴보고자 하는데, 글쓰기의 기원과 관련하여 한강 소설이 내포하고 있는 문제가 바로 그것이다.

---

12 한 대담에서 작가는 인물의 심리적인 정황을 표현하기 위해 그와 같은 서체를 사용했다고 발언한 바 있다. 강계숙·한강, 「삶의 숨과 죽음의 숨 사이에서」, 《문학과사회》, 2010년 봄호, 342쪽.

하나의 이야기가 생성되는 근원으로 몇 가지 일반적인 영역을 생각해 볼 수 있다. 가장 직접적인 것은 이야기를 만든 사람의 경험이라고 할 수 있다. 이 경우 작가를 둘러싼 현실, 혹은 그 현실에 대응되는 의식이 미메시스의 대상이 될 것이다. 혹은 또 다른 한 축으로 이야기를 만든 사람이 여러 경로를 통해 받아들여 가지고 있는 관념을 들 수 있다. 물론 이두 가지 대표적인 이야기의 근원은 일단 텍스트 내부로 들어와 뒤섞이면그 기원으로부터 잊히게 되고 다시 현실로 환원되지 않는다.

그런데 한강 소설의 경우에는 지금까지 살펴본 것처럼 그 근원이 주체의 경험에 밀착되어 있거나 혹은 외부로부터 수용한 관념에 크게 의존하지 않는, 특이한 지대로부터 연유하는 것 같다. 물론 한강 소설의 경우에도 텍스트 내에 등장하는 인물과 사건, 이미지는 작가의 직접 혹은 간접적인 경험에 연원을 두고 있을 것이다. 소설의 육체와 디테일은 그 이외의 방식으로 만들어지지는 않는다. 가령 『검은 사슴』에서 폐광의 막장을 헤치며 사진을 찍는 사내 장은 한강이 잡지사 기자로서 취재했던 경험[13]이 없었더라면 등장할 수 없었던 캐릭터였을 것이다. 아니, 의선의삶의 뿌리인 탄광촌 황곡과 어둔리, 연골과 오십천 그 모두가 없었을 것이다. 그런 차원에서 보면, 『그대의 차가운 손』에서 비대한 몸 때문에 목숨을 걸고 먹은 것을 토해 내는 거식증 환자 L에는 안티다이어트 운동을 펼치는 인물을 취재했던 경험[14]이, 꿈속 장면 때문에 육식을 거부하는『채식주의자』의 영혜에는 대학 시절 친구의 죽음을 본 이후 채식주의자가 된 한 스님과의 만남[15]이 그 밑그림에 놓여 있는 것 같다. 그 과정에서

---

13 한강, 「검은 땅 지키는 밝은 눈 — 태백의 탄광사진 작가 김재영 씨」, 《샘터》, 1996년 4월호 참조.
14 한강, 「있는 그대로 당신의 몸은 소중합니다 — '안티다이어트' 운동 펼치는 박재인 씨」, 《샘터》, 2001년 6월호 참조.
15 한강, 「내가 아는 한 사미스님」, 《샘터》, 2000년 8월호 참조.

재료들은 의식 속에서 여러 차례 물리적, 화학적 변형의 과정을 거쳤을 것이기에 섣부른 단정이 불러일으킬 수도 있을 오해의 가지는 쳐내 버린다고 해도 그 연관성을 뿌리째 뽑아낼 수는 없을 듯하다.

그럼에도 한강 소설은 취재에 바탕을 두고 쓰인 기술적 차원에서의 이야기와는 거리가 한참 멀다. 그가 했던 경험은 소설을 쓰기 위해 인위적으로 작정한 것이 아니었기 때문이다. 그것은 그런 의식 없이 젊은 그가 자유롭게 마주하여 경험했던 세상이었다. 그리고 그런 경험은 아직 소설가로서의 뚜렷한 위치를 갖지 않은 불안정한 신분으로부터만 가능한 특권적인 영역이기도 했다. 그렇게 해서 마련된 경험은 한참 후에 그의 이야기 속으로 자연스럽게 녹아들어 갈 수 있었다.

그런데 동일한 모티프가 작가의 산문과 소설에서 동시에 발견된다고 해도, 한강의 경우 두 텍스트의 인상은 많이 다르다. 사람들의 마음자락을 더듬고 지나간 것들을 돌아보는 산문의 시선은 차분하고 따뜻하기 이를 데 없지만, 그의 소설 속 인물들은 뒤틀리고 격렬한 감정을 억누르지 못한다. 이런 불일치는 한강 소설의 궁극적인 기원이 경험이 아닌 다른 곳에 있다는 사실을 짐작케 하며, 그렇다면 과연 그 기원은 어디에 있고 어떤 과정을 거쳐 텍스트에 나타나는 것일까 하는 의문을 다시 불러일으킨다.

한편 한강 소설에서도 여러 텍스트로부터 직접, 간접으로 취한 관념들을 확인할 수 있다. 가령 『바람이 분다, 가라』에 등장하는 우주에 관한 사유들, 등장인물들의 예술 행위와 그 결과들은 작가가 섭렵한 저서들과 작품들을 참고로 하여 이루어진 것이다. 하지만 디테일의 차원에서 그와 같은 지식과 정보들이 분명히 작용하고 있다는 차원과는 별개로, 더 근본적인 차원에서 인물들에 투영된 세계관, 예술관은 매번의 독서와 감상 이전에 한강을 관통하는 기본적인 구도로 이미 자리 잡고 있었다.

한강의 경우 그의 이야기의 핵에 놓인 이미지는 경험이나 관념의 차원보다 더 의식의 표면으로부터 먼 지점에서 발생하는 것 같다. 그것은 앞에서 살펴본 것처럼 큰 범주에서 꿈이나 무의식이라는 측면에서 접근할 수 있지만, 문학사적으로 꿈이나 무의식을 매개로 축적된 소설적 방법에 크게 의존하고 있지 않다는 점에서 독특하고 개성적인 면모를 갖고 있다.

그 여자의 수없는 악몽 속에서, 훈자의 눈 덮인 계곡은 콜타르처럼 끈끈하게 녹아내렸다. 교통빈관에 묵던 그 여자는 두껍고 축축한 담요에 싸여 납치되었다. 새까만 부르카. 끔찍한 감금과 강간과 노동. 가망 없는 탈출.

수없는 악몽 속에서 그 여자는 파키스탄으로 넘어가는 국경 검문소에서 여권과 짐을 압수당했다. 흙바닥에 무릎 꿇려지고 관자놀이에 총구가 겨누어졌다.

수없는 어두운 환상 속에서 그 여자는 낡은 차를 몰고 공항으로 달렸고, 과열된 엔진이 폭발하는 열기를 견뎠다. 비행기 화물칸에서 어리석게, 빳빳하게 얼어붙었다. 훈자의 날카로운 빙하에 내던져져 머리가 산산조각 났다.

그 여자는 카라코람 하이웨이를 맨발로 걸었고, 동이 터 왔고, 시퍼런 그믐달이 어둠 속에 면도날처럼 돋아나는 것을 보았다. 소리 없이 다가온 산짐승에게 목덜미가 찢겼고, 목구멍으로 비명이 새어 나오지 않았다.[16]

한강의 근작인 「훈자」의 한 부분이다. 여기에서도 무의식은 현실로부터 취합된 여러 단편적인 이미지들이 뒤섞이고 증식하는 장소인데, 거기

---

16 한강, 「훈자」, 《세계의 문학》, 2009년 겨울호, 174~175쪽.

에서는 압축과 치환의 과정을 통해 현실에 대응되는 환상이 제공되는 것이 아니라, 타인의 상상된 고통이 주체의 것으로 전유되는 독특한 사건이 발생하고 있다. 그리하여 현실 속의 훈자는 환상을 통해 '훈자가 아닌 훈자'로, 그 이후에는 자기만의 훈자로, 그리고 마침내 주체와 훈자가 일체화가 되는 과정이 이어진다. 여기에서 무의식은 타인의 고통을 상상하고 이해하고 전유하는 동정(compassion)의 매개라고 할 수 있다. 한강의 소설 속에 나오는 채식성, 식물성, 예술성 등의 관념은 주체를 규정하고 있는 일종의 유사 상징계라고 할 수 있는데, 그것은 인물들이 겪은 현실 속의 사건이나 그들이 접한 관념으로부터 직접적으로 유래된 것이 아니라 그처럼 그들의 꿈과 무의식을 통과하여 나타난 것이고, 그 순간 그들의 의식을 압도하고, 결국은 그들의 삶과 운명을 규정해 버린다. 앞서 「채식주의자」에서 영혜가 채식을 선언하는 장면에서도 그랬지만, 「몽고반점」에서 '그'가 하나의 이미지를 떠올리고 그 이미지로 인해 결국 삶의 파멸에 이르는 과정에서도 그 출발점에는 '한순간'이 있다.

한순간 이미지는 그에게로 왔다. 일 년여의 고갈 상태가 어떻게든 끝나리라는 것을 예감할 수 있었던, 에너지가 조금씩 뱃속에서부터 꿈틀거리며 올라오기 시작하는 것을 느꼈던 지난겨울이었다. 그러나 그것이 이렇게 파격적인 이미지이리라고 그는 짐작하지 못했다. 그전까지 그가 해 왔던 작업은 다분히 현실적인 것이었다. 후기자본주의 사회에서 마모되고 찢긴 인간의 일상을 3D그래픽과 사실적 다큐 화면으로 구성했던 그에게, 관능적인, 다만 관능적일 뿐인 이 이미지는 흡사 괴물과도 같은 것이었다.[17]

---

17 한강, 「몽고반점」, 「채식주의자」, 73쪽.

초기 소설에서 여성성이 그랬던 것처럼, 이 단계에서도 채식성, 식물성, 예술성 등은 일상 속에서의 상식적 맥락과 이질적이지는 않지만, 그것들처럼 관념이나 이데올로기로 발전하지 않고 주체 내부에서 폐쇄적으로 작용하여 일종의 내적 태도 혹은 윤리라고 할 만한 것을 이룬다. 그들의 태도는 종종 현실의 규범에 대한 저항을 의미하는 것으로 해석되어 왔고 또 그렇게 해석될 여지도 있는데, 그럼에도 해석의 장에서 그들의 태도가 갖는 현실적 의미는 그들의 성격이 주변의 인물들에게 미친 효과에 더 가깝고 그 인물들이 직접적인 목표로 삼는 대상은 아니라고 할 수 있다.

이 감각, 혹은 이미지가 타자의 경험과 자기의 경험을 엮고 다른 관념을 불러온다. 이 감각, 이미지를 핵으로 하여 현실에서의 작가의 경험과 텍스트로부터 연유한 관념이 얽혀 허구의 우주를 형성한다. 경험과 관념보다 감각, 이미지가 중심에 놓여 경험과 관념을 엮고 이끈다는 점에서 경험이나 관념을 글쓰기의 기원으로 삼는 다른 글쓰기와 구분되는 한강 글쓰기의 고유한 발생적 맥락을 확인해 볼 수 있다.

이렇게 더 작아져 간다. 더 지워지고 뭉개어진다. 다만 이상한 것은, 모든 것이 뭉개어지는 데 비례하여 오히려 감각들은 선명하게 살아난다는 것이다. 회칼처럼 예리해진, 예전에는 가져 본 적 없었던 눈과 귀와 코와 피부와 혀의 감각들을 느낀다. 그리고 그보다 명징한, 이름 붙일 수 없는 감각. 육체에서라고도, 영혼에서라고도 할 수 없는, 그것들이 분리될 수 없는 어떤 부분에서 뻗어 나온, 무섭도록 절실한 촉수를 느낀다.[18]

---

18 한강, 「노랑무늬영원」, 190쪽.

육체(경험)도 영혼(관념)도 아닌, 그것들이 분리될 수 없는 어떤 부분(감각, 이미지)에서 뻗어 나온 '무섭도록 절실한 촉수'가 바로 그 허구적 우주를 형성하는 중핵이라고 할 수 있다. 이런 특징으로 인해 작가와 작중 인물 사이에는 반영이라는 관계가 아니라 연민과 공감이라는 관계가 성립한다.

앞에서 한강 소설의 여성 인물들이 형성하는 구도를 살펴보면서, 관찰자와 관찰 대상의 관계를 분석했는데, 이 관계의 문제성은 그 구도에 작가와 작중인물을 대입시켜 볼 때 새로운 방식으로 드러난다. 여성의 고통을 관찰하고 그들의 삶을 이야기로 만들어 공동체에 전달하는 한 사람의 여성의 자리에 바로 작가 한강이 놓여 있다. 한강 소설의 발생 경로는 체험이나 관념보다도 바로 이 여성의 삶에 대한 신체적 공감과 그로부터 생성되는 이미지들에 있는 것으로 보인다. 그런 까닭에 한강 소설들에서 모티프와 이미지들은 작가로 귀속되는 것이 아니라 그들 자체의 성좌를 이루고 있다.

그럼에도 그 인물들의 삶에는 작가 자신의 모습이 투영되어 있다. 이와 같은 작가와 작품 속 인물의 관계에 대해 한강은 자신의 소설 속에서 다음과 같이 명확하게 표현하고 있다.

나와는 닮지 않은 여자의 얼굴을 나는 그렸다. 어머니는 물론 아니며, 내가 아는 누구와도 닮지 않은 여자. 어떤 영원한 여자. 여성 이상의 여성. 세월의 뒤편에서 낡아 가는 사람. 그랬다. 어떤 영원한 사람. 귀신처럼 어른거리는 사람. 흔적인 사람. 그림자인 사람. 혹은, 오래된 집의 마룻바닥에 스민 누대의 일생들의 자취……

그런데, 이제야 나는 깨닫는다. 이 여자의 어딘가가 나와 닮았다는 것을. 과거 속의 내가 나를 기다리고 있었다. 이 여자는, 이 년 전의 내 갈망이었다. 시간의 뒤편으로 들어가고 싶어 했던 나. 낡은 마룻바닥 속으로 희미하게 스며들고 싶었던 나. 천천히 세월에 지워지고 싶었던, 눈비와 들쥐들과 바람 속에 폐가처럼 무너져 내려앉고 싶었던 나.[19]

여성이라는 성의 경험을 공유하는 존재로서의 공감이 작가와 그가 그려낸 인물들을 닮은꼴로 연결시켜 주고 있다. 그건 조금도 이상한 일이 아니다. 한 사람이 그린 나무조차도 그 사람을 닮는 법이니까. 한강의 소설 속 인물 가운데 한 사람이 이야기하고 있는 것처럼, "네가 그리는 모든 게 실은 네 자화상"[20]이니까.

4 식물이 자라는 속도로 글쓰기

한강 소설의 출발점과 현재를 비교해 보면 그동안 그 과정에서 더디지만 꾸준한 변화가 일어났다는 것을 새삼 확인할 수 있다. 그럼에도 그의 글쓰기에는 현실의 변화를 따라잡아야 한다는 강박관념은 보이지 않는다. 가령 최근의 젊은 여성 작가들의 소설에서는 더 이상 여성의 고통이 부각되지 않는다. 그들의 소설에서 여성 인물들에게 모녀 관계의 유대는 삶의 동력으로 작용하며, 가정은 이야기의 풍부한 원천이다. 우리의 경우에도 김애란을 비롯한 젊은 여성 작가들의 소설에 '홈 걸즈'들이 등장하고 있다. 그런 새로운 흐름과 비교하면 한강의 소설에서의 여성적 관점은 시대착오적인 것으로 보이는 면도 있다. 그러나 과연 그렇기

---

19 같은 글, 145쪽.
20 한강, 「파란 돌」, 79쪽.

만 한 것일까. 한강의 소설(『바람이 분다, 가라』) 속에 나오는 이야기이기도 하지만, 우리가 보는 달은 항상 같은 면이다. 하지만 여전히 현실 속에는 시시각각 부딪쳐 오는 운석들과 맞서느라 수없이 부서지고 파인 흉터로 가득한 달의 뒷면 같은 삶이 있다. 시간의 흐름에 뒤처져 사람들의 시선으로부터 멀어진 사람들이 있다. 한강의 소설적 시선은 시간을 앞서 나가 현실 속의 미래를 살고 있는 사람들보다 그 흐름 뒤에 남겨진 사람들을 향하고 있는 것 같다. 그 시선으로 한강은 광기로 자신을 표현하던 여성들, 타인의 시선을 통해 재현되던 여성들이 자신의 목소리로 이야기하게 되는 과정을, 그리고 그와 같은 젠더의 굴레로부터 벗어나기 시작하는 과정을, 마치 한 가지 오브제로 평생에 걸친 작업을 하는 장인의 스타일로 서사화하고 있다.

먹과 물만으로 가능해요.

먹이 마르기 전에 물을 떨어뜨리는 것만으로 먹이 번져 가게 하는 거란 말입니까? 세제나 소금, 아교를 쓰지 않으면 불가능할 텐데요.

아니오. 먹과 물의 농도가 다르니까, 삼투압의 원리와 모세관 현상을 이용하면…… 이만큼, 이 손바닥만큼 번져 나가는 데 열흘이 걸려요. 그러니까 저만한 크기의 그림이 완성되려면 두 달에서 석 달쯤 걸렸을 거예요.

전문가들의 생각과 다르군요.

식물이 자라는 속도와 비슷한 거라고 했어요.[21]

위의 인용은 『바람이 분다, 가라』에서 삼촌의 작업 방식을 소개하고 있는 부분이다. 손바닥만 한 크기의 화면을 마련하는 데 열흘이라는 시

---

21 한강, 『바람이 분다, 가라』, 32쪽.

간이 걸리는 대단히 더딘 방식이다. '식물이 자라는 속도'에 비유되는 작업의 속도이다. 지금까지 살펴 온 한강의 글쓰기 역시 그와 유사하다고 할 수 있지 않을까. 텍스트 내의 시간과 그 바깥 현실의 시간 사이의 불일치를 극복하는 가장 간편한 방식은 새로운 흐름을 텍스트 내에 수용하는 것이다. 그러나 한강은 더디지만 내부로부터 변화하는 방향을 따라간다. 중심에 있는 종이죽에 물을 떨어뜨려 바깥으로 번져 나가게 하는 소설 속의 방식처럼, 한강 소설에서도 외부가 아닌 바로 그 내부 한가운데에서 움직임이 비롯되어 그 바깥으로 퍼져 나가고 있는 것이다. 한국 소설로는 특이하게 차분한 구성을 갖춘 한강의 이야기는 바로 그런 방식을 통해 탄생된 것이라고 할 수 있다. 성급하게 결말이 드러나지 않고 뒤로 갈수록 이야기의 더 많은 면이 드러나는 한강 소설의 미덕은 그런 방식의 효과라고 할 수 있다. 비단 이야기의 효과 차원에서뿐만 아니라, 더 근본적으로는 그와 같은 방식이야말로 '짐승의 시간'이 지배하는 현실에 맞서는 유력한 방식이라고 할 수 있기에 그 미덕은 더욱 의미가 깊다. '식물이 자라는 속도로 글쓰기'의 방식을 통해 한강 소설은 우리에게 문학이 우리 삶에서 갖는 본연적인 기능과 의미를 새삼 일깨우고 있다.

'아오이가든' 바깥에서 편혜영 소설 읽기
── 편혜영론

1 호명되지 못한 소설들

편혜영은 2000년 《서울신문》(그 당시는 대한매일신문) 신춘문예 단편소설 부문에 「이슬털기」가 당선되면서 등단했다. 우리는 책이나 기사 등에 적혀 있는 그의 약력에서 그 사실을 쉽게 확인할 수 있다. 그런데 그의 첫 소설집 『아오이가든』(2005)에서는 이 소설을 찾아볼 수 없다. 앞으로는 어떻게 될지 또 모르는 일이지만, 지금까지는 이런 일은 예외적인 경우에 속한다. 작가들은 자신의 등단작이 비록 기술적으로나 내용적으로 미숙하다고 해도 그것을 자신의 작품 세계의 출발점으로 생각하고 그에 각별한 애착을 갖는 것이 일반적이다. 그렇기 때문에 첫 소설집에서도 등단작은 특별한 지위를 점유하는 것이 보통이다. 가령 편혜영과 비슷한 시기에 등단한 윤성희(「레고로 만든 집」,《동아일보》, 1999), 김중혁(「펭귄뉴스」,《문학과사회》, 2000), 천운영(「바늘」,《동아일보》, 2000), 정이현(「낭만적 사랑과 사회」,《문학과사회》, 2001) 등은 모두 등단작을 자신의 첫 소설집의 표제작으로 삼았다. 그렇지만 편혜영의 경우에는 그의 등단작이 첫 소설집에 포함되지도 못했다.

그런데 알고 보면 「이슬털기」 한 작품만 첫 소설집에서 빠져 있는 것이 아니다. 「웨딩드레스」(《현대문학》, 2000년 4월호), 「중이염」(《사학》, 2000년 여름호), 「분(盆)갈이」(《한국소설》, 2000년 가을호), 「비닐하우스」(《사학》, 2001년 여름호) 등 그가 등단 직후 썼던 여러 편의 소설이 소설집에 묶이지 못했다. 그해 신춘문예 당선자들에게 의례적으로 제공되는 《현대문학》 4월호의 특집 지면에서 편혜영의 소설은 크게 두각을 드러내지 못했다. 결혼식 이면의 부박한 실상과 그 속에 놓인 신부의 불안한 의식을 그리고 있는 「웨딩드레스」는, 지금 다시 보면 사건 이면과 인물의 심리를 드러내는 편혜영 특유의 냉정한 필치와 정확한 표현이 느껴지지만, 그때는 1990년대 내내 홍수처럼 쏟아져 나왔던 여성 소설의 아류와 잘 분간이 되지 않았다. 어떤 마음을 갖고 읽는가에 따라 작품은 다른 모습을 드러내기 마련인데, 사람들의 마음은 그와 같은 미세한 차이와 새로움을 받아들일 만큼 이제 갓 등단한 신인 작가를 향해 열려 있지 않았다. 역시 신춘문예 당선자들의 후속작으로 특집을 마련한 《한국소설》 가을호에는 좀 더 분명하게 자신의 색을 드러낼 작품을 써서 보냈다. 「분(盆)갈이」는 지금 다시 읽으면, 편혜영적인 것의 기원을 좀 더 소급해야 하지 않을까 생각하게 만들 만큼 강렬한 결말을 내장한 작품이다. 하지만 이 문예지는 독자들은 물론 평론가들에게도 거의 노출되지 않는 편이었고, 그래서 그 소설에 기울인 그의 노력은 허공 속으로 증발된 것이나 다름없었다. 지인의 소개로 한 단체의 기관지인 《사학》에 발표한 소설들은 더 말할 것도 없었다. 어쨌든 답답하나마 소설을 써서 발표할 공간이 있다는 것만으로도 고마운 일이었다.

신춘문예나 문예지의 공모를 통해 등단의 기회를 얻은 신인 가운데 작가로서 지속적으로 활동해 나가는 경우는 매우 제한적이다. 그 소설들을 쓸 때 편혜영은 작가로서의 자신의 미래에 대해 어떤 확신도 가질 수 없었다. 학부 때 강의를 들었던 강사가 편집위원으로 있는 문예지의 술자리에도 참석해 봤지만 편할 리가 없었다. 취한 사람들이 하나둘씩 자리에서 떠나고 자신을 초대한 평론가와 그, 그리고 자신과 별로 다르지 않은 처지의 한두 사람만이 서로 의무를 치르듯 남아 있을 때까지도 그의 정신은 또렷했다. 여기는 그가 쓰는 소설이 그 사람의 가치를 규정하는 동네라는 것을 뼈저리게 느낄 수밖에 없었다.

청탁은 드문드문, 거기에 모든 것을 걸기에도, 그렇다고 그만두기도 애매한 간격으로 왔다. 그래서 직장을 다니면서 틈틈이 쓴 소설 몇 편이 더 발표되었다. 「귀여운 내 딸, 루루」(《문예중앙》, 2002년 봄호), 「문득,」(《문학 판》, 2002년 여름호), 「맨홀」(《문예중앙》, 2003년 가을호) 등의 소설이 세상에 나왔지만 여전히 반응은 미지근했다. 하지만 그 과정에서 서서히 환골탈태가 이루어지면서 하나의 세계가 만들어져 나가고 있었다. 그리고 마침내 「아오이가든」(《문학과사회》, 2003년 겨울호)에서 그 세계는 어느 정도 완성된 모습을 드러낸다. 그 순간 편혜영의 소설은 비로소 다시 태어났고 사람들은 「아오이가든」의 작가로 편혜영을 인식하기 시작했다. 등단작이 누릴 수 있는 특별한 권위는 이렇게 「아오이가든」에게로 넘어갔다. 「아오이가든」으로부터 더 뻗어 나간 몇 편의 소설들이 쌓였고, 「아오이가든」과 관련된 이전 소설 몇 편이 함께 묶여 첫 소설집 『아오이가든』을 이루게 된다.

이런 곡절 끝에 태어난 '아오이가든'의 세계는 그 인상이 매우 강렬해서 이 작가의 이전 소설들을 선별하게 만들었을 뿐만 아니라 그 이후에 세상에 나올 그의 소설들에 대한 기대를 앞서 형성했다. 까다로운 독자들은 그 방향을 계속 밀고 나가면 또 똑같은 걸 썼다고 불평할 것이고, 조금 다르게 쓰면 느닷없다는 표정을 지을 것이었다. 그 기대의 지평을 통과하여 두 번째 소설집 『사육장 쪽으로』(2007)와 첫 장편 『재와 빨강』(2010)이 세상과 만났고, 최근 두 번째 장편 「서쪽 숲에 갔다」의 연재(《문학과사회》, 2010년 봄호~겨울호)가 완료되고, 세 번째 소설집『저녁의 구애』
(2011)가 출간되었다. 그렇지만 아직까지도 '아오이가든'의 세계로 인한
선입견은 독서 과정에서 강하게 작동하고 있는 듯하다. 우리는 이제 '아
오이가든'에서 잠시 벗어나 그 바깥에서 지난 10년간 편혜영이 구축한
세계의 실상을 다시 바라봐도 좋을 시점에 이른 것 같다.

2 현실 속 상상계의 냄새 ― '아오이가든'에 이른 과정

편혜영의 초기 소설은 '아오이가든'의 세계와는 다소 다른 인상을 보
인다. 우선 이 소설들이 '아오이가든'의 세계와 대비되는 가장 큰 특징은
등장인물과 그들이 존재하는 소설적 시공간이 현실에 대한 모방을 통해
재현되었다는 점에서 찾을 수 있다. 「이슬털기」에서 1인칭 화자인 '나'
(지은)는 남편의 만류에도 불구하고 기환의 씻김굿을 보기 위해 만삭의
몸으로 진도까지 왔다. 지은은 동기 은미의 애인이었던 선배 기환과 관
계를 맺어 아이를 가진 적이 있었고, 기환의 죽음은 그 사건으로 인한 그
의 죄책감과 무관하지 않았다. 씻김굿 막바지에 지은에게서 새로운 생명
이 탄생하면서 소설은 맺어지는데, 이 삶과 죽음이 교차하는 장면을 통
해 작가는 '이슬털기'라는 제의의 의미를 상징적으로 표현하고 있다. 이
이야기에 등장하는 인물들은 고유명을 가지고 있으며, 진도에 이르는 여
정 등 그 공간적 지표들도 구체적으로 나타나 있다. 그리고 무엇보다 '씻
김굿'이라는 공동체의 문화적 맥락이 소설 속에 도입되어 있다는 점에
서 현실적이다.

「웨딩드레스」에서 '주원'이라는 남편의 이름이 나오는 것에 반해 '나'
의 이름이 나오지 않는 것은 이 소설이 결혼식을 치르고 있는 '나'의 의

식을 중계하듯이 묘사하고 있다는 사실과 연관이 있다. '나'는 행위하는 존재가 아니기 때문에 외부로부터 객관적으로 인지되기 위해 요구되는 이름은 필요치 않은 까닭이다. 3인칭 시점으로 서술된 「중이염」에서도 프랑스로 떠난 여성에게는 '유정'이라는 이름이 있는 반면, 그로 인해 심리적, 신체적 증상을 겪고 있는 남성은 다만 '사내'라고만 지칭되어 있는데 이 역시 같은 이유 때문이라고 할 수 있다. 「비닐하우스」는 엄마의 채근으로 아버지와 새엄마가 살고 있는 집에 생활비를 받으러 가는 딸('나')의 복잡한 심리를 그리고 있는 소설이다. 엄마와 함께 살기 전까지 '나'도 그들과 함께 살았던 집이다. 여기에서는 인물들 전부가 가족 관계로 얽혀 있어서 그 관계의 명칭이 이름 역할을 하고 있다. 인물들에게서는 고유명을 발견할 수 없지만, '평창동' 등 이 소설에도 소설 속의 시공간이 현실과 유비 관계를 이루고 있음을 알려 주는 고유명의 지표들이 있다. 등단 직후 발표한 세 편의 소설들은 「이슬털기」과 비교하면 더 내면화된 의식에 의해 기술되어 있지만, 그 의식이 발생한 시간적, 공간적 배경은 현실적이라고 할 수 있고 그 점에서 동시대의 소설 문법으로부터 크게 벗어나 있지 않다.

이처럼 편혜영의 초기 소설들에서는, 그 이후 소설들에서와는 달리, 소설 속의 허구 공간과 그 외부의 현실 공간 사이에 단절이 전제되어 있지 않다. 그 둘은 특수와 보편의 유비 관계에 의해 서로 이어져 있다. 현실로부터 유래한 비관적 감정이 의식을 강하게 압박하더라도 그 감정은 다시 일상의 관계 속에서 때로는 심화되고 또 때로는 부분적으로 해소되면서 허구와 현실의 회로 안에 머물러 있다.

그런데 차차 편혜영 소설에서 허구와 현실 사이의 틈이 벌어지는 징후들이 나타나기 시작한다. 이미 「분(盆)갈이」에서 그 '냄새'는 피어오르고 있다.

어디서 이런 냄새가 나는 거야? 그가 허리를 마사지하고 있는 내게 물었다. 냄새는 양호실에 있는 모든 사물에서 나기 시작했다. 특별히 냄새를 피워 올리는 게 있다고는 믿어지지 않을 정도였다. 지독해, 걸레 썩는 냄새 같아. 그의 말대로 냄새는 썩은 걸레에서 풍기는 것 같기도 하고, 혹은 고무가 타는 것이거나, 고기를 태우는 노린내, 담뱃진이 밴 사내에게서 나는 지독한 입 냄새 같기도 하다. 어쩌면 그 모두가 뒤섞인 육질의 냄새 같기도 하다.[1]

'나'가 임시교사로 일하는 학교 양호실에서 나는 냄새다. 그 냄새는 걸레 냄새나 고무 타는 냄새, 혹은 고기를 태우는 냄새나 지독한 입 냄새 같기도 하지만 그 어느 것과도 같지 않다. 어쩌면 그 모두가 뒤섞인 냄새 같기도 하다. 현실 속의 지시 대상을 비껴가는 그 냄새는 진원이 현실이 아닌 다른 곳일 수도 있다는 듯 묘사되어 있다. 그러나 이후에 이 냄새의 원인이 하나씩 드러나면서, 이야기는 현실로 회귀한다.

천 위에 하얗게 꼬물거리는 것들이 잔뜩 기어 다닌다. 한 손으로는 코를 싸쥔 채, 자루를 꼭 쥐고, 검은 천을 틈새로부터 빼낸다. 자루 끝에 검은 천이 감겼다가 풀리면서 천을 싸고 있던 물체가 툭, 떨어진다. 빈 자루에는 역한 냄새만 대롱대롱 매달렸다. 냄새를 풍기며 물컹하게 자루에 와 닿았던 물체가 형태를 드러낸다. 형체를 알아볼 수 없게 썩어 있는 고양이다.[2]

양호실을 떠도는 냄새는 체육 교사와의 불륜이 발각되어 학교를 떠나기 직전에야 그 실체를 드러낸다. 그것은 예전 '나'의 오진에 앙심을 품

1 편혜영, 「분(盆)갈이」, 《한국소설》, 2000년 가을호, 41쪽.
2 같은 글, 52~53쪽.

은 아이가 양호실 구석에 처박아 둔 고양이로부터 나오는 것이었다. 현실 속의 부조리는 '나'를 그 바깥으로 내몰았지만 '나'는 그 경계선에서 다시 현실로부터 호명되어(이 대목에서 '변소이'라는 '나'의 이름이 체육 교사의 아내에 의해 처음 드러난다.) 일상으로 되돌아온다. 아직까지 현실원칙은 충실하게 작동하고 있고, 인과관계적 규범이 인물들을 강하게 제약하고 있다. 그럼에도 이 바깥을 향한 스트로크는 강력했고, 탄력이 생겼다. 처음 풍선을 불 때는 얼굴이 터져 나가라 온 힘을 쏟아야 했지만, 한 번 늘어난 풍선은 이제 약한 입김에도 쉽게 부풀어 오를 것이다.

「누가 올 아메리칸 걸을 죽였나」(《문예중앙》, 2000년 겨울호)에서 '나'는 세탁소를 하는 '그'(부)와 '그녀'(모)와 함께 살고 있다. 부모의 욕설과 구타에도 무감각해진 '나'는 추리소설에 빠져 있다. "'왜'가 없는 세상, 그게 추리소설의 세상"[3]이다. 추리소설은 신뢰할 수 없는 상징계를 대신하는 유사 상징계를 제공해 준다. 그 유사 상징계에 의해 상징계의 규범은 뒤틀리고 전복된다. 그 결과 '나'는 현실원칙에서 일탈해 있다. 그리고 이 일탈은 세탁비를 받으러 간 아파트에서 파괴적인 충동으로 분출한다. 하지만 현실원칙은 그보다 더욱 강력하다. 살인 혐의로 현실에 의해 호명된(이 대목에서 경찰에 의해 '강명보'라는 '나'의 이름이 처음 제시된다.) '나'는 경찰차에 태워진다. 이 국면에서 편혜영의 소설에는 현실원칙(Realitätsprinzip)과 쾌락원칙(Lustprinzip) 사이의 대립이 점차 격화되어 나타나고 있다. 그렇지만 아직까지 그 결말은 항상 견고한 현실원칙을 확인하는 것으로 끝나고 있다.

하지만 이 대립이 격화되어 나갈수록 쾌락원칙의 자율적인 운동은 더 거세지고 그에 비례하여 현실원칙의 압력은 약화된다. 현실은 점차 지

---

3 편혜영, 「누가 올 아메리칸 걸을 죽였나」, 《문예중앙》, 2000년 겨울호, 166쪽.

워져 나가기 시작하며, 시공간은 모호해지고 추상화된다. 고유명은 점점 사라지고 추상화된 이름이나 이니셜이 그것을 대체하기 시작한다.

「귀여운 내 딸, 루루」(『아오이가든』에 수록되면서 결말 부분이 수정되었고 제목도 「마술피리」로 바뀌었다.)에서 여대생인 '나'는 엄마, 그리고 동생 미아와 함께 산다. 식품영양학과 학생인 '나'는 단백질을 뺀 사료만을 쥐에게 먹이는 실험을 하고 있는 중이다. '나'는 쥐에게 '루루'라는 이름을 붙여 주었다. 이야기가 전개되면서 미아가 사실은 이종사촌과의 사이에서 낳은 '나'의 딸이라는 사실이 드러난다. 가난한 '나'와 미아 역시 단백질을 섭취하지 못한다는 점에서 루루와 비슷한 처지에 놓여 있다. "루루를 보면 숨처럼 깊은 저 고대 지질시대의 한 숲 속에서 먹이를 찾기 위해 눈을 굴려대며 웅크리고 있는 나를 느낀다."[4]라고 '나'는 생각한다. 신생대 제3기 팔레오세(世) 때 인간은 아직 쥐였다는 사실이 그 느낌의 근거로 제시되어 있지만, 쥐와의 동일시는 더 근본적으로는 현실원칙을 포기하고 쾌락원칙에 존재를 맡기고 싶은 욕망과 충동이 낳은 것으로 볼 수 있다. 조금 앞질러 가 보면, 이 욕망과 충동이 폭발하여 쾌락원칙만이 지배하는 세계에서는 그 장면이 다음과 같은 방식으로 발전한다.

그 무리 속에서 나는 아기를 바다에 떨어뜨린 부부를 보았다. 여자는 작은 검정 배낭 하나를 멘 채 총총히 걸어가고 있었다. 아기는 없었다. 그들이 아기를 안고 있었다는 기미도 눈치챌 수 없었다. 감쪽같이 갓난아기를 바다에 내던져 버린 그들은 육지로 올라간 뒤, 일행이 아니라는 듯이 서로 다른 방향으로 흩어졌다. 남편은 꼼짝 않고 서 있는 나를 잡아끌었다. 나는 후들거리는 다리로 겨우 나무다리를 건넜다. 그러고 나서야 심한 뱃멀미를 느

---

4 편혜영, 「귀여운 내 딸, 루루」, 《문예중앙》, 2002년 봄호, 125쪽.

졌다. 땅에 닿는 순간, 뱃속의 모든 것을 게워낼 듯 토악질을 했다. 거기에는 갑판 위에서 떨어져 죽은 아이의 몸뚱아리가 갈가리 찢긴 채 내장과 함께 섞여 있었다.[5]

'나'가 뱃멀미 끝에 토해 낸 것은 갑판에서 떨어져 죽은 아이의 갈가리 찢긴 몸과 내장이다. 물론 이보다 더 전형적인 예는 「아오이가든」의 마지막에서 임신한 누나의 몸으로부터 붉은 개구리들이 쏟아져 나오는 장면일 것이다. 그 그로테스크한 장면들은 이야기의 마지막 부분에 갑작스럽게 출현하여 우리를 당혹스럽게 만들지만, 사실 그 이전에 이와 같은 점진적인 과정에 의해 예비되고 있었던 것이다. 그러나 아직까지 쾌락원칙은 현실원칙에 의해 제어되어 그처럼 극단적으로 발현되지 못하고 다만 상상 속에 잠재되어 있다.

다시 돌아와서 논의를 이어가면, 그다음 순서에 오는 것이 「문득,」이다. 이 소설은 낚시꾼이 시체를 건져 올리는 장면으로 시작된다. 동굴 관리소장은 시체의 인상착의가 실종된 여직원 강 양을 닮았다고 생각한다. 여자는 그 모든 장면을 멀리서 바라보고 있다. 여자는 벽돌공인 남편으로부터 상습적으로 구타를 당하던 어느 날, 깨어보니 뭔가 달라진 느낌을 받는다.

여자는 뭔가 달라졌음을 알아차렸다. 그게 무엇인지는 알 수 없었다. 그런 느낌은 축축함 때문인 것도 같았다. 이런 종류의 축축함은 처음이었다. 한편으로는 익숙하고 친숙했다. 냄새 때문인 것도 같았다. 어디선가 기분 나쁜, 그러면서도 동굴이나 여자의 집에서 흔히 느껴지는 냄새가 났다. 여자의

---

5 편혜영, 「유람선」, 《한국문학》, 2004년 봄호, 157쪽.

몸에서 나는 것 같기도 하고, 제니퍼에게서 나는 것 같기도 했다. 어쩌면 집 구석구석에 제니퍼가 숨겨놓은, 죽은 쥐가 썩어가는 냄새일 수도 있었다.[6]

편혜영 소설에서 쾌락원칙이 작동하기 시작했음을 알리는 두 가지 대표적인 신호가 있다. 하나는 상상계 너머에서 들려오는 동물들의 소리이다. 인물들은 그 입구에서 「사육장 쪽으로」의 개 짖는 소리, 「산책」의 멧돼지 소리, 「서쪽 숲에 갔다」의 부엉이 소리 등과 마주하게 된다. 물론 소리의 진원은 끝내 찾을 수 없다. 그리고 다른 한 가지 신호는 바로 '냄새'이다. 이 경우에도 '냄새'의 진원은 확인되지 않는다.

여기에서 여자는 낯설지만 익숙한(unheimlich) 냄새 그 자체가 된다. 이미 타나토스의 세계로 넘어온 이상 충동 같은 것은 없다. 현실원칙에 얽매어 있으면서 쾌락원칙의 유혹에 시달리던 편혜영 소설의 인물들은 어느새 '문득' 쾌락원칙에 존재를 맡긴 채 현실의 피안으로 건너가 버렸다. 삶과 죽음이 그 둘 사이를 갈라놓고 있기 때문에 쾌락원칙은 현실원칙의 억압으로부터 벗어나 있다. 이처럼 「문득,」에서 현실원칙과 쾌락원칙 사이의 거리는 더 멀어진다.

지금까지 편혜영의 초기 소설에서 현실 속에 얼룩처럼 남아 있던 상상계의 잔여물이 점점 몸을 키워 가면서 현실을 밀어내고 이야기의 중심을 차지하는 과정을 살펴보았다. 이제 '아오이가든'의 세계 바로 직전까지 온셈이다. 그렇지만 여전히 「문득,」의 나머지 절반은 여자가 두고 떠나온 현실 세계가 점유하고 있었다. '아오이가든'의 세계는 이미 주체에게 더 이상 압력을 발휘하지 못하게 된 이 현실원칙의 영역을 처리하는 과정에서 발생한다. 그 세계에 진입하기까지 아직 한 차례의 도약이 남겨져 있다.

---

6 편혜영, 「문득,」, 『아오이가든』, 문학과지성사, 2005, 106쪽.

3 상징을 벗어난 상상의 분출 — '아오이가든'의 풍경

앞에서 편혜영의 초기 소설의 공간이 현실에 대한 미메시스에 의해 구성되었다는 것을 전제로 논의를 전개해 왔다. 그와 비교하면, '아오이가든'의 세계는 현실에 대한 미메시스적 시공간이 아닌, 알레고리적 시공간으로 이루어져 있다. 미메시스적 허구의 공간을 확장시키면 우리가 살아가고 있는 현실과 연결되지만, 알레고리적 공간과 현실 사이에는 크레바스와도 같은 깊은 단절이 가로놓여 있다. 알레고리와 현실은 서로를 비춰 주지만 그럼에도 우리는 두 공간에 동시에 머물 수 없다. 한 영역에서 다른 영역으로 이동하고자 하면 순간적으로나마 그 사이에 놓인 단절을 초월하지 않으면 안 된다. 이 두 영역이 분열된 자아를 중간에 두고 대립하고 있는 것이 '아오이가든'의 세계 이전이라면, 그 두 영역 가운데 하나인 미메시스적 현실을 절개해 내고 오로지 상상만의 알레고리적 공간을 창조해 낸 것이 바로 '아오이가든'의 세계라고 할 수 있다. 「맨홀」에서 그 징후를 드러낸 이 세계는 「아오이가든」에서 뚜렷한 특징과 윤곽을 드러냈고, 「시체들」, 「만국박람회」, 「밤의 공사」 등으로 이어지면서 더욱 확고해진다.

이 알레고리적 세계 내부로 들어가 보면, 물론 그 깊숙한 안쪽에는 더 그로테스크한 사건이 기다리고 있지만, 일단 그 세계 자체가 현실과 다른 질감의 풍경을 가진 상상의 시공간으로 이루어져 있다. 그 세계는 성립과 더불어 이미 증상을 안고 있다.

시(市) 끝으로는 푸르스름한 갈색의 식물들이 자라는 습지가 있다. 외곽에 가까워질수록 하천과 호수가 많은 소택지가 끝도 없이 펼쳐진다. 그 소택지를 따라 북쪽으로 거슬러 올라가면 습지에 닿고 그 습지 너머로 너른

벌판이 있다. 한여름에는 50도, 겨울에는 영하 32도까지 내려가는, 기온의 변화가 극심한 곳이다. 연방 정부에 속해 있기는 하지만, 여기와는 모든 것이 다르다. 무엇보다 그곳은 일 년의 대부분이 겨울이다. 여름은 순식간에 지나간다. 너무 짧아서 한나절 자고 나면 여름이 끝났다고 느껴진다. 50도 가까이 기온이 올라가는 날씨가 계속되면 끊임없이 졸음이 온다. 따뜻한 여름은 꿈속에서나 느낄 수 있다. 어둡고 추운 겨울이 시작되면 땅은 단단하게 언다. C는 이 기간이 매우 길기 때문에, 무엇보다 기온의 변화에 적응해야 그곳에서 살 수 있다고 했다.[7]

소설 속에서 C가 왔다고 전해지는 그곳은 이처럼 현실감이 다소 결여되어 있는 공간이다. 그렇지만 이 정도의 비현실적 느낌은 맨홀 안에서 살고 있는 아이들의 모습, 파괴된 과학관에서 행해지는 정체 모를 실험 장면 등 이후에 전개될 본격적인 상상계의 풍경에 비하면 오히려 현실적이라고 할 수 있다. 이곳은 상상계의 입구에 지나지 않는다. 상상계의 출구는 다음과 같은 초현실적인 풍경으로 둘러싸여 있다.

표본병이 깨지면서 병에 담겨 있던 원숭이가 바닥에 떨어졌다. 떨어지면서 꼬리에 불이 붙은 원숭이는 재빨리 유리창 너머로 달아났다. 불은 점점 원숭이의 몸통으로 옮아갔다. 원숭이는 거대한 불덩이가 되어서야 멈춰 섰다. 나는 몸이 뜨겁게 달아올라 비명이 터져 나오려는 것을 참고 해부대를 쳐다보았다. 심장과 간, 허파와 꼬불거리는 내장들이 길게 바깥으로 쏟아져 나온 그것은 자세히 들여다보니 꼭 내 얼굴 같았다. 벽에 박혀 불타고 있는 C는 눈동자가 빠진 하얀 눈으로 내가 흘린 내장들을 무심히 내려다보고 있었다.[8]

---

7 편혜영, 「맨홀」, 『아오이가든』, 61~62쪽.

그러니까 이 이야기에는 현실과 유비 관계에 놓인 영역이 없다. 상상계의 입구가 있고 그보다 더 깊은 심층이 있다. 비에 섞여 시커먼 개구리들이 떨어지고 쓰레기 더미가 거리를 메우고 있는 「아오이가든」의 첫 장면과 '나'가 붉은 내장을 쏟아 낸 후 누이가 낳은 붉은 개구리들을 따라 아파트 바깥으로 뛰어내리는 마지막 장면 역시 그와 같은 상상계의 입구와 출구에 해당될 것이다.

현실원칙으로부터 벗어나 있는 이 세계는 이처럼 인물들이 토해 낸 기괴한 것(Das Unheimliche)들로 가득 차 있다. 그것들은 크리스테바의 개념으로는 아브젝트(abject)들이고, 그런 관점으로부터 보면 그 상상계는 여성적 이미지들의 세계이기도 하다. 그 세계를 경험해 나가는 불안과 공포의 주체는 바로 남성들인데, 편혜영 소설의 주인공들이 주로 남성인 이유 역시 그와 같은 구도와 관련이 깊다고 할 수 있다. 그런 맥락에서는 다음과 같은 묘사가 우연이 아닌 어떤 필연성을 내포한다고 생각될 수 있다.

> 습지가 벌린 물구멍은 아내의 거웃을 연상시켰다. 더럽고 시커먼 터럭들이 엉켜 있으며 깊이를 짐작할 수 없는 데다가 냄새까지 풍기는 구멍. 그는 가급적 습지 근처로 가지 않았다.[9]

이 소설에서 모든 불안의 근원인 습지는 이처럼 여성의 이미지를 품고 있다. "표면상 죽거나 사라진 것으로 되어 있는 어머니와 아내는 진정 그들 곁을 떠난 것이 아니라, 반대로 그들을 온통 에워싸고 휘감고 삼켜 버린 무서운 식인적(食人的) 형상을 하고 있다."[10]라는 분석 역시 그 점을

---

8 같은 글, 88~89쪽.

9 편혜영, 「밤의 공사」, 『사육장 쪽으로』, 문학동네, 2007, 96쪽.

10 남진우, 「세계의 일식」, 《문학동네》, 2007년 가을호, 303쪽.

적시하고 있는데, 그와 같은 반전은 작품 내부에서 일어나는 것이기도 하지만, 더 시야를 넓혀 보면 편혜영 소설의 전체적 흐름에서 발생한 것이기도 하다. 여성 주체의 의식(상상계)의 입장에서 현실(상징계)이라는 남성성의 세계의 억압과 마주하던 편혜영 초기 소설의 구도가 이 단계에서는 주체와 대상이 서로의 자리를 바꿔 여성적 아브젝트의 세계 속에 남성적 불안의 주체가 놓여 있는 구도로 재정립된다. 그렇게 생각하면 「이슬털기」, 「웨딩드레스」, 「분(盆)갈이」, 「비닐하우스」, 「문득,」 등에서 나타났던 여성 의식의 심층은, 그 당시에는 현실원칙의 억압으로 인해 소멸된 듯 보였지만, 그러나 사라지지 않고 이 상상계의 풍경 속에 흡수되어 이제 오히려 남성 주체를 위협하고 있다. 하지만 그것은 위협이면서 동시에 치명적인 유혹이기도 하다. '아오이가든'의 세계는 현실원칙의 승리로 귀착되었던 초기 소설의 세계에서와는 반대로 남성 주체가 그 여성적 상상계 속에 함몰되는 상황으로 귀결된다.

흙은 이슬에 젖어 촉촉하고 말랑한 냄새를 풍기고 있었다. 그는 상처 난 몸을 땅에 댄 채 누워 밤의 계곡이 내는 소리를 들었다. 나뭇잎이 바람에 뒤척이는 소리, 그럴 때마다 어망이 부딪혀 일으키는 작은 소리가 들렸다. 하얗게 빛나는 구더기들이 어망을 향해 기어 오느라 몸을 움츠렸다가 펴는 소리도 들렸다. 낚시꾼들이 줄을 내던질 때마다 계곡은 채찍을 얻어맞는 듯 날카롭게 찰랑거렸다. 흐르지 않는 계곡은 윙윙거리며 소용돌이치고 있었다. 그것은 아내의 흐느낌처럼 들렸다. 구더기들은 어망과 그 안에 담긴 그의 몸을 완전히 뒤덮고 옆의 나무로 올라갔다. 한 줄로 늘어서 줄기를 타고 위로 올라가는 그것들은 나무에 새겨진 하얀 줄처럼 보였다. 그들은 곧 나뭇가지 끝에 다다랐다. 거기에서 가볍게 몸을 날려 아래로 떨어졌다. 그의 몸 위로 구더기들이 비처럼 쏟아져 내렸다. 그는 깜깜한 밤의 계곡에 매장되었다.[11]

실종된 아내가 빠졌다는 계곡은 그렇게 현실로부터 폐기된 여성적 아브젝트들의 세계이다. 계곡의 소리는 '아내의 흐느낌'처럼 들리는데, 그것은 사이렌의 노랫소리와 다름이 없다. 그 세계가 남성 주체에게 주는 공포와 유혹의 양가성이 '하얗게 빛나는 구더기들'로 형상화되어 있다. 그 구더기들은 그를 계곡 속으로 이끌고, 그리하여 '그'는 계곡의 일부가 된다. 실종된 아내의 시체가 수면에 떠오른 습지에 남편이 빠져들어 가는 「밤의 공사」의 결말 역시 동일한 방식의 과정을 담고 있다.

그렇다면 이 대목에서 궁금하지 않을 수 없는 것은, 여성 인물들을 중심으로 상상계와 상징계의 대립을 중요한 대상으로 삼고 있던 편혜영의 초기 소설 세계가 왜 이런 방향으로 이행하게 되었는가 하는 문제이다. 이 물음에 대한 한 가지 대답을 찾기 위해 우리는 작가가 쓴 산문의 한 대목을 참고해 볼 수 있다.

　작가가 되고 나서 부끄럽게도 최인석의 세계 일부를 훔쳤다. 짐짓 훔치지 않은 척하려고 더욱 극단적인 환상의 세계로, 귀신의 세계로, 귀신과 사람의 경계가 불분명한 세계로 나아갔다.[12]

편혜영이 작가가 되고 나서 새로운 소설적 방향을 모색하던 시기, 최인석 소설로부터 받은 영향을 기술하고 있는 부분이다. 그 글에서 그의 언급은 최인석을 대상으로 한 것이었지만, 사실 이 '영향에 대한 불안'의 상대는 이제 갓 등단한 신출내기 작가로서 그가 마주하고 있는 동시대의 한국 소설 전체라고 볼 수 있다. 그리고 그 압력이 유동하고 있는 그의

11　편혜영, 「시체들」, 『아오이가든』, 244쪽.
12　편혜영, 「귀신의 시간」, 《너머》, 2007년 여름호, 217쪽.

글쓰기의 잠재력을 특정 방향으로 분출시켰던 것이다. 그런 맥락에서 환상을 더 극단적으로 밀고 나가는 방식은 그가 영향에 대한 불안으로부터 벗어나기 위해 선택한 그 나름의 방향이었고, 결과적으로 그 선택은 성공적이었다. 「아오이가든」으로 대표되는 그의 새로운 소설적 방향은 이처럼 아직 불투명한 그의 글쓰기 의식과 문학적 상황이 상호작용하는 가운데 만들어진 일종의 사건이었다.

그리고 그 방향은 단지 개인의 차원에서뿐만 아니라 2000년대 한국 소설의 새로운 방향이기도 했다는 점에서 또 다른 문제성을 내포한다. 현실의 인력으로부터 벗어나 환상의 세계로 향하는 2000년대 한국 소설의 큰 흐름은 어떤 의미에서 포스트모던의 상황에 대응되는 새로운 소설에 대한 강박적 요구와 결부된, 바로 그 영향에 대한 불안이 만들어 낸 것일 수도 있다. 그 지류 가운데 하나라고 할 수 있는 편혜영 소설은 기존의 구도에서 상징계를 절개해 내고 시점을 반대로 취해 '아오이가든'의 세계를 마련함으로써 그 흐름에 합류했던 것이다.

4 상상과 상징과 실재의 매듭 — '아오이가든' 이후

이상에서 '아오이가든'에 이르는 과정을 살펴보았다. 그 과정은 가장 단순화하여 이야기하면 상징과 상상의 대립으로부터 상상의 세계로의 이행으로 요약된다. 그렇다면 상징은 사라진 것인가. 당연히 그럴 리가 없다. 그것은 상상의 세계를 마주 보고 있는 남성 주체의 시선 뒤쪽에 존재할 것이다. 상상의 영역이 확장되면서 '아오이가든'의 세계가 성립되는 과정은 상징의 세계가 텍스트 바깥으로 이행하는 과정이기도 하다. 그 상징의 세계는 새로운 구도의 경계 바깥에 있기에 이야기의 표면에는 드러나지 않지만, 남성 인물의 시선을 통해 여전히 상상계와 연결되어 있다. '아오이가든' 이전의 세계는 사라진 것이 아니라 '아오이가든'의 세계를 둘러싸고 있다. '아오이가든'의 세계는 알레고리이지만 다른 판타지들과는 달리 현실에 대한 환유로 해석되는 경향이 강한데, 그와 같은 강력한 현실 환기력 또한 '아오이가든'의 세계에 밀착된 상징계의 존재 때문이라고 할 수 있을 것이다.

그런데 이처럼 '아오이가든'의 세계에서 잠시 벗어나 이야기의 경계 바깥에 머물러 있던 상징의 세계가 그 이후 서서히 이야기 안으로 다시 복귀하는 양상을 볼 수 있다.

그는 자신이 완전히 파산하였으며, 두말할 나위 없이 빈털터리가 되었다는 것을 인정할 수밖에 없었다. 게다가 그에게는 죽어서도 갚을 수 없을 정도의 빚이 있었다. 은행은 말할 것도 없고 친구들에게도 돈을 빌릴 수 없을 거였다. 손을 벌릴 가족이나 마땅한 친척이 있는 것도 아니었다. 그럴 만한 사람이 있다고 해도 돈을 빌리기 위해 파산의 이유를 장황히 설명하고 훈계를 듣는 것은 성가신 일이었다. 참고 훈계를 듣는다고 해도 돈을 빌리지는 못할 것이다. 몇 가지 생각이 어수선하게 떠올랐으므로 그는 일의 순서를 정리하고 싶어졌다. 가장 먼저 해야 할 것은, 이라고 중얼거리다가 자신이 아직 출근하지 않았음을 깨달았다. 그는 여느 날과 다름없이 출근해야만 했다. 파산 통보를 받는 날까지 시간에 맞춰 서둘러 출근을 해야 하느냐는 자조 어린 생각은 들지 않았다. 돈을 벌어 봤자 그들에게 다 빼앗길 테지만 일상을 지키는 것은 중요했다. 힐끗 벽에 걸린 시계를 올려다보았다. 다른 때라면 이미 톨게이트 근방에 도착했을 시간이었다.[13]

---

13 편혜영, 「사육장 쪽으로」, 「사육장 쪽으로」, 41~42쪽.

위에서와 같은 생활적 고민은 '아오이가든' 세계의 주민들에게서는 보기 힘들었던 면모이다. 이러한 양상은 표면적으로 보면 이전의 구도로 다시 되돌아가는 듯한 인상을 주기도 하는데, 상징의 세계가 재도입되고 있다는 점에서 '아오이가든'의 세계를 전후로 한 이 두 영역이 유사성을 갖는 것은 사실이지만, 그 유사성 이면을 탐색해 보면 이전과는 다른 새로운 변환이 일어났다는 사실도 확인할 수 있다.

한숨을 쉬며 고개를 돌리다가 이웃집 사내와 눈이 마주쳤다. 그와 사내는 어색해하며 가볍게 고개를 숙여 인사했다. 그제야 자신보다 위쪽에 사는 집의 주인들이 모두 그와 비슷한 자세로 서서 트럭을 쳐다보고 있었다는 걸 알게 되었다. 그는 아래쪽으로 고개를 돌렸다. 집들은 유선형으로 휘어진 신작로를 따라 일정한 간격으로 늘어서 있었다. 단독주택의 주인들이 모두 바깥으로 나와 혼자서 혹은 가족과 함께 트럭이 사라져 간 곳을 바라보고 있었다. 그것에 대해 그는 특별히 놀라거나 경악하지 않았다. 그에게는 지켜보는 게 관심을 드러내는 유일한 방식이었다. 다른 사람이라고 해서 다를 건 없다는 게 오히려 그를 깊이 안도하게 했다. 그는 전원에 살고 있기는 하지만 도시 사람들과 다름없는 생활을 하고 있는 셈이었다. 그는 자신과 마찬가지로 도시에 익숙한 이웃들에게 손을 흔들었다. 그가 손을 흔들자 열네 집이 차례대로, 마치 카드섹션을 하듯 순서대로 손을 흔들어 주었다. 그는 그런 질서가 좋아서 입술을 끌어당겨 웃었다. 이웃들도 일제히 제조품처럼 가벼운 웃음을 터뜨렸다.[14]

주택단지의 이웃들에게 '그'가 손을 흔들자, 열네 집이 차례대로, '마치

---

14 같은 글, 53~54쪽.

카드섹션을 하듯' 순서대로 손을 흔들어 답례한다. 그가 웃자, 이웃들도 일제히 '제조품처럼 가벼운 웃음'을 터뜨린다. 이 장면에서 확인할 수 있듯, 일상의 풍경처럼 보였던 것은 사실은 일상이 아니라 이미 증상의 내부이다. 그러니까 이 단계에서 작가는 단순히 상상에 상징을 다시 도입하여 이전으로 회귀하고 있는 것이 아니라, 상상과 상징이 입체적으로 결합된 매듭의 지점에서 새로운 소설적 대상을 발견하고 있는 것이다. 그 점에서 이 새로운 단계는 '아오이가든' 이전의 세계와 질적으로 구분된다.

이러한 특징은 '아오이가든'의 세계가 상상과 상징의 대립 구도에서 단순히 상징이 제거된 상태가 아니라, 사실은 그 초점이 좀 더 대상에 밀착되어 상징과 상상의 매듭 지점으로 이동했다는 것을 전제로 하여 파악될 수 있다. 그처럼 '아오이가든'의 세계가 그려 낸 대상이 상징계 및 실재계와 연결되는 매듭을 포함하고 있는 상상계라고 할 수 있다면, '아오이가든' 이후 편혜영의 소설에서는 그 대상이 상상과 상징, 그리고 실재가 서로 교차되는 매듭 쪽으로 이동하고 있다. 그 점에서 이 새로운 알레고리는 상상과 상징이 단순하게 대비를 이루었던 '아오이가든' 이전의 평면적인 구도에 비해 보다 입체적인 면모를 획득하고 있으며, 상상계에 편중된 '아오이가든'에 비해 보다 균형 있고 안정된 구도를 갖추고 있는 것으로 보인다. 그러면 상상과 상징, 실재가 교차하는 그 '매듭'을 형상화하는 편혜영 소설의 방식들을 하나씩 차례로 살펴보기로 하자.

우선 이 세계에 등장하는 인물들의 이름에서 그 첫 번째 방식을 찾아볼 수 있다. 편혜영의 초기 소설들에서 등장인물들은 구체적인 시공간에 연결될 수 있는 사실적인 이름을 소유하고 있었다. 그런데 '아오이가든'의 세계에 들어서면 그들의 이름이 사라진다.[15] 그러다가 어느 시점

---

15 이 고유명이 소실되는 현상은 편혜영에만 국한되는 것이 아니라 2000년대 한국 소설에서 전반적으로 발견되는 특징이기도 하다. 이 문제에 대한 논의는 「사라진 이름들이 우리에게 말해 주는 것」(《오늘의

이후 편혜영 소설 속 인물들은 좀 더 구체적인 지시기호를 부여받기 시작하는데, 「분실물」의 박, 송, 「금요일의 안부인사」의 김, 조, 박, 「크림색 소파의 방」의 진, 「정글짐」의 백, 「통조림공장」의 박, 「저녁의 구애」의 김, 「서쪽으로 4센티미터」의 조, 송 등 이 새로운 단계에서 인물들은 한 음절로 된 한국 성으로 표기되고 있다. 그 인물들은 이전에 비해 보다 구체적인 개별성을 갖게 되었지만, 그럼에도 온전한 이름을 얻고 있지는 못하기 때문에 그 개별성에는 한계가 있다. 말하자면 그들의 이름은 상상과 상징의 접점에 놓여 있다. 그것은 쾌락원칙에 전적으로 귀속되었다고 보기에는 현실에 노출된 부면이 크고, 그럼에도 두 음절의 이름을 갖고 있지는 않다는 점에서 현실원칙에 전적으로 종속되어 있지도 않다.

한편 편혜영의 최근 장편들에서 인물들은 고유명을 가지고 있다. 그것은 물론 장편이라는 장르의 속성으로 인해 불가피했던 측면도 있을 것인데, 그럼에도 그 이름들은 현실 속 인물들을 모방하고 있다고 보기에는 부자연스러운 면이 있다. 가령 『재와 빨강』에서 '그' 주변에는 전처를 비롯, 그가 파견 근무하게 된 C국의 지사장 '몰', 그의 전처와 재혼한 친구 '유진', 동창 '소요', 그리고 회사에서 같이 근무했던 '어류 선배', '귀뚜라미 팀장' 등의 인물들이 있다. 그들의 이름, 혹은 명칭은 현실적이라고 보기에는 뭔가 어색하다. 그들이 이름을 가지고 있다는 사실 자체는 그들이 상징의 세계에 몸을 걸치고 있다는 것을 드러내고 있지만, 그 인공적인 냄새가 물씬 풍기는 유사 고유명은 다른 한편으로 그들이 상징의 세계 바깥의 존재들이라는 사실을 동시에 보여 주고 있다. 또한 '몰'처럼 유동하는 기호는 상징과 상상, 실재 사이의 벽이 언제든지 뚫릴 수 있음을 암시하고 있다. 「서쪽 숲에 갔다」의 경우에도 '박인수'라는 이름이 어

문예비평》, 2006년 여름호)에서 수행한 바 있다.

느 정도 현실성을 갖고 있는 데 반해, 그의 아내인 '모유진'이나 그들의 아이 '세오'의 이름은 애매하게 현실성에서 비껴 나 있다. 진 선생과 김 대령의 경우는 더 그렇다. 그들을 지시하는 기호는 그들의 직책이나 지위를 투명하게 드러내고 있다기보다, 그들의 실체를 부분적으로 보여 주면서 나머지 더 많은 부분은 가려 버리는 기능을 한다. 그렇기 때문에 이 소설에서 진 선생과 김 대령은 고정된 실체를 가지고 있지 않다. 그들을 알고 있는 사람들은 각기 서로 다른 진 선생과 김 대령을 증언하고 있다.

두 번째로, 「시체들」, 「밤의 공사」에서 실종된 후 주검으로 발견된 아내나 「문득,」에서 죽은 아내 등 '아오이가든'의 세계에서는 실종되거나 사망하여 사라졌던 여성들이 이야기 안으로 되돌아왔다. 이제는 남성과 여성이 죽음을 경계로 분리되어 있는 것이 아니라 부부나 그에 준하는 밀접한 관계를 맺고 함께 일상을 살아가고 있다. 「소풍」, 「산책」, 「정글짐」, 「서쪽 숲에 갔다」 등에서의 부부 관계, 그리고 「저녁의 구애」에서의 김과 여자, 「서쪽으로 4센티미터」에서 조와 여자가 맺는 유사 부부 관계 등이 그 예들이다. 편혜영 소설에서 인물들이 맺고 있는 부부 관계는 현실 속 부부 관계에 대한 미메시스적인 면을 포함하지만, 그 관계를 초과하는 잉여의 부분 역시 내포하고 있다. 「저녁의 구애」에서 김은 자신이 놓인 부조리한 상황으로 인해 여자에게 마음에 없는 고백을 하면서 스스로 "두려움이 점지해준 고백"[16]이라고 느낀다. 그들 사이의 '구애'는 상징과 상상을 넘나드는 혼란스러운 것이다. 이러한 면모는 남성과 여성의 성적 구도가 상징과 상상의 대립에 대입되었던 이전의 구도와 비교될 수 있는데, 이런 변화 역시 상상과 상징 사이의 새로운 연관을 보여 주는 특징 가운데 하나로 볼 수 있다.

---

16 편혜영, 「저녁의 구애」, 『저녁의 구애』, 문학과지성사, 2011, 62쪽.

한편 '아오이가든'의 인물들은 상상계적 존재들이기 때문에 일상적 행위의 주체가 아니며 따라서 그와 관계된 서술이 좀처럼 드러나지 않는다. 가령 「아오이가든」을 보자. 전염병이 창궐한 아파트에서 엄마와 아들이 살고 있고 집을 나간 누나가 돌아온다. 그런 상황에서도 그들은 생활에 대해 고민하지 않고, 그럴 필요도 없다. 「시체들」에서 '그'는 아내의 가게 보증금을 날려 결국 문을 닫게 만들었지만 아내가 죽은 이후에도 생계에 대한 걱정은 소설적 관심사 밖의 일이다. 반면 그 이후 『사육장 쪽으로』를 거쳐 『저녁의 구애』에 이르는 과정에서 등장인물들은 점점 더 구체적인 직업을 가진 일상인으로 변모해 가는 듯 보인다.

그들의 면모는 두 부류로 나눠 볼 수 있다. 한 부류의 인물들은 무의미하게 반복되는 행위의 주체이다. 「동일한 점심」의 그는 대학의 구내 지하 복사실에 정해진 시간에 출근해서 매일 별로 다르지 않은 일을 반복한다. 복사를 하고 점심때는 인문대 식당에서 정식 A세트를 먹고 오후에는 제본한 책을 판매하고 같은 시간에 지하철을 타고 집에 돌아온다. 통조림 공장에서 일하면서 점심때는 함께 모여 통조림과 밥으로 식사하고, 퇴근해서는 통조림으로 요리를 만들어 먹는 「통조림 공장」의 인물들 역시 다르지 않다. 그것은 일상에 대한 사실적 모사라기보다 한 가지 행위를 강박적으로 반복하는 증상 쪽에 가깝다. 이 증상이 우리의 존재와 삶을 환기시킨다면, 그것은 비유의 차원이 아니라 알레고리의 차원에서 일어나는 일일 것이다.

그런 그들의 삶의 특성을 압축적으로 보여 주는 것이 「산책」, 「관광버스를 타실래요」, 「정글짐」, 「크림색 소파의 방」, 「토끼의 묘」, 「통조림 공장」, 『재와 빨강』 등에 반복해서 등장하는 파견근무자들이다. 그들은 현실 속의 파견근무자들에 대한 미메시스를 통해 태어난 소설적 캐릭터라기보다 직업인들 모두, 아니 현실 속에서 살아가는 인간 전체의 운명을 담지하고 있는 존재에 가깝다. 그들은 전임자들의 운명을 반복하고 그 운명을 후임자들에게 전달한다. 그렇기 때문에 여기에서는 수직적인 위계가 있기는 하지만 실제로 작동하고 있다고 보기 어렵다. 그것 역시 현실 속 직업 세계에서의 수직적 위계에 대한 미메시스가 아니기 때문이다. 「관광버스를 타실래요」의 상사, 「토끼의 묘」의 선배, 「분실물」의 송, 「정글짐」의 백 등은 그 소설 속 인물들의 상관으로 그들에게 부조리한 지시를 하달했던 존재들이지만, 그들 역시 긴 연결의 고리에서 바로 한 칸 앞에 놓여 있을 따름이다. 그들은, 그리고 그들의 관계는 우리가 살아가고 있는 현실 속 존재와 그들의 관계를 되돌아보게 만든다는 점에서 상징의 세계를 향해 열려 있지만, 그럼에도 그들은 폐쇄된 알레고리적 세계 내에서 특정 시공간을 초월하여 보편적 존재와 삶의 차원을 형상화하고 있다.

소설 속 인물들과 그들의 삶이 공유하는 그와 같은 속성이 이야기 구성의 차원에서는 원환 구조로 나타나 있다. 앞서 언급한 파견근무자의 운명, 즉 시스템의 프로그램이 컨베이어 벨트처럼 움직이는 속에서 주체들이 그 기능상의 일부분을 잠정적으로 점유하다가 유효기간이 경과하면 다른 새로운 주체에 의해 대체되는 현실의 질서가 이야기의 내적 구조로 형식화된 것이 바로 원환 구조라고 할 수 있다. 이 구조는 「토끼의 묘」와 「통조림 공장」에서 실험적으로 시도되었고, 장편 「서쪽 숲에 갔다」에서 본격적으로 전면화되는데, 이 소설들에서 결말은 첫 장면들과 겹쳐 있다. 뫼비우스의 띠처럼 처음과 끝이 연결된 이 구조는 서사 구성의 원리이자 더 근본적으로는 시스템의 체계와 그 속에서 존재하는 주체의 운명을 상징하는 장치이기도 하다.

이처럼 '아오이가든'의 세계 이후 편혜영 소설은 상상과 상징 사이의 매듭에 초점을 맞추면서 새로운 형태의 알레고리를 만들어 나가고 있다. 그리고 그 매듭은 필연적으로 실재와 연결된 고리를 갖추고 있다.

일단 편혜영의 소설들에는 실체가 없지만 분명하게 존재하면서 주체들의 부조리한 상황을 유발하는 어떤 것들이 자주 등장한다. 상징과 상상이 입체적으로 결합된 세계 속에서 주체들은 그 사건들로 말미암아 또 다른 세계의 존재를 감지하게 된다. 가령 「사육장 쪽으로」의 미로, 「동물원의 탄생」의 무엇인가 묵직한 덩어리, 「관광버스를 타실래요」의 자루, 「서쪽으로 4센티미터」의 갓길을 걷는 사내 등 편혜영의 소설에는 거의 대부분이라고 할 수 있을 정도로 주체와 세계 사이에 균열을 유발하는 징후적인 사물, 혹은 사건이 등장한다. 그 실체는 분명하지 않지만, 그럼에도 한 가지 분명한 것은 그것들이 존재하고 있다는 사실이다.

사라져 버린 사내는 조에게 깊이 매몰되어 있던 어떤 감정을 툭 끌어올렸다. 뭐라고 불러야 할지 알 수 없으나 끔찍한 일을 무기력하게 지켜보고 있는 것 같은 심정이었다. 사내의 운명에 대해서가 아니라 만난 적 없는 자신의 미래에 대한 것이었다.[17]

교통사고 현장에서 사라져 버린 사내의 이야기를 듣고 조는 그의 운명이 아니라 '만난 적 없는' 자신의 미래를 떠올린다. 그것은 사내로 인해 생겨난 세상의 구멍이 그에게 자신이 기거하고 있는 상상과 상징 바깥에 어떤 세계가 있다는 감각, 그러니까 실재에 대한 감각을 일깨웠기 때문일 것이다.

최근으로 올수록 편혜영 소설에서 실재로의 경사는 더 두드러지고 있는 듯 보인다. 『재와 빨강』은 언어와 문화의 장벽으로 주인공을 가두고 있는 C국이라는 가상공간 자체가 커다란 함정을 이루고 있는 가운데, 전

---

17 편혜영, 「서쪽으로 4센티미터」, 《현대문학》, 2010년 12월호, 133쪽.

처의 죽음이라는 어두운 구멍이 '그'를 부조리한 상황으로부터 운명적인 도주를 하도록 몰아넣고 있다. 이 소설은 그 내막을 파헤치는 과정에서의 서사적 흥미를 추구하고 있다기보다, 그 어두운 세계의 구멍이 주체에게 일으키는 의식과 심리의 파장을 실감 있게 보여 주는 한편 그와 같은 상황을 통해 인간 존재의 근본적 조건을 성찰하고자 한다. 바로 이 점이 추리소설 형식의 이면에서 이 소설이 추구하고 있는 주제라고 할 수 있다. 「서쪽 숲에 갔다」의 후반부에서 등장인물 박인수는 자신의 주변에서 일어나고 있는 알 수 없는 사건들의 미궁을 헤매다가 "사실 그에게 있어서 자기 자신이야말로 영원히 알 수 없는 암흑세계나 마찬가지였다."[18]는 상념에 이르는데, 그것은 그 소설 전체의 주제를 압축하고 있는 표현이면서 동시에 편혜영의 최근 소설을 둘러싸고 있는 가장 중심적인 문제라고 할 수 있을 듯하다.

5 보로매우스 매듭의 자전운동

지금까지 편혜영 소설이 전개되어 온 과정을 '아오이가든'의 세계를 전후로 하여 단계별로 살펴보았다. 그 과정에서 '아오이가든' 이전의 세계로부터 '아오이가든'의 세계가 생성되었다는 것을 확인했다. 당연한 이야기이겠지만, '아오이가든' 이전의 세계가 없었다면 '아오이가든'의 세계도 없었을 것이다. 또한 '아오이가든' 이후의 소설들은 '아오이가든'의 세계의 단순한 연장이 아니라 새로운 질적 도약을 담고 있다는 사실도 확인해 보았다.

---

18 편혜영, 「서쪽 숲에 갔다」, 《문학과사회》, 2010년 가을호, 227쪽.

새로운 방향을 찾아 다양한 방법적 시도를 감행하고 있는 '아오이가든' 이후의 세계는 상징과 상상과 실재가 보로매우스의 매듭처럼 얽혀 있는 인간 삶의 근본적 조건에 대한 형상화를 지향하고 있는 듯하다.『사육장 쪽으로』가 일상(상징계)을 중심으로 상상과 실재와 연결된 매듭을 그려 보이고 있다면,『저녁의 구애』의 세계는 상상계로부터 상징과 실재와 연결된 매듭 쪽에 더 가깝다. 그러하기에 후자에서 이야기를 통해 표현된 세계는 전자에서보다 더 추상화, 보편화되어 있다. 이러한 변화는 알레고리의 성격에도 영향을 미치고 있는데, 비현실적인 '아오이가든'의 알레고리가 오히려 현실 속의 특정 사건이나 상황을 향해 열려 있는 편이었다면, 일상의 외양 속에서 펼쳐지는『사육장 쪽으로』,『저녁의 구애』의 알레고리는 그보다 더 추상적, 보편적 세계와 마주하고 있다.

이처럼 편혜영의 소설은 그 보로매우스 매듭의 여러 면을 마치 루빅 큐브를 맞춰 나가듯 하나씩 풀어 나가고 있다. 우리 독자들의 입장에서는 마치 그 매듭이 상상과 상징과 실재의 면들을 차례로 드러내면서 자전하고 있는 것처럼 보인다. 우리는 그 판타지를 마주 보면서 함께 세계의 주위를 공전하고 있다. 우리는 그 판타지를 통해서 우리가 살아가고 있는 세계의 존재를 느낀다.

주사위로 소설 쓰기

── 김중혁론

1 궤도에서 이탈한 모노레일

2000년 처음 소설을 발표한 이래 김중혁은 교환가치 중심의 현실로부터 배제된 '무용지물'들의 세계에 시선을 두면서 그것이 갖는 역설적인 의미와 가치를 드러내는 개성적인 스타일의 이야기를 지속적으로 써왔다. 그와 같은 주제가 일상과 가상이 교차하는 독특한 공간을 배경으로 다양한 매개들을 통해 변주되면서, 또 그것들이 가볍고 경쾌한 김중혁 특유의 구어체 문장으로 표현되면서, 아이디어와 문체의 양면에서 작가의 고유한 소설 세계는 점차적으로 구축되어 왔다. 주로 단편을 중심으로 전개된 이 경향의 작품 세계는 그가 펴낸 두 권의 소설집 『펭귄뉴스』(2006)와 『악기들의 도서관』(2008)에 담겨 있다.

그의 첫 장편 『좀비들』(2010)은 좀비라는 판타지적인 모티프가 등장한다거나 혹은 중심인물들이 부정적인 세력과 대결하는 이분법적 구도를 취하고 있다는 점에서는 오히려 「펭귄뉴스」(2000)나 「사백 미터 마라톤」(2001) 같은 초기 소설의 상상력에 더 근접한 측면이 있다고도 할 수 있겠고, 거기에 그 이후 전개된 김중혁 소설의 새로운 특징들도 대부분 포함되어 있어서 그의 성숙한 단편들이 보여 주었던 스타일과 세계관을 확장시켰다고 할 수 있지만, 그럼에도 장편 형식의 첫 시도였다는 점에서 또 다른 새로운 국면의 출발점으로서의 면모를 가지고 있었던 것도 사실인 듯했다. 단편에서는 그런대로 충실하게 주제를 형성할 수 있었던 모티프들이 장편에서는 독특한 에피소드 정도에 머무르는 것처럼 보였고 또 그 에피소드들이 다소 느슨하게 연결된 듯한 인상도 주었던 것인데, 김중혁의 두 번째 장편을 기다리는 입장에서는 그 문제가 과연 어떤 방식으로 해결되어 나갈지 궁금한 일이었다.

그런데 그의 두 번째 장편 『미스터 모노레일』(2011)은 그와 같은 문제의 해결을 통념적인 기대와는 전혀 반대 방향에서 추구하고 있다는 점에서 인상적이다. 이 소설은 주제의 규모를 확장하거나 사건들 사이의 유기성을 보충하는 방향이 아니라, 이전의 소설 속에 잠복되어 있던 계기들, 가령 게임, 우연, 농담 등의 계기들을 급진적으로 전면화하면서 그것을 소설의 구조이자 주제로 만들어 버리고 있기 때문이다. 이 궤도 이탈로 인해 이 소설은 여러 면에서 문제성을 띠는 텍스트가 된 것으로 판단되는데, 이 글에서는 『미스터 모노레일』이 내포하고 있는 문제들을 하나씩 분석해 나가면서 이 소설의 특징과 그것이 현재의 소설적 상황에서 갖는 징후로서의 의미에 대해 이야기해 보고자 한다.

2 게임이라는 서사의 프레임

우선 『미스터 모노레일』의 중심인물은 일주일 만에 개발한 보드게임

〈헬로, 모노레일〉이 성공하면서 큰돈을 벌게 된 27세의 사업가 모노와 그의 어린 시절부터 친구로 동업자가 된 고우창이다. 모노와 고우창, 그러니까 별명과 이름의 이 특이한 동거는 근래 김중혁 소설에 나타나는 특징 가운데 하나인데, 그것은 현실과 판타지가 모호하게 뒤섞여 있는 그의 소설 세계에 정확히 대응되는 형식적 특징이라고 할 수 있을 것 같다.[1]

그런데 여기에서 한 가지 특기할 만한 것은, 모노가 게임을 개발하여 성공하거나(어느 날 아침 그런 게임이 있으면 좋겠다는 생각을 하고 1주일 동안 집 밖에 나가지 않고 게임을 만든다.) 혹은 모노와 고우창이 친구로 지내는 과정(중학교 3학년 때 지방에서 열리는 글쓰기 대회에 참석하기 위해 타고 가는 버스 안에서 체스 게임을 하다가 친해진다.)에 그다지 극적인 계기가 없다는 점이다. 〈헬로, 모노레일〉이 성공한 후 고우창의 부탁으로 집에서 놀고 있던 아버지 고갑수가 판매이사로 영입되는 과정에도 별다른 갈등이 없다.(모노는 고갑수가 자신을 친자식처럼 예뻐했던 기억을 갖고 있다.) 말하자면 필연적인 계기가 없는 것인데, 그렇다고 그 사건의 발생이 극적인 것도 아니다. 필연을 향한 의지도, 우연을 향한 열정도 없이 사건은 전개된다.

그러던 중 게임의 새로운 버전을 준비하기 위해 모노가 유럽 출장을 떠났고 뒤이어 사건이 발생한다. 고갑수가 회사 돈 5억을 지닌 채 사라진 것인데, 이때부터 소설은 새로운 국면으로 접어들어 빠르게 전개되기 시작한다. 고갑수를 찾아 고우창이 유럽으로 날아오고, 그의 동생 고우인도 뒤이어 쫓아온다. 모노는 유럽 여행 도중 만난 레드, 루카와 함께

---

1 대상을 명명하는 김중혁 소설의 방식은 때로 소설 속에서 서술자에 의해 직접 언급되기도 한다. 가령 『좀비들』 전반부에 나오는 다음과 같은 대목. "고리오라는 마을 이름은 내가 아무렇게나 지어낸 것이다. 실제 이름을 적어 놓고 싶지만 그럴 수 없다. 만약 실제 지명을 적는다면, 그 마을에 대한 가장 치명적인 결례를 범하는 것일 테니까."(김중혁, 『좀비들』, 창비, 2010, 18쪽) 말하자면 가상 속에 별도의 가상의 영역을 또 만들어 바깥의 가상을 마치 현실처럼 느끼게 만드는 방식인 셈인데, 이런 장치들로 인해 현실과 판타지가 모호하게 뒤섞인 김중혁 소설 특유의 공간이 생성되고 있다.

고우창, 고우인 남매와 재회한다. 그 과정에서 원(圓)을 숭배하는 신흥 종
교집단인 볼교(balls movement)의 간부인 고갑수가 그 집단 내의 문제로 인
해 교주를 납치했고 그 때문에 쫓기고 있다는 사실이 드러난다. 소설은
고갑수를 추적하는 모노와 고우창, 고우인, 레드, 루카 등 다섯 명의 일
행과 (역시 고갑수를 추적하는) 볼교 집단 사이의 대립 구도로 재편된다.

이 추격의 과정에서 어느새 모노는 그 일행과 함께 자신이 만들어 낸
게임 내부에 진입해 있다.

기차역으로 가는 동안 모노는 〈헬로, 모노레일〉의 실사판을 보고 있는
듯한 착각이 들었다. 모노가 만들었던 다섯 명의 캐릭터는 상상 속의 인물
들이었는데, 지금 모두 현실로 튀어나와 있었다. 레드는 게임 속 레드를 닮
았고, 고우인은 미용사인 핑크를 닮았고, 머리 쓰기 좋아하는 루카는 형사
블루를 닮았고, 모노와 고우인을 피해 다니던 고우창은 은행 강도 블랙을
닮았다. 모노는 〈헬로, 모노레일〉을 만들어 냈으니 소설가 화이트와 어울
렸다. 실제 인물로 변한 캐릭터들을 관찰하면서 모노는 슬그머니 혼자 웃
었다. 고우창에게 은행 강도 역할을 시킨 걸 빼면 모든 캐릭터가 그럴싸했
다. 차를 타고 가는 내내 모노는 가상의 〈헬로, 모노레일〉 게임을 상상했다.
이 게임에선 모든 캐릭터가 같은 편이다. 모두 힘을 합해 새로운 적을 쫓아
간다. 속이고 뒤쫓고 잡아먹고 뭉개 버리던 캐릭터들이 공동체를 완성했다.
모노는 합쳤다가 엇갈리고 다시 만나는 친구들의 이야기를 들으면서 캐릭
터를 상상하는 게 재미있었다.[2]

소설의 등장인물들은 게임 〈헬로, 모노레일〉의 다섯 캐릭터들이 되어

---

2 김중혁, 『미스터 모노레일』, 문학동네, 2011, 277~278쪽.

있다. 아니, 다른 각도에서 보면 다섯 명의 상상 속 캐릭터들이 '현실로 튀어나와' 있다. 이 순간 모노는 자신을 포함한 다섯 명의 일행이 말이 되어 움직이고 있는 가상의 〈헬로, 모노레일〉 게임을 상상하거니와,[3] 실제로 모노 일행은 현실 속의 유럽을 배경으로 목숨을 건 게임을 펼치고 있다. 갈등 없이 전개되어 오던 이야기는 종교 집단과의 대립이라는, 마치 게임과도 같은 대결 구도로 진입하면서 긴장과 흥분을 얻기 시작한다.

이처럼 『미스터 모노레일』의 서사는 게임과 현실이라는 두 궤도가 뫼비우스의 띠처럼 서로 연결, 교차되는 구조로 이루어져 있다. 물론 이 구조 자체가 매우 개성적인 발상이라고 보기는 어렵다. 이미 수많은 모더니즘의 실험이 허구와 현실 사이의 관계를 해체하고 불투명하게 만들어 온 바 있었기 때문이다. 그런데 모더니즘 소설들이 심각한 방식으로 허구와 현실 사이의 관계를 재정립하고자 했던 것에 비해, 이 소설에서는 그와 같은 문제를 형이상학적 차원에서 접근하여 문학적으로 해명하려는 의지가 그다지 느껴지지 않는다. 이미 작가가 소설 속에서 여러 차례 게임과 소설 속 현실 사이의 유비 관계에 대해 언급하면서 서사의 표면에 드러내고 있어 별다른 분석의 여지가 없기도 하다. 특별한 의도나 전략 없이 자연스럽게 의식 속에서 일어나는 사건일 뿐이고, 모노는 다만 그런 과정이 '재미있다'고 느낄 따름이다. 그러니 게임의 구조를 차용한 이 소설의 구성을 두고 그 소설적 전략의 차원에서 의미를 찾으려고 하면 이렇다 할 소득을 얻기 어렵다.

이 소설은 전형적이라고 생각될 정도로 단순한 구조를 취하고 있는 것이 사실이지만, 그 구조를 알고 있다고 해서 게임의 흥미가 사라지는

---

3 게임 〈헬로, 모노레일〉의 다섯 캐릭터가 모두 모노의 상상으로부터 나온 것들이라면, 그에 대응되는 현실 속의 '공동체' 역시 타자들의 연대라기보다 동일자의 집합 쪽에 가까워 보인다. 이 점에 대해서는 이 글의 6장에서 다시 분석할 것이다.

것은 아니다. 규칙을 파악해야 비로소 게임을 즐길 수 있기도 하고, 매번 새롭게 갱신되는 그 수행의 궤도에는 여러 변수가 개입되어 있기에 그 결과는 매번 상이하게 나타나는 법이기도 하다. 그 변수 가운데 가장 근본적인 것은 바로 우연이다. 두 개의 주사위를 던져서 나오는 우연적인 결과에 따라 게임의 행로가 결정되기 때문이다. 게임이 단순하건 복잡하건 결국 게임을 지배하는 원리는 우연이다. 이 소설에서 게임의 구조는 앎의 대상이 아니다. 다만 그 구조를 작동시키는 원리인 우연이 서사를 이끌어 가고 있다.

3 파토스가 결여된 우연

이 대목에서 우리는 『미스터 모노레일』에서의 우연이 갖는 독특한 성격을 객관화하기 위해 우연을 모티프로 취하고 있는 다른 비교 대상을 찾아볼 필요가 있을 듯하다.

우선 이 방면의 고전이라고 할 수 있는 루크 라인하르트(Luke Rhinehart)의 소설 『주사위 인간(The Dice Man)』(1971)을 떠올려 볼 수 있다. 소설의 화자인 정신과 의사 루크 라인하르트는 어느 날 동료 의사들과의 카드게임을 마치고 난 후 그 자리에 남은 조그만 초록색 주사위를 발견하게 된다. 그는 평소 자신의 내부에 자리 잡고 있던 위험한 욕망을 걸고 주사위의 결과에 따라 자신의 행동을 결정하기 시작한다. 그리하여 그가 평소에 마음에 두고 있던 동료의 아내를 강간하는 사건을 필두로 그의 파란만장한 '주사위 인생'이 펼쳐지기 시작한다.

『주사위 인간』에서 주사위 던지기라는 우연은 인간 내부의 여러 자아를 불러내어 그 본성을 탐구하는 실험의 수단이라고 할 수 있다. 그것은 이성적이고 합리적인 자아에 대한 부정이고, 그 부정에는 억압되고 잠재된 자아를 해방시키고자 하는 의지가 우회적으로 담겨 있다. 그런 의미에서 그의 그런 황당한 행동은, 소설 속의 비유를 사용하자면, 블레이크, 니체, 노자(老子) 등을 청중으로 하여 펼쳐지는 일종의 퍼포먼스라고 할 수 있다.

일반적으로 어떤 부정이 선언될 경우 거기에는 고유한 파토스가 뒤따르기 마련이다.[4] 그것은 표면상으로는 가치의 부정이지만 그와 같은 파토스가 어떤 의미에서는 이념(가치)의 역할을 수행한다고 볼 수 있다. 하지만 『미스터 모노레일』에서의 우연에는 부정에 수반되는 고유의 파토스나 이념의 색채가 별로 묻어 있지 않다. 이 소설의 우연에서는 『주사위 인간』에서의 형이상학적 질문을 제기하기 위한 의도나 무의식의 심급에 잠재된 자아를 끌어올리기 위한 의식적인 의지를 느끼기 어렵다.

이처럼 『주사위 인간』에서 루크 라인하르트의 주사위 던지기가 자기 내부의 잠재된 자아를 활성화시키기 위한 적극적이고 의식적인 우연의 활용이라면, 『미스터 모노레일』에서 모노는 누군가가 던진 주사위에 따라 자신의 행로가 결정된다고 느끼는 수동적인 존재이다. 그 점에서 모노는 폴 오스터의 『우연의 음악』(1990)에 등장하는 나쉬에 더 가까운 존재로 보인다.

나쉬는 그들에게 매사추세츠로 돌아갈 예정이라고 했지만 얼마 안 가서 곧 자기가 반대 방향으로 차를 몰고 있다는 것을 깨달았다. 고속도로로 들

---

4 야우스는 어떤 대상의 사망 선고에는 그와 반대되는 물음에 대한 흥미를 불러일으키는 파토스가 들어 있다고 지적한 바 있다. 가령 '주체의 죽음'이나 '문학의 죽음' 등의 선언은 '주체'나 '문학'이라는 대상에 대한 새로운 정립의 의지를 불러일으키기 위한 수사적 전략인 셈이다. 한스 로베르트 야우스, 『미적 현대와 그 이후』, 김경식 역, 문학동네, 1999, 10장 참조.

어가는 진입로를 못 보고 지나쳤던 것이다. 그것은 아주 흔한 실수였지만 그는 30킬로미터쯤을 더 가서 제 길로 들어서는 대신, 자기가 이제 막 잘못된 길로 들어섰다는 것을 뻔히 알면서도 충동에 이끌려 다음번 진입로로 들어섰다. 그 결정은 즉석에서, 갑작스럽게 내려진 것이었지만, 두 진입로 사이를 지나는 짧은 시간 동안 나쉬는 그래도 달라질 게 없다는, 두 진입로는 결국 같다는 생각을 하고 있었다. 보스턴으로 가겠다고 했지만 그것은 순전히 무슨 말이든 해야 되었고, 그의 머릿속으로 맨 처음 떠오른 말이 보스턴이었기 때문이었다. 거기에서 그를 기다리는 사람이 아무도 없는데, 또 자기 마음대로 쓸 수 있는 시간이 그렇게도 많은데, 구태여 돌아가야 할 이유가 있을까? 그 모든 자유를 상상하고 자기가 어떤 결정을 내리건 별 상관이 없다는 사실을 아는 것, 그것은 아찔하게 즐거운 일이었다. 그는 원하는 곳이면 어디든 갈 수 있고 하고 싶은 일이면 무엇이든 할 수 있었다.[5]

아내가 떠난 이후 누이에게 딸을 맡기고 홀로 방황하는 나쉬이기에 위에서처럼 우연에 자신을 맡기는 행위는 이해할 만한 사건이다. 그런데 이 우연한 사건 하나가 이후 나쉬의 삶의 행로를 지배한다. 그 하나의 우연이 아니었다면 그는 길 위에서 도박으로 생활하는 젊은 청년 포지를 만날 일도, 복권 당첨으로 거부가 된 플라워와 스톤 들과 카드 게임을 벌일 일도, 그 게임에 지는 바람에 빚을 갚기 위해 몇 달간 돌로 벽을 쌓는 노동을 할 일도, 그러다가 우여곡절 끝에 마침내 맞은편으로부터 오는 차를 향해 핸들을 돌릴 일도 없었을 것이다.

『우연의 음악』에서 나쉬가 겪는 일련의 사건들은 부분적으로는 자신에게 다가온 우연이라는 운명에 자신을 내맡긴 결과이기도 했지만, 그

---

5 폴 오스터, 『우연의 음악』, 열린책들, 2000, 12~13쪽.

우연으로부터 벗어나고자 몸부림치는 바람에 운명은 더 뒤틀리고 복잡해지는 결과가 초래되기도 했다. 그에 비해 『미스터 모노레일』에서 모노가 우연을 받아들이는 방식에는 그에 대한 저항이나 거부의 의지가 애초부터 결여되어 있다.

　　모노는 하루 동안 일어난 일들을 차근차근 더듬어보았다. 아침에는 소매치기를 당했고, 오후에는 호텔방에서 주사위를 던졌고, 갑자기 베니스행 기차를 타게 됐고, 기차에서 이상한 승무원을 만났고, 승무원의 펀치 때문에 시에나에서 내리게 됐고, 시에나는 몬탈치노와 아주 가까운 곳이란 것을 알게 됐고, 몬탈치노까지 가는 버스는 끊어졌지만 몬탈치노까지 태워다 줄 수 있는 사람을 알게 됐다. 모노는 처음부터 자신의 선택이란 별로 중요한 게 아닐지도 모른다는 생각이 들었다. 누군가 주사위를 던지고, 자신은 던져진 주사위의 숫자만큼 이동하는 말일지도 모른다는 생각이 들었다. 누군가 자신을 위해 주사위를 던져 주는 거라면, 모노는 온전히 그 주사위에 자신을 의지하고 싶었다. 몬탈치노로 가서 레드를 만나는 것은, 어쩌면 게임 속 멋진 지름길일지도 모른다고, 모노는 생각했다.[6]

위에서 보듯, 이 소설에서 우연이 지배하는 상황에 대해 모노가 갖는 태도에는 독특한 점이 있다. 우연에 맞서, 그것을 극복해 가며 자아의 의지를 실현하는 근대적 인간과는 대조적으로 소설 속의 인물들은 선택과 의지에 집착하기보다 우연과 그 흐름을 긍정적으로 수용하는 성향을 갖고 있다. 모노는 '온전히 그 주사위에 자신을 의지하고 싶다'고 생각하는 것이다. 이런 성향은 『우연의 음악』에서 포지에 비해 그래도 우연에 휘

6　김중혁, 『미스터 모노레일』, 167~168쪽.

둘리는 자신의 운명에 비교적 순종적인 나쉬에게서조차 찾아보기 어려운 면이다.

우리는 이런 인간형을 김중혁의 이전 소설들에서 이미 자주 경험한 바 있다. 가령 "삶은 선택하는 것이 아니라 사다리타기 놀이처럼 한번 시작되면 절대 항로를 바꿀 수 없는, 규칙을 따라서 정해진 목적지에 도착할 수밖에 없는 게임인지도 모른다. 그 목적지에 '꽝'이라는 글자가 씌어 있지 않기를 바라는 것밖에는 할 수 있는 일이 없을지 모른다."[7]와 같은 대목에서처럼 삶을 일종의 게임이라고 생각하거나 혹은 "무슨 일이 생기든 그 흐름에 나를 방치하고 싶었다. 내 삶의 꼬치에 하나씩 새로운 일들이 꿰어지는 모습을 멀찍이 떨어져서 지켜보고 싶었다."[8]와 같은 대목에서처럼 자기 외부의 흐름에 자신을 방치하는 인물들이 그에 해당된다. 이처럼 앞서 드러난 바 있던 사유의 편린들이 『미스터 모노레일』의 세계를 예비하고 있었는데, 그렇게 잠복되어 있던 사유가 게임이라는 모티프를 통해 급진적으로 전면화되면서 새로운 소설적 세계가 마련되었다고 할 수 있다. 그리하여 처음부터 마지막까지 소설 속 인물들의 행로와 그들이 겪는 사건들이 주사위 던지기와도 같은 우연에 의존하고 있는 특이한 이야기가 탄생하기에 이른 것이다.

4 서사의 레일을 연결해 주는 환유

그런데 『미스터 모노레일』에서는 소설 속의 인물들의 행위가 우연에

---

7 김중혁, 「나와 B」, 『악기들의 도서관』, 문학동네, 2008, 208쪽.

8 김중혁, 「악기들의 도서관」, 『악기들의 도서관』, 124쪽.

의해 결정될 뿐만 아니라 그 서사가 생산되는 방식 자체가 우연적 계기에 의해 성립되고 있다는 점에서 또 다른 차원의 문제성을 갖는다.

> "기차에 대한 얘기가 하고 싶어지니까 모노레일이라는 단어가 생각나고, 그게 좀 밋밋한 것 같아서 앞에서 미스터를 붙이고…. 계속 그런 식으로 이야기를 써 나갔어요. (이야기가) 어디까지 갈 수 있는지 그냥 주사위를 던진 거예요."[9]

작가는 책이 출간된 후 여러 신문과의 인터뷰에서 마치 주사위를 던지는 방식으로 이야기를 이어 나갔던 경험을 반복해서 진술한 바 있다. 이런 창작 방식은, 소설 속의 사건들은 우연에 의해 지배되고 있지만 서사 전체는 유기적으로 구성되어 있는 『주사위 인간』이나 『우연의 음악』의 방식과 대비된다. 그 소설들에서는 우연에 의해 움직이는 인물들을 작가가 조종하고 있지만, 김중혁의 경우에는 작가 자신이 우연에 의해 이야기를 이끌어 나가고 있는 것이다. 이 방식은 오히려 (물론 그만큼 급진적이지는 않지만) 초현실주의자들의 전위적 실험이나 주역의 괘를 이용하여 음악을 만들었던 존 케이지의 퍼포먼스와 닮은 점이 있다.

작가는 이 소설을 통해 일종의 서사적 퍼포먼스를 펼친 셈인데, 이 순수성이야말로 『미스터 모노레일』의 소설적 성격을 결정하는 매우 중요한 요소라고 할 수 있다. 우연에 대한 사유를 표현하기 위해 소설 속 인물로 하여금 주사위를 던지게 만드는 『주사위 인간』이나 우연을 모티프로 잘 구성된 한 편의 이야기를 만들어 낸 『우연의 음악』의 경우와 비교할 때, 『미스터 모노레일』은 소설 속의 인물이 가지고 있는 세계관이 소

---

9 《동아일보》, 2011년 7월 25일자.

설 속의 사건일 뿐만 아니라, 그것이 그 자체로 작가의 서사 구성 원리이기도 하다는 점에서 형식과 내용이 하나의 맥락으로 연결되어 있는 독특한 장면을 연출하고 있다.

이러한 사정으로 인해 『미스터 모노레일』은 이야기의 구성이나 주제의 측면에서 제공할 수 있는 것이 그리 많지 않다. 구성에는 전략이 부재하며 주제는 해체된 이야기의 구성에 이미 녹아 있기 때문에 분명한 형태로 건져지지 않는다. 그렇다면 독자는 이 소설에서 무엇을 읽어야 할까.

김 작가는 "하나의 커다란 농담으로 받아 줬으면 좋겠다."며 "보드게임 형식과 소설 구조를 결합하는 등 방법론적으로 접근했지만 특별한 메시지를 담지는 않았다."고 설명했다.

이어 "보드게임에서 주사위를 던지듯 플롯을 짜지 않고 결말도 정하지 않은 채 글을 써갔다."며 "나는 거대한 세계를 다루기보다 미세한 틈에 집중하는 것을 좋아한다."고 덧붙였다. 독자에게도 부담을 갖고 결론을 기다리기보다 과정에 재미를 느껴 달라고 당부했다.[10]

메시지가 없고, 플롯도 전제하지 않은 이 소설. 그렇기 때문에 작가는 소설 전체의 주제와 구성이 아니라 과정과 틈을 보라고 주문하고 있는 것일 터이다. 그런데 자세히 들여다보면, 우연에 의해 해체된 구성의 빈틈은 그냥 빈틈으로 남겨져 있는 것이 아니라 환유적 상상력에 의해 메워져 있다는 사실을 발견할 수 있다.

"아, 귀 때문에? 멋진 이름이네, 모노. 그런 별명을 짓는 걸 보면 괜찮은

---

10 《연합뉴스》, 2011년 7월 15일자.

친구들 같네. 모노라는 게 싫어?"

"좋을 리 없죠. 정상이 아니라는 건데."

"잡음이 많은 스테레오보다는 깨끗한 모노가 낫지. 안 그러냐? 나는 인생이 음소거인데, 안 들려서 불편하다는 생각보다는 잡음이 없어서 좋다는 쪽으로 생각을 굳혔어."

"생각을 굳히면 굳어져요?"

"시멘트를 많이 발라야지."

"유머죠?"

"굳히기 유머지. 하하하."[11]

'모노'-'스테레오'-'음소거' 등으로 이어지는 환유적 연상에 따라 인물의 명명과 성격화가 이루어지고 있을 뿐만 아니라, 그것들을 대상으로 한 유머까지 구사되고 있다. 인용 대목 뒷부분의 '(생각을) 굳히다'-'시멘트'-'굳히기 유머' 등의 방식도 그와 마찬가지이다. 김중혁 소설에서 이런 장면은 얼마든지 찾을 수 있다. 대화에서 주고받는 농담에서뿐만 아니라 표현에서도 환유적 상상력은 돋보인다. 가령 "판매성장률 언덕에 눈이 내린다면 아이젠을 신지 않고는 그 누구도 걸어 올라갈 수 없을 만큼 가파른 경사였다."[12]와 같은 문장들. 그런 의미에서 환유적 상상력은 우연과 더불어 『미스터 모노레일』에서 작용하는 또 하나의 주사위라고 할 수 있다.

그러니까 『미스터 모노레일』이라는 소설에서 주제와 구성 대신 우선 읽을 수 있는 것은 농담, 그리고 표현과 사건의 연쇄에서 드러나는 김중

---

11 김중혁, 「미스터 모노레일」, 36쪽.
12 같은 책, 23쪽.

혁 특유의 환유적 상상력의 질감이다. 그러하기에 독자들 역시 이야기 이면의 심층적 깊이를 들여다볼 것이 아니라 그 표면의 질감을 즐기는 쾌감에 자신을 맡겨야 할 것이다. '과정에 재미를 느껴 달라'는 작가의 주문 역시 그 점을 이야기하고 있는 것이라 생각된다. "빙고! 맞다. 그런 이름이 흔한 게 아니지. 모노레일이라는 단어를 듣는 순간, 당신의 머릿속에 떠올랐을 바로 그 게임이 맞다."[13]라는 문장들로 시작되는 이야기는 처음부터 독자들을 그 과정에 초대하면서 경쾌하게 출발했던 것이다.

5 해체된 구성과 거세된 욕망의 리얼리티

그러나 이 소설에서 읽을 수 있는 것이 그와 같은 환유적 상상력에서 연유하는 특유의 표현과 농담의 질감만은 아니다. 물론 지금부터 우리가 읽어 낼 문제는 이 소설이 명시적으로 표현하고 있는 것은 아니다. 오히려 그것은 이 소설에 결여된 어떤 것들로 인해 가능하게 된 상징적 독해의 산물이라고 할 수 있다.

앞서 지적한 바와 같이 『미스터 모노레일』의 서사는 일관되고 인과적인 서사의 고리로 강력하게 묶여 있는 이야기와는 그 성격이 다르다. 오히려 그 반대로 사건과 장면들은 분절되어 있고 우연에 의해서, 그리고 환유적 상상력에 의해 느슨하게만 연결되어 있다. 이러한 양상은 궁극적으로 단절되고 분산된 이야기의 부분들을 전체적으로 통합할 수 있는 적극적인 가치 혹은 이념이 결여되어 있기 때문이라고 할 수 있다.

---

13 같은 책, 7쪽.

"투수 하면 뭐가 좋은데?"

"사람들이 다 쳐다보잖아. 투수가 던지는 공 하나하나에 집중하잖아."

"쳐다보는 거 싫은데."

"주인공이 싫어?"

"난 그냥 앉아 있는 게 좋아."[14]

위의 대목은 고우창이 브뤼셀에 있는 볼교 본부 건물 바깥에서 고갑수가 나오기를 기다리던 중 어린 시절 아버지와 캐치볼을 하면서 나눴던 대화를 회상하는 장면이다. 어린 시절부터 그에겐 일반적인 인정의 욕망이 매우 옅었던 것인데, 김중혁 소설의 인물들은 대체로 이런 성향을 공유하고 있다.

요컨대 이 소설에는 인물들의 욕망을 추동하는 가치가 부재한다. 이전의 김중혁의 단편들에서 인물들은 자신의 외적 세계의 가치 기준을 거부하면서도 그것을 자기 내부의 고유한 리듬과 가치로 대체하는 방식을 통해 윤리적 상상력을 자극했던 바 있다. 그런데 『미스터 모노레일』에서는 그와 같은 부정성의 파토스마저 거의 감지되지 않는다.

이와 같은 특징은, 지젝 식으로 말해 외설적 초자아의 유혹으로 인해 일상 속에서 이미 가치의 포화 상태에 놓인 현실적 상황에 대한 서사적 반응으로 해석될 여지가 있다. 이 소설의 특징인 서사의 분열, 혹은 분열까지는 아니라고 하더라도 소설 속의 사건들이 유기적으로 연결되지 못하고 있는 상태는 위와 같은 인물들의 성향, 그러니까 가치의 포화 상태로 인해 역설적으로 온전하게 추구할 수 있는 가치가 부재하는 현실적 상황에 대한 반응과 연관되어 있다고 볼 수 있다.

---

14 같은 책, 178쪽.

말하자면 서사 형식과 주제 사이에 내적인 연관이 있는 셈인데, 한 가지 더 생각해 볼 것은 경우에 따라서는 가치 혹은 이념이 서사의 통합력을 제공해 주기도 하지만 또 다른 많은 경우 서사의 통합은 시장적 가치의 강력한 요구에 의해 이루어지기도 한다는 사실이다. 단편 중심에서 장편 중심으로 이행하고 있는 최근의 한국 소설은 한편으로 시장에 반응하는 양상을 점점 더 뚜렷하게 나타내는 추세를 보여 주고 있기도 하지만, 다른 한편으로 그에 대한 거부 혹은 유보의 태도가 그처럼 해체된 서사 형식을 통해 드러나 있기도 하다고 생각된다.

김형중은 '입체소설', '무한소설', '퀼트소설' 등의 이름으로 이장욱, 서준환, 최제훈, 김연수, 윤성희, 김중혁 등의 소설을 분석하면서 그것을 "'장편소설'이라는 개념이 누리는 특권을 조롱하기 위해 고안된 일종의 유머이고 반개념"[15]으로 규정하고 있는데, 전반적으로 그와 같은 형식들은 총체적인 서사가 불가능한 시대에 대응되는 소설의 하위 형식이라고 할 수 있겠지만, 그 세부적인 성격에는 차이가 있다고 생각된다. 이장욱이나 최제훈 소설의 경우에는 서사가 여러 조각으로 분할되어 있기는 하지만 그 상태는 궁극적으로 그 조각들이 서로 연관을 맺고 있다는 사실을 더욱 극적으로 드러내기 위한 전제라는 점에서 그와 같은 분열적 구성은 전략적 성격이 강하다고 할 수 있다. 김연수 소설의 경우에도 그 복잡한 구성은 서로 연관되지 않는 것처럼 보였던 서사의 가닥들이 결국 연관되는 순간을, 또한 궁극적으로는 개인의 삶과 시대적 현실이 닿는 순간적인 접점을 드러내기 위한 소설적 장치라고 볼 수 있다. 그에 반해 윤성희의 『구경꾼들』(2010)이나 김중혁의 『미스터 모노레일』의 경우는

---

15 김형중, 「프랑켄슈타인 박사의 소설 쓰기 ― 2011년 여름, 한국 소설의 단면도」, 《문학과사회》, 2011년 가을호, 224쪽.

그와 같은 구성을 향한 의욕 자체가 희미한 편이라고 할 수 있다. 한편으로 이것은 단편으로서는 독특하게 복잡한 구성을 지향해 왔던 한국 소설의 특징이 장편으로의 양식적 이행의 과정에서도 여전히 관성으로 남아 있는 사태로 설명될 수도 있겠지만, 다른 한편으로는 분산된 서사들을 통합할 수 있는 가치가 부재하는 현실을 이데올로기화하지 않으려는 의지의 표현으로 해석될 여지도 있다. 그런 의미에서 윤성희, 김중혁 소설에서 구성의 결여는 과도기적 상황에 놓여 있는 한국 소설의 한 갈래가 보유하고 있는 정치적 무의식의 반영이라고 볼 수 있는 측면이 있다.

텍스트 자체로만 보면 김중혁 소설은 한 편의 농담처럼 읽히기를 기대하는 가벼운, 그야말로 현대적 상황에 대응되는 중간소설처럼 보인다. 하지만 방금 언급한 것처럼 그 콘텍스트의 차원에서는 대중성에 대한 강박에 휘말리지 않으려는, 서사의 대중성을 가로막고 있는 문제들을 굳이 극복하지 않으려는 성향을 엿볼 수 있다. 그 점에서 이 소설은 자본주의 현실에 대한 비판 등 무겁고 심각한 주제를 담고 있어 사람들의 관심과 현실 참여 욕망을 불러일으키지만, 그러나 바로 그 점 때문에 역설적으로 문화자본의 전략적 타깃이 되기도 하는 사회적이고 정치적인 성격의 뜨거운 소설들과 대비되는 면이 있다. 소유하지 말자는 주장을 담은 책이 경쟁적으로 소유의 대상이 되기도 하고, 느리게 살자는 주제를 담은 담론이 빠른 속도로 유통되기도 하며, 무위(無爲)의 가치를 힘주어 역설하기도 하는 포스트모던의 현실 속에서는 어떤 이야기를 하는가보다 어떻게 이야기 하느냐가 더 본질적일 수 있다.

6 단자화된 개인들의 집합으로서의 취향 공동체

이처럼 『미스터 모노레일』은 갈등 없이 우연에 의해 사건들이 전개되는 가벼운 이야기이지만, 그럼에도 거기에는 부분을 통합하는 가치, 이념에 대한 의존이 약하기 때문에 오히려 포스트모던의 현실의 문제들을 내적으로 반영하는 특성들을 여러 면에서 보여 주면서 그에 대해 사유할 수 있게 만들어 주는 텍스트라고 할 수 있다.

그 문제 가운데 또 다른 하나는 소설 속의 인물들이 맺고 있는 관계의 성격에서 찾아볼 수 있다. 『미스터 모노레일』을 비롯한 김중혁의 최근 소설에서 이념, 가치를 추종하지 않는 태도는 인물 개개인뿐만 아니라 인물들의 관계에서도 확인된다. 모노와 고우창이 우연히 만나 게임을 하다가 친해진 사이이고, 그들의 우정에는 어떤 적극적인 계기도 없다는 점은 앞에서 살펴봤는데, 다른 인물들의 관계 역시 마찬가지다. 극적인 사건 없이, 우연히 만나서 그들은 세대와 성별을 넘어 친밀성의 관계를 형성한다.

척 폴라닉의 소설 『파이트 클럽』(1996)에는 고환암 환자들의 모임인 '나머지 남자들의 모임'이나 기생성 뇌 기생충 감염 환자들의 모임인 '하늘과 끝' 등을 비롯한 여러 환자들의 모임이 등장한다. 매주 같은 시간에 만나서 자신의 사연을 털어놓으면서 서로의 상처를 보듬고 위안을 받는 이런 모임은 포스트모던의 상황 속의 단자화된 개인들로 이루어진 취향의 커뮤니티라고 부를 만한 것이다. 서로 맞붙어 때리고 얻어맞으면서 삶의 활기를 얻는 '파이트 클럽' 자체가 그런 성격을 지니고 있다. 김중혁의 「C1+y=:[8]:」(《문학과사회》, 2009년 여름호)에 나오는 '숏컷 라이더스'라는 스케이트보드 동호회나 UFO동호회, 혹은 「1F/B1」(《문학동네》, 2009년 가을호)에 나오는 '네오타운 건물관리자연합' 등 역시 이미 삶의 분화와 단자화를 전제로 한 일종의 취향의 커뮤니티라고 할 수 있다.

그렇기 때문에 그 관계가 내부 구성원들 사이에서는 수평적이고 평등한 관계를 지향하는 면이 분명히 있지만, 그 결속에는 배타적인 면도 있다. 그 점과 관련하여, 김중혁 소설에서 이 공동체는 선명한 이분법적 대립의 구도를 형성하는 경향이 있다. 이미 「펭귄뉴스」나 「사백 미터 마라톤」에서도 그 점을 엿볼 수 있었지만, 『좀비들』에서 좀비를 포격 연습용 대상으로 사육하는 장 장군 세력과 그에 저항하는 채지훈, 뚱보130, 홍혜정, 홍이안이 이루는 공동체의 대비나 『미스터 모노레일』에서 모노 일행과 볼교의 비비 권력의 대립에서 그와 같은 이분법적 대립의 지향을 선명한 형태로 확인할 수 있다. 말하자면 '주사위 대 볼' 혹은 '모서리 대 원'의 이분법적 대립인 것이다. 조형래의 분석에서 보듯 이것은 가치 사이의 경쟁이라기보다는 가치 대 비가치의 대립 구도라고 할 수 있고, 이 대립에서 작가가 어떤 쪽을 지향하고 있는지도 분명하게 드러나 있다.[16] 『파이트 클럽』에서 파이트 클럽의 구성원들이 자신들의 결사를 가로막는 경찰 등의 권력과 대항하여 테러를 감행하는 '프로젝트 메이헴'에서도 그와 유사한 점을 확인할 수 있다. 그 소설에서 '나'와 타일러 더든이라는 두 대립되는 캐릭터가 사실은 한 인물이었던 것처럼, 『미스터 모노레일』에서 공동체를 이루고 있는 여러 인물 역시 주체 내부의 여러 자아의 인격화라고 볼 수 있는 면이 있다. 이들의 놀이는 호모 루덴스의 경우처럼 집단적, 상호적인 것이 아니라 포스트모던 시대의 자아에 대응되는 고독한 공상의 놀이에 더 가까운 것으로 보인다.[17]

---

16 조형래, 「예측불허 '인생 게임', 싸우거나 즐기거나!」, 《프레시안》, 2011년 8월 19일자.

17 이를 테면 '좀비'라든가 '볼교' 같은 추상적인 외부와의 대결은 상징계에 대한 알레고리라기보다는 상상계의 놀이로서의 성격이 더 짙어 보인다. 외계라든가 자연재해와 같은 우연적 사태가 최근의 여러 매체의 내러티브에서 반복되는 현상들에서도 (물론 문명적 현실에 대한 알레고리로 해석될 수 있는 부분도 있겠지만) 갈등 없는 세계 속의 주체에게 순간적으로 긴장과 스릴을 경험할 수 있게 만드는 그와 같은 게

7 분열된 자아들로부터 파생된 이야기

이처럼 『미스터 모노레일』은 여러 면에서 후근대적 상황에서 인간 존재의 조건에 대응되는 측면들을 이야기 안에 갖추고 있다. 그 여러 측면 가운데 마지막으로, 이 소설 같은 상상적인 이야기가 발생하는 현실적인 지반, 맥락과 관련되는 문제를 살펴보고자 한다.

미디어와 매체의 비약적인 발전에 따라 가치들이 빠른 속도로 전달되고 또 축적되어 이른바 가치의 포화 상태에 이른 현대적 상황에서 주체는 여러 분열된 자아를 동시에 포함하는 일이 더욱 잦아지는 경험을 하게 된다. '지킬과 하이드' 식의 분열이 예전에는 예외적이고 극단적인 경우에 속했지만, 지금은 일상적인 일이 되었다. 프로그램 속 인물의 비참한 상황과 그로 인해 그들이 겪는 고통에 눈물을 흘리면서 ARS 전화 버튼을 누르던 손으로 리모컨을 조종하여 이종격투기를 시청하며 흥분하는 일은 더 이상 비정상적 주체의 예외적인 경험이 아니다. 외부에서 주입된 여러 방향의 가치들이 자아에게 강요되고 개인의 욕망은 그에 따라 다방향으로 분기되고 있지만 그 다원화된 자아를 통합할 수 있는 가치는 부재하는 상황인 것이다. 케네스 거겐은 이러한 자아의 속성을 '다중분열(multiphrenia)'이라고 부르고 있는데,[18] 그 개념은 그만큼 다양하고 그러하기에 때로는 서로 모순을 일으키는 욕망들이 주체 내에서 혼란스럽게 동거하는 포스트모던 주체의 특징을 압축적으로 말해 준다. 사회적 가치를 추구하면서 자신의 정체성을 탐색하는 근대적 주체, 그리고 기존의 가치를 미적으로 갱신하면서 새로운 정체성을 향한 파괴적 열정을 보여

임의 구도와 속성을 읽어 볼 수 있다.

18 Kenneth Gergen, *The Saturated Self: Dilemmas of Identity in Contemporary Life*, Basic Books, 1991, pp. 73~80 참조.

주었던 모더니즘적 주체와 달리, 포스트모던 시대의 주체는 유연한 호환성과 급속한 파생성을 보유하게 된 무수한 가치들이 동시에 잠거하는, 포화되고(saturated) 변화무쌍한(protean) 상태에 놓이게 된 것이다.

이와 같은 상황에서 주체의 의식 내에 글쓰기의 새로운 영역이 등장하고 있다. 외부 세계와 접촉하는 사회적, 상징적 자아가 아닌, 그 이면의 자아, 사회적 관계에 책임감을 갖지 않는 자아들이 이야기에 출현하는 추세에서 그와 같은 사실을 확인할 수 있다.

이건 정말 세상에서 하나뿐인 음악들일까. 이 사람들의 음악은 그저 하늘에서 뚝 떨어진 것일까. 나는 그렇게 생각하지 않는다. 새로운 것은 어디에도 없다. 누군가의 영향을 받은 누군가, 의 영향을 받은 또 누군가, 의 영향을 받은 누군가, 가 그 수많은 밑그림 위에다 자신의 그림을 그려 나가는 것이다. 그 누군가의 그림은 또 다른 사람의 밑그림이 된다. 우리는 모두 보이지 않는 여러 개의 끈으로 연결돼 있다. 그러므로 우리들은 모두 어느 정도는 디제이인 것이다.[19]

전통적인 방식의 교류가 시간과 공간에 의해 제약되어 있었다면, 현대적인 커뮤니케이션에서는 뉴미디어의 등장으로 인해 시간적, 공간적 거리가 갖는 의미가 무색해지면서 동시적 경험의 순간들이 확장되어 나가고 있다. 직접적인 형태의 접촉을 통한 교류와 소통은 현격하게 줄어들었지만, 그럼에도 불구하고 주체들은 여러 매체를 통해 '보이지 않는 여러 개의 끈'으로 연결되어 있는 경험을 일상적으로 겪는다. 앤서니 기든스 식으로 이야기하면 문화가 세계화됨에 따라 '자아의 세계화'가 이

---

19 김중혁, 「비닐광 시대」, 『악기들의 도서관』, 104쪽.

루어진 것이고,[20] 아즈마 히로키 식으로 말하자면 전세계가 공유하는 이야기의 데이터베이스가 마련된 셈이다.[21] 이와 같은 연관 속에서 커트 보네거트, 레이먼드 카버, 루크 라인하르트, 폴 오스터와 교감하는 이야기가 한국의 작가에 의해 탄생할 수 있는 가능성이 마련된다. 그것은 소설과 영화 등의 문화적 텍스트를 통해, 그리고 최근에는 아이팟, 아이패드 등의 장치들에 의해 연결된 세계의 감각이라고 할 수 있다. 그런 맥락에서 보자면, 김중혁 소설에 등장하는 좀비나 게임의 모티프들은 비현실적인 것이 아니라 현재 한국에서 소설적 상상력이 생산되는 현실적 경로를 특수한 방식으로 보여 주는 것이다.

한 개인의 상상력이 한정된 시간과 공간을 토대로 형성된 사회적 관계, 사회적 자아에 집중되었던 국면이 있었다면, 지금은 그와 거리를 둔 다양한 지점에 분산되고 고립된 자아들이 주체 내에 동거하고 있는 상황이다. 그리고 그 다양한 자아들은 서로 다른 이야기들을 품고 있다. 모더니즘 시대의 이야기들이 그 분열의 순간을 의식하면서 해체된 자아의 상태를 언어화했다면, 지금의 이야기들은 『미스터 모노레일』처럼 그와 같은 분열을 의식하지 않는 새로운 자아로부터 기원한다고 할 수 있다.

이런 자아의 상태에 대응되는 현상 가운데 하나가 현실과 가상공간에서 서로 다른 자아로서 살아가는 일이 점점 더 보편화되고 있는 상황이다. 공식적이고 현실적인 세계에서는 공적 기관에 등록된 이름을 갖고 활동하지만, 블로그나 미디어 공간에서는 별도의 아이디로 자신의 정체성을 갖는 상황은 이제 특별한 일이 아니고, 어떤 개인이나 상황에서는 후자에 더 큰 비중이 놓일 때도 빈번해진 것이다.[22] 특정 국면에서 김중혁

---

20 '자아의 세계화'에 대해서는 도미니크 바뱅, 『포스트휴먼과의 만남』, 양영란 역, 궁리, 2007, 104~106쪽 참조. 그 밖에 포스트휴먼 자아와 연관된 일부 텍스트에 대한 참조도 이 책의 도움을 받았다.

21 아즈마 히로키, 『동물화하는 포스트모던』, 이은미 역, 문학동네, 2007 참조.

소설은 현실에 직접적으로 대응되는 사유들을 토대로 이야기를 구축했고 그것이 김중혁 소설의 개성을 형성하고 있었다. 그런데 그가 초기의 단편이나 최근 장편에서 보여 주고 있는 상상력의 주체는 그와 같은 사회적 이념의 담지자로서의 자아와는 상당한 거리를 둔, 새로운 자아라고 할 수 있다. 우리는 이러한 성격의 글쓰기 자아를 폴 오스터의 『뉴욕 3부작』(1987)의 첫 번째 이야기인 「유리의 도시」(1985)의 등장인물에게서 살펴볼 수 있다.

> 그가 글쓰기를 계속한 것은 그 일이 자기가 할 수 있는 유일한 일이라고 느꼈기 때문이다. 추리소설이 가장 그럴듯한 해결책으로 보였다. 그로서는 추리소설에 요구되는 복잡한 스토리를 꾸며내는 일이 별로 어렵지 않았을 뿐더러, 글재주도 썩 좋은 편이어서 때로는 노력도 없이 글이 저절로 씌어지는 것처럼 보이기까지 했다. 그는 스스로를 자기가 쓴 글의 작가라고 여기지 않았기에 책임감을 느끼지 않았고, 따라서 그 글을 옹호하려는 생각도 들지 않았다. 누가 뭐래도 윌리엄 윌슨은 꾸며낸 인물인 만큼, 비록 퀸 자신에게서 태어나기는 했지만 이제는 독자적인 삶을 영위하고 있었다. 퀸은 그를 존중하고 때로는 칭찬도 했지만, 자신과 윌리엄 윌슨이 동일인이라고 믿어 본 적은 단 한 번도 없었다. 그가 익명의 마스크를 벗으려 하지 않았던 것도 바로 그런 이유에서였다.[23]

「유리의 도시」의 주요 인물인 대니얼 퀸(돈 키호테와 이니셜이 같다.)은 에

---

22 김중혁 소설의 인물들 역시 때로는 이름으로, 또 때로는 별명으로 등장한다. 『미스터 모노레일』의 모노나 레드, 『좀비들』의 뚱보130 같은 인물들이 후자의 경우에 속하는데, 이와 같은 등장인물들에 대한 다양한 명명의 방식 역시 여러 유형의 자아들이 공존하는 포스트모던의 상황과 유비적인 관계를 보여 주고 있는 것으로 해석해 볼 수 있다.

23 폴 오스터, 「유리의 도시」, 『뉴욕 3부작』, 열린책들, 2003, 11~12쪽.

드거 앨런 포의 소설로부터 차용한 윌리엄 윌슨이라는 필명으로 추리소설을 쓴다.(이 이름은 포의 소설에 등장하는 도플갱어에 붙여진 가상의 이름이기도 하다.) 특이한 것은 자신이 윌리엄 윌슨과 동일인이라고 믿어 본 적이 단 한 번도 없다고 고백하는 장면이다. 일상 속에서의 정체성을 담고 있지 않은 자아로부터 생성되는 이야기, 그렇기 때문에 자신의 쓴 글이지만 거기에 대해 책임감을 느끼지 않아도 좋은 이야기의 징후가 김중혁을 비롯한 최근의 한국 작가들에게서도 나타난다고 볼 수 있지 않을까. 이야기로부터 다른 이야기가 파생되는 서사 발생의 상황 속에서 이야기 속의 장면들 어디에서도 현실 속 작가의 모습을 확인할 수 없는 사태가 일반화되고 있는 것이다. 『미스터 모노레일』은 그 징후가 현실화되고 있는 상황을 보여 주고 있다고 할 수 있다.

8 던져진 주사위의 행방

같은 세대 작가들에 비해 상대적으로 늦게 소설계에 진입한 김중혁의 소설들은 『악기들의 도서관』에 이르기까지 대체로 큰 틀에서 벗어나지 않는 전형성을 보유하고 있었고, 이 기간 동안 축적된 소설적 특징들은 『좀비들』에 다시 담기면서 장편의 요소들로 전환되는 과정을 보여 준 바 있다. 그런데 『미스터 모노레일』을 전후로 하여 김중혁 소설들은 전형성으로부터 벗어나는 일탈의 양상을 뚜렷하게 보여 주고 있다. 「유리의 도시」(《현대문학》, 2009년 8월호), 「세 개의 식탁, 세 개의 담배」(《창작과비평》, 2009년 봄호), 「C1+y=:[8]:」, 「1F/B1」, 「바질」(《현대문학》, 2010년 12월호), 「냇가로 나와」(《한국문학》, 2011년 여름호) 등 이전의 김중혁 소설 세계와 긴밀하게 연결되지 않으며, 그들 사이에도 특별한 유사성을 발견하기 어려운 경향이 있는 소설들이 출현하고 있는 것인데, 이처럼 『미스터 모노레일』을 전후하여 김중혁은 단편 양식을 통해서도 새로운 이야기 파일들을 하나씩 펼쳐 보여 주고 있다.

이 새로운 이야기의 파일들이 어떠한 형태로 전개되어 나갈지 지금으로선 짐작하기 어려울 듯하다. 시장의 기대와 요구가 점점 더 강화되는 상황에서 가치의 유보를 체현하고 있는 비유기적 서사의 입지도 점점 줄어들 가능성이 클 것으로 짐작된다. 『미스터 모노레일』은 한편으로 포스트모던 시대의 다양한 문제를 수용하며 그 징후들을 담아내고 있으면서, 동시에 그 흐름을 거스르는 자체의 특징들을 보유하고 있기도 한, 말하자면 그 내부에 모순적으로 대립하고 있는 딜레마를 안고 있는 소설이다. 그런 의미에서 그의 소설은 과도기적 상황에 놓여 있는 한국 소설의 현재 지점을 여러 각도에서 보여 주고 있는 사례라고 할 수 있다. 어떤 의미에서, 가장 문제적인 텍스트는 솔직하게 자신을 세계 속에 드러내고 있는 이야기일 것이다. 그가 가벼운 마음으로 쓴 이 소설 『미스터 모노레일』은 그렇기 때문에 역설적으로 그와 같은 부담스러운 무게를 갖게 된 것은 아닐까.

Vanishing, Sui generis Island
—— 배수아론

1 고립과 욕망 사이에서 글쓰기

"우연히 생긴 XT컴퓨터로 워드 연습을 하는 중에 첫 소설을 완성"[1]
하였다가 어느 날 들른 서점에서 "파스텔컬러의 색지 같은 느낌을 주는
표지"[2]가 눈에 띄어 그 문예지에 투고하여 등단했다는 배수아의 사연은
그의 소설이 지닌 "필연성 제로"[3]의 방식을 출발부터 인상적으로 보여
준다. 말하자면 그의 글쓰기는 처음부터 개인의 단독적인 세계와 그 외
부의 제도적인 지평 사이의 간격을 전제로 하여 출발했고, 그와 같은 관
계는 20년이 지난 지금에 이르기까지 그와 세계 사이에 여전히 가로놓
여 있는 것처럼 보인다. 그는 여전히 문학의 시대적인 흐름과는 거리를
두고 자신만의 방식으로 고유의 글쓰기 스타일을 개척해 나가고 있는데,

---

1 배수아·우승제·송경아, 「신세대 작가의 글쓰기, 이렇게 다릅니다」, 《문예중앙》, 1995년 겨울호, 268쪽.
2 김영하, 「천구백구십팔년의 어두운 거리」, 《문학동네》, 1998년 여름호, 68쪽.
3 배수아·신수정, 「고향 아닌 곳으로 —— 이방인으로 산다는 것」, 《문학동네》, 2006년 봄호, 19쪽.

배수아의 소설은 그 내용의 차원과는 별도로, 바로 그와 같은 스타일 혹은 태도로 인해 성립되는 문제성을 항상 보유해 왔다.

"문학을 개인적인 작업 이상으로 말한다는 것은 나에게는 언제나 무리다. 비록 타인이 읽기를 바라는 상호작용 속에 있지만 그렇다."[4]라고 그는 이야기한 바 있다. 넓은 의미에서의 문학 역시 시장을 매개로 한 독자 대중과의 만남을 전제로 하여 성립한다. 작가와 독자 사이에 직접적인 대면은 없다고 하더라도 시차를 두고 독서를 통한 만남이 이루어지고, 그 반응은 다시 생산의 메커니즘에 영향을 미치게 된다. 현실적으로 문학은 그와 같은 소통을 향한 욕망의 산물이기도 하다. 그럼에도 배수아는 처음부터 그와 같은 제도적인 차원과는 어느 정도 거리를 두고 글쓰기를 수행해 왔다. 그는 한 언론에서 진행한 '나는 왜 문학을 하는가'라는 제목의 연재에서 그 질문에 대해 "그것이 혼자서 하는 작업이기 때문"이며 "내면의 자유를 지향하는 일이기 때문"이라고 대답한 바 있다.[5] 여기에서 배수아가 말하는 문학은 현실의 제도 속에 물질적 형태로 현존하기 이전에 한 개인의 삶에 실체화되지 않은 방식으로 존재하는, 표현자의 영역에 국한된 의식 활동을 의미하는 것일 터이다. 관중을 앞에 두고 이루어지는 다른 문화 예술의 양식들과는 달리, 문학은 적어도 그것이 세상에 출현하기 이전에는 고립의 시간을 요구한다. 그 수용 역시 집단적 군중이 아닌 고립된 개인으로서의 독자에 의해 이루어진다. 그렇기 때문에 블랑쇼의 말처럼, 적어도 쓰고 읽는 순간 작품은 고독하다. 작품은 쓰는 자와 읽는 자의 내밀함이 될 때 비로소 작품으로 되는 사건이 발생하기 때문이다.[6]

---

4 배수아, 「텍스트의 변명 — 90년대 문학과 나, 그리고 전망」, 《작가세계》, 1999년 봄호, 309쪽.

5 배수아, 「진정한 자유를 위해… 혼자이고 싶었다 — 나는 왜 문학을 하는가(70)」, 《한국일보》, 2003년 8월 6일자.

그런 명제야 물론 새삼스러운 것은 아니지만, 그럼에도 실천의 차원에서 배수아는 문단이라는 사회에서 상대적으로 글쓰기 행위에만 자신의 존재를 한정하는 태도를 유지해 왔는데, 우리의 현실적 상황에서 그것은 그렇게 간단한 일이 아니다. 1993년 겨울 첫 작품 「천구백팔십팔년의 어두운 방」을 발표한 이래 최근 『알려지지 않은 밤과 하루』(2013)에 이르기까지 전반적으로 강한 구심력을 보유하며 일관된 한 방향을 걸어왔던 20년에 걸친 배수아 소설의 전개 과정에서도 때로는 작가와 현실 사이의 부딪침이 만들어 내는 균질적이지 않은 궤적이 확인되기도 하고, 최근으로 올수록 문학이 시장에 더 깊숙이 진입하면서 대중과의 만남을 외면하기가 더 어려워지고 있지만, 그럼에도 배수아 소설은 고립의 시간으로부터 생성된 문학의 고유한 성격을, 더 정확히 말하자면 그런 문학이 아직까지도 분명하게 존재한다는 사실을 잘 보여 주는 사례로 꼽을 수 있다. 우리는 그에게서 현실의 변화 속에서 가장 근본주의적인 방식으로 성립되고 정의된 문학이 그에 대응하는 방식, 그 대응 가운데에서 새로운 가능성을 생산해 내는 방식을 확인할 수 있다. 처음에는 개인적인 성향이나 기질의 문제처럼 보였던 그것이, 어느 순간 이후 의식적이고 고독한 추구로 전환되어 현재에 이른 그 과정을 살펴보는 작업이 이 글의 내용이 될 것이다.

2 미학적 인간의 시선으로 본 세계의 모습

배수아의 글쓰기에서 출발점에 놓인 시간의 지표는 '1988년'이다. 그

---

6 모리스 블랑쇼, 『문학의 공간』, 박혜영 역, 책세상, 1990, 19~20쪽.

것은 그의 첫 소설 「천구백팔십팔년의 어두운 방」의 제목에 사용된 첫 단어이기도 하고, 그의 다른 소설에서는 일인칭 서술자에 의해 "1988년은 나에게 시작이며 끝이었다."[7]라고 말해지기도 했다. 그해 작가는 대학을 졸업하고 사회적 관계 속에서 새로운 삶의 국면과 마주했으며, 그즈음 한국 사회는 민주화의 험난한 도정을 한고비 넘어서며 올림픽 개최를 계기로 전통적인 상태로부터 벗어나 근대적 재편을 본격적으로 맞이하기 시작했다.

그 이전과 이후의 단절과 연속을 해명하는 것이 1990년대 이후 한국 문학의 새로운 방향을 이루고 있었다. 단절의 아픔을 비장하게 그리는 후일담 성격의 소설이 한편에 있었다면, 이전의 가치들을 냉소하거나 아직 구체적으로 가시화되지 않은 새로운 가치를 급진적으로 추구하는 경향이 다른 한편에 있었던 것인데, 시간이 흐를수록 그 무게중심은 후자로 기울어 갔다. 그와 같은 과도기적인 구도 속에서 배수아는 그 가치와는 무관해 보이는 허무적인 개인들의 삶의 현실을 낯선 이미지의 질감으로 그려 내면서 우연처럼 문학판에 모습을 드러냈다.

그 같은 배수아의 비전통적인 방식이 현실화될 수 있었던 근거 역시 당시의 시대적 변화의 맥락에서 찾을 수 있다. 그의 말처럼 "도스토옙스키를 몇 권 읽은 것이 전부고 오정희는 누구인지도 모르는 상태로, 그리고 소위 80년대 문학은 단 한 권도 읽지 않고 데뷔라는 걸 할 수 있었던 데는 1990년대의 순간적인 폭발 현상이 많은 도움이 되었다고 생각"[8] 할 수 있다. 이념에 의해 억압되었던 개인의 욕망이 이념의 퇴조를 배경으로 급격하게 관심의 대상으로 부상하는 현상이 그 시기에 일어났던 것

7 배수아, 「철수」, 작가정신, 1998, 85쪽.
8 최인자·채윤정, 「배수아를 만나다」, 《여/성이론》 18호, 2008. 6, 205~206쪽.

인데, 배수아의 소설이 1990년대 중반의 상황에서 현실성을 띤 이유는 그것이 현실을 닮아서가 아니라 현실과 어긋나는 낯선 질감이 이념으로 부터 벗어났으되 아직 실체를 얻지 못한 시대적 욕망의 표정에 대응되는 듯 보였기 때문이라고 할 수 있다.[9]

그 비현실적 색채의 이미지를 현실과 대비시키면서 "지금-여기에 대한 환멸 대 '다르고도 다른 것', '멀고도 먼 것'에 대한 동경이라는 선명한 대립 구조"[10]로 배수아의 초기 소설의 구도를 설명하는 방식이 일반적인 분석을 대표하고 있는 듯하다. 그런데 다시 들여다보면, 배수아 소설에서 환멸의 현실과 다르고도 먼 동경은 떨어져 있지도 않고 서로 다른 대상도 아니다. 작가는 소설 속에 설정된 현실을 부정하는 것이 아니라 다만 거기에 낯선 색채를 부여하고 있을 따름이다. 가령 구석진 시골에서 어린 시절을 보내고 있는 소설 속의 인물을 묘사하면서 "신이는 흙빛 마루에 앉아 생선을 넣은 국을 반찬으로 이른 저녁을 먹고 있었다."[11]라고 표현하는 장면에서, 작가는 분명히 한국어 단어를 사용하고 있지만 자세히 살펴보면 그 단어들은 일상적인 언어 사용의 맥락이나 전통적인 소설의 표현 방식에서 벗어나 있다. 무엇보다 '김신'이라는 이름을 가진 성인 남성을 '신이'라고 지칭하는 것이 우선 그렇고, 버스를 네 번 갈아타야 갈 수 있는 외진 마을의 초라한 집의 마루를 다만 그 시각적 이미지에만 관심을 두고 '흙빛 마루'로 표현하는 감각 역시 그렇다. 마찬가지로

---

9 지금의 시점에서 배수아의 초기 소설들에 대한 당시의 평론들을 읽다 보면, 의외로 그 필자들이 소비 사회의 문화적 감수성이라는 관점에서 배수아의 소설을 읽고 있다는 느낌을 받을 수 있다. 하지만 지금 다시 읽어 보면, 배수아의 초기 소설들은 외부 현실에 대한 반응이라기보다 오히려 내적인 판타지에 충실한 이야기로 보인다. 그 평론들은 배수아 소설에 결여된 문학적 맥락을 그런 방식으로나마 구성하고자 했다고 볼 수 있을 것 같다.

10 박진, 「바이오-그라피의 존재론과 탈-존재론」, 《작가세계》, 2007년 가을호, 108쪽.

11 배수아, 『랩소디 인 블루』, 고려원, 1995, 103쪽.

'생선을 넣은 국을 반찬으로 이른 저녁을 먹는다'라는 표현에도 일상의 생활을 영위하는 현실적 감각은 결여되어 있다. 생선을 먹어만 봤지, 사서 요리해 본 적은 없는, 생활의 현실에서 벗어난 사람의 관점인 것이다. 번역 투의 문장이라는 것은 이 경우 단지 문체적 특징에 머무르는 문제가 아니라, 세계를 바라보는 시선 자체가 그 언어공동체의 관습에서 벗어난, 이방인과도 같은 소수집단의 것이라는 사실과 더 관련이 있어 보인다. 거기에는 현실 속의 경험적 감각이 거세된 채 미적인 시선이라고 할 만한 것만이 작동하고 있다. 다음 장면 역시 그런 특징을 보여 준다.

"사과 먹을래?"

내가 말이 없자 그는 조금 전 지나온 소도시의 먼지투성이 길가에서 샀던, 푸른 사과가 든 종이봉투를 가리킨다. 아, 그 사과가 있었지. 푸른 사과가. 사과를 팔러 온 여인네는 굵게 짠 목도리를 두르고 있었다.[12]

'나'의 시선에는 사과의 다른 속성, 가령 맛있거나 맛없어 보인다든지, 크거나 작다는 등의 실용적 속성은 포착되지 않고, 다만 '푸르다'는 미적 감각만이 관심의 대상이다. 길거리에서 사과를 파는 여인을 바라보면서도, 그 여인의 나이나 계층적 면모처럼 일상적으로 더 중요시될 법한 요소들은 관심에서 배제되어 있고, 그냥 집에서 서툴게 만든 목도리가 마치 수제 공예품처럼 '굵게 짠 목도리'로 보이고 있다. 한두 장면뿐만 아니라 거의 대부분의 문장이 이런 식의 표현으로 점철되어 있는 것이 배수아의 초기 소설이라고 해도 크게 틀린 말은 아니다. 한 가지 흥미로운 사실은 그와 같은 '나'의 미적 시선의 비현실성이 소설 속의 다른

---

12   배수아, 「푸른 사과가 있는 국도」, 『푸른 사과가 있는 국도』, 고려원, 1995, 94쪽.

인물에 의해 직접 지적되고 있다는 점이다.

다시 내가 말하고 있다.

"마지막으로 여행했을 때, 그때의 푸른 사과 기억나니?"

왜 엉뚱하게 나는 푸른 사과 따위가 생각나는 것일까.

"푸른 사과? 아, 그 맛없는 사과. 지독하게 시고 떫었지."

"나는 그때 푸른 사과를 팔던 여자들이 기억나. 초라한 거리였어. 가을 먼지를 잔뜩 뒤집어쓴 채로 국도를 달려오는 차들만 바라보고 있었어. 거칠게 짠 목도리로 온통 가리고서는."

"너는 이상해. 언제나 그래. 엉뚱한 얘기를 꺼내서 내 말을 막곤 했었어. 조금도 진지하지 않구나."

"나는 그때 그런 생각이 들었거든. 그 거리를 찾아가서 푸른 사과를 파는 여자가 될 것 같았어."

"백화점에서 셔츠를 파는 게 아니　　　　　　　　

위의 장면에서　　　　　　　　　맛없고 시고 떫은 사과의 대　　　　　　　　　　　인식되고 있다는 사실을 확인하　ㄴ해　　　　　　　　　　　계 속에 있다면, '나'는 '이상하고 엉뚱한　　　　　　　　시간이 많이 흐른 지금의 시점에서 되돌아보면, 우리는 이 대　　　　나갈 시대와 다가올 시대가 한 장면 속에서 서로가 낯설어하며 처음 만나고 있는 듯한 인상을 받게 된다.

이 대목에서 '나'의 미적 시선을 현실에 대한 환멸에 기초한 환상으로 규정하는 것이 과연 타당한지 다시 생각해 볼 필요가 있다. '나'의 시선

---

13 같은 글, 102쪽.

을 낭만적 동경에 기초한 탈현실적인 것이라고 이야기하기 위해서는, 그것을 상대화하고 있는 '그'의 시선이 자명한 현실에 근거하고 있다는 전제가 필요하다. 하지만 일반적인 것이 곧 현실적이라고 이야기할 수는 없다. 엄밀하게 말하면, '나'의 현실과 '그'의 현실이 다른 것이다. 그렇기 때문에 두 시선 모두 현실이 아니라 각자의 존재에 기초한 환상에 지나지 않는다. '그'의 것이 좀 더 일반적이고 집단적인 환상에 입각해 있을 따름이다. 그 둘은 환상과 현실의 수직적 관계 위에 있는 것이 아니라, 다만 서로 다른 차이들에 지나지 않는다. '나'의 세계 인식은 상대적으로 소수에게 속한 것이기 때문에 다만 '단지 조금 이상한' 것일 뿐이다. 요컨대 그것은 "생에 대한 특정한 인식의 코드에 관련된 문제"[14]라고 할 수 있다.

그렇다면 배수아의 초기 소설은 낭만적 동경을 통해 환멸의 현실을 드러내고 있다기보다, 관습화된 통념을 지니지 못한 어느 소외된 자아의 의식에 초점이 맞춰져 있다고 할 수 있지 않을까. 현실의 자리에서 환상을 보는 것이 아니라, 오히려 그 환상이라고 이야기되는 자리에서 현실이라는 이름의 대상이 짓고 있는 어이없다는 표정을 바라보고 있는 것이다. 이 시점의 전환이야말로 시대적인 변화의 흐름을 선취하고 있다고 할 수 있다.

그는 스케치북을 꺼내어 데생을 하고 있는 나에게 말을 걸고 싶어 하였다.
"차 안에서 그림을 그릴 수 있니?"
"대충 하는 거야. 내가 그리는 게 아니고 나도 모르는 어떤 누가 내 안에서 나를 강요해. 그러면 흔들리는 차 안에서라도 그릴 수밖에 없어."

14 이광호, 「철수와 철수들 — 배수아의 『철수』 다시 읽기」, 『이토록 사소한 정치성』, 문학과지성사, 2006, 142쪽.

"너는 말을 항상 그렇게 하니."

그는 내가 자기 엄마나 누나처럼 말하지 않는다고 언제나 비난하였다.

"그리고 싶으면 그려야 돼. 이런 식으로는 왜 말 못하니. 넌 내가 너를 이해 못하는 것을 즐기고 있어."[15]

위의 장면처럼 '나'의 태도를 주변의 인물들이 못 견뎌 하는 상황이 반복되는 사태를 두고 보건대, 그렇듯 일반적이지 못한 시선을 갖게 된 기원에 어떤 외상이 있었다기보다, 오히려 자신에게는 자연스러운 그런 세계 인식이 타자에 의해 비현실적인 것으로 비난받고 거부될 때 실질적인 외상이 발생한다고 볼 수 있지 않을까. 그와 같은 현실의 압력이 소설 속 인물로 하여금 그 자신에게 다음처럼 묻게 만들고 있다. "무엇이 현실이고 무엇이 환각일까. 그리고 정말 내가 원하는 것은 무엇일까. 현실인가, 환각인가."[16]

종이인형의 옷을 덮고 있는 화려한 빛깔의 판박이를 긁으면 초라하고 밋밋한 마분지가 드러난다는 사실은 놀이를 하는 아이도 모르지 않는다. 하지만 그렇다고 그 마분지가 인형의 본질이고 현실일까. 인형에 대한 관심을 걷어 가지 않은 이유 지연 시니으 그때 부떠 그려 수도 있게끔 이미드 그것이 이미지의 속받을 이미니 이미지를 받을 것 믿로 그 바람이 나에 있다. 어머니의 부게를 걷기기 위해 신베뉴이를 받복하는 어린아이처럼, 어떤 외상을 떠올릴 수도 있는 이미지를 반복하는 행위에도 일종의 쾌락원칙이 작용하고 있다. 이 순간 주체가 위치하는 지점은 바로 그 실패이며,[17] 이미지이다. 이 쾌락원칙에 근거한 언어는 소통(현실원칙)과

---

15 배수아, "푸른 사과가 있는 국도", 『푸른 사과가 있는 국도』.

16 배수아, 『철수』, 67쪽.

17 자크 라캉, 『자크 라캉 세미나 11권 ─ 정신분석의 네 가지 근본개념』, 맹정현·이수련 역, 새물결.

대척되는 지점에서 자신의 새로운 기능을 발견한다.

> 지난날들의 언제쯤에 내가 외로움을 타고, 어린 내가 어쩌면 동화 속에
> 나오는 버려진 공주처럼 쓸쓸하리란 생각 속에 빠져들어갔을 때, 나는 소설
> 을 쓴다는 것이 미치게 즐거운 일이라고 생각한다.[18]

시제도 문법도 다소 기이한 위의 문장 속에 표현된 욕망은 그럼에도
당당하다. 가족 로맨스를 겪는 유년기와 그런 환상에서 벗어나 현실의
일상을 살아가고 있는 성숙기는 시기적으로 떨어져 있기 때문에 의식의
한 상태에서 벗어나 다 밖 기는, 배수아의 소설에서 인물들은 본 두지기에는
두 시기를 동시에 살아가고 있다. 배수아 초기 소설의 인물들이 육체적
으로 성장했지만 여전히 '아이들'인 이유도 그 점과 관련이 있어 보인다.
저 자기 쾌락에 충실한 자발적인 글쓰기가 그것을 가능하게 만들었을 것
이다.

새로운 이야기를 갈망하면서도 기존의 관성으로부터 전적으로 자유
롭기 어려웠던 그 당시의 독자들에게 배수아의 이야기는 낯설게 느껴졌
지만, 그것이 담고 있는 환상은 실상 매우 원초적인 것으로 한편으로는
그들에게 매우 익숙한 것이기도 하지 않았을까. 누구나가 어느 시기에
가졌을 법한 자연스러운 환상, 그럼에도 이념적인 것을 중심으로 편성되
어 있던 당시의 인식론적 장에서는 좀처럼 접근하기 어려웠던 그 의식의
지대로부터 배수아의 이야기는 형성되었고, 그 이야기는 독자들로 하여
금 자신의 내부에 감춰져 있던 욕망을 다시 돌아보게 만들었다.

2008, 101쪽.

18 배수아, 「작가의 말」, 『랩소디 인 블루』, 8쪽.

이런 독특한 시선이 배태된 현실적 근거는 무엇일까. 그런 물음의 맥락에서 생각해 보면, "정치경제학을 듣지도 않았고 노동문학연구회에 가입하지도 않았지만 다른 아이들처럼 고시 준비에 매달리지도 않았다."[19]는 '철수'는 배수아 초기 소설의 이념적 위상을 대변하는 인물이라고 볼 수 있다. 세속적인 관심으로부터, 혹은 그 반대편의 이념적 지향으로부터도 거리를 둔 지점이 그것인데, 당시로서는 매우 협소했던 그 지점이야말로 '미학적 인간'이라고 부를 만한 존재가 태어난 출생지라고 할 수 있을 것이다.

모든 사람들이 보편적으로 생각하고 있는 아름다움, 가치, 정신 같은 것들에게서 벗어나 보자는 겁니다. 일상적인 아름다움이나 인습이 주는 소속감과 평화를 모르는 것은 아닙니다만 소설에서만큼은 그런 것에 얽매이기 싫다는 거죠.[20]

'소설은 절대로 소설 그 자체라고 생각'하는, 지금으로 보자면 그리 특이할 것도 없는 태도는, 하지만 당시로서는 과감함을 넘어서 무모하게까지 보이는 것이었다. 이 글의 서두에서 제시된 등단 시기의 에피소드로 인해 그 우발성이 소문처럼 증폭된 감이 있지만, 사실은 초기부터 배수아에게는 위와 같은 미적 태도가 분명하게 드러나 보인다. 그와 같은 미적 태도에 기반하여 사건들은 대체로 단순하며 그마저도 조금씩 변주되면서 텍스트들 사이에서 반복되는 독특한 질감의 소설이 형성되기에 이르렀다. "동물원, 사촌들, 쌍둥이, 인형, 군인들, 불면, 몽유병, 실명(失

---

19 배수아, 『철수』, 29쪽.
20 배수아·우승제·송경아, 앞의 글, 272쪽.

明), 빈곤, 학교, 바다로 가는 여행, 물에 빠지는 사고, 죽음, 폭도 같은 슬픔, 극단의 고통, 금욕, 채식주의, 음악, 반복되고 순환하고 역류하는 시간 등등"[21]으로 정리될 수도 있는 배수아 초기 소설의 반복적 모티프들에서 그 점을 확인해 볼 수 있다. 이처럼 현실이라 불리는 공동 환상의 사건들은 빈약하고 그마저도 가족, 친구 사이의 사적 영역에 그 반경이 제약되어 있는 대신, 보편적이고 일상적인 가치에서 벗어난 환상이나 몽상처럼 보이는 한 개인의 의식이 전례 없이 비대해진 모습으로 그 공간에 자리 잡고 있는 구도가 배수아 초기 소설의 세계를 이루고 있다.

3 미적 시선의 현실화와 그 문제점

배수아의 초기 소설이 그리고 있는 것은 특정 현실이라기보다 그 현실과 연관된 이미지들과 그 이미지들을 둘러싸고 있는 현실의 압력이다. 그 이미지들은 어떤 외상과 연관되어 있을 터인데, 그 반복적 재현의 과정에서 애초의 수동성은 능동적인 것으로 전환되면서 외상을 관리하는 쾌락을 생산해 낸다. 그런 의미에서 그 환상적인 이미지들은 현실을 왜곡하는 것이 아니다. 그렇기 때문에 우리는 화려하고 선명한 색채의 이미지들로 이루어진 세계 가운데에서도 "배수아의 인물들은 처음부터 거의 언제나 가난하였다."[22]는 사실을 확인할 수 있는 것이다. 다만 전치된 이미지들이 실재의 자리를 채우고 있을 따름인데, 그 지점에서 이미 현실과 환상의 경계는 지워져 있다.

---

21 박진, 앞의 글, 107쪽.
22 백지은, 「더 많은 더 멀리 그쪽으로」, 《작가세계》, 2007년 가을호, 77쪽.

이렇듯 배수아의 초기 소설은 그 이후의 한국 소설이 현실의 인력으로부터 멀어지면서 더 적극적으로 급진화될 흐름의 출발점을 이루고 있었지만, 어느 시기 이후 배수아의 소설은 그 흐름과는 오히려 반대의 방향으로 이행하여 독자들을 다시 한 번 놀라게 만든 바 있다. 다음 대목은 그와 같은 새로운 국면이 생성되는 장면을 잘 보여 주고 있다.

그래서 그들은 몽상과 현실을 의도적으로 혼동했다. 낡아 빠진 가방과 먼지투성이 길, 야채뿐인 밥상과 대낮부터 술 냄새를 풍기는 무능한 아버지와 벌레 먹은 배추 이파리처럼 시들고 늙어 빠진 어머니. 대부분의 아이들에게 현실은 그런 것뿐이었다. 그리고 아이들의 미래도 아마 크게 다르지 않은 것이다. 그러나 삶에 다른 것이 있을 수 있다면. 아이들은 갈망했다. 그때 거기에 성적인 관계가 주는 환상이 있었다. 매혹적인 긴장과 죄의식에 사무친 봄바람. 그래서 그들은 믿었고 몽상 속에서 경험했으며 그러기를 간절히 간절히 바랐다.[23]

소년은 성장하면서 환멸의 현실과 그것을 뒤덮고 있던 환상의 메커니즘을 인식하기 시작하는데, 이 장면은 마치 이전 소설의 성격이 작가 자신에 의해 자기분석되고 있는 것처럼 읽히는 면이 있다. 그 분석의 지점을 경과하면서, 우리는 배수아의 초기 소설에서 개인 환상의 모서리가 살짝 들려 부분적으로 드러났던 현실이라는 이름의 세계가 이제는 본격적인 서사의 대상이 되는 현상을 목격하기에 이른다. 이 새로운 국면에서 소설 속의 인물들은 초기 소설에서의 가족 관계, 혹은 '사촌'을 매개로 한 또래 집단의 제한된 범위를 벗어나 성숙한 성인들의 사회적 관계

---

23 배수아, 「그 사람의 첫사랑」, 『그 사람의 첫사랑』, 생각의나무, 1999, 118쪽.

속에서 일상을 살아가기 시작한다.『그 사람의 첫사랑』(1999)에 수록된 「은둔하는 北의 사람」,「200호실 국장」,「징계위원회」 등이나『붉은 손 클럽』(2000)에 등장하는 관료 조직은 이 시기 배수아 소설의 새로운 관계를 상징적으로 보여 주고 있다.

그렇지만 엄밀하게 말해 그것은 현실이라기보다 '조교', '공무원'이라는 배수아의 또 다른 현실에 근거한 판타지이지 않았을까. 하지만 당시의 비평적 독서의 맥락에서 그것은 현실화로 이해되었고 배수아 소설의 새로운 면모로 적극적으로 해석되기도 했다. 이 기로에서 배수아는 사람들의 기대대로 현실을 향해 더 접근하는 소설적 방향을 선택했던 듯하다.

서른셋의 독신 여성 유경을 등장시켜 가족, 직장, 친구 등의 사적 관계에 기반한 여성의 사회적 삶을 그리고 있는『나는 이제 네가 지겨워』(2000)는 배수아의 소설로는 드물게 통속성의 면모마저 갖고 있는 이야기이다. "이제 사회가 자체적으로 진화하고 사람들이 다른 모든 얼굴들에 싫증 날 때, 단지 인생의 방법을 선택하는 취향의 문제에 불과한 저항에 그토록 많은 출혈을 원하지 않을 때, 식욕이나 성욕과 같은 하위 욕구를 통해 고급한 세상을 비웃을 수 있다."[24]라는『붉은 손 클럽』속 '아방가르드 요리'라는 잡지에 실린 기사 내용은 이 시기 배수아 소설의 성격 혹은 전략과 상통하는 맥락을 암시하고 있는 듯 보이기도 하는데, 이 대목에서 그의 소설의 관심 대상 자체가 사회적인 관계 쪽으로 한참 이동해왔다는 사실을 확인할 수 있다. 빈곤이라는 사회적 주제를 기존의 관점과는 다른 방식으로 탐구하여 독자들의 관심을 불러일으켰던『일요일 스키야키 식당』(2003) 역시 그 첫 발표 시기를 고려하면 오히려 이 단계에 함께 묶일 수 있는 특징을 가지고 있는 소설이다. 이 소설의 후반부는

---

24 배수아,『붉은 손 클럽』, 해냄, 2000, 71쪽.

그 당시 담론계의 유행이기도 했던 탈민족주의적 경향과도 부합해서 그 방면의 논의를 활성화하기도 했다.

이 시기의 소설들은 배수아가 이런 소설도 쓸 수 있다는 것을 입증해 보이기는 했으나, 그 과정에서 이 경향이 기존의 전통적인 소설에 너무 가깝게 근접해 버렸다는 사실이 드러났다. 그리고 그것은 배수아 소설이 있어야 하는 이유의 핵심적인 부분을 의문스럽게 만드는 것이기도 했다. 이 주춤거림이 한동안 지속되던 어느 시점에서 배수아 소설의 도약이라고 할 만한 사건이 일어난다.

4 고립의 경험이 가져다준 극적인 변화

2001년은 배수아 소설에서 특별한 의미를 갖는 시점이다. 그해 그는 그때까지 지속해 오던 공무원 생활을 청산하고 전업 작가의 길을 선택한다. 그리고 한 발 더 나아가, 처음으로 지금까지 태어나고 자란 공간을 떠나 낯선 곳에서 체류하는 경험 속으로 뛰어든다. 이 선택은 그가 처음 소설을 썼을 때의 '필연성 제로'에 필적하는, 사건이라고 부를 만한 도약을 내포하고 있다. 그는 더 나중에 이루어진 한 대담에서 "나는 어떤 순간 인생의 혁명을 이루었다."[25]라는 발언을 한 바 있는데, 그 순간은 분명 이 시기를 포함하고 있을 것으로 짐작된다. 그만큼 그 도약은 뒤돌아볼수록 고양되는 내적인 계기를 갖는 것이었다고 생각되기 때문이다.

전업 작가로 전환한 이후, 그리고 외국어의 세계 속에서 고독하게 지내는 동안 『이바나』(2002)라는 새로운 소설이 쓰였다. '우리'('나'와 K)가

---

25 배수아·신수정, 앞의 글, 63쪽.

낯선 도시들을 여행하며 그것을 책으로 만드는 이야기가 이 소설의 한 축이라면, 간호조무사 출신의 중학교 수학 교사 B의 이야기가 다른 한 축을 이룬다. B는 새로운 직업을 얻기 전 두 달 동안 낯선 도시에서 "침묵으로의 여행"[26]을 하게 되는데, 그것은 이 시기 배수아의 여행이 지닌 성격을 간접적으로 보여 준다. 낯선 공간에 놓이게 된 고립의 경험은 몸과 의식에 일상적 현실에서는 얻기 힘든 신선한 긴장을 불러일으키고, 글쓰기를 위한 새로운 정신적 활력을 제공해 주는 소중한 계기가 될 수 있었을 것이다.

그 고독과 침묵의 시간은 자신에 대해, 그리고 자기의 글쓰기에 대해 깊이 생각하도록 이끌었으리라. 소설 속에서 여행기 쓰기를 둘러싼 '나'와 K의 갈등, 그리고 그 과정에 개입하는 편집자의 존재는 작가의 글쓰기에 대한 자의식을 우회적으로 드러내고 있다. 편집자의 요구에 타협하는 '나'를 향해 K는 "나는 하지 않겠어. 나는 내가 이야기하고자 하는 방법에서 벗어난 다른 식으로는 아무것도 하지 않겠어."[27]라고 말한다. 어떤 의미에서 이 글쓰기에 대한 자의식이 어느 방향으로 흘러가던 소설의 흐름에 제동을 걸게 만들고 배수아의 소설에, 그리고 삶에 커다란 단절을 발생시켰다고도 볼 수 있다. 그 단절은 작가 자신이 『이바나』를 두고 "그건 소설가로서의 배수아의 시작 같은 거"[28]라고 이야기할 정도로 근본적인 것이었다.

바로 이어 발표된, 작가 스스로가 "고립이 이 글의 아이덴티티가 되었으면 하는 것이 나의 바람"[29]이라고 밝힌 『동물원 킨트』(2002) 역시 『이

---

26 배수아, 『이바나』, 이마고, 2002, 47쪽.
27 같은 책, 99쪽.
28 최인자·채윤정, 앞의 글, 212쪽.
29 배수아, 「동물원에 간다」, 『동물원 킨트』, 이가서, 2002, 10쪽.

바나』의 근저를 이루는 욕망, "단지 장소를 옮겨 머무는 조용한 사물"[30] 이고자 하는 욕망을 토대로 하여 쓰였다. 저마다 다른 삶의 출처를 가진 인물들의 삶이 교차하는 이방의 도시에서, 한 인간은 자신이 속해 있던 문화가 형성한 존재의 외피를 박탈당해 버린 듯한 느낌을 받을 수 있다. '나'라고 생각했던, 그렇지만 사실은 그 문화권이 형성한 허구적 구성물에 지나지 않던 실체가 소멸된 듯한 낯선 느낌이 찾아온다. 그렇듯 문화적으로 벌거벗겨진, 그렇기 때문에 역설적으로 자신의 문화권의 본성을 고스란히 드러내는 이방인들이 모여 있는 그곳은 일종의 문화적 '동물원'이 아닐 수 없다. 배수아의 초기 소설에서부터 인물들의 의식을 사로잡고 있었던 '동물원'이라는 매혹의 이미지는 이 단계에서 복수적인 의미의 스펙트럼을 내장하게 된다. 그 가운데에서도 이 맥락에서 결정적인 것은 다음의 욕망과 닿아 있는 의미층이다.

그러다가 마침내 입장권을 사고, 동물원 안으로 들어갔어. 내가 소멸된다는 것은, 참 기분 좋고 편안한 느낌이야. 나는 조인트를 할 때 언제나 그런 기분을 느껴. 정확히 설명할 수는 없지만 동물원으로 들어서는 그 순간에도 나는 비슷한 것을 느끼거든. 나는, 점점 엷어지는 거야. 그 이후에 나를 지배하는 것은 그토록 먼 거리감. 절대치로 가벼워지는 존재의 소멸. 슬픔 없는 눈물이나 같은 옷을 입은 구별되지 않은 백 명의 오케스트라 단원. 그런 것에 불과해. 나는 동물원으로 걸어 들어가. 이윽고 나는 사라져.[31]

이와 같은 고립과 소멸의 감각은 자신의 문화적인 배경을 여전히 거

---

30 배수아, 「동물원 킨트」, 181쪽.
31 같은 책, 187쪽.

느린 채 여행지를 호기심 어린 눈으로 거니는 관광객에게는 찾아올 수 없는 것일 터이다. 이 고립의 감각은 언어(문화)의 한계와도 맞닿아 있다. 작가 배수아는 그 한계 지점에서 자신의 새로운 소설 쓰기의 상황을 스스로 발견하고 있는데, 이 장면에서 특징적인 것은 그 대상이 외부의 현실이나 상황이 아니라 그 속에서 그와 같은 한계를 경험하는 자아의 의식과 감각이라는 점이다. 그렇기 때문에 이 시기 배수아 소설에서 낯선 공간은 사실적으로 재현되는 것이 아니라 이 감각에 의해 굴절된 형태로 나타날 수밖에 없다.

　『이바나』나 『동물원 킨트』 그리고 『홀』(2006)에 나타나는 기표들의 분열과 겹침은 그 굴절의 양상들이라고 할 수 있을 것이다. 낯선 이방의 공간은 '몽환적인 시간 감각', '단절과 비연속성', '과거 현재 미래의 순차성 해체' 등의 또 다른 효과를 불러일으킨다.[32] '이바나'라는, 소설 속의 여러 대상을 관통하는 특이한 기표 역시 그 효과의 산물로 볼 수 있을 듯하다. 『동물원 킨트』에서는 그와 대조적으로 동일한 대상(유모차를 몰고 다니는 베이비시터 외국인)이 '하마'-'미겔'-'깐나' 등의 다른 이름들로 분산되고 있다. 특히 「홀」에서는 '친구 홀'과 '동료 홀'이 같은 이름으로 등장할 뿐만 아니라 '나' 자신 역시 '홀'이라는 이름으로 불리고 있다. 이러한 사태는 존재의 분열이 주체 혹은 객체의 차원에서 일어날 수 있을 뿐만 아니라 두 영역의 경계를 해체할 수도 있다는 것을 보여 준다. 『철수』에 등장했던 '철수들'처럼, 배수아 소설에서는 주로 객체의 차원이 분열되는 경향이 있었던 반면 주체는 비교적 강한 점성과 자의식을 가지고 뚜렷한 존재감을 지니고 있는 편이었다. 그런데 이 시점부터 주체의 영역에서도 분열이 시작된다.(그와 같은 분산과 교차를 발생시키는 근원에서 탄생한 "어떤 분열된

32　배수아, 「무종」, 『올빼미의 없음』, 창비, 2010, 177쪽 참조.

자아를 위한 코기토"[33]는 이후, 특히 한참 후에 꿈과 무의식의 세계를 탐구하는 국면에서 더욱 전면적으로 활성화된다.)

주객체의 해체와 더불어 인물들의 성적 정체성이 해체되기 시작하는 현상 역시 이 시기부터 비롯되어 이후 배수아 소설의 지속적인 특징을 이루게 된다. 이 역시 문화적 충돌의 효과와 무관하지 않을 것이다. 젠더에 관한 문화적 인식의 차이가 그 고정성을 교란하는 한편, 자신의 문화적 전통 속에서 형성된 성적 정체성의 허구적 양상을 새삼 자각하도록 만들기 때문이다. "성적 정체성이 자연스럽게 부여하는 모든 정서적 상태를 부정하기"[34]라는 방식은 그와 같은 영향과 반발의 반응으로부터 이루어진 결과라고 할 수 있다.

이처럼 외부와의 대면은 자아의 새로운 층위를 발견하도록 만든다. 그런데 사실 그다지 길지도 않은 우발적인 문화적 환경의 변화가 어떻게 이토록 극적으로 존재의 상태와 글쓰기를 변화시킬 수 있었을까. 그 급진성의 근거는 그가 다른 조건이나 고려 없이 홀로 감행한 결단의 우연성 그 자체에 있는 것이 아닐까. 그가 "나는 가족이 없기 때문에 글쓰기 자체가 개인의 삶과 크게 분리되기 힘든 환경입니다. 그리고 의도적으로 그 둘을 합치시키려고 해요."[35]라고 밝힌 글쓰기의 조건과 태도 역시 그의 새로운 문화적 경험이 글쓰기의 변화로 직결되는 데 중요한 역할을 했을 것이다. 그와 같은 요소들이 함께 작용하여 작가에게 고립이라는 글쓰기의 근원적인 상태를 마련해 주었던 것이다. 그런 고립의 상태가 그로 하여금 낯선 공기와 언어라는 환경을 예민하게 감각하도록 만들었고, 그 감각은 고스란히 그의 새로운 글쓰기로 흡수될 수 있었다. 시간이

---

33 질 들뢰즈, 『차이와 반복』, 김상환 역, 민음사, 2004, 21쪽.
34 배수아, 「동물원에 간다」, 『동물원 킨트』, 6쪽.
35 최인자·채은정, 앞의 글, 207쪽.

흐른 뒤 그 과정은 다음처럼 자각적인 것으로 재구성되고 있다.

> 자신의 장소와 시간을 자연과 물리적 세계로부터 분리시키기. 자신을 현
> 재라는 리얼리즘으로부터 분리시키기. 나는 감히 임의로 그럴 수 있었다.
> 나는 여행자였다. 나는 하나의 문장을 쓰기 위해 그곳에 온 비경제적인 가
> 난한 여행자였다. 그렇게 나는 자의식 넘치는 여행자였는데, 내 여행은 지
> 리적인 것만은 아니었으므로 더욱 그랬다. 걸어라, 울어라, 써라, 하고 나는
> 스스로에게 말했다.[36]

그의 한 동료 소설가는 "독일로 떠난 뒤 배수아 소설에서 비문은 거의
찾아볼 수 없게 되었고, 매우 놀랍게도 논리적이고 사색적인 문장으로
변화했다."[37]라고 했다. 이렇듯 독일에서의 체류 경험은 그의 존재를, 그
리고 그의 글을 환골탈태시켰다.

이 시기 발표된 단편들이 담긴 소설집 『훌』에서도 문화적 경계의 경
험이 불러일으킨 다양한 서사적 시도를 엿볼 수 있다. 「회색時」나 「훌」,
「마짠 방향으로」, 「양곤에서 온 편지」 등이 새로운 공간에서의 체험에
대한 직접적인 서사적 반응을 담고 있다고 볼 수 있다면, 초기 소설의 인
물군들의 관계 구도에 새로운 색채를 부여하고 있는 「집돼지 사냥」이나
시간적 지표가 희미하게 지워진 이색적인 시대 재현의 방식을 보여 주고
있는 「우이동」 역시 간접적으로는 새로운 분위기의 영향을 받고 있는 것
으로 보인다. 유사한 구도와 이미지를 반복하거나 변형했던 초기 단편들
의 양상이 이 과정을 거치면서 다양한 방식으로 급진화되고 있다는 사실

---

36 배수아, 「올빼미의 없음」, 『올빼미의 없음』, 149쪽.

37 함정임, 「베를린, 한국 소설로 들어오다」, 《신동아》, 2010년 2월호, 584쪽.

을 새삼 확인할 수 있다. 그런 변화를 두고 "『홀』의 소설들은 기존의 '나'를 지우는 세계와, 새로운 '나'를 천착하는 세계의 사이, 즉 여행가의 세계와 에세이스트의 세계 사이에 존재한다."[38]라고 할 수도, '고립'에서 '자립'으로의 이행[39]을 예비하고 있다고 할 수도 있을 것이다.

이방의 경험으로 인해 성립된 새로운 글쓰기의 징후는 『에세이스트의 책상』(2003), 『독학자』(2004), 『당나귀들』(2005) 등 이 다음 시기의 작품들에서 더욱 전면화되기에 이르는데, 이 단계에서는 1인칭 서술자와 작가의 거리가 더욱 가까워지면서 서사가 더욱 희미해지는, 이른바 '에세이스트의 글쓰기'의 특징이 본격적으로 나타나게 된다.

5 읽고, 걷고, 쓰는 존재, 에세이스트

외부와의 대면은 환상과 현실 사이를 왕복하던 자아로 하여금 자신에게 잠재되어 있던 새로운 층위를 발견하도록 만들었다. 수평적으로 더 먼 지점에서 발견된 그 자아는 수직적으로 더 깊은 심층을 자극한다. 그 과정에서 언어, 그리고 그 언어의 텍스트들이 그 자극을 더욱 예리하게 만드는 역할을 한다. 작가는 그 글쓰기의 상황을 다음처럼 분명하게 요약하고 있다.

나는 책을 읽으면서, 음악을 들으면서 그리고 글을 쓰면서 자신과 끊임없이 대화를 나누고 있으므로 더 이상의 사교는 필요하지 않았다. 내가 먼

---

38 김미정, 「도플갱어 윤리학 혹은 어떤 구애의 형식」, 『홀』, 문학동네, 2006, 299쪽.
39 김선우, 「독학자 그리하여 이행하는 자의 산문」, 《창작과비평》, 2013년 봄호, 536~551쪽.

저 나서서 적극적으로 타인에게 벽을 두르고 있지는 않았으나 유감스럽게도 더 이상 나를 자극하는 존재는 아무것도 없었던 것이다. 단지 내가 그 사실을 전혀 숨기지 않는다는 사실만으로, 나는 너무나 자연스럽게 모두에게서 멀어져 갔다. 그리고 나는 그것을 기꺼이 받아들였다. 그것이 바로 고립이다.[40]

에세이스트의 글쓰기는 이처럼 고립을, 그리고 그것을 매개로 한 자신과의 대화를 전제로 하는 것이다. 그렇기 때문에 그것은 소설 장르 바깥의 다른 양식이나 스타일을 도입하는 문제를 넘어서는, 보다 근본적인 차원의 일이다. 그것은 "자유로운 글이란 그 형태로나 내용으로나 이미 규정되어 있는 어느 폐쇄된 영역 안에 머물 수 없다는 생각"[41]에 근거한 것으로, 소설이라는 장르뿐만 아니라 모든 기존 표현 형식의 바깥에서 자아의 사유와 태도를 그 상태 그대로 외부화하고자 하는 욕망을 위한 새로운 형식을 의미한다. 그렇기 때문에 그것은 기존 형식의 해체나 새로운 형식의 구축보다, 실질적으로는 형식이라고 할 만한 것을 의식하지 않는 형태로 드러나고 있다. 배수아 소설의 새로운 면모는 새로운 소설 형식을 실험하는 포지티브한 것이라기보다 소설이라는 외형적인 거추장스러움을 벗어던져 버리는 네거티브한 것에 가깝다.

이러한 태도는 소설의 형식뿐만 아니라 내용의 차원에서도 마찬가지로 나타난다. 그렇기 때문에 배수아 소설에 등장하는 인물이나 사건의 어떤 특성을 특정한 의지에 근거한 것으로 해석하면 실상과 어긋나는 일이 생겨 버린다. 가령 주인공의 성적 정체성의 문제 같은 것도 그렇다.

---

40 배수아, 『에세이스트의 책상』, 문학동네, 2003, 146쪽.
41 같은 책, 197쪽.

배수아 소설에서 그것은 함께 고민하고 해결해야 할 보편적인 문제라기보다 어떤 가치를 일반화하지 않기 때문에 미약하게 나타나는 개별적 현상에 가깝다. 성적 정체성에 관한 어떤 신념을 투영한다기보다 성적 정체성에 대한 모든 신념을 회의하기 때문에 결과적으로 나타나게 되는 '특성 없음'에 가깝다고나 할까. 그것은 맞고 틀리거나 옳고 그름을 따지는 문제의 차원에 있지 않다. 그러한 태도가 정치적 인간의 범주와는 다른 '미학적 인간'의 한 속성을 이룬다.

하지만 이 미학적 인간이 온전한 성숙을 이루기 위해서는 자신의 취향과 미적 태도에 대한 철저한 자기 존중만으로는 부족하다. 그 자기 존중의 태도는 그와 다른 타자와 대면할 때 자기 성찰의 여유를 갖지 못한 채 조급한 자기 방어로, 그리하여 미적 차원의 문제가 진리나 도덕의 문제의 차원으로 변질될 우려가 있기 때문이다. 자기와 세계를 이분법적으로 대비시키는 신경증적 불안으로부터 벗어나기 위해서는 타자의 취향과 미적 태도에 대한 인식과 이해의 경험을 통해 자신의 그것을 상대화할 필요가 있다. 그럴 때 비로소 미적 판단이 윤리적으로 현존할 수 있는 가능성을 발견한다. 그것은 오성적 판단으로 해결할 수 있는 'know-what'의 문제가 아니라 경험과 훈련을 요구하는, 그런 의미에서 미적 판단에 더 가까운 'know-how'의 문제이다.[42] 시간과 경험을 통해 마련될 수밖에 없는 그와 같은 현실성을 결여한 미적 태도는 때때로 관념성을 띠기도 한다.

그러나 만일 설사 나에게 그들과의 교제가 허락되는 꿈같은 일이 일어났다고 해도 내가 과연 기꺼이 그것을 받아들였을지 자신이 없다. 나는 은밀

---

[42] 프란시스코 바렐라는 '윤리적 노하우'의 문제를 이런 맥락에서 제기하고 있다. 프란시스코 바렐라, 『윤리적 노하우』, 유권종·박충식 역, 갈무리, 2009 참조.

하게 스쳐 지나가는 비밀스러운 두근거림을 그런 상태로 놓아두는 편을 택했을 것이다.[43]

관념과 현실이 균형과 조화를 얻지 못한 상태에서 관념은 늘 현실을 초과하여 그 잉여의 여백을 드러낸다. 관념에 미달하는 현실은 늘 초라하다. 그 여백을 메우기보다 그 한쪽인 현실을 포기하고 차라리 관념을 선택하는 일이 그래서 일어난다.[44] 그로 인해 얻을 수 있는 자존감은 관념의 특권이지만, 그 이면에는 불안이 쌓여 간다. 이 선택의 반복 과정에서 관념적 인간형이 탄생한다. 『독학자』의 '나'가 그 사례이다.

> 그렇게 조용히 남아 있는 것들, 삶과 죽음이 중요하지 않은 것들, 격정의 폭풍을 경건함으로 표현하고 있는 것들, 나를 키워 온 것들, 내가 열에 들떠 찾아 헤매기도 했으며 그것을 찾아 먼 길을 떠나려고 짐을 싸기도 여러 번이었으나 문득 둘러보면 언제나 그 자리에 있어 왔던 것들, 오직 쓰는 자들과 읽는 자들만을 위해서, 언어의 영웅들, 그런 언어만으로 존재하는 저 엘리시움(Elysium)의 세상.[45]

한국의 198X년이라는 혼란스러운 시기에 독학자인 '나'는 위와 같은 경건한 고요의 세계를 꿈꾼다. 그것은 성스러운 언어와 텍스트로 이루어진 낙원일 것이다. 하지만 '나'를 둘러싼 현실의 세계는 그처럼 평온하고 고요하지 않다. 그의 열망이 위와 같은 순간을 경험하는 것은 관념 속에

---

43 배수아, 「회색時」, 『훌』, 24쪽.
44 이 시기 배수아의 소설 속 인물들이 편지라는, 육체적 대면이나 육성의 배제를 조건으로 하여 성립하는 고전적인 교신 수단을 선호하는 현상도 이 맥락에서 생각해 볼 수 있다.
45 배수아, 『독학자』, 열림원, 2004, 112~113쪽.

서 잠시일 뿐이고, 대부분의 시간은 오히려 외부 세계와의 갈등으로 인해 온갖 정념과 번민으로 가득 차 있다. 소수의 동류의 인간을 제외하면 주위에 존재하는 모두가 냉소의 대상이다. 내적 세계를 향한 추구가 추상화될수록 그것을 둘러싼 비루한 현실과의 이분법적 대립은 강화될 수밖에 없다. 궁극적으로 그것은 "참된 것과는 다르게 이 힘들은 자신을 주장하기 위해 다른 힘들을 부정할 필요가 없는"[46], 세계에 대한 미적 인식의 전제를 스스로 배반하는 모순에 직면하게 된다.

『에세이스트의 책상』에서도 음악과 M이라는 추구의 대상, 그리고 그 대상에 대한 주체의 감정이 전반적으로 관념적인 성향을 지니고 있지만, 『독학자』와는 달리 낯선 이방의 공간이 배경인 여기에서는 현실과 갈등할 소지가 있을 때마다 '나' 스스로가 자아 내부로 후퇴하기 때문에 그 부정적 의식이 표면화되지는 않는다. 하지만 그 계기들마다 생성되었던 부정적 의식은 사라질 리 없고 자아 내부에 축적되어 잠재된 형태로 남아 있을 것이다. 소설의 후반부에서 단지 순수한 육체적인 호기심 때문에 에리히와 잠자리를 같이한 적이 있다는 M의 말에 '나'는 혼란을 겪는다. 그 사소하다면 사소한 사건이 "자신의 내면에 잠복해 있었던 욕망과 대면하지 않을 수 없게"[47] 만들었다고 볼 수 있고, 자신의 욕망을, 그것의 초라함을 승인하는 것을 두고 윤리적이라고 말할 수도 있겠다. 하지만 이 글의 맥락에서 보자면, '나'의 태도는 비윤리적이 되는 사태에 빠지는 일은 겨우 모면했지만, 윤리적이라고 하기에는 적극성이 결여되어 있다고 볼 수 있다. 그리고 그 이전에 연약한 관념성 자체를 반성적으로 바라볼 필요도 있다. 여기에서 육체는 관념 바깥을 상징하는 대상일 텐데, 그

---

46 뤽 페리, 『미학적 인간』, 방미경 역, 고려원, 1994, 218쪽.
47 신형철, 「당신의 X, 그것은 에티카 — 김영하의 90년대와 배수아의 2000년대」, 『몰락의 에티카』, 문학동네, 2008, 159쪽.

일부가 훼손됨으로 인해 그와 연결된 관념의 뿌리까지 흔들려 버리고 만다. 소설 속의 '나'는 그것을 소유욕의 문제로 인식하고 있지만, 더 근본적으로는 그처럼 허약한 에고이스트의 관념성의 문제가 아닐까.[48]

수미와 상업적인 영화를 보러 갔을 때 '나'가 보였던 반응 역시 같은 맥락이다. "평온한 사람들의 평범한 즐거움과 오락과 일상이 나에게는 심각한 불의(不義), 그 자체와 조금도 다르지 않아 보였던 것"[49]이다. 영화나 그것을 즐기는 군중뿐만 아니라 그것을 역겨워하지 않는 수미조차 견딜 수 없어진다. "타존재에 대한 거친 이물감"[50]이 '나'의 경계를 둘러싸면서, '나'와 '나' 아닌 것을 구분하는 감각이 극도로 날카로워지는 순간이다. 그리고 그것은 고립으로 인해 예민해진 감각이 항상 빠져들 수 있는 함정이다. 물론 어느 순간에는 그런 감정에 사로잡힐 수 있다. 하지만 그 순간이 지나 시간이 흐르면 자기반성적인 계기가 발생하는 법이다. 그러나 배수아 소설 속 인물들은 자신의 관점을 포기하지 않고 오히려 거기에서 존재감을 얻는다. 현실 속의 상황이었다면 희미해질 수밖에 없는 관념성이 소설 속에서는 반사적으로 더 견고하게 드러나 있는 형국이다. 타자의 시선으로 자신을 바라보지 못하면서 그 자신의 관념성을 강화할 때 고립은 결국 불완전해진다. 자기 보존의 불안에 시달릴 수밖에 없기 때문이다.[51] 그런 점에서 이 시기 배수아 소설의 인물들은 그

---

48 이 글의 관점과 맥락은 다르지만 다음의 비판 역시 유사한 문제를 지적하고 있어 보인다. "그런 M이 에리히와 일회적인 육체적 관계를 가졌다고 그처럼 격렬하게 반응을 보인다면, 그 고요함, 추상성, 관념성은 다 무엇이란 말인가."(임옥희, 「'영미' 페미니즘 문학의 흐름들」, 《문학동네》, 2004년 가을호, 438쪽)

49 배수아, 『에세이스트의 책상』, 149쪽.

50 배수아, 「시취」, 『훌』, 242쪽.

51 『당나귀들』도 이 시기에 해당되는 작품이다. 작문 선생 유디스나 한국계 독일인 안나는 『에세이스트의 책상』의 M, 에리히 혹은 수미와 겹쳐져 있지만 등장인물로서의 역할은 미미하다. 이 소설은 '나'라는 서술자의 투명성이라는 측면에서 『에세이스트의 책상』보다 더 에세이 같은 면모를 보이고 있고, 쿳시, 부코우스키, 조지프 콘래드, 쿤데라 등에 대한 독후감을 직접적으로 제시하고 있다는 점에서 『독학자』보다

보다 진전된 다음 시기의 인물들, 가령『북쪽 거실』(2009)의 '수니'와 같은 존재에 비해 고립을 온전하게 향유하고 있다고 보기 어렵다.

6 타자와 연결된 꿈과 무의식의 세계

이방의 공간이나 텍스트의 세계와 같은 외부와의 대면은 자아의 새로운 측면을 활성화하면서 그 확장을 이루어 냈지만, 문제는 그것이 결국 자아의 실체를 오히려 불분명하게 만드는 결과를 초래할 수 있다는 점에 있다. 외부의 효과로 생성된 자아는 그 내부와 외부가 겹쳐져 있다는 사실로 말미암아 그 경계는 오히려 불투명해지기 때문이다.

> 나는 내 육신으로부터 얼마나 가까이 있는 것일까, 나는 내 마지막으로부터 얼마나 가까이 있는 것일까, 나는 과연 얼마만큼이나 나인가…… 최근 들어서 드는 생각인데, 간혹 나는, 내가 존재하는 모습을 조금 떨어진 곳에서 관찰하고 있는 나를 발견하곤 하는 거야. 그래서 글을 쓸 때도 나를 제3의 어떤 인칭처럼 생각하게 되지. 혹은 제3의 인물을 스스로인 것처럼 말하거나.[52]

초기의 환상과 현실이라는, 자아 내부와 외부 사이의 대립의 문제는 해소되고, 이제 "분열의 왕국"[53]을 이루고 있는 자아 내부의 여러 심급 사이의 관계의 문제로 구도가 새롭게 전환되어 있음을 이 대목에서 확

더 구체적으로 독학자의 면모를 드러내고 있다.

52 배수아, 『북쪽 거실』, 문학과지성사, 2009, 250쪽.

53 자크 라캉, 앞의 책, 85쪽.

인할 수 있다. 여기에서 '나' 속의 타자의 발견은 타자의 긍정이라는 유행적 담론의 일반성으로 향하지 않고, 배수아 소설답게 '나'라는 순수한 에고에 대한 회의의 근거로 작용하고 있다. '나'라는 존재의 실체에 대한 회의는 결국 '나'를 비인칭의 존재로 만들어 버린다. 이 지점에서 배수아 소설이 진정한 자아를 찾아가기 위해 선택한 경로는 자아의 더 깊은 심층을 향하는 방향이다. 그 방향은 배수아 소설의 출발점이었던 자아 내부의 환상의 지대를 향해 있지만, 이번 경우에는 사적인 차원의 환상이 아니라 보편적이자 자아의 더 근원적인 의식의 영역에까지 이르고 있다는 점에서 차이가 있다. 그 심층에서 발견되는 꿈과 무의식의 세계가 배수아 소설의 새로운 대상이 된다.

H씨, 글을 쓸 때 당신은 어떤 것에서 영감을 얻는 편입니까?
지난날에는 거의 언제나 나를 탄복시키는 아름다운 여인들이 그 대상이었죠. 하지만 지금은 다릅니다. 지금은 그 자체가 무엇이냐 하는 것은 의미가 옅어졌어요. 그것이 우체통이나 쓰레기 컨테이너가 될 수 있는 거죠. 이제 나에게 영감을 주는 존재는 바로 나를 혼란에 빠뜨리는 대상인 것입니다…… 결코 예상하지 못한 방식으로 나를 엄습하는 것들입니다. 나는 그것을 미리 대비하거나 계산할 수 없어요. 마치 꿈처럼……[54]

소설 속에서 '나'가 연애 감정에 빠진 두 번째 작가인 H의 인터뷰 기사의 일부이다. 그 공감의 관계를 토대로 생각하면, 이제 새로운 글쓰기의 모티프는 '아름다운 여인' 같은 외부의 존재가 아니라 '꿈'과 같이 자아의 내부에 존재하는 사건으로부터 온다. 대상이 무엇인가가 중요하지

---

54 배수아, 「올빼미」, 『올빼미의 없음』, 47~48쪽.

는 않다. 그것이 무엇이든 주체를 엄습하여 혼란에 빠뜨리는 '꿈'과 같은 마력을 갖고 있는지의 여부가 관건이다.

그러니, 꿈을 꾸도록 노력해. 많은 꿈을, 더 많은 꿈을, 더욱더 많은 꿈을, 그리하여 꿈의 가로수 길이 네 생과 네 이름을 넘어서서 더 먼 세상까지 너를 이끌 수 있도록. 다른 곳을 쳐다보지 말아라. 오직 그 길을 걸어. 빙하의 습지가 부드럽고도 거대하게 부풀어 죽음이 휩쓸고 간 평원을 덮어 버리듯이, 그렇게 꿈이 너의 깨어 있음마저도 온전히 지배하도록 만들어! 절대로, 절대로 그 꿈에서 깨어나선 안 돼! 잊지 말아라, 삶의 목적어는 단연코 오직 꿈이라는 것을. 그러니 꿈을 살아! 꿈을 체험하고 꿈을 돌보도록 해! 그러기 위해서는, 기록해. 잊지 않도록, 깨어나지 않도록, 환상이 없는 현실로 가라앉지 않도록.[55]

그 이전에도 '꿈'은 배수아 소설에서 낯선 모티프가 아니었지만, 이 단계에서 그것은 서사 전체에 편재할 뿐만 아니라 서사 자체의 성격과 주제를 이루는 전면적인 탐구의 대상으로 설정되고 있다. 여기에서 꿈은 현실의 그림자 혹은 부산물이 아니라, 오히려 현실보다 더 근본적인 존재로 전제되어 있다. "꿈의 데자뷰로서의 이 현실"[56]이라고, 그리고 "현실의 극본이 꿈"[57]이라고 반복해서 강조되어 있다. 현실로 돌아오기 위해 깨야 하는 환각이 아니라 오히려 삶의 목적어가 꿈이다. '환상 없는 현실'이야말로 필사적으로 벗어나야 할 개미지옥이다. 더구나 '꿈'이 중요한 이유는 그것이 자아 탐구의 대상일 뿐만 아니라 그 형식이기도 하

55 배수아, 『북쪽 거실』, 120쪽.

56 같은 책, 190쪽.

57 같은 책, 191쪽.

다는 사실에 있다.

> 꿈은 어쩌면 문학일 거예요. 자신이 낭독자이자 청자가 되는 오디오북 말이죠. 우리는 꿈을 해독할 필요가 없어요. 당신이 그 편지를 읽고 내가 곁에 있었던 것처럼, 그렇게 읽고 그렇게 듣는 것으로 충분하겠죠.[58]

꿈의 주체는 '나'이지만, 정확히 말하면 '나' 속의 다른 자아이다. 그 낯선 자아가 펼쳐 보이는 새로운 세계가 꿈이다. 꿈을 꾸는 것은 뿌연 안개처럼 희미한 풍경 속에서 다른 자아의 목소리를 듣는 일이다. 그것이 전부다. 그 의미를 해독하거나 하는 것은 꿈의 세계 바깥의 일이다. 다만 듣는 것으로 충분하다. "꿈이 주인공이 되어 줄거리를 이끌어가는 책"[59] 이야말로 궁극의 텍스트이다.

이처럼 '꿈'은 '나' 내부의 자아들이 서로 나누는 대화이다. 그들은 "몸짓으로만 이루어진, 이름 없이 희미한 암시"[60]를 서로 나누지만, 그럼에도 서로에게 무관하다. 니체에 따르면 "자기 자신을 한 개인으로 이해하고, '자기 자신을 알고자 하는' 최선의 의지를 지니고 있더라도 우리의 의식과 언어에 들어오는 것은 오로지 비개인적인 것, '평균적인 것' 뿐"[61]이다. "내가 나에게로 집중하면 집중할수록 나는 점점 파생하고, 또 그런 생각을 하면 할수록 나는 동시에 수많은 자아로 분열되면서 아득해"[62]진다. 그 분열된 수많은 자아들이 서로 얽혀 이루는 '비동일성의

---

58 같은 책, 194쪽.

59 같은 곳.

60 배수아, 「올빼미의 없음」, 『올빼미의 없음』, 124쪽.

61 니체, 「즐거운 학문」 §354 "종(種)의 수호신"에 대하여, 『니체 전집』 12, 책세상, 2005, 341~342쪽.

62 배수아, 『서울의 낮은 언덕들』, 자음과모음, 2011, 117쪽.

반복'의 궤적이 서사의 처음과 끝이 된다.

> 영원히 지치지도 충족되지도 않을 그 반복, 세계의 반복, 그것의 일부로
> 부터 우리가 나온, 따뜻하고 냄새가 강한 물과 피부를 애무하는 공기의 살
> 랑거림, 애정을 갈구하는 부드럽고 작은 몸짓들, 변함없이 다가왔다 밀려나
> 기를 되풀이하는 지조 깊은 물살의 구애, 바로 그것, 본능적인 사랑의 느낌,
> 형체도 부피도 없는 그것, 빛이고 어둠인 그것, 오늘 그리고 내일, 내일, 끝
> 없는 내일, 끝없이 계속되어 갈……[63]

배수아의 문장이 "경험하고 지각한 것들과 언어의 접면을 최대한 넓
히고 최대한 밀착시켜서, 우리로 하여금 푸네스가 세계를 지각하는 풍
요로움 근처에 이르게"[64] 한다고 말할 수도 있겠지만, 더 정확히 말하자
면 배수아가 기술하고 있는 것은 사물이나 의미라기보다 그것의 그림자
혹은 이미지이다. 언어와 의식을 통해 건드리는 것은 존재의 표면일 뿐
그 자체에 도달하는 일은 근본적으로 불가능하다. 그것은 '영원히 지치
지도 충족되지도' 않는다. 그것은 해변에 '끊임없이 다가왔다 밀려나기
를 되풀이하는' 물살처럼 다만 반복될 수 있을 따름이다. 그럼에도 그 존
재의 본질을 향한 '지조 깊은 구애'는 중단되지 않는다. 배수아의 소설이
그려 내고 있는 것은 바로 그처럼 매번 실패할 수밖에 없지만 중단되지
않는 구애의 흔적들이다. 소설에서 존재의 반복, 그리고 겹침과 어긋남
은 그와 같은 불가능성과 영속적인 회귀의 운명을 형상화하고 있는 것이
라고 할 수 있다.

---

63 배수아, 「북쪽 거실」, 121쪽.
64 김형중, 「세계와 언어의 접면」, 《문학과사회》, 2010년 가을호, 462쪽.

배수아의 초기 소설에서의 모티프들의 반복이 기억 속의 외상이라는 현실의 인력으로 인한 것이었다면, 최근 소설에서 모티프들의 반복은 그 모티프 자체의 운동에 가깝다는 점에서 결정적인 차이가 있다. 마치 음악처럼 이야기 안에서 생성된 힘이 그 반복과 변주의 과정을 통해 그다음의 이야기를 구축하면서 이어 나간다. 그러니까 그것은 꿈의 논리와 형식에 대응된다. 꿈을 촉발하는 것은 현실이지만 그것을 이어 나가는 것은 꿈 자체의 논리인 것처럼 말이다. 꿈의 의미가 무엇인지 해독하는 것보다 그 꿈의 이미지와 질감, 그 반복과 변이가 불러일으키는 느낌이 더 중요했던 것처럼, 배수아의 서사 역시 우리에게 그렇게 존재한다. 그 반복과 변주의 리듬을, 마치 꿈을 꾸는 것처럼, 음악을 듣는 것처럼 느끼는 것이 그에 적합한 독법일 것이다.[65]

이 반복과 변주는 한 텍스트 내에서만 일어나는 것이 아니라, 텍스트들 사이에서도 이루어지고 있다. 특히 최근의 장편『북쪽 거실』,『서울의 낮은 언덕들』(2011),『알려지지 않은 밤과 하루』 등에서 그 양상이 두드러진다. 우선 이 세 소설에 등장하는 인물들은 서로 다른 존재들이지만 유사한 운명을 공유하고 있다.『북쪽 거실』의 낭송극 배우 수니,『서울의 낮은 언덕들』의 낭송극 전문배우 경희, 그리고『알려지지 않은 밤과 하루』의 전직 여배우 아야미가 그들이다.『북쪽 거실』의 국어 교사,『서울의 낮은 언덕들』의 죽음을 앞둔 독일어 교사,『알려지지 않은 밤과 하루』

---

65 하인츠 슐라퍼는 "니체의 문장에서는 같은 것이 변화되고 고양되는 형상으로 반복된다."(『니체의 문체』, 변학수 역, 책세상, 2013, 68쪽)라고 분석하면서 시적 대칭과 대비되는 산문적 비대칭성의 특징에 대해 언급하고 있는데, 그 설명 방식에 의거해서 바라보면 배수아의 문장들 역시 그와 같은 산문시의 특징을 갖고 있다고 말해 볼 수도 있을 것 같다. 이 대목에서 떠올려 볼 수 있는 것은, 배수아의 시집『만일 당신이 사랑을 만난다면』(르네상스, 1997)에 실린「천구백구십팔년의 어두운 밤」,「부주의한 사랑」,「랩소디 인 블루」,「푸른 사과가 있는 국도」,「검은 버스 하얀 저녁」,「여섯 번째 아이의 울음」,「바람인형」,「포도 상자 속의 뮤리」,「병든 애인」,「연연의 사랑」 등 그의 소설과 제목 및 내용을 공유하는 시들로, 그의 소설이 내포한 시적 성격의 한 측면이 그 기원에서도 확인된다.

의 독일어 교사 여니 등도 서사에서 같은 자리에 위치하는 인물들이다. 그리고 때로 인물들은 서로의 자리를 교차하면서 반복의 리듬을 변형해 나가고 있기도 한데, 이처럼 우리는 배수아의 최근 소설들에서 소설의 내부와 외부를 넘나들면서 전개되는 "무한한 반복과 재현의 이름 없는 드라마들"[66]을 보고 있다.

이제까지 최근의 배수아 소설에서 모티프의 반복과 변주가 텍스트 내부에서, 그리고 텍스트들 사이에서 활발하게 일어나면서 그 자체가 하나의 주제의 차원을 형성하고 있다는 것을 확인해 왔는데, 끝으로 한 가지 더 살펴볼 반복의 양상이 남아 있다. 이 반복은 배수아의 텍스트와 그 바깥의 텍스트들 사이에서 발생하는, 좀 더 멀리 떨어져 있고 그렇기 때문에 더 우연적이고 문제적인 성격을 내포하는 것이다.

> 프란츠 카프카의 『꿈』 65페이지에 나오는 이것은, 카프카의 꿈이기도 하고, 나의 꿈이기도 하다. 두 개의 중첩된 이질적인 꿈들이 있었다. 그들은 몸을 포개며 나타난다.[67]

배수아는 카프카의 꿈의 기록 가운데 한 장면을 가지고 그와 이질적이지만 중첩된 소설 속 인물의 꿈을 만들어 내고 있다.[68] 그리하여 카프카와 '나'는 다르지만, 다르지 않은 꿈을 꾼다. 그런데 이런 일이, 이런 초현실적 접속이 과연 가능할까. 하지만 "타인과 사물의 꿈들로 연결되는 그 외계, 우리는 그것을 꿈의 유령, 혹은 꿈의 환각이라고 부르기로 한

---

66 배수아, 「북쪽 거실」, 139쪽.

67 배수아, 「올빼미의 없음」, 『올빼미의 없음』, 153쪽.

68 배수아는 사데크 헤다야트의 『눈먼 부엉이』의 앞부분을 번역 소개하는 자리에서 카프카의 꿈의 기록 가운데 인상적이었던 한 장면을 자신의 소설 속에 변형하여 인용한 과정을 기술해 놓고 있다. 배수아, 「눈먼 여름의 일기」, 《VERSUS》 No. 5, 2012. 8, 72쪽 참조.

다."[69]는 소설 속의 대목을 읽으면, 자아와 타자 사이에서 발생하는 꿈의 중첩이라는 사태는 그가 탐구하고자 하는 의식적인 문제임이 분명하다는 인상을 받게 된다. 작가는 그 꿈의 중첩을 통해 언어의 궤적들이 개별적 존재들 사이의 무의식을 관통하는 순간을 소설적으로 형상화하고 있는 듯하다. 그러니까 최근의 배수아 소설에서는 꿈과 무의식조차 한 개인에게만 배타적으로 성립하는 고유한 지대가 아닌 것이다.

이 대목에서 제발트의 어느 산문 가운데 한 장면을 떠올려 볼 수 있겠다. 거기에는 그가 알고 지내던 한 네덜란드 여인의 에피소드가 담겨 있다. 그 여인은 여행 중 식당 칸에서 카프카의 여행 일기를 읽고 있었다. 그녀가 읽고 있던 부분에서 카프카는 동료 여행자 가운데 한 사람이 명함 모서리로 치아 사이를 청소하고 있는 장면을 바라보고 있었다. 그런데 잠시 후 그녀는 실제로 자신의 옆 탁자에 앉은 살찐 남자가 명함으로 치아 사이를 청소하는 장면을, 마치 꿈속에서 일어난 일인 듯 쳐다보게 된다. 이 에피소드는 제발트로 하여금 1911년 카프카가 막스 브로트와 함께했던 여행의 기록을 다시 돌아보게 만든다. 그 여행기는 제발트에게 너무도 생생하게 느껴졌는데, 왜냐하면 그 장소와 상황들이, 한 세대가 지나 제발트 자신이 경험한 것들과 놀랄 만큼, 우연이라고 하기에는 너무 빈번하게 겹쳐져 있었기 때문이다. 가령 카프카는 린다우 기차역 플랫폼에서 한밤중에 사람들이 노래를 부르는 광경을 적어 놓았는데, 그 역에 여행 중인 취객이 늘 많다는 사실을 알고 있는 제발트에게는 매우 익숙한 상황이다.[70] 그보다 더 나중에 배수아는 바서부르크로 마르틴 발저를 만나러 가는 여정에서 이 기차역을 지나쳐 간다.[71] 우리의 삶에는

---

69 배수아, 「북쪽 거실」, 185쪽.

70 W. G. Sebald, tran. by Anthea Bell, "To the brothel by way of Switzerland: On Kafka's Travel Diaries", *Campo Santo*, The Modern Library, 2005, pp. 135~139.

표면의 인과관계보다 더 근원적인 관련성이 이미 작동하고 있는지도, 우리 존재의 심층의 한 영역은 이미 언어적 무의식에 의해 타인과 연결되어 있는지도 모른다.

그렇다면 배수아가 제발트나 카프카의 산문을 번역하게 되는 일은 어쩌면 이미 훨씬 이전에 예정된 일인지도 모르겠다. 『알려지지 않은 밤과 하루』의 표지에 제발트의 오랜 친구 얀 페터 트립(Jan Peter Tripp)의 작품이 자리 잡고 있는 것도 우발적인 일이 아닌지도 모른다. 어느새 그의 주위에는 고립을 자신의 삶의 목표로 삼는 많은 사람들이 서로 가깝게 연결되어 있다. 이 상황은 작가의 고립을 위로하면서도 동시에 그것을 위협하고 있다고 볼 수 없을까. 한 후배 작가가 배수아의 근작들을 읽고 내놓은 "이제 에세이에서 다시 꿈의 세계로 이동하고 있는 것은 그녀의 비타협적인 고립주의가 그녀의 사적인 현실을 포함하여 현실 전체에 등을 돌린 징후로 파악할 수도 있을 것"[72]이라는 분석은, 꿈이라는 현상 자체만을 두고 보면 그렇다고 할 수 있을지 모른다. 하지만 그 콘텍스트를 아울러 살피면 다르게 볼 수 있는 부분도 있다. 그의 곁에는 고립을 토대로 문학적 존중을 얻어낸 작가들이 나란히 모여 있기 때문이다. 『서울의 낮은 언덕들』에서 "경희의 걷기는 외부를 향한 산책이라기보다는 내부를 향한 순례에 가깝다."[73]라고 볼 수 있지만, 그 걷기에는 베르너 헤르초크와 제발트가 함께하고 있기도 하다. 긍정적인 의미에서 그와 같은 동행이 작품의 자율적 상태(고립)를 유지하면서도 외부와 소통하고 있는 배수아 소설의 새로운 특징을 마련하고 있다고 말할 수도 있겠지만, 근본적으로는 고립의 불완전함이 소설의 형식을 통해 드러나 있다고도 볼 수

---

71 배수아, 「바서부르크의 열흘」, 《작가세계》, 2007년 가을호, 63쪽.

72 김사과, 「우울한 화이트칼라 비웃는 자발적 '추방자'」, 《프레시안》, 2012년 1월 6일자.

73 이선경, 「걷기, 내부를 향한 순례」, 《플랫폼》, 2012년 3·4월호, 76쪽.

있지 않을까. 그런 의미에서 배수아의 소설은 아직 목적지에 이르는 도정에 놓여 있다.

7 고립의 욕망과 욕망의 고립 사이에서 글쓰기

배수아의 소설은 환상과 현실을 왕복하며 그 각각의 영역의 극단을, 궁극적으로는 그 둘이 얽혀 이루는 새로운 의식의 지대를 폭넓게 탐구해 왔다. 그가 스스로 선택한 외부의 문화적 환경 속의 고립의 상황과 그 시간 속에서 대면한 텍스트들의 세계가 그 탐구를 더 밀도 있게 만들었고, 이후에는 수직적인 방향 전환을 통해 꿈과 무의식의 심층에까지 그를 이끌었다. 거기에서 우리는 텍스트의 내부와 외부 사이에서 이미지들의 반복과 변주가 마치 꿈처럼, 음악처럼 펼쳐지는 광경을 바라볼 수 있었다. "저 자신이 노출되지 않는 현재에 만족해요. 그것이 내 자신의 빈곤을 대가로 한 것이라 할지라도 말이죠."[74]라고 한 인터뷰에서 배수아는 말한 바 있는데, 그 대가로 그는 한국의 소설이 현실의 인력으로 말미암아 좀처럼 접근이 어려웠던 의식의 지대를 지속적으로 탐사해 올 수 있었다. 최근의 상황은 그와 같은 고독한 추구를 더욱 힘겹게 만드는 것이 사실이지만, 그럼에도 그 탐구의 도정이 이른 현재 지점에서 그는 고립의 삶을 살았던 영혼들과 텍스트를 매개로 교감하며 여전히 그 길 위에 서 있다. 그의 번역 작업은 그 세계 속에 더 깊숙이 머물기 위한 의지의 소산으로 볼 수 있다. 독서가, 번역가로서의 배수아라면 그 세계에 언제까지

---

[74] 「사회적 이슈에 대한 다양한 관심의 표명, 소설적 자아를 찾는 여행」, 《출판저널》, 2003년 5월호, 78쪽.

나 침잠해 있어도 좋겠지만, 소설가 배수아로서는 그것을 통과하여 자기만의 기약 없는 길을 또다시 고독하게 걸어가야 하리라. 저마다의 내성의 삶 속에서 오늘도 글을 읽고 쓰는 사람들은 그 길에서 '더 많은' 배수아를 만나게 될 것이다.

'카스테라'를 만드는 소설적 레시피

— 박민규론

1

박민규의 첫 소설집 『카스테라』가 출간된 2005년 여름으로부터 어느덧 10년 가까운 시간이 흘렀다. 그 무렵 『삼미 슈퍼스타즈의 마지막 팬클럽』(2003, 이하 『삼미』)을 통해 이미 커다란 대중적 반응을 얻은 그는 2003년 여름부터 2005년 봄까지 2년 동안 발표한 단편 가운데 열 편을 가려 실은 이 소설집을 통해 또 다른 가능성을 보여 주면서 "2000년대 한국 문단이 가장 사랑한 문학계의 총아"[1]로 떠올랐다. 거기에는 한 프로야구 구단이나 DC 코믹스의 캐릭터들(『지구영웅전설』, 2003) 같은 대중문화의 모티프를 매개로 자본주의 현실에 대한 알레고리를 제시하는 것 이상의 신선하고 세련된 소설적 실험들이 풍요롭게 펼쳐져 있었던 것이다.

지금의 시점에서 돌이켜 보면 이후 더욱 다양하고 다채롭게 전개된

---

1 신수정, 「뒤죽박죽, 얼렁뚱땅, 장애물 넘어서기」, 『카스테라』, 문학동네, 2005, 306쪽.

그의 소설들은 이 프리즘으로부터 분광된 스펙트럼이 아니었을까 생각될 정도로『카스테라』는 박민규 소설의 핵심을 미리 압축적으로 보여 주었다고 할 수 있을 것 같다. 이 글은 그와 같은 연관의 계통을 전체적으로 바라볼 수 있는 시야를 얻기 위해 그 이후로 더 본격적으로 전개된 박민규 소설의 특징들을 염두에 두고『카스테라』의 세계를 다시 돌아보고자 한다.

2

우선 그 프리즘의 한쪽 끝, 그러니까『카스테라』에서 환상적 계기가 가장 희미한 편에 속하는「갑을고시원 체류기」(이하「고시원」)부터 다시 살펴보기로 한다. 이 소설에는 고시원이라는 공간을 무대로 IMF 체제 이후의 더 힘겨워진 현실을 겪는 한 청년의 입사 과정이, 박민규 소설로 보면 상대적으로 온건한 형식 속에 그려져 있다. 박민규의 초기 장편들을 두고 생각하면『삼미』에 가까운 세계라고도 할 수 있는데,「고시원」역시 소외된 존재들의 현실을 그리면서도 특유의 유머를 통해 유쾌하게 표현하고 있기 때문이다. 마치 만화 캐릭터의 용모를 갖고 있는 옆방의 '김 검사'를 의식하면서 주인공이 가스의 분출을 참고 있는 장면은 그 압권에 해당되는 대목이다.[2] 이처럼 박민규 소설에서는 서사의 중심 테마를 좀 더 효과적으로 표현하기 위한 보조적인 장치가 정작 테마 그 자체보다 더 비대해져 버리는 역설이 종종 발생한다. 그리하여 인물들이 겪고 있는 삶의 애

---

2 매우 높은 시청률을 기록했던 한 시트콤에서도 그 모티프를 차용한 적이 있을 정도다.(〈지붕 뚫고 하이킥〉 제28회, 2009. 10. 16.)

환을 지켜보면서도 웃음을 참을 수 없는 아이러니를 독자에게 안겨 주고 있는데, 여기에서 더 문제적인 것은 그 웃음의 장면으로 인해 인물들이 겪고 있는 힘든 상황에 대한 동정의 감정이 더욱 짙어지는 효과가 나타난다는 점이다. 결과적으로 그와 같은 면모는 소설에서 현실을 바라보려는 독자와 기존 소설의 고답적인 틀을 벗어나는 새로운 스타일을 기대했던 독자 모두를 만족시키는 원인으로 작용할 수 있었던 듯하다.[3]

「그렇습니까? 기린입니다」(이하 「기린」), 「고마워, 과연 너구리야」(이하 「너구리」), 「아, 하세요 펠리컨」(이하 「펠리컨」) 등의 소설 또한 결말의 환상적인 장면이 등장하기까지는 대체로 「고시원」과 유사한 서사의 흐름과 특징을 따르고 있는 것으로 보인다. 가장의 역할을 맡아 지하철역에서 '푸시맨' 아르바이트를 하고 있는 한 고등학생(「기린」)이나 비정규직의 세계로 떨어질 수도 있다는 불안에 시달리는 대졸 인턴사원(「너구리」), 혹은 전문대 졸업 후 한산한 유원지에 취업한 9급 공무원 준비생(「펠리컨」) 등의 인물들이 들려주는 그들 삶의 사연에는 모두 우리 현실의 어두운 그늘이 드리워져 있다.

그런데 「고시원」에서도 사실은 그랬던 것이지만, 박민규 소설에서 자본주의적 현실이라고 말해지는 장면들은 우리가 몰랐던 새로운 사건이라고 하기는 어려운 성질의 것이다. "그들의 작품으로부터 동시대 사회의 어떤 표상을 추출하는 것은 얼마든지 가능한 일이지만 개인들의 삶을 규정하는 한 전체로서의 사회, 그것의 실재를 둘러싼 의문과 탐구가 그들 작품에서 관심의 초점이라고 생각되진 않는다."[4]라는 언급 역시 박

---

3 「삼미」와 「고시원」에서 창안된 이 신파와 유머가 결합된 박민규 식 리얼리즘 스타일은 이후 「비치보이스」, 「누런 강 배 한 척」, 「아치」, 「낮잠」, 「별」, 「근처」(이상 「더블」, 창비, 2010), 「아침의 문」(《문학사상》, 2009년 12월호) 등의 단편과 「죽은 왕녀를 위한 파반느」(2009), 「매스게임 제너레이션」(《문학동네》, 2011년 여름호~2012년 여름호) 등의 장편으로 확장되면서 박민규 소설의 한 계열을 이루게 된다.
4 황종연, 「매 맞는 아이들의 정치적 상상력」, 《문학동네》, 2007년 가을호, 359~360쪽.

민규를 포함한 새로운 세대의 소설적 특성과 방향이 이전과는 달라졌음을 짚어 내는 맥락으로부터 나온 것으로 보인다. 그 테마는 독자적인 의미를 갖는다기보다 그처럼 새로운 이야기의 스타일과 결합됨으로써 새삼 생기를 띠는 일종의 레퍼토리에 가깝다고 할 수 있다. 이 대목에서 박민규가 『카스테라』의 '작가의 말'에 적었던 "오븐은 언제나 예열되어 있다. 세계의 재료도 언제나 당신의 주변에 쌓여 있다. 결국 이 많은 물질과 물질과 물질과 물질과 물질과 물질과 물질과 물질과 물질과 물질과 물질과 물질 들을 당신은 어떻게 리믹스할 것인가, 관건은 그것이라고 생각한다."[5]라는 발언을 떠올려 볼 수도 있다. '카스테라'는 원래 그렇게 만드는 것이기도 하다.

3

물론 그런 겸손한 태도가 무색하게 박민규 소설은 한국 소설에서 좀처럼 접근하지 못했던 새로운 영역으로부터 소설적 사건을 포착하여 특유의 집요한 시선으로 독자들의 감정을 강력하게 자극하는 측면이 분명히 있다. 그와 같은 특징을 해석하는 관점에 따라 박민규 소설에서 "일관되게 표출해 온 도저한 반체제적 사고"[6]를 읽어 내는 경향이 있는가 하면, "그는 (문제의 현실성이라는 측면에서는) 절박하지만 얼마간 단순하고 (해결의 현실성이라는 측면에서는) 진실하지만 충분히 진지하지 않다."[7]라는 언급에서

5 박민규, 『카스테라』, 문학동네, 2005, 332쪽.

6 백낙청, 「우리시대 한국문학의 활력과 빈곤 ─ 2010년대 한국문학을 위한 단상들」, 《창작과비평》, 2010년 겨울호, 39쪽.

7 신형철, 「만유인력의 소설학」, 『몰락의 에티카』, 문학동네, 2008, 37쪽.

보듯 그 현실성을 부분적으로만 인정하는 반응도 있다. 혹은 "하지만 '진짜 인생은 삼천포에 있다'는 결론은 성공에 너무 몰두해서는 안 되며 마음의 평화와 평정을 위한 여유가 필요하다는 세속의 진부한 가르침들과 너무 닮아 있지 않은가."[8]라는 비판적인 목소리도 있다. 박민규 소설의 현실적 가치를 얼마만큼 인정하느냐에 따라 서로 다른 평가를 내리고 있지만, 거기에 적용되는 소설적 기준은 크게 다르지 않은 것으로 보인다.

하지만 지금의 상황에서 소설에 현실에 대한 총체적인 인식을 요구하는 것이 과연 합당한 일인지, 그 요구는 혹시 계몽적 구도에 입각한 이전 시대의 비평적 관성에 의거한 것은 아닌지 확인해 볼 필요가 있어 보인다. 그럴 수 있다면야 얼마든지 좋은 일이겠지만, 점점 더 복잡해지는 자본주의의 변화 속에서, 그리고 이전에 비해 더 가속화된 사회적인 분업화와 전문화의 경향 속에서 한 편의 소설에 현실의 총체적인 형상화를 요구하는 것은 지나친 기대가 아닐까 싶기도 하다.

그러나 현실에 대한 총체적 인식의 불가능성에도 불구하고 주체는 자신을 둘러싼 세계와의 간극을 메울 수 있는 어떤 전체적인 상(像)을 불가피하게 요구하고 기꺼이 그 상을 현실이라고 믿는 경향이 있다. 더 거슬러 올라가면 인간은 환경에 곧바로 적응하여 독자적으로 살아갈 수 없는 불완전한 존재이기 때문에 유아기에 자아를 형성하는 과정에서 이미 그와 유사한 상황을 겪어 낸 바 있다. 유아 단계에서 형성하는 그 상을 정신분석학은 '이마고(Imago)'라는 개념으로 설명해 왔다. 융이 슈피텔러(Spitteler)의 소설 제목에서 차용하여 발전시켰고 나중에는 원형(Archetypus)이라는 집단무의식론의 주요 개념으로 정립한 이 용어[9]는, 라

---

8 권희철, 「아름다운 영혼이여, 안녕!」, 《문학동네》, 2011년 봄호, 126쪽.

9 C. G. 융, 「상징과 리비도 — 융 기본 저작집 7」, 솔, 2005, 75쪽.

칸으로 넘어가면 말도 할 줄 모르고 제대로 서 있기조차 힘든 아이가 거울에 비친 자신의 모습을 총체적이고 완전한 것으로 가정하는 상황을 설명하는 대목에서 다시 차용된다. 그는 이 장면이 편집증적 지식에 대한 그의 고찰에 부합하는 인간세계의 존재론적 구조를 드러낸다고 설명한다.[10] 그러니까 그와 같은 인간의 존재론적 구조에서 바라보면 모든 지식은 편집증적인 것일 수밖에 없다. 그런 식으로 아이는 자신과 가족들의 이마고를 매개로 자아와 세계 사이의 간극을 메우면서 주체를 형성해 나간다. 가령 아버지의 이마고는 아이로 하여금 오이디푸스콤플렉스의 과정을 겪으면서 상징계로 진입하는 계기를 마련해 준다.

박민규의 소설에 등장하는 이러저러한 사회적 문제들 역시 한 개인의 경험을 통해 마련된 세계상이라기보다 미디어의 순환 속에서 개별적 주체에 의해 각자의 방식으로 구성된 일종의 '자본주의의 이마고'라고 할 수 있지 않을까. 「너구리」에는 회사의 인사권을 한 손에 쥔 남색가 인사부장이 있고, 그 반대편에는 너구리로 변해 가는 손정수 팀장이 있다. 한쪽 편에 현실원칙이 유도하는 욕망이 있다면, 다른 편에는 쾌락원칙에 이끌리는 욕동이 있다. 인턴사원인 '나'는 그 두 축이 만든 이중구속적 상황 속에 놓여 있는데, 우리 역시 이런 방식으로 이마고들로 구조화된 콤플렉스를 통해 전체적인 세계상을 구성하면서 각자의 현실을 감당하며 살아가고 있다고 할 수 있다.

---

10 J. Lacan, *Écrits: A Selection*, tran. by Alan Sheridan, W. W. Norton & Company, 1977, p. 2.

4

그러므로 박민규의 소설에서 더 중요한 문제는 그와 같은 자본주의의 이마고들을 제시하는 데 있다기보다, 오히려 서사의 과정에서 그 이마고들로 구성된 콤플렉스가 조금씩 느슨하게 풀려나가면서 그에 대한 반란이 예비되고 있다는 사실에 있다. 소설 속의 인물들은 자신을 둘러싼 이마고들로 구성된 콤플렉스에 의해 현실의 본질을 알게 되었다고 믿지 않고 오히려 계속 그것에 의문을 던진다. 박민규의 인물들은 자신이 놓여 있는 상황에서 "모르겠다."[11]라고 반복해서 이야기한다. 그러한 의문은 『카스테라』 바깥에서도 빈번하게 마주칠 수 있다. "만약 인류가 생존한 것이라면 60억 중 누구 하나는 그 이유를 알고 있어야 한다. 우리가 대체, 왜, 살고 있는지를, 말이다. 영문도 모른 채, 말하자면 이곳에서 우리는 너무 오래 잔존해 왔다."[12]라는 『핑퐁』(2006)의 한 대목이나 혹은 "모르겠다, 어느 때부턴가 아무것도 모르는 인간이 되었다. 생각을 하면 살 수 없고, 생각만 하면 죽고 싶었다. 그리고 정말… 모르겠다."[13]라고 되뇌는 「별」의 한 장면에서 보는 것처럼 박민규 소설의 인물들은 실존적인, 혹은 형이상학적인 상황 속에서 근본적인 회의의 질문을 스스로에게 던진다.

사실은 그렇기 때문에 주체의 단계에 들어선 우리에게도 이마고와 같은 것이 새삼 필요한 것일지도 모른다. 우리는 그 물음에 근본적인 대답을 마련할 수 없기에 전체상이라 믿는 어떤 가상으로 그 공백을 메워 가며 현재를 지탱해 나가고 있는지도 모른다. 그렇지만 박민규의 인물들은 콤플렉스를 겪어 가며 에로스의 구성적 세계로 이동하기보다 오히려 그

11 박민규, 「코리언 스텐더즈」, 『카스테라』 개정판, 문학동네, 2014, 203쪽, 이하 「KS」.
12 박민규, 『핑퐁』, 창비, 2006, 255쪽.
13 박민규, 「별」, 『더블』 side B, 229~230쪽.

것을 해체하는 죽음 욕동의 방향으로 서서히 발걸음을 옮기고 있다. 그리고 그것은 근본적인 질문으로 끊임없이 회귀하는 그들의 성향으로 보면, 결국 그들의 암묵적인 선택이 초래한 자연스러운 귀결이기도 하다. 그들의 근본주의적 성향은 현실에 대한 전체상으로 부과된 이마고들의 구도가 허상이라는 사실을 직감하도록 이끌었던 것이다.

　그 회의를 포기하지 않음으로 인해 점점 죽음 욕동을 증가시켜 나가는 어느 지점에서 그들 앞에 단정한 차림으로 공중에 떠 있는 기린(「기린」)이나 '이태리타올'을 들고 목욕탕에 나타나 등을 밀어 주는 너구리(「너구리」), 그리고 공중에 뜬 오리배와 그 변형인 펠리컨(「펠리컨」) 등이 돌발적으로 출현한다. 그 장면은 소외된 현실을 살아가는 사람들이 가질 법한, 편집증적 환상이라는 또 다른 심리적 현실로 이해되곤 했다. "세계와 맞대면할 용기를 상실하고 기꺼이 망상 속으로 도피하기를 마다하지 않는, 역시 왜소한 주체들의 정신병리"[14]라거나, "무력한 개인의 인식론적 상상지도"이기에 "현실의 핵심 국면을 요약하는 정확한 도해가 될 수는 있으나, 그렇기 때문에 더욱 어쩔 수 없이 더 이상의 깊은 성찰적 사유를 제약할 수밖에 없는 그런 것"이며 "박민규의 소설이 세계를 향해 더 이상 질문을 던지지 않는 것도 그런 맥락"[15]이라는 분석 등에서 그런 이해의 사례를 엿볼 수 있다.

　하지만 그 장면이 과연 박민규 소설에서 그처럼 소극적인 의미만을 갖는 것일까. 가령 「기린」의 마지막 장면에서 '나'는 지하철역의 플랫폼 지붕 근처에서 기린을 만난다. 그 순간 '나'는 기린이 아버지라고 생각하고 기린의 무릎에 손을 올려놓은 후 집안의 근황을 들려주며 "아버

14　김형중, 「진정할 수 없는 시대, 소설의 진정성」, 『변장한 유토피아』, 랜덤하우스중앙, 2006, 72쪽.
15　김영찬, 「개복치 우주(소설)론과 일인용 너구리 소설 사용법」, 『비평극장의 유령들』, 창비, 2006, 140쪽.

지 맞죠?"라고 반복해서 묻는다. 기린은 물끄러미 '나'를 바라보며 앞발을 '나'의 손에 포개더니 천천히 이렇게 얘기한다. "그렇습니까? 기린입니다."[16] 독자의 예상과 달리, 이 장면에서 기린은 아버지와의 은유적 관계, 그러니까 상징으로부터 비껴가 버린다. 「기린」에서 아버지≠기린의 관계는 「너구리」의 손 팀장≠너구리, 「펠리컨」의 오리배≠펠리컨에 대응된다. "「그렇습니까? 기린입니다」는 삭막한 자본주의의 현실 비판이라는 영지주의-민주투사적 교훈으로 닫히려는 소설의 마지막 순간을 비틀어 개방한다."[17]고 보는 시선 또한 오히려 그 어긋나는 방향에 적극적인 의미를 부여하고 있는 것으로 보인다.

융의 만년의 저작 『현대의 신화』(1958)는 그 부제인 '하늘에서 보이는 것들에 대하여(Von Dinge, die am Himmel gesehen werden)'에서 보듯 당시 유행하던 UFO 목격담을 분석한 것인데, 거기에서 그는 그런 환상이 "의식의 태도와 여기에 반대되는 무의식의 내용이 생겼을 때 나타난다."[18]라고 설명한 바 있다. 정신적인 해리(解離)의 상황에서 의식은 그 전에는 알지 못했던 무의식의 갑작스러운 출현에 마주하여 그 낯선 의미를 통합하지 못하고 설명 불가능한 환상을 만들어 낸다고 본 것이다. 그 관점을 통해 박민규 소설에서의 기린, 너구리, 펠리컨 등의 환상을 생각해 보면, 그것들 역시 의식 내부의 두 세계가 결정적으로 단절되는 순간으로부터 발생하는 이미지라고 할 수 있을 것이다.

이 글의 맥락에서 바라보면, 이 소설들에서 점증하는 압력 속에 잠재해 있다가 마침내 결국 터져 나오는 환상처럼 보이는 장면들은, 현실로부터 도피하는 편집증자의 인식론적 무력감이 불러온 망상이라기보다

---

16 박민규, 「기린」, 『카스테라』 개정판, 91쪽.
17 권희철, 앞의 글, 132쪽.
18 C. G. 융, 「현대의 신화」, 이부영 역, 『삼성판 세계사상전집 44』, 삼성출판사, 1990, 36쪽

오히려 상상적인 이마고의 세계로 흡수되지 않은 실재계의 에너지가 응축되어 마침내 그 딱딱한 이마고의 껍질을 뚫고 나오는 순간의 표현이라고 할 수 있다. 인류(지구)의 외곽으로 밀려나 다른 세계의 인력에 이끌리던 인물들은 결국 이야기의 마지막 장면에서 그 새로운 세계로 넘어가 버린다.『핑퐁』을 예로 들면 지구와 탁구계 사이에서 놓여 있던 못과 모아이가 생명 욕동과 죽음 욕동이 팽팽하게 대립하는 '듀스 포인트'에서 결국 지구를 '언인스톨'하는 방향을 선택하는 순간이다. 그 '탁구계'의 외계인처럼 기린과 너구리와 펠리컨 역시 다른 세계와 연결되는 통로에서 인물들에게 손을 내밀고 있는 것이다.

5

'나'의 경험적 현실로 보이는 세계에서 그 한 축을 차지하던 인물, 그러니까 아버지(「기린」), 팀장(「너구리」), 사장(「펠리컨」) 등의 이마고가 현실적으로 기능하지 못하면서 다른 은유적 이미지(기린, 너구리, 펠리컨 등)로 대체되는 듯하다가, 마지막 장면에서는 그 상징에 투여되던 에너지를 급격하게 회수해 버리는 결말의 구도 속에 「기린」, 「너구리」, 「펠리컨」 등의 소설이 놓여 있음을 살펴봤다.

「카스테라」의 구도는 이 과정의 원리를 압축하여 보여 주고 있다. 현실은 냉장고에 담기면서 하나의 새로운 상상적 세계를 형성하지만, 그 세계는 그 반대 방향으로 작용하는 욕동에 의해 해체되어 '카스테라'라는 낯설고 갑작스러운, 실재계를 지시하는 이미지로 귀착된다.

그보다 조금 더 확장된 세계를 배경으로 지금-이곳의 현실과 일종의 알레고리적 관계를 이루(지 못하)고 있는 이야기들을 그다음으로 살펴볼 수 있다. 「KS」에서 '나'는 내키지 않는 발걸음으로 농촌을 찾게 되는데, 그곳에서 공동체를 운영하는 운동권 선배 기하 형으로부터 급히 와 달라는 갑작스러운 부탁을 받았고 그와의 관계를 돌아볼 때 쉽게 거절할 수 없었던 때문이다. 그곳에 도착해서 기하 형으로부터 외계인의 습격을 받았다는 얘기를 듣게 되고 '나' 역시 그 흔적을 확인할 뿐만 아니라 실제 비행물체도 목격한다. 그런데 이 황당한 이야기는 그 후반부에서 평화로운 마을이나 외계인의 습격을 받은 곳이나 비슷하다는 농촌의 현실적 상황이 제시되면서 이해할 만한 맥락을 마련해 나가는 듯해 보인다. "정부 정책에 대한 항의의 표시로 밭을 엎고 작물을 태우고 그랬지. 어차피 팔아도 돈이 안 되니."[19]라는 대목에 이르면 이 소설을 농촌 현실에 대한 알레고리로 읽을 수 있겠다는 안도감이 들 법도 하다. 하지만 이 이야기는 그 지점에서 종료되지 않는다. 외계의 지성체들은 비행접시를 타고 다시 찾아와 KS 마크 모양(㊚)의 크롭 서클을 남기고 사라진다. 이 장면에서 이 소설이 지금까지 구축해 왔던 알레고리는 한순간에 무너져 버리고 만다.[20]

「대왕오징어의 기습」(이하 「오징어」)은 조금 다른 방식으로 알레고리를 탈구축한다. 어린 시절 《소년중앙》에서 150미터 크기의 대왕오징어 기사를 본 '나'에게 그 이미지는 그것이 오류라고 확인된 이후에도 계속 남아 있다. 『괴수대백과사전』, 《주간경향》, 《사상계》의 세계에서도 그 이미지는 해소되지 않는다. '나'만에 한정한다면 그런 집착을 두고 편집증적 망상이라고 말할 수도 있겠다. 그런데 그렇게 결국 오인에 지나지 않

---

19 박민규, 「KS」, 『카스테라』 개정판, 194쪽.
20 그와 같은 설정은 장준환 감독의 영화 〈지구를 지켜라〉(2003)에서 화학회사의 강 사장(백윤식)을 외계인으로 지목하고 그를 납치했던 병구(신하균)의 이야기가 결국 악덕 기업주에 의해 어머니와 애인을 잃은 원한에 동기를 둔 복수극으로 판명날 듯하던 결말에서 강 사장이 안드로메다의 왕자로 등장하는 마지막 장면으로 인해 그 알레고리가 해체되는 순간을 떠올리게 만들기도 하는데, 그 구도의 유사성으로부터 한 시대가 새롭게 공유하기 시작한 서사의 유전자라는 문제를 생각해 볼 수도 있을 것 같다.

았다는 것으로 사건이 마무리될 무렵 '나'뿐만 아니라 현실에서 실제로, '나'와 같이 "해변의 모래알처럼 평범한 인류"[21] 가운데 한 사람일 '아무나'에게, '누구나'에게 대왕오징어가 눈앞에 나타났다가 사라진다.

한편 「오징어」에서는 '나'가 경험하는 현실의 사건보다 텍스트를 통해 구성된 세계가 더 큰 규정력을 갖기 시작한다. 이런 특징은 「야쿠르트 아줌마」(이하 「야쿠르트」)에서 조금 더 확장된 양상으로 나타나는데, 사실과 허구의 코믹한 결합으로 이루어진 『농담 경제학사전』의 세계가 그것이다. 『농담 경제학사전』의 세계와 '나'의 세계를 연결해 주는 것은 생존의 문제로 인해 도도새와 '나'가 함께 겪고 있는 변비이고, 궁극적으로는 자본주의이다. 그런데 여기에서 재미있는 것은 야쿠르트 아줌마라는 기호이다. '보이지 않는 손'이라는 이유로 현실로부터 『농담 경제학사전』의 세계 속에 능청스럽게 편입된 '야쿠르트 아줌마'는 마지막 장면에서 『농담 경제학사전』의 알레고리를 찢고 현실에 나타나 현관문을 두드리고 야쿠르트를 내민다.[22]

6

『카스테라』에는 지금까지 살펴 온 소설들처럼 현실에서 환상으로 이행하는 유형의 이야기가 있는가 하면, 아예 처음부터 다른 세계에서 시

---

21 박민규, 「오징어」, 『카스테라』 개정판, 228쪽.
22 현실 혹은 역사 속의 상황을 토대로 SF 스타일의 알레고리를 (탈)구축하는 이런 경향은 이후 「난쟁이가 떨어트린 작은 공」(《대산문화》, 2007년 여름호), 「슈퍼 코리언」(《대산문화》, 2007년 가을호), 「메리, 크리스마스」(《대산문화》, 2007년 겨울호) 등의 콩트와 「굿모닝 존 웨인」, 「굿바이, 제플린」, 「아스피린」, 「절」, 「슬」(이상 『더블』), 「아… 르무… 리… 오」(《세계의 문학》, 2011년 겨울호), 「군함도의 별」(《현대문학》, 2013년 1월호) 등의 단편에서 변주, 확장되면서 박민규 소설의 또 다른 한 계열을 이루게 된다.

작되는 또 한 부류의 이야기들이 있다. 구도로만 본다면 이 소설들에서도 다른 세계의 시선으로 지구라는 인류의 현실을 바라보는 또 다른 형식의 알레고리를 예상할 수 있는데, 이 영역에서도 박민규의 소설은 그렇게 순순히 우리의 예상에 부합해 주지 않을 것을 쉽게 예상할 수 있다.

「몰라 몰라, 개복치라니」(이하 「개복치」)나 「헤드락」은 얼핏 보면 현실로부터 이야기가 시작되는 듯 보인다. 하지만 캐나다로 조기 유학을 갔던 '나'의 친구 듀란이 고무 동력기를 타고 찾아오는 「개복치」의 서두에서 이미 그들이 다른 세계 속에 있다는 사실을 알아차릴 수 있다. 미국 유학 시절의 이야기라고 하면서 오클라호마의 대학 교정을 한가롭게 묘사하며 시작되는 「헤드락」 역시 마찬가지이다. 얼마 지나지 않아 헐크 호건이 갑자기 나타나 '나'에게 헤드락을 걸 것이기 때문이다. 현실이라는 이름의 상상적 이마고의 세계로부터 벗어나기 위해 기린이나 너구리, 혹은 펠리컨 등 인간계 바깥의 환상적 이미지가 필요했던 앞의 경우와는 대조적으로, 이 새로운 영역의 이야기에서는 그 다른 세계로부터 이 세계와 소통하기 위해 '이대근'이나 '링고 스타', 혹은 '헐크 호건' 같은 현실의 기표가 필요하다.

이렇게 해서 만들어진 새로운 세계 역시 어느 지점까지는 현실과 연결되는 알레고리의 특징을 순조롭게 보여 주는 듯하다. 가령 「헤드락」에서 헐크 호건에게 무지막지한 악몽의 헤드락을 당한 '나'는 그때부터 운동에 전념하여 근육을 만들기 시작한다. 그러고는 자신이 당한 그대로 제3세계 출신의 인간들에게 헤드락을 걸어 나간다. 그런데 둘러보니 세상은 헤드락에 관대하다. 오히려 제3세계 출신에게는 당연한 듯 생각하는 분위기다. 귀국하여 결혼한 '나'는 도처에서 습격의 풍경을 목격한다. "헤드락 강좌, 헤드락 세미나, 헤드락 부흥회, 헤드락 워크샵, 헤드락 클리닉에 이르기까지 ── 아무튼 헤드락도 이젠 한국의 보편적인 생활문화가 되었"[23]다. 그렇지만 본토의 헤드락을 경험한 '나'에게는 우스운 수준이다. '나'의 헤드락 걸기는 파견 근무지인 인도네시아에서도 계속된다. 휴가를 맞아 다시 만난 첫째 아들의 몸이 몰라보게 단단해졌는데 아내말로는 "지난달부터 헤드락 학원에 보내고 있"[24]다고 한다. 이렇게 보면이 소설은 미국의 입장에서, 삶의 욕망의 입장에서 현실을 바라보는 또다른 알레고리를 구축하고 있다고 생각할 만하다. 그런데 그렇게 닫히려는 듯하던 알레고리는 소설의 마지막에서 꿈속의 '나'가 헐크 호건에게헤드락을 거는 장면에서 열려 버린다. 그 행동은 지금까지와는 반대로죽음 욕동에 근거하고 있기 때문이다. "죽을 수도 있다는 생각이 꿈속의나도 들었지만, 죽어도 좋다는 생각이 꿈을 꾸는 나에게도 드는 것이었다."[25]라는 대목에서 그것을 확인할 수 있다.[26]

「개복치」에서는 미국 등의 지구적 차원을 벗어나 마침내 우주로부터지구를 바라본다. '나'가 키우던 다섯 마리의 거북이 가운데 한 마리가사망하면서 이미 조금씩 수상한 예감이 싹트고 있었다. '9호 구름'을 타고 도착한 샌프란시스코의 '개복치 여관'에서는 그 예감이 현실화될 조짐을 보이고 있다. 그리하여 '그레이하운드'를 타고 우주로 나간 '나'와듀란이 목격한 지구는 아주 납작한, "한 마리의 거대한 개복치"[27]였고, 그 하복부에서는 3억 개의 알이 거대한 빛으로 터져 나오고 있었다. 이

---

23 박민규, 「헤드락」, 『카스테라』 개정판. 261~262쪽.

24 같은 글. 266쪽.

25 같은 글. 270쪽.

26 미국을 배경으로 한 이야기는 조금 더 시간이 지난 후 「딜도가 우리 가정을 지켜 줬어요」, 「루디」, 「끝까지 이럴래」(이상 『더블』)로부터 「코작」(《문학동네》, 2010년 겨울호), 「톰 소여」(《작가세계》, 2010년 겨울호), 「버핏과의 저녁식사」(《현대문학》, 2012년 1월호) 등을 거쳐 최근 「피터, 폴 & 메리」(창비 문학블로그 《창문》, 2012년 9월 17일자~2013년 7월 15일자)까지 이어지면서 박민규 소설의 개성적인 한 흐름을 이루게 된다.

27 박민규, 「개복치」, 『카스테라』 개정판. 118쪽.

소설에서 일행은 다시 핸들을 돌려 지구로 돌아오지만, 이후 박민규 소설은 다시 우주 더 멀리 탐색을 떠난다.[28]

7

이제까지의 논의를 정리하자면 『카스테라』의 요체는 '카스테라'를 만드는 박민규 식의 독특한 스타일에 있다고 할 수 있다. 그 레시피를 다시 간단하게 소개하면 다음과 같다. 현실이라는 재료를 반죽해서 상상의 효모로 부풀리되, 적당한 수준에서 멈추지 않고 압력을 계속 증가시켜 나간다. 그러는 동안 자연스럽게 그로부터 소외된 실재계의 잔여물이 축적되어 마침내 상상의 세계를 내파한다. 상징과 알레고리의 연막을 걷어내면 '카스테라'가 드러난다. 지금까지 우리는 그 '카스테라'의 맛을 음미했다.

박민규 소설의 상상력과 문체 또한 그 소설적 레시피의 부산물로 볼 수 있다. 그 자유로운 연상을 통한 비약과 반복은 상징과 알레고리에 의해 관습적으로 유도된 현실의 인력을 버텨 낼 수 있었기에 가능했다고 할 수 있다.

『카스테라』이후 박민규는 더 넓고 다채로운 스펙트럼을 보여 주었다. 개별 작품 하나마다 쏟은 그의 공력도 빛나지만, 현실과 환상 사이에 넓게 펼쳐진 서사의 스펙트럼 또한 그의 소설 세계가 가진 특징이다. "사진으로 치면 노출의 문제"[29]일 것인데, 앞에서 살펴본 것처럼 그는 그렇게

---

28 그런 의미에서 이 소설은 그 전초기지의 역할을 한 셈인데, 그 이후 발표된 「깊」, 「크로만, 운」, 「양을 만드신 그분이 당신도 만드셨을까」(이상 『더블』), 「로드킬」(《자음과모음》, 2011년 여름호) 등의 더 본격적인 SF 스타일의 소설들이 박민규 소설의 또 다른 한 계열을 이루게 된다.

29 하성란, 「그는 중심을 파고드는 인파이터다」, 『지구영웅전설』, 문학동네, 2003, 185쪽.

다양한 노출을 통해 여러 갈래의 이야기들을 나란히 밀고 나가고 있다.

현실과 환상 이외에도 그의 소설에서는 서로 상반된 항목들이 하나의 이야기 안에 자연스럽게 공존해 왔다. 그의 문제 제기는 단순하면서도 근본적인 물음을 던지는 간명직절한 것이었다. 그의 이야기에는 유머와 비애가 함께 어우러져 있고, 문체는 거친 박력이 있는가 하면 더할 나위 없는 유연함도 갖추고 있다. 그의 소설에는 아마추어와 프로 의식이 서로를 밀어내지 않고 손을 맞잡고 있다. 그는 자신에게 쏟아진 대중과 비평의 관심에 크게 신경 쓰지 않으면서 묵묵하게 이전의 성취를 뒤로하고 또다시 더 큰 목표에 몰두하는 도전 의식을 통해 자신의 소설적 '인파이팅'을 지속해 왔다. 그러면서도 그는 자신의 작품이 읽힌다는 데 대해서 큰 책임 의식을 갖고 있어 보인다. 그의 문장의 리듬은 독자의 감각과 나란히 호흡을 맞추며 전개되었고 그리하여 그들의 감정을 움직일 수 있었다. 그의 말로 하자면 이미 그는 출발 지점에서 꿈꾸었던 '연구의'이자 '개업의'[30]의 면모를 충실하게 실현해 왔다고 하겠다.

지금 돌이켜보면 그 무렵 박민규 소설의 의욕과 야심은 『카스테라』를 넘쳐흐를 정도로 강렬했고 그것은 그의 이후의 소설들이 그 가능성을 더 힘 있게 현실화해 나가는 동력이 되었다고 생각된다. 그런 의미에서 시간이 흐를수록 박민규에게, 그리고 우리에게 『카스테라』는 그의 소설의 기원을 이루는 젊은 열정으로 더 선명하게 기억될 것 같다.

---

30 김동현, 「길들여지지 않은 '괴물', 그 탄생의 전조」, 《말》, 2003년 8월호, 166쪽.

모더니즘의 문제와 리얼리즘의 문제는 어떻게 하나의 이야기 속에 양립할 수 있었는가?

— 박솔뫼론

1

자신의 첫 소설집 『그럼 무얼 부르지』(2014)에 앞서, 박솔뫼는 『을』(2010)과 『백 행을 쓰고 싶다』(2013, 이하 『백 행』) 등 책으로 출간된 두 편과 「도시의 시간」(《세계의 문학》, 2011년 겨울호, 이하 「도시」) 등 세 편의 장편을 발표했고, 첫 소설집에 실린 7편을 포함하여 이제까지 모두 12편의 단편[1]을 선보였다. 그 소설들이 보여 준 새로운 특징들은 이미 여러 차례 비평적 조명의 대상이 되기도 했다. 전통적인 형식에서 벗어나 있고 의식의 현재 상태를 즉자적으로 노출하는 듯 보이기도 해서 전혀 대중적이라고 말하기는 어려운 그의 소설이 그처럼 일부 독자들의 관심과 반응의 대상

---

1 첫 소설집에 묶이지 않은 단편 발표작은 「너무의 극장」(《문학과사회》, 2011년 겨울호), 「부산에 가면 만나게 될 거야」(《문학들》, 2012년 봄호), 「우리는 매일 오후에」(《현대문학》, 2012년 8월호), 「밥 짓는 이야기」(『헬로, 미스터 디킨즈』, 이음, 2012), 「겨울의 눈빛」(《창작과비평》, 2013년 여름호) 등이다. 이하 각각 「너무」, 「부산」, 「우리」, 「밥」, 「겨울」로 지칭한다.

이 되었던 것은 거기에 내장된 문제성이 그만큼 강렬하기 때문이 아니었던가 싶다. 그 문제성은 기존의 소설적 규범에 맞선다는 도전 의식에서 왔다기보다, 신인임에도 규범에 대한 의식에 구애되지 않고 자신의 이야기를 자신 있게 펼쳐 보일 수 있었던 과감함에서 비롯된 것으로 보인다. 그렇게 보면 "거칠고 예쁘지 않으며 분명히 부족하고 흠이 많지만 나름의 힘과 아름다움을 가진 것들을 좋아하는"[2] 그의 성향이 자신의 소설에도 자연스럽게 투영되어 있는 셈이다.

그렇기 때문에 그의 소설들은 정련된 면모를 갖추지 않은 비정형의 성격을 가지고 있었고 그에 대한 비평적 반응 또한 구체적인 설명보다는 해석자의 의지가 투영된 징후적인 독해에 가까운 것이었다고 생각된다. 그것들은 주로 새로운 세대의 삶과 의식 및 현실에 대한 태도를 해명하고자 하는 관점에서 이루어져 왔다. 그런 맥락에서 '무위'의 성향을 보여 주는 인물들의 성격이나 문어체와 구어체가 패턴 없이 뒤섞인 서술 스타일, 그리고 최근으로 오면서는 '광주'나 '원전'과 같은 사회적 문제에 대한 태도 등이 박솔뫼 소설의 특징적인 요소로 선택되었던 듯하다.

작가론의 형식으로 쓰이고 있는 이 글이 기존의 비평문들이 밝히지 못한 전혀 다른 새로운 문제를 제기하는 방향에 서 있는 것 같지는 않다. 그러기에는 박솔뫼 소설의 특징을 해명하고자 하는 비평의 진지한 구애가 지속적으로 진행되어 왔고, 그 글들이 박솔뫼 소설의 주요한 특징들을 확인해 놓았기 때문이다. 그러므로 이 글은 박솔뫼 소설 세계의 내적 구조를 추출해 보고 그를 통해 그의 소설들이 갖는 특징과 그 의미에 대한 좀 더 체계화된 고찰을 시도해 보고자 한다.

---

2 고봉준 외, 「2010년 장편공모 수상작가들과 함께」(좌담), 《문장 웹진》, 2010년 10월호.

2

박솔뫼의 소설을 멀리서 바라보면 삶에 대한 적극적인 의지를 결여한 인물들이 만나 이루는 공동체에 관한 이야기라는 인상이 두드러지지만, 좀 더 가까이서 자세히 들여다보면 그것은 균등한 하나의 세계가 아니라 대립되는 두 영역으로 이루어진 이원적인 구조라는 사실을 알 수 있다.

「그때 내가 뭐라고 했냐면,」(이하「그때」)과 「안 해」는 서로 이어져 있는 이야기로 보인다. '구름새 노래방'이라는 공간을 공유하고 있고, 검은 옷의 노래방 사장이라는 인물도 두 소설에 모두 등장한다. 그렇지만 두 편을 연작이라고 보기는 어려운데, 이야기에서 같은 자리에 놓인 「그때」의 주미와 「안 해」의 여주로 인해 두 이야기가 연결되면서도 어긋나 있는 관계를 이루고 있기 때문이다.[3]

이 세계의 인물들은 두 편으로 구분해 볼 수 있다. 외부로부터 위협을 가하는 검은 옷의 남자가 한편에 있다면, 다른 편에는 졸지에 그 위협의 피해자가 된 주미와 상란(「그때」), 그리고 여주, '나'와 병준(「안 해」)이 있다. 그 두 영역 사이의 경계는 절대적인 것이 아니며, 내부 세계 역시 균질적인 공간은 아니다. 병준은 처음부터 검은 옷의 남자와 공유하는 특성이 있었고, 여주는 남자인 '나'에 비해 검은 옷의 남자에게 더 적극적인 저항을 보여 주기도 한다. 그럼에도 두 영역 사이의 대립 구도는 분명하게 드러나 있다.

---

3 박솔뫼 소설 전체가 이런 방식으로 연결 구조를 이룬다고 볼 수도 있다. 단편에 한정하면 크게 보아 '해만'이라는 지명을 공유하는 「해만」, 「해만의 지도」(이하 「지도」), 「부산」, 「겨울」 등의 한 계열과 '극장'의 형식을 배경으로 하는 「안 해」, 「그때」, 「안나의 테이블」(이하 「안나」), 「차가운 혀」(이하 「혀」), 「너무」 등으로 구성된 다른 계열은 '여주'라는 기표에 의해 연결되어 있으며 그 이외의 간헐적인 교차점들을 내포하기도 하면서 커다란 하나의 이야기의 성채를 이루고 있어 보인다. 이 성채는 새로운 이야기가 추가될 때마다 역동적으로 확장되는 양상을 펼쳐 왔으며, 그 확장은 현재에도 진행 중이다.

무언가를 잘하게 되는 데 필요한 건 열심히가 아니라고 그게 남들이 보기엔 열심히로 보여도 당사자에겐 아니라니까 열심히가 아냐 무작정이 아니란 말이야 좀 더 구체적으로 지목할 수 있는 항목이 당사자와 함께 달려 나가는 거에 가깝다니까. 뭐 양보해서 열심히가 중요하다고 쳐도 정말로 열심히의 세계가 있겠어? 있다 해도 그게 튼튼해? 검은 옷 당신의 말처럼 열심히의 세계로 만들어진 세계가 자기의 몸을 부수고 세상에 던져질 만큼 튼튼해? 게다가 열심히로 만들어진 노래라니 조금도 듣고 싶지 않잖아. 안 그래? 정말로 나는 아니라고 생각해 나도 생각이라는 것을 했는데 아니라고 생각해.[4]

위에서 보는 것처럼 검은 옷의 노래방 사장이 강요하는 '열심히'의 논리에 대한 반박이 직설적으로 드러나 있다. 사건이 펼쳐지는 주된 무대인 '구름새 노래방'을 "이유도 목적도 없이 열심히만을 끝없이 강요하는 작금의 우리 사회에 대한 공간적 알레고리"[5]로 읽어 내는 현실적 관점이 부조리극의 면모를 가진 이 소설들에 비교적 자연스럽게 적용될 수 있는 여지가 생긴 것도 그 선명한 대결 구도 때문이라고 할 수 있다.

그보다는 뚜렷하지 않지만 유사한 이원적 구조는 「안나」와 「혀」에서도 추출해 볼 수 있다. 여기에는 '극장'과 '바'가 각각 '노래방'에 대응되는 공간으로 설정되어 있다. 극장에는 서커스 단장이 있고 바에는 사장이 있다. 그 반대편에 '나'와 안나(「안나」), 그리고 '나'와 누나(「혀」)가 있다. 처음에 안'나'와 누'나'는 또 다른 '나'라고 할 수 있을 만큼 '나'와 근친적인 관계를 이루고 있었다. 그런데 단장과 사장의 압력에 의해 '나'

---

4 박솔뫼, 「안 해」, 『그럼 무얼 부르지』, 자음과모음, 2014, 59쪽.
5 김형중, 「열심히 쓰지 않은 소설」, 《문학과사회》, 2010년 겨울호, 292쪽.

와 안나, '나'와 누나의 관계는 민감하게 영향을 받으며 변화를 겪어 간다. 이야기가 흘러갈수록 안나와 누나는 점점 더 '안'나와 '누'나가 되어 가는데, 이 소설들에서 두 세계의 대립 구도는 「그때」, 「안 해」에 비해 더 극적인 상태로 귀결된다. 위협을 피해 노래방을 탈출하거나 돌아와서 보복을 하는 대신, 안나는 테이블이 되고(「안나」) 누나는 분열되는 한편 '나'는 본드를 흡입하고 몽환적인 상태가 된다(「혀」). 말하자면 상징계 내부에서 대결의 드라마가 펼쳐지는 것이 아니라, 상징계의 압력에 의해 상상계가 활성화되면서 부풀어 올라 비약적이고 환상적인 사건이 발생하고 있는 것이다.

3

이때 상징계의 압력이 성적인 형태를 띠고 있다는 것도 박솔뫼 소설에서 주목할 만한 점이다. 지금까지 살핀 네 편을 소설을 두고 생각해 보면, 상징계의 압력은 주로 남성적인 특징을 띠고 있고(「그때」, 「안 해」의 검은 옷 남자, 「안나」의 단장, 「혀」의 사장 등) 그 압력을 받는 대상은 주로 여성이거나(「그때」의 주미, 「안나」의 '나') 남성이지만 성적인 정체성이 희박한 편(「안 해」의 '나', 「혀」의 '나')이라고 할 수 있다. 더 정확히 그 지형을 살펴보면 경계선의 외부에서는 인물의 성적인 특징이 뚜렷한 반면, 그 내부의 중심으로 갈수록 성적 정체성이 희미해지는 분포를 보이고 있다. 그 상황에서 중심부에 놓인 인물들의 관계가 와해되는 징후는 성적인 운동성이 강화되는 것과 맞물려 나타난다. 가령 「혀」에서 '나'와 누나의 관계는 사장이 런던에서 살았던 적이 있다는 사실을 알게 된 이후, 그러니까 상징계로부터 유래하는 계층성의 압력이 그 관계에 가해진 이후, 미묘하게 변화하기 시작한다. 그 순간 '나'는 누나의 손을 축축하고 "긴장하고 있는 사람의 손"[6]이라고 느끼고 있다.

> 누나는 소리를 질렀다. 누나는 가쁜 숨을 쉬었다. 그리고 나를 똑바로 쳐다본 채로 말했다. "너, 바 사장이 런던에서 살았었다는 이야기 들었어? 이상해. 그리고 나 정말로 학교가 가기 싫어. 하지만 갈 거야. 정말로 갈 거야." 나는 계속 웃음이 나왔다. 누나는 주먹 쥔 손으로 내 얼굴을 쳤다. 나는 누나를 밀쳤다. (……) 누나는 무서워하고 있었다. 런던 같은 데가 있을까 봐. 런던 같은 데서 누가 살고 있을까 봐. 가 본 적도 없고 앞으로 갈 수도 없을 것만 같은데 누가 살았다고 하니까. 나는 누나가 오렌지처럼 토끼처럼 병아리처럼 작고 귀여웠다. 누나 학교도 다니지 말고 나와 본드나 마시자. 나는 팔을 풀고 본드통에 코를 대었다.[7]

'런던'이라는 강력한 상징계의 기호가 상상계적 쾌락에 빠져 있던 누나를 호출한다. '학교'는 두 세계의 중간 지점에 놓여 있는 기표일 텐데, 누나는 그 지점까지 이끌려 가서 그 경계의 기로에 서 있다. 이처럼 외부로부터 가해진 새로운 압력과 그로 인해 점증된 불안은 그 이전까지 견고하게 엮여 있던 '나'와 누나 두 사람의 관계를 요동시키고 있다. 외부의 자극에 대해 '나'와 누나는 마치 자극의 N극과 S극처럼 상반된 반응을 보이는데, 누나가 상징계의 압력에 의해 내적으로 분열되는 양상을 보이고 있는 반면, '나'는 오히려 더 자폐적으로 밀착된 관계에 집착한다. 그렇게 보면 누나의 '무서움'과 '나'의 '웃음'은 하나의 동전의 양면

---

6 박솔뫼, 「혀」, 『그럼 무얼 부르지』, 26쪽.
7 같은 글, 35~36쪽.

이라고 볼 수 있다.

그런데 '나'와 그 주위의 인물들의 성적 정체성은 희미하지만, 그럼에도 불구하고 외부의 위협에 직면해 있는 박솔뫼 소설 속 인물들 사이에서는 상당히 빈번하게 육체적인, 성적인 접촉이 일어나고 있지 않은가, 생각될 수도 있다. 그러나 자세하게 살펴보면, 이 관계에는 성적인 관능성이 희미한 편이다. 오히려 그 육체적인 관계는 그들이 나누는 친밀성의 표현 쪽에 더 가까워 보인다.[8] 위의 인용 부분에서 '나'는 누나를 '오렌지처럼 토끼처럼 병아리처럼 작고 귀여'운 대상으로 느낀다.[9] 그들사이에 육체적인 관계는 있지만 그 행위는 쾌락원칙에 의거한 것으로 거기에 현실원칙으로 인한 긴장은 없다. 그것은 오히려 그 긴장으로부터의도피에 가깝다. 그 관계에 상징계로부터의 압력이 가해질 때 그에 대한반응은 성적인 긴장을 내포하기 시작하고 그 여파가 관계에 변화를 불러일으키고 있는 것이다.

이 점이 박솔뫼 소설이 이전의 소설들과 대비되면서 갖는 새로운 겹이라고 생각되는데, 말하자면 여기에서는 남성과 여성의 이분법적 성적대립 구도를 취하거나, 이전에는 여성에 해당되던 자리에서 그것을 중성적으로 초월하는 일이 일어나지 않는다. 오히려 박솔뫼 소설의 인물들은그와 같은 관념들을 비껴가면서 "성적인 방식으로 작용하는 사회화의

---

8 「너무」, 「우리」, 「밥」, 「겨울」 등의 소설도 '나'와 남자가 이루는 친밀성의 관계를 이야기의 기본 구도로 삼고 있다. 섹스와 음식 등으로 연결된 그 친밀성의 관계를 둘러싼 외부에는 무자비하고 부조리한 폭력(「너무」)이나 원전 사고(「우리」, 「겨울」) 등의 극단적인 위협, 혹은 이미 몇 차례의 전쟁을 치른 후 우주에서 지구의 시간을 반복해서 살고 있는 꿈(「밥」)이 놓여 있다.

9 「우리」에서는 남자가 실제로 작아지는 사건이 일어난다. 남자는 '나'의 질 속에 자신의 몸 전체를 넣기도 하고, '나'는 어깨에 남자를 얹고 거리를 걸어 다니기도 하는데, 그런 행위 역시 이 글의 맥락에서는 외부의 위협으로 인한 불안 때문에 서로를 꺼안고 있는 상태와 다르지 않아 보인다. "그들의 산책과 웃음과 대화는 사실 보다 근본적인 불안을 감추기 위한 겹겹의 제스처들에 불과한 것은 아닐까"(박인성, 「박솔뫼를 위한 예언은 없을 것이다」, 『제4회 젊은작가상 수상작품집』, 문학동네, 2013, 284쪽)라는 해석도 그 점을 적시하고 있다.

압력"[10]에 이전과는 다른 방식으로 반응하고 있는데, 그들에게서 우리는 주로 젊은 세대를 중심으로 새롭게 형성되고 있는 성적 관계의 실상을 징후적으로 확인할 수 있다. 그리고 그것은 또한 상징계와 무관하게 성립된 것이 아니라 끊임없이 그에 반응하면서 유동하고 있는 이 세대의 상상계적 의식 세계의 실상을 보여 주는 사례이기도 하다.

4

지금까지 다룬 네 편의 소설과는 달리, 「해만」과 「지도」에 등장하는 '해만'[11]이라는 가상의 공간은 외부의 압력이 작용하지 않는 안온한 세계로만 이루어진 것처럼 보인다. 육지로부터 배로 다섯 시간 떨어진 섬, 그리고 그 가운데에서도 자발적으로 그곳을 찾아온 사람들이 머물고 있는 여행자들의 숙소는 현실로부터 분리된 이방인들의 자족적인 공동체의 외양을 띠고 있다. 그렇지만 그 공동체의 표면적인 안정성은 늘 그 외부의 힘에 의해 위협을 받고 있다. 어린 대학생은 부모에 의해 집으로 끌려가고, 책을 읽던 남자는 경제적 문제의 해결을 위해 다시 수도로 떠난다. 직장을 그만두고 우연히 해만을 찾은 '나' 역시 언제까지나 그곳에 머물 수는 없다. 섬에 들어왔다는 존속살해범의 풍문과 그의 여동생이라 자처

---

10 앤서니 보개트, 『무성애를 말하다』, 임옥희 역, 레디셋고, 2013, 143쪽.

11 앞서 이야기했듯이 '해만'이라는 가상공간은 박솔뫼의 소설에서 여러 차례 반복해서 등장하지만 그 과정에서 어떤 상징성이나 알레고리의 성격을 만들어 내는 것이 아니라 다만 그 소설들 사이의 연결 관계만을 구성하는 역할을 한다. 그 점에서는 실제의 공간 역시 마찬가지다. 「겨울」에서 '부산'이라는 지명은 이미 원전 사고가 일어난 곳이라는 미래의 가상적 상황의 무대가 됨으로써 그 실제성으로부터 벗어나 버린다. 「도시」에서의 '대구' 역시 실제 지명이지만 그에 대응되는 기의가 비어 있는, 껍질만 남은 기표에 가깝다고 할 수 있다. 뒤에 살펴보겠지만 '광주'만이 다소 예외적인 성격을 갖는다.

하는 서나의 존재는 그 평온한 내부를 불길한 분위기로 둘러싸고 있다.

우리는 「해만」, 「지도」에서 보이는 여행자들의 숙소를 중심에 둔 세계의 구도를 이미 그의 첫 소설 『을』에서 확인한 적이 있다. 거기에서도 낯선 이방의 도시 속 여행자들의 숙소를 배경으로 희미한 욕망만을 간직한 인물들의 삶과 관계를 바라볼 수 있는데, 그런 인상과는 달리 작가는 한 인터뷰에서 "인류는 과연 어떤 모습으로 종말을 맞을지를 상상하다가 떠올린 이미지로 써 내려간 소설"[12]이라고 『을』의 창작 동기를 밝힌 바 있었고, 구상의 단계에서 마련된 구도에 대해 다음과 같이 설명하기도 했다.

아…… 저게…… 그게…… 3년 전에 쓴 건데 두 가지 기둥이 있는데 하나는 스물두 살 때 제가 숲이 나오는 배경을 써야겠다고 생각했어요. (……) 나머지 하나는 지구 종말에 대해 써야지, 라고 생각했어요. 인류가 멸망해도 크게 나쁘지 않을 것 같은 느낌도 있는데 막 사람들 다 죽고 없는데 한 명 두 명 남게 되면 어떻게 되나 이런 식으로 인류 멸망에 대한 구도를 많이 생각했어요. 만약에 아버지랑 딸이 남는다면에 대한 이그젬플 원이 있으면, 어머니와 아들이 남는다면 하는 이그젬플 투도 있어요. 아버지랑 딸이 남는다는 것이 스스로 재미있었겠죠. 숲이랑 그게 있다면 이 두 사람이 만나려면 유동적인 공간이어야 하고 걔네가 만나는 공간이 숙박업소인 거죠. 숙박업소가 배경이 되면 여행자가 나와야 되고…… 숲과 인류 멸망 그런 식으로 맞추다 보니까 이야기가 전개된 거죠.[13]

---

12 이훈성, 「인류 종말 상상하다가 쓴 소설」, 《한국일보》, 2010년 4월 3일자.

13 고봉준 외, 앞의 글.

실제로『을』은 여행자들을 위한 호텔에 체류하고 있는 을, 민주, 씨안, 프래니, 주이 등의 인물들의 관계를 중심으로 전개된다. 그렇지만 작가는 그 이야기의 양쪽 극에 '숲'과 '지구 종말'이라는 기둥이 이미 설정되어 있었다고 밝히고 있다. 그 설정이 작가의 의도만큼 선명하게 드러나지 않고 있는 것은, 소설 속에서 '숲'은 민주가 윤과 바원과 함께하는 꿈의 배경 공간으로 등장하고 있고, '지구 종말'에서 살아남은 아버지와 딸의 이야기는 을과 씨안이 본 영화 속의 장면으로 재현되는 등 그 '두 가지 기둥'이 서사의 깊숙한 후면에 배치되어 있기 때문이다.

아침이 되었다. 카메라는 위성 화면을 보여 주듯이 텅 빈 마을, 텅 빈 도시, 텅 빈 지구를 멀리서 보여 주었다. 건물과 자동차는 그대로였으나 사람은 아무도 없었다. 여자와 남자는 어제 가져온 빵들을 역시나 정말이지 맛없게 입속에 우겨 넣고 있었다. 그러고서는 다시 흰 벽에 기대어 엉겨 붙었다. 머리카락을 붙잡고 키스했고 벽에 머리를 찧기도 했다. 그렇게 또 한참을 뒹굴던 그들은 문득 모든 동작을 멈추고 서로의 얼굴을 바라보다가 시선을 문 쪽으로 향했다. 문에는 한 젊은 남자가 서 있었다.[14]

종말의 상황 속에 남자와 여자가 남았다. 아버지와 딸처럼 보이는 둘은 지루하게 먹고 지치도록 광기에 가까운 섹스를 한다. 그 행위는 욕망이라고 하기에는 열정이 결여되어 있다. 다만 그것은 그들이 불안을 견디기 위해 나누는 몸부림에 가까워 보인다. 그런데 그들의 관계는 젊은 남자의 등장으로 인해 긴장에 휩싸인다. 그러니까 영화 속의 이 장면은 '지구 종말'의 상황을 보여 줄 뿐만 아니라 박솔뫼 소설의 기본 구도를

---

14 박솔뫼, 「을」, 자음과모음, 2010, 59쪽.

그대로 드러내는 것이기도 하다. "두 명이 있을 때는 다른 할 일이 없다는 듯 뒤엉켜 뒹굴기만 했으나 세 명이 되자 그들은 나라라도 세울 듯이 열심히 일했다."[15]라는 소설 속 문장에서도 확인할 수 있듯, 성적 긴장의 고조가 상징계의 활성화와 동시에 발생하고 있는 것이다.

『을』에서의 여행자들을 위한 호텔과 「해만」, 「지도」에 등장하는 숙소를 겹쳐 바라봄으로써, 우리는 박솔뫼 소설 전체의 맥락에서 '해만'이라는 공간이 놓여 있는 더 넓은 범위의 지형을 짐작해 볼 수 있다. 안온한 듯 보이는 숙소 내의 공동체 속 인물들 사이에서 발생하는 긴장과 갈등은 더 완전한 세계에 대한 동경이나 이 세계마저 종말에 이를지도 모른다는 근원적 불안이라는 외부의 진원으로부터 유래하는 것이다.

이 구도는 이후에 발표된 소설들에서 더 분명하게 확인되고 있기도 하다. 「겨울」은 '해만'과 '부산'이 등장한다는 점에서 「해만」, 「지도」에 직접 연결된 이야기이다. 지금 해만에 머무르고 있는 '나'는 몇 년 전 K시의 극장에서 본 다큐멘터리 영화를 떠올린다. 그 영화 속에서 부산은 원전 사고 이후 폐허가 되어 버린 가상적 공간으로 제시되어 있고, 그로 인한 불안은 멀리 K시에 있는 '나'와 남자의 관계에까지 침투해 있다. 이렇게 본다면, '해만'이라는 공간 역시 종말의 감각(실재계)을 배경으로 펼쳐지는 상상적 의식 세계와 상징적 현실 사이의 역동적인 긴장의 드라마가 상연되는 '극장'이라고 할 수 있다. 그 긴장은 다음과 같은 상상계적 관계의 충만함에 대한 상상을 다시 불러온다.

나랑 서나랑 너랑 그리고 또 누가 있지? 숙소에 있는 내 친구? 아니면 젊은 목사? 아니면 너 친구 아무나 그렇게 넷이서 살면 좋지 않을까? 우리는 하

---

15 같은 책, 60쪽.

루 종일 피곤하게 일을 하거나 돈을 벌거나 그렇게 살다가 밤에 집으로 돌아와 넷이서 꼭 껴안고 사는 거야. 다른 거는 안 해. 껴안는 거만 하고 그렇게 껴안고 자는 거. 그러면 다음 날도 행복해지고 우리는 힘들지 않을 거야 계속 계속. 우리는 부족한 것이 없을 거야. 계속 계속 아주 오래 행복할 거야.[16]

여기에서는 '나'가 서나와 맺는 관계의 추이가 앞의 소설들과는 반대의 방향으로 흘러가고 있다. 존속살해범의 풍문으로 인해 불안을 내포하고 있던 '나'와 '서'나의 관계는 우석을 매개로 연결되어 결국에는 위에서 보는 것처럼 상상적 관계 속에서 마치 하나의 덩어리처럼 밀착되기에 이른다. 이 관계의 집합에는 '안 해'라는 삶의 방식에 공명하는 '아무나' 소속될 수 있으므로 서나조차도 예외일 수는 없다. 그 상상 이후 한 번도 깨지 않은 잠 속에서 웃으며 등장하는 서'나'를 보고 '나'는 왠지 아는 얼굴 같다고 생각하는 것이다.

5

'노래방'(「그때」, 「안 해」), '극장'(「안나」)과 '바'(「혀」), 그리고 '해만'(「해만」, 「지도」) 등은 표면상으로는 현실 속 공간의 형상을 취하고 있지만 실제적 위상은 상상계 쪽에 더 가깝다고 할 수 있다. 그 소설들에서는 내적인 은밀함을 공유하는 상상계적 공동체를 중심에 놓고 그 외부를 둘러싸고 있는 상징계의 압력을 추상적인 형태로 대비시키고 있었다. 그러니까 상징계 자체에 무게가 놓여 있다기보다, 그것은 상상계에 대한 압력으로서의

---

16 박솔뫼, 「지도」, 『그럼 무얼 부르지』, 198쪽.

의미가 더 강하다고 할 수 있다. 그렇기 때문에 이 상징계의 압력은 구체적인 현실성을 결여하고 있다. 박솔뫼 소설의 인물들은 상징계의 영향을 받지만 그럼에도 그들의 의식 세계는 그 영역에 머무르기보다 상상계 쪽으로 밀착되거나 아니면 반대로 그 너머의 실재계의 감각에 이끌리는 특성을 드러낸다.[17]

그런 맥락에서 「그럼 무얼 부르지」(이하 「그럼」)는 이 책에 실린 소설 가운데에서 이채를 띠고 있다. 여기에서는 상징계의 압력이 '광주'라는 역사적 사건을 형식으로 하여 구체적으로 나타나고 있기 때문이다.

샌프란시스코를 여행 중이던 '나'는 한 대학 근처에서 한국어를 배우는 모임에 우연히 참여하게 된다. 거기에서 사람들은 1980년 5월의 '광주'에 관해 토론하고 있는데, 그들을 바라보면서 '나'는 자신과 그들 사이에 '몇 개의 장막'이 가로놓여 있다고 느낀다.

> 그 시는 김남주의 「학살 2」였다. 한국어와 영어로 각각 타이핑된 그 시는 외국 사람의 시 같았다. 60년대 후반 멕시코나 칠레의 대학에 군인들이 들어섰을 때 그것을 숨죽이며 지켜본 누군가 쓴 것 같았다. 거리에서 사람들이 사라지는 것을 보게 된 누군가 그 누군가가 쓴 것 같았다. 게르니카에 대한 글 같았다. 1947년의 타이페이에 대한 글 같았다. 밤의 골목에서 누군

---

17 상징계가 약화된 현실적 상황에서 상상계와 실재계가 가깝게 맞닿게 된 장면에 대한 생각은 아즈마 히로키의 「우편적 불안들」에서의 논의에 의거한 바가 크다(東浩紀, 「郵便的不安たち」, 「郵便的不安たち」, 河出書房新社, 2011, 50~109頁 참조). "미니멀리즘과 영원회귀로 이루어지는 플롯"(박인성, 앞의 글, 284쪽)이라는 구도 역시 그 맥락을 다른 방식으로 표현하고 있다고 생각된다. 아즈마 히로키는 이른바 오타쿠 세대의 의식 세계를 규명하기 위해 그와 같은 구도를 고안했지만, 박솔뫼 소설에 등장하는 인물들을 보면 그 특징은 어느새 그 세대에만 한정된 것은 아닌 듯싶다. 가령 「백 행」에 나오는 원대와 규대 형제의 부모는 성매매를 생업으로 하지만 그들의 일상은 그 전형에서 벗어나 매우 평범하게 그려지고 있다. 목사 출신인 윤희 아버지 역시 그렇다. 그들 역시 상징계에 대한 소속감은 옅고, 상상계와 실재계 두 극에 의해 분열된 면모를 드러내고 있어 보인다.

가 얻어맞는 시였다. 누가 때렸다고 하는 시. 누군가가 때리고 누군가는 맞고 죽이는 사람이 있으며 죽는 사람이 있다. 그리고 우는 사람은 아주 많다. 그런 시였다.[18]

이 소설은 미체험 세대가 '광주'라는 사건에 대해 갖는 솔직한 역사적 태도를 드러내고 있다는 점만으로도 문제적이라고 할 수 있지만, 이 글의 맥락에서 역사적 감각의 결여는 조금 다른 차원에서 설명될 수 있다. 그 역사적 사건은 상징계의 방향으로부터 온 것이지만, 박솔뫼 소설의 인물에게 그 영역은 추상화되어 있어 실체적 부피감이 옅기 때문에 실재계에 대한 감각과 직접적으로 맞닿아 있다. 사건의 역사성이 소진된 상황에서 성장한 '나'에게, 비록 그곳에서 태어났다고 해도 '광주'는 시간성과 공간성을 잃은 채, 위의 장면에서 보는 것처럼 일종의 미디어적 사건과 같이 존재하는 것이다.[19]

그런 이유로, 언어와 문화는 제한적으로만 공유하고 있는 '나'와 해나는 그 불안만은 온전하게 나누어 가지고 있다.

우리는 머리를 맞대고 읽었다. 김정환의 「오월곡(五月哭)」이라는 시였다. 우리는 검지를 한 줄 한 줄 밀었다. 나의 검지 옆에 해나의 검지가 움직였다. 나의 검지는 해나의 검지를 밀듯이, 해나의 검지는 나의 검지에 붙어 있는

---

18 박솔뫼, 「그럼」, 『그럼 무얼 부르지』, 144쪽.

19 첫 소설집에 실린 소설들 이후, 최근 「우리」나 「겨울」에 등장하는 '원전 사고' 역시 이 맥락에서 보면 사회적인 사건이면서 동시에 자아로 하여금 세계의 종말을 떠올리게 만드는, 상징계 너머와 맞닿아 있는 사건이라고 할 수 있다. 그 모티프의 발생 지점을 되돌아보는 대목에서 박솔뫼는 "원자력의 실태를 다룬 글을 읽다 고개를 들자, 눈앞의 세계와 읽고 있던 글의 간극이 느껴져 도무지 실감이라는 것을 할 수 없었던 것이다."(「오늘의 작가 — 박솔뫼」, 《세계의 문학》, 2011년 가을호, 444쪽)라고 적은 바 있는데, 그 '간극'은 원자력의 문제가 현실 속 사건으로서보다 그것과 떨어져 있는 실재계의 사건처럼 감지되고 있는 순간을 보여 주는 표현이라고 생각된다.

듯한 모양으로 움직였다. 우리가 시의 끝 부분인 "은밀한 죄악의 밤조차 진저리 쳤던 대낮이었습니다."라는 부분에 이르자 두 검지는 종이를 두드렸다 툭툭 하고. 서로의 손가락도 두드렸다. 손가락을 두드릴 때는 종이를 두드릴 때 같은 소리가 나지 않는다. 나는 펜을 꺼내어 이전에 해나가 했던 것처럼 줄을 그었다. "우리들 가난의 공동체여"라는 부분과 "제3세계여 공동체여"라는 부분이었다.[20]

'나'와 해나는 검지를 붙여 한 줄씩 시를 밀며 친밀성의 관계를 구축한다. 그리하여 서로의 손가락을 두드리는 장면에까지 이르고 있다. 이과정에서 해나는 '해'나로부터 해'나'로 그 성격이 전환된다. 그런데 이소설은 이 상상적 관계의 성립으로 이야기를 마무리하지 않는다. 위의장면의 끝 부분은 다음처럼 이어진다.

공동체는 community, 제3세계는 third world 해나는 영어로 적는다. 공동체와 제3세계는 몹시 세계 공용 단어 같아서 그 두 단어에 밑줄을 그은 김정환의 시는 김남주의 「학살 2」처럼 꼭 광주의 이야기만은 아닐지도 몰라 이건 60년대 남미의 이야기일지도 모르지 하는 생각이 들게 했다. 모든 명확한 세계들이 내게서 장막을 치고 있었다. 해나는 그때 버클리 대학 근처 카페에서 누군가 광주가 어디 있지? 하고 물었을 때 광주의 위치를 정확히 짚었다. 아까의 그 검지로, 대충 그린 한국의 지도에서 여기야 하고 광주를 짚었다. 누군가 massacre의 뜻도 물었는데 또 다른 누군가는 쉽게 설명해주었어. (……) 나는 그런 명확한 세계에 없었다.[21]

---

20 박솔뫼, 「그림」, 『그럼 무얼 부르지』, 158쪽.
21 같은 글, 158~159쪽.

시간적으로도 멀리 떨어져 있고 사회적 상황도 변화해서 '광주'가 마치 미디어적 사건처럼 체험된다고 해도, 그 시공간적 규정성으로부터 '나'가 완전히 벗어날 수 없다는 사실을 감각하는 순간을 위의 장면에서 확인할 수 있다. 이처럼 해나와 '나'가 공유하지 못한 언어, 즉 상징계적 차원의 문제는 둘 사이의 상상계적 관계에 다시금 균열을 도입한다. 그러니까 이 소설에서 상징계의 여파에 의해 상상계적 관계가 변화하는 양상은 앞서 살펴본 소설에 비해 더 복합적이다. 말하자면 그것은 '해'나→해'나'→'해'나→……로 지속되는 왕복운동 속에 놓여 있는 것이다. 그 어느 중간 지점에서 '나'는 다음과 같이 잠정적으로나마 명료한 상태에 머무르고 있다.

다만 내 앞으로는 몇 개의 장막이 쳐져 있고 나는 그 앞으로 직선으로 나아갈 수 없다는 것, 그것만은 확실하다는 이야기다. 나는 3년 정도의 시간은 하나로 볼 수 있으며 3년 전은 3년 후의 시선으로 볼 수 있으며 그러므로 나는 모든 시제를 지울 수 있으며 그렇게 볼 수 있는 시간들은 점점 늘어나지만 나의 시선은 김남주가 이야기한 "광주 1980년 오월 어느 날"에는 가 닿지 않는다는 말인데 이건 좀 신기할 수도 있지만 실은 당연한 이야기다 확실한 이야기이다. (……) ####년 광주 시멘트 건물 회색 복도 오월 마지막 남은 며칠, 그것은 역시나 내가 모르는 시간으로 내가 더하거나 내게 겹쳐지지 않는 시간들이었다.[22]

미디어가 지배적인 영향력을 발휘하는 상황에서 현실의 시간과 공간의 의미는 옅어진 것이 사실이다. 과거나 미래의 이미지들은 더 이상 기

---

22 같은 글, 167쪽.

억이나 상상 속에 머물러 있지 않고 언제든지 미디어에 의해 재현될 수 있다. 그리고 그것은 이미지라는 점에서 보면 현재의 이미지와 구분되지 않는다. 그런 식으로 '볼 수 있는 시간들은 점점 늘어나'고 있다. 그러나 그럼에도 '나'의 시선은 '광주 1980년 오월 어느 날'에는 가닿지 못한다. 여기에서 '나'의 시선이 도달할 수 없는 지대가 있다는 사실의 확인은 역사에 대한 인식의 한계를 체념적으로 수긍하고 있다기보다, 미디어에 의해 현실적 시공간이 해체되는 상황 속에서도 그것으로 해소할 수 없는 역사성의 존재를 분명하게 자각하는 것이라 볼 수 있다. 이 지점에서 우리는 상징계에 대한 부정과는 반대 방향으로 작용하는 어떤 지향성을 감지할 수 있다.

6

상징계가 약화되는 상황 속에서 그에 대한 반응은 대체로 상상계나 실재계가 비대해지는 양상으로 나타나는 것이 일반적이지만, 박솔뫼 소설의 독특함은 그와 같은 동시대 의식의 현상을 징후적으로 보여 주면서도 그 추세에 편승하여 상징계의 현실을 벗어나 버리는 방향으로 쉽게 나가지는 않는다는 점에 있다. 젊은 세대임에도 기특하게 역사적 사건이나 사회 현상에 관심을 기울이고 있다기보다, 근본적으로 그의 시선은 그 심역들 사이에서 일어나는 힘의 작용과 관계의 실상을 정확하게 바라보고 있는 것이다.

이렇게 본다면, 과격하게 해체적이거나 파괴적이지는 않으면서도 오히려 무정부주의적인 반항보다도 더 불온한 방식으로 문법적 규범으로부터 이탈하고 있다는 인상을 주는 박솔뫼 소설의 문체 또한 그와 같은 구도에 대응되는 것이라고 할 수 있지 않을까. 예를 들면 다음과 같은 문체.

> 지난 토요일 안나와 나는 영화를 보러 갔다. 안나는 육 년 전 내가 쓴 소설의 모티프가 된 인물로 주위 사람들이 차례로 모두 죽고 난 후 혼자서 살고 있는 친구다. 안나가 소설의 모티프가 된 데에는 일가친척이 차례로 죽었다는 비극성에 있지만 아마 내가 다시 안나를 주인공으로 소설을 쓰게 된다면 백치미와 불안감을 온몸으로 풍기지만 정작 본인은 평안하기만 한 인물이 등장하는 소설을 쓸 것이다. 실제의 안나처럼. 이렇게 쓰고 보니 이건 너무 전형적인 여자 주인공이네라는 생각이 들어 관둬, 안 써 하는 기분이 되었다. 나는 안나에 대해서라면 늘 '꼭 그런 것만은 아니야'라고 말하고 싶어졌는데 무슨 말이냐면 그러니까 안나는 그다지 전형적인 인물이 아니라니까.[23]

박솔뫼 소설의 문장들은 무의식과 의식 사이를 관통하면서 새롭게 생성되고 소멸하는 매 순간의 주체가 남긴 서로 다른 내용과 형식의 사유와 발화를 하나의 시점에서 통합하지 않고 그것들이 존재했던 상태 그대로 접합하여 하나의 프레임 안에 노출시키고 있다. 왜 이런 문체를 선택하지 않으면 안 되었던 것일까.

> 몇 년 전부터 자주 하는 생각은 많은 언어는 점령되어 있다는 것이다. 점령된 언어를 계속해서 쓰면서 하고자 하는 말을 할 수도 있지만, 나는 그게 잘 안 되는 쪽이고 그보다는 안 쓰는 쪽을 택한 것에 가깝다.[24]

---

23 박솔뫼, 「안나」, 『그럼 무얼 부르지』, 203~204쪽.
24 박솔뫼, 「코드프레스에 관한 몇 가지 생각들」, 《인문예술잡지 F》 제7호, 2012. 10, 138쪽.

상징계의 규범적 언어에 대해 회의하고 있는 주체는 매번의 발화의 순간 상상계와 상징계 사이에 분열되어 있다. 그렇기 때문에 객관적인 서술체 사이에서 구어체가 불규칙적으로 출몰하는 현상은 상징계의 압력을 마주하여 나타나는 상상계 속 자아의 불안정한 상태를 반영하고 있다고 할 수 있을 것이다. 그런 방식으로 박솔뫼 소설의 인물들은 의식과 무의식에 걸쳐 유동하고 있는 자아의 상태를 문체의 형식을 통해 드러낸다. 혹은 그 분열된 자아들을 통합할 수 있는 발화의 자리를 결여하고 있는 상징계의 무기력을 드러낸다고도 할 수 있을 것이다.

그럼에도 여기에서 '안 쓴다'는 표현의 의미는 단순한 부정을 뜻하지는 않는다. 오히려 '그대로 따르지는 않는다'는 의미에 더 가깝다고 할 수 있다. 그리고 그 점령된 언어 가운데에는 상상계를 특권화하면서 상징계를 관념적으로 비판하는, 이미 익숙한 방식도 당연히 포함될 것이다. 그렇다면 점령되지 않은 언어에는 어떻게 접근이 가능한가.

그 순간을 떠올리는 것으로 나라는 사람이 말로 싸울 수 있는 사람일지도 모른다는 확신을 얻는다. 어쩌면 용기를 얻는지도 모른다. 그런데 왜 말로 싸웁니까? 오염된 말로부터 나의 말을 지켜야 하니까요. 오염된 말은 무엇입니까? 오염된 말은 그저 적당한 말입니다. 아? 그저 적당한 말이라, 그렇다면 당신의 말은 오염된 말이 아닙니까? 싸우고 있는 한은 오염되지 않았다고 말하겠습니다. *(아닌가······.)*[25]

외부로부터 자극되어 생성된 의식은 그 자체로 자명한 듯 성립되지만, 얼마 지나지 않아 내부로부터 들려오는 목소리와 마주한다. 그 목소

---

25 박솔뫼, 「부산」, 《문학들》, 2012년 봄호, 168쪽.

리는 검열관처럼 '나'의 의식의 정당성을 심문한다. 그런데 이 초자아의 심문에 대답하는 과정에서 자아는 자신도 모르는 사이 상징계의 '점령된 언어'를 통해 발화하고 있는 자신을 발견하게 된다. 그 사실이 의식되는 순간 상상계의 자아가 다시 등장하여 이탤릭체 형식의 회의적인 발화를 통해 지금까지의 맥락을 무화시키고 있다. 두 자아 사이의 간격은 회의의 강도에 따라 일시적으로 좁혀질 수 있지만 근본적으로 봉합되지 않는다는 사실을 박솔뫼 소설 속 인물들은 분명하게 자각하고 있다. "나에게는 몇 가지 말이 있고 말의 지평을 넓히는 말 그런 말을 가지고 있고 A는 연극으로 찾는다는 그것을 나 역시 찾으려 걷고 있다."[26]라는 대목에서 보듯, 그는 부정보다는 확장의 방식에 의거하여 그 점령되지 않은 언어를 찾아가고 있는 자신의 상황을 인식하고 있는 것이다.

그러하기에 박솔뫼 소설은 상징계의 언어를 관념적으로 부정하면서 자동기술적인 서술로 일관하지 않는다. 상상계의 상태를 표현하면서도 그 방향으로만 계속 진행해 나가는 것이 아니라 그다음 장면에서는 규범적인 발화의 궤도로 복귀하고 있다. 박솔뫼 소설은 규범과 비규범의 상태 한 곳에만 머무르거나 그 둘을 지양하지 않고, 두 극 사이의 왕복운동을 그대로 문체화하고 있는 것이다.

모더니즘의 스타일과 리얼리즘의 주제가 하나의 이야기 안에서 긴장을 이루며 양립하고 있는 박솔뫼 소설의 면모 역시 그처럼 상상계와 상징계를 왕복하는 의식의 운동 속에 시선을 두고 자신과 세계를 바라보는 태도로부터 비롯했다고 할 수 있다. 그렇기 때문에 그의 소설이 전개의 과정에서 점차적으로 획득하는 듯 보이는 현실에 대한 태도는 어떤 외부의 이념에 의거한다기보다 내부의 회의가 빚어낸 공백을 소거해 내고

---

26 같은 글, 171쪽.

남은 단단한 의문의 결과라고 할 수 있을 것이다. 그 의문이 이끌어 가는 방향이 어떻게 펼쳐질지 기대하는 마음으로 앞으로 다시 이어질 박솔뫼의 새 소설을 기다려 본다.

삶의 끝으로부터 현상하는 소설
— 백민석론

1 10년 만에 다시 만난 백민석의 소설 「혀끝의 남자」

10년 만에 돌아온 백민석의 소설이 실렸다고 해서 그 문예지(《문학과 사회》, 2013년 겨울호)가 출간되자 그의 소설부터 먼저 찾아 읽었다. 한 남자의 인도 여행의 여정을 담고 있는 「혀끝의 남자」라는 제목의 그 소설은 내가 기억하고 있던 백민석의 소설과는 다른 느낌으로 읽혔다. 그럼에도 그 소설이 인도를 배경으로 삼고 있다는 사실은 그가 한참 전에 썼던 『러셔』(2003)를 떠올리게 만들었다. 왜 인도 여행기를 읽고 먼저 떠오른 것이 미래의 도시와 가상 사막을 배경으로 한 SF였을까. 『러셔』의 작가 후기에 나오는 다음 대목이 그 이유를 말해 준다.

이 소설은 지난 1999년에 씌어졌다. 시기적으로 『목화밭 엽기전』의 뒤에 위치한다. 그 전해에 인도 여행을 했다. (다른 이들이 흔히 그러듯이) 나는 그것으로 여행소설이나 쓸까 했다. 그래서 일지도 기록하고, 되지도 않는 플롯을 짜보기도 했다. 행인지 불행인지, 나는 그 정도 짧은 여정으론 본격적인 글을 쓸 수 없다는 사실을 금세 깨달았고, 결국 그 여행에서 얻은 감상들은 이 깔끔한 SF 소품이 되어서 나왔다. (왜 하필 SF였는지는 지금도 수수께끼다.) 가상 사막 샘 샌드 듄이나 마켓들의 상반된 풍경들, 계급 구조, 몇몇 인물들의 묘사는 그 여행에서 구해졌다.[1]

그때 「혀끝의 남자」가 있었다면 이런 후기는 굳이 필요하지 않았을지도 모르겠다. 인도라는 공간, 그리고 그와 유비적 관계를 이루는 한국이라는 현실을 고려하고 읽으면 『러셔』는 SF라기보다는 현실에 대한 작가의 의식이 투영된 알레고리로 이해될 여지가 훨씬 넓어진다. 그런데 여행 직후인 그 당시에는 SF 형태로 굴절되어 표현될 수밖에 없었던 그 체험이 15년이 지나서야 비로소 사실적인 외양을 띠고 나타난 것이다. 그리고 그 시간적 간격에는 10년 동안의 글쓰기 공백이 포함되어 있다.

그렇다면 그때는 무엇이 인도 여행 체험의 사실적 표현을 가로막고 있었을까? 정말 짧은 여정 탓이었을까? 그런데 그렇다면 어째서 SF라는 형태로는 표현이 가능했는가? 그랬던 것이 또 무슨 연유로 10년이 훨씬 지나서는 어느 정도 여행 소설의 모습을 띠고 외화될 수 있게 되었는가? 이 물음들을 한꺼번에 만족시킬 수 있는 대답을 찾기는 어렵겠지만, 다만 인도 여행이 불러일으킨 어떤 생각과 이미지들이 그 당시의 작가에게는, 특히 사실적인 형태를 통해 겉으로 드러내기에는 적절하지 않았기 때문이었을 것이라는 사실은 짐작해 볼 수 있다. 실체를 알 수 없는 의식과 정념의 덩어리들이 어느 정도 해소된 현재의 상황에서 비로소 그 경험은 소설적인 형식에 담길 수 있게 된 것일 터이다. 소설에서는 무엇을

---

1 백민석, 『러셔』, '작가의 말', 문학동네, 2003, 203쪽.

이야기하는가보다 그것을 어떻게 이야기하느냐가 주제와 관련하여 더 큰 의미를 띠는 법이라는 사실을 고려하면, 동일한 기원으로부터 파생된 서로 다른 판본이라고 할 수 있는 두 소설은 사실 다른 이야기라고도 볼 수 있다. 이야기의 모티프는 동일하지만, 그 모티프에 얽혀 있는 의식은 10년에 걸친 시간의 양극에 대응되는 서로 다른 것이라고 할 수 있기 때문이다. 그렇게 본다면, 「혀끝의 남자」는 예전 이야기의 변주이면서도 엄연히 새로운 소설이라 볼 수 있지 않을까. 10년 만에 발표된 백민석의 소설을 읽고 난 즈음의 감상은 익숙함과 낯섦이 교차하는 그 느낌의 언저리에서 맴돌았다.

2 익숙함과 낯섦 사이의 소설들

얼마 후 「혀끝의 남자」를 표제작으로 삼은 그의 새 소설집(『혀끝의 남자』, 2013)이 출간되었다는 소식을 듣고 역시 찾아 읽었다. 맨 처음에 실린 표제작과 그동안의 잠적과 귀환의 내력을 담담하게 기술한 마지막의 「사랑과 증오의 이모티콘」 사이에 수록된 일곱 편은 10년 전에 이미 발표했던 소설을 고친 것이어서 낯이 익었지만, 그럼에도 역시 그때와는 다른 느낌으로 읽혔다.

두 번째로 실려 있는 「폭력의 기원」의 원형은 그가 문단에서 홀연 종적을 감추기 직전에 발표했던 「기원(起源), 작은 절골」(《창작과비평》, 2003년 가을호)이다. 처음 이야기의 후반, 그러니까 화자의 성장이 이른 한 지점에서 변화한 새로운 현실적 상황을 두고 그 연원을 설명하며 '믿거나말거나박물지社'를 도입한 부분이 제외된 점을 비롯한 몇 대목을 빼면, 두 판본은 그렇게 많은 차이를 갖고 있지는 않다. 이 차이 역시 이 글의 뒷부분에서 다시 살펴보겠지만, 그보다 더 의미 있는 문제는 그에 앞서 「기원(起源), 작은 절골」과 『헤이, 우리 소풍 간다』(1995) 사이에 가로놓여 있었다고 해야 할 듯하다. 「기원(起源), 작은 절골」을 통해 우리는, 작가가 발표한 첫 책이기도 한 『헤이, 우리 소풍 간다』를 낳은 경험적 근거를 확인할 수 있었기 때문이다. 그러니까 이 두 이야기 역시 근본적으로는 같은 대상, 그러니까 '홍제4동'에서 보낸 유년기의 체험을 모티프로 공유하는 상호텍스트라고 할 수 있다. 다만 『헤이, 우리 소풍 간다』에서 유년의 현실은 만화영화 캐릭터로 표상되는 허구적인 판타지와 그 이면의 굴절된 의식에 둘러싸여 매우 불투명하게 드러나 있다. 소설 속의 다음 대목은 그 이야기의 성격을 자기 지시적으로 언급하고 있는 것으로 이해할 수 있다.

마지막 사이키 조명과 함께 흘러나오던 곡은 Tadd Dameron의 〈Fontainebleau〉를 컴퓨터 음악을 이용해, 기이하고 기계음적인 느낌이 들도록, 편곡한 것이었다. 원곡의 기본은 그대로 두고, 거기에 기계 소음 같은, 불협화음들을 좀 섞은 것이었다. K의 주문이었다. (……) 극에 쓰일 몇 곡의 재즈들을 고를 때도 그런 기준을 사용했다. 불협화음이 있을 것, 음울하고 약간은 고상한 느낌이 날 것, 플라스틱 LP판에서 그대로 녹음을 떠, 스크래치의 칙칙거리는 소음들이 그대로 살아 있게 할 것, 그렇게 해서 공연에 쓰인 열댓 곡의 재즈음악들은 하나같이 불안에 떨고 어떤 불길함으로 끓어오르는 듯한 효과를 가져오게 되었다.[2]

『헤이, 우리 소풍 간다』에 삽입된 K의 연극 〈꿈, 퐁텐블로〉[3]에서 사용

---

2 백민석, 『헤이, 우리 소풍 간다』, 문학과지성사, 1995, 189~190쪽.
3 〈꿈, 퐁텐블로〉는 1993년 11월 백민석 작, 김동현 연출로 극단 작은신화에 의해 실제 공연된 연극의 제목이기도 하다.

되고 있는 음향효과의 방식과 그것이 빚어내는 불안과 불길함의 분위기는 소설의 저변을 흐르는 기조 저음을 이루고 있다. 그런 효과가 불가피했던 이유는, 그가 표현하고자 하는 것이 대상 그 자체라기보다는 그 대상과 얽혀 있는, 상징화되지 않은 어떤 것이었기 때문일 것이다. 그런 의미에서 그 이야기는 "언어적 고아들"[4]에 의해 쓰인 것이라고 할 수 있다. 그렇기 때문에 그 위에 구축된 이야기 역시 "자신에겐 소름 끼치는 현실 자체였지만, 사내애에겐 잠꼬대나 다름없을", "자신의 귀엔 더할 나위 없이 뚜렷하지만, 사내애의 귀엔 빌어먹을 은유나 환유의 부서진 퍼즐처럼 들릴",[5] 불투명하기 짝이 없지만 그럼에도 틀림없이 주체의 단독적인 세계에 의거했다는 강한 실감을 동반하는 독특한 질감을 갖고 있다.「기원(起源), 작은 절골」에서, 그리고「폭력의 기원」에서 우리는 그 의도적인 불협화음이 가라앉은, 상대적으로 투명한 육성을 들을 수 있는데, 여기에서도 이야기에 나타난 서술 형식의 변화는 그보다 더 심층에서 이루어진 의식의 변화에 대응되는 것으로 볼 수 있다.

　　나는 하우라 대교에서 내려, 걸어서 다리를 건넜다. 곧 콜카타 시내였다. 태양이, 태양이…… 하지만 태양은 내가 하고 싶은 말이 아니었다. 해야 할 말도 아니었다.
　　그렇지만 나는 무슨 생각인가 하고 무슨 말인가 해야 했다. 다만 그게 뭔지 알 수 없을 뿐이었다. 한 시간이나 사이클릭샤를 타고 오며 본 것들, 가이드북에도 나오지 않는 빈민가에서 얻은 인상들…… 그것은 인도에서의 첫날밤에 본 구겨진 소년처럼 십 년, 이십 년 뒤에도 발작처럼 찾아올 기억들,

4　백민석,「헤이, 우리 소풍 간다」, 316쪽.
5　백민석,「목화밭 엽기전」, 문학동네, 2000, 117쪽.

기억의 질병들, 병든 기억들이었다. 그것이 내가 하고픈 말이었고 해야 할 말이었다.[6]

『헤이, 우리 소풍 간다』에서 K는 "왜, 내 그리워하는 것들의 얼굴은 다들, 끔찍한 것일까?"[7]라고 탄식한다. 그에게 과거의 시간은 그리움과 끔찍함의 양가적인 감정에 둘러싸인, 여전히 정면으로 마주하기 힘든 타자이다. 그렇기 때문에 인공적인 스크래치를 통해 발생하는 불협화음의 차폐물을 요구할 만큼, 외부를 의식하면서도 스스로에게조차 불투명한 욕망에 이끌리고 있었던 것이다. 그 초기 소설의 세계에 비해, 「혀끝의 남자」의 한 대목인 위의 인용부에서는 오히려 판타지를 걷어내고 대상 속에서 '기억의 질병들'을, '병든 기억들'을 자기분석적으로 직시하는 의식의 시선을 확인할 수 있다. 이 시선의 투명성이 10년 동안의 글쓰기의 공백을 전후로 하여 더 뚜렷해졌다는 점이야말로 백민석 소설에 나타난 중요한 변화라고 할 수 있을 듯하다.

이렇게 보면, 백민석에게 소설은 하나씩 분리된 개별체라기보다 반복과 변주를 통해 하나의 과정을 전개시켜 나가는 연속적인 흐름의 한 지점에 더 가까운 것이다. 『혀끝의 남자』에 실린 소설들이, 새로 쓴 것이든 고쳐 쓴 것이든, 익숙함과 낯섦의 상반된 표정을 동시에 보여 주고 있는 것 역시 그 때문이라고 할 수 있다.

---

6 백민석, 「혀끝의 남자」, 『혀끝의 남자』, 문학과지성사, 2013, 36~37쪽.
7 백민석, 「헤이, 우리 소풍 간다」, 148쪽.

3 소설 발생의 기원에 놓인 폭력

백민석의 소설 세계는 그처럼 반복과 변주를 통해 하나의 의식이 변화하고 성장해 나가는 일련의 과정을 보여 주고 있는데, 그 의식의 파노라마의 발생적 기원에는 '공포'와 그로 인한 '폭력'이 자리 잡고 있다. 백민석은 예전에 어느 산문에서 "잠재된 공포는 글쓰기에 분열을 가져온다. 단어를 바꿔치기 하고 문장과 논리에 허점을 뚫어놓는다."[8]라고 적은 바 있다. 공포는 의식 속에 분열을 발생시키는데, 문제는 그 분열이 다시 끔찍한 공포의 표정을 짓게 된다는 사실에 있다.

　내가 그 말을 누구에게 들었지? 스크린에 흠집투성이 얼굴로 나타나던 어떤 배우에게서 들었나? 생존을 심각하게 위협당해 본 사람은 안다고, 세상이 얼마나 공포스러울 수 있는지. 그리고 또한 안다고, 그 자신이 세상에 얼마나 공포스러운 존재가 될 수 있는지.[9]

바로 거기에서 폭력이 순환되는 고리가 생성되고, 그것은 백민석 초기 소설의 중요한 한 가지 모티프를 이룬다. 그런데 이때의 '폭력'은 사회적인 것이기에 앞서 우선 개인의 의식 내부의 문제로서 나타나는 것이다. 공포와 그로 인한 폭력은 외부로 투사되기에 앞서 의식 내부에서 하나의 세계를 이루고 있다. 그 끔찍한 세계는 그것을 밖으로 꺼냈을 때 사람들을 놀라게 할 수 있지만, 그에 앞서 우선 그것을 의식에 담고 살아가야 하는 주체를 심각하게 괴롭히는 것이다. 스스로가 공포의 주체라

8　백민석, 「사건들, 공감을 바라며」, 『아웃사이더_05』, 아웃사이더, 2001, 66쪽.
9　백민석, 「진창 늪의 극장」, 『장원의 심부름꾼 소년』, 문학동네, 2001, 182쪽.

는 사실 역시 그를 고통스럽게 만드는 자기모멸적인 자의식의 근원이다. '무서운 아해'는 사실 '무서워하는 아해'의 다른 표정이었던 것이다. 어떤 의미에서 백민석의 초기 소설의 대상은 체험 그 자체라기보다 그 체험이 불러일으켜 주체의 외부와 내부 양방향으로 작동하는 공포(폭력)의 의식이라고 할 수 있다.

이처럼 상반되는 두 대극이 주체 속에 모순적으로 공존하는 실상이 백민석 소설의 기본적인 구도를 이루어 왔다. 앞서 살펴본 것처럼 『헤이, 우리 소풍 간다』에 등장하는 박스바니, 딱따구리, 새리, 일곱난장이 등등의 만화 캐릭터들이 그 이면에 미친 속성을 내포함으로써 대중문화의 양면성이라는 사회적 계기와 연결되면서도 인간의 분열된 존재성을 드러내고 있었다면, 좋은 냄새와 지독한 냄새를 번갈아 풍기는 한창림을 비롯하여, 심한 조울증을 반복하는 그의 아내 박태자, 왜소한 체격과 연약한 인상의 폭력단 보스 펫숍 삼촌 등 『목화밭 엽기전』(2000)의 인물들 또한 그 구도를 전형적으로 체현하고 있다. 그런 의미에서 백민석의 말처럼 『목화밭 엽기전』은 "『헤이, 우리 소풍 간다』의 늘어진 한 끝"[10]이라고 할 수 있다. 귀환 후 가진 대담에서 오래전부터 구상해 왔다는 장편과 관련하여 백민석이 제시한 "둘 다 살(殺) 자가 들어가고 멀쩡한 생명을 빼앗는다는 점에서, 자살과 살인은 서로 다르지 않다."[11]라는 생각 역시 그 '늘어진 한 끝'일 것이다.

「혀끝의 남자」에서 '나'에게 강렬하게 다가왔던 인도의 이미지 가운데 하나가 갠지스 강가에서 바라보았던 다음 장면이었던 것도 이 맥락에서 이해할 수 있다.

10 백민석, 「망가진 낙원과 훼손된 신체 — 엽기야, 얼른 지나가라」, 《문학사상》, 2000년 7월호, 76쪽.
11 백민석 외, 「헤이, 백민석이 돌아왔다 — 세기말 세기초의 한국 소설, 그리고 10년의 공백」(좌담), 《문학과사회》, 2013년 겨울호, 231쪽.

보트에서 강의 이쪽저쪽을 정신없이 돌아보다 보니 어지럽고 고개가 아파왔다.

왜 하필 이런 곳을 성지로 삼았을까? 평생 순례를 다녀야 할 성지로 삼았을까? 좌우가 시각적으로 균형이 하나도 맞지 않아서 골치가 아파오고 속이 다 울렁거렸다. 어째서 이 사람들은 이런 거대한 불균형을 자기네 종교의 궁극적인 지점으로 삼았을까?[12]

강의 한쪽 편은 화려한 종교 건축물로 뒤덮여 있는 반면, 그 반대편에는 인공 건축물 하나 없는 '편평한 저주받은 강변'이 펼쳐져 있다. 한편에 인간과 종교와 역사로 쌓아 올린 '수직적인 세계'가 전시되고 있다면, 다른 한편에는 그와는 전혀 무관하다는 듯 자연 그대로의 '수평적인 세계'가 대비를 이루고 있다. 강을 사이에 두고 펼쳐진 이 '거대한 불균형'의 장면이 작가의 골치를 아프게 하고 속을 울렁거리게 만들었던 것은 그것이 그의 소설의 구도와 대응되는 측면을 순간적으로 드러냈기 때문이 아니었을까. 그렇기 때문에 "커다란 인공연못을 앞에 두고, 동물원과 서울랜드와 현대미술관이 한데 붙어 있는 광경"[13] 같은 대립되는 속성들의 공존은 늘 작가의 시선을 끌어당기는 매혹의 대상이었던 것이다. 그 불균형은 경제적으로는 불평등, 정신분석학적으로는 분열, 미학적으로는 비대칭에 대응되는 것으로, 그 속성들이 얽혀 빚어낸 증상들은 백

---

12 백민석, 「혀끝의 남자」, 『혀끝의 남자』, 23쪽. 그런데 이 의문은 소설 속 1인칭 화자의 것이기도 하지만, 동시에 소설 바깥의 작가의 의문과 겹쳐져 있는 것이기도 하다. 『불쌍한 꼬마 한스』에서 그 곁텍스트라고 할 수 있는 '작가의 말'에 이 '거대한 불균형'이 직접적으로 언급된 바 있었기 때문이다. "강가(갠지스 강)의 바라나시에서 세 시간 동안 뱃놀이를 하면서 나는 생각했다. 이렇게 **거대한 불균형**을 어디서 또 볼 수 있을까? 이 친구들은 어째서, 이 거대한 불균형을 성지(聖地) — 극적인 지점 — 로 삼았을까?" (백민석, 『불쌍한 꼬마 한스』 '작가의 말', 현대문학, 1998, 232쪽)

13 백민석, 『목화밭 엽기전』 '작가의 말', 309쪽.

민석의 소설을 이루는 중요한 근거였고, 그 불균형이 초래하는 모순과 역설은 여전히 그의 소설적 탐구의 '궁극적인 지점'으로 태양처럼 걸려 있다.

4 모순과 역설로부터 현상하는 자기의식

이처럼 그의 초기 소설은 모순과 역설의 한가운데로부터 솟아나는 직접성을 내장하고 있었기 때문에 급진적인 외양과 더불어 특유의 에너지를 함유하고 있었다. 그렇지만 어느 시점 이후 그의 소설은 자신을 바라보며 회의하는 시선을 더불어 내포하기 시작하면서 내성적인 자기분석의 경향을 새롭게 보여 준 바 있다. 『불쌍한 꼬마 한스』(1998)를 기점으로 한 이 경향은 『장원의 심부름꾼 소년』(2001)으로 이어지다가 수면 아래로 가라앉았다. 그렇지만 그가 「사랑과 증오의 이모티콘」에서 고백하고 있는 우울증과 잠적은 소설 바깥에서 진행되고 있었던, 글쓰기 행위 자체에 대한 근본주의적 반성의 다른 형식이라 생각해 볼 수 있다. 『혀끝의 남자』에는 글쓰기의 중단으로 인해 잠재되었던 자기의식의 시선이 두드러지게 드러나고 있는데, 특히 새로 쓴 두 편의 소설에서 그 시선이 뚜렷하다.

한편 그처럼 자기분석의 시선에 의해 직접적으로 구축된 세계가 아닌 경우에도 자기의식의 시선은 이야기의 한편에서 작동하고 있다. 새로 쓴 두 편의 소설 이외에 10년 전에 발표한 내용을 다시 고쳐 쓴 나머지 일곱 편의 소설은 처음 발표될 당시에 '믿거나말거나박물지社'와 연관된 부분을 담고 있었지만, 앞서 언급한 바와 같이 『혀끝의 남자』에 수록되면서 그 부분들은 모두 빠졌다. 의식 내부의 상처에 붙였던 '믿거나말거나

박물지'라는 반창고를 떼어 내면서 외적 알레고리는 약화되었지만, 대신 그 빈자리에는 자기의식의 시선이 새롭게 들어서 있다.

가령 「연옥 일기」는 10년 전에 발표했던 「규정되지 않은 세계에서 ─ 성모화(聖母花)의 비밀」(《한국문학》, 2003년 겨울호)을 고쳐 쓴 소설이다. 두 소설 모두 이야기의 몸통은 현실도 꿈도 아닌 어떤 '규정되지 않은 세계'에 대한 경험을 일지 형식으로 기록한 것이다. 그 비현실적인 풍경 속에 등장하는 격납고 형태의 구조물들은 그 세계가 멀리 『16믿거나말거나박물지』(1997), 특히 그 가운데에서도 '음악인협동조합' 연작과 연결되어 있다는 것을 말해 준다.[14] 그런데 「규정되지 않은 세계에서」의 경우 "괴롭지만, 여기도 우리 믿거나말거나박물지社의 일부라는 걸 인정해야 한다."[15]라는 첫 문장에서 보듯, 그 몽상의 경험을 '믿거나말거나박물지'의 일부로 전제하고 나서 즉자적으로 기술하고 있는 것에 비해, 「연옥 일기」의 전반부에서는 그 경험이 그와 거리를 두고 바라보는 또 다른 주체에 의해 다음과 같이 객관화되고 있다.

나는 마흔을 바라보는 나이가 되어서까지도 나 자신에게 현실로 돌아오라는 충고를 들려주어야 했다. 그것도 내가 스스로 내 머릿속에 만든 세상에서 벗어난 다음에야 가능한 일이었다. 그러기 전에는 그게 꿈인지조차 몰랐으니, 그런 충고도 가능하지 않았다.[16]

---

14 「혀끝의 남자」에는 「규정되지 않은 세계에서」를 개작한 「연옥 일기」만 실렸지만, 그 밖의 미수록작 가운데 「불멸의 광막」(《현대문학》, 2001년 5월호), 「성모화(聖母花)」와 「신랄한 돼지, 피가수스(Pigasus)」(《문학동네》, 2003년 봄호), 「진실된 거짓도시」(《작가세계》, 2003년 가을호) 등도 함께 연작 형태를 이루며 '음악인 협동조합'의 세계를 이루고 있다.

15 백민석, 「규정되지 않은 세계에서 ─ 성모화의 비밀」, 《한국문학》, 2003년 겨울호, 76쪽.

16 백민석, 「연옥 일기」, 「혀끝의 남자」, 83쪽.

이전까지는 의식 속에서 분출, 생성하는 의식을 언어로 상징화하는 것이 글쓰기를 이루고 있었다면, 이제는 그 방향과 더불어 그 반대 방향으로부터 발원하는 반성적 의식을 동시에 갖게 된 것이다. 요컨대 초기 소설에서 작가가 의식 속에서 펼쳐지는 모순과 역설의 궁극적인 근원을 '믿거나말거나박물지社'라는 알레고리적 대상에, 그러니까 주체의 외부에 전가하고 있었다면, 『혀끝의 남자』에는 그와 결정적으로 단절하고자 하는 의지가 가로놓여 있어 그의 소설의 새로운 단계를 예감케 하고 있다.

예전의 발표작들을 수정하는 과정에서 '믿거나말거나박물지'와의 직접적인 연관을 제거하는 작업과 더불어 그 이외의 다른 소설들과 내용적으로 연결되는 대목이 새롭게 삽입된 점도 눈에 띄는 변화이다. 가령 「신데렐라 게임을 아세요?」에는 『불쌍한 꼬마 한스』와, 「위대한 헛짓의 시대」(《현대문학》, 2003년 5월호)를 고쳐 쓴 「재채기」에는 『내가 사랑한 캔디』(1996)와 연관되는 대목이 새로 삽입되었다. 미세하지만 이 변화에서 초기 소설 세계를 향해 퇴행하는 흐름을 막고 현재에 가까운 세계들과의 연관을 재구축하면서 새로운 방향을 모색할 수 있는 토대를 마련하고자 하는 의지를 감지할 수 있는데, 이 역시 이전의 글쓰기 과정을 반성적으로 되돌아보는 시선에 의해 마련된 것이라고 할 수 있다.

5 다시 계속되는 소설의 현상학

지금까지 살펴본 바에서 드러나듯이, 그의 초기 소설 세계가 종말의 예감으로 어둡게 채색된 세계를 향해 있었고, 『불쌍한 꼬마 한스』이후 그 시선이 내부로 이행하는 새로운 국면을 보여 주었다면, 『혀끝의 남자』는 그 즉자와 대자의 시선이 하나의 세계 속에 통합되는 특징을 보여 주고 있다.

『불쌍한 꼬마 한스』에서 '나'가 선애 씨와 보러 간 영화 〈파니와 알렉산더〉(1982)에는 대저택에서 살다가 아버지의 죽음과 어머니의 재혼으로 인해 갑자기 금욕적인 목사의 집에서 살게 된 남매가 등장한다. 그 상반된 삶의 경험이 파니와 알렉산더에게 자기 정체성의 성숙과 세계에 대한 새로운 태도를 마련해 주었던 것처럼, 작가가 소설가로서의 삶 바깥에서 겪은 시간들은 관성적인 글쓰기에 의해 비대해지기 마련인 판타지 대신 그 글쓰기 행위 자체를 반성적으로 바라볼 수 있는 새로운 시선을 제공했던 것으로 보인다. 그리하여 「장원의 심부름꾼 소년」의 마지막 장면에서 심부름꾼 소년인 '나'와 장원의 도련님이 결국 하나의 인물로 겹쳐졌던 것처럼, 불행한 의식 속에서 분열되어 있던 주인과 노예는 이제 하나의 변증법적 계기 속에 얽혀 자기의식의 본격적인 전개를 이루어 나가게 되었다.

그런 의미에서 『혀끝의 남자』는 잠적과 귀환으로 연결된 백민석의 소설 세계가 이루는 극적인 '소설현상학'을 새롭게 이어 나갈 수 있게 만든 계기라고 할 수 있다. 이런 맥락에서 보면, 그가 보낸 공백의 시간 동안에도 그는 소설가로서 존재했다고 할 수 있을 것이다. 다만 그는 『혀끝의 남자』를 매개로 "멜랑콜리에 사로잡힌 예술가는 동시에 그를 둘러싼 상징 활동의 포기(the symbolic abdication)에 맞서 가장 힘겹게 싸우는 자"[17]라고 크리스테바가 말했던 그의 본래 자리로 되돌아온 것이다.

---

17 Julia Kristeva, *Black Sun: Depression and Melancholia*, tran. by Leon S. Roudiez, Columbia University Press, 1989, p. 9.

'정신'에 이르는 소설의 현상학
── 김솔론

1 독학자의 '소설 작법'

김솔은 2012년《한국일보》신춘문예에 단편「내기의 목적」이 당선되어 등단하며 소설을 발표하기 시작했다. 신춘문예에서는 그리 자주 보기 힘든 공동 당선이었고, 당선된 두 소설의 스타일은 대조적이었다. 한 쪽이 전통적인 경향을 충실하게 수용한 안정되고 신뢰할 만한 기본기를 보여준 반면, 다른 한 쪽은 독특하기는 하지만 다듬어지지 않은 질감으로 인해 다소 돌출적인 출현의 느낌을 불러일으켰는데,「내기의 목적」은 그 가운데 후자였다.[1] 그 소설을 쓴 사람은 1973년생으로 거의 마흔이 다 된 나이였으며 대학에서는 기계공학을 전공한 경력을 가지고 있었다. 어떻게 생각하면 이해가 될 것 같으면서도 고개가 옆으로 갸우뚱 기울어질 수밖에 없었다.

---

1 「세밀한 묘사의 '고열' 패기 넘치는 '내기의 목적' 두 작품 다 당선작으로」,《한국일보》, 2012년 1월 1일자.

그가 이후 발표한 소설들[2] 역시 그 궤도에서 크게 벗어나지 않았다고 생각되지만, 의외로 평단 한 편의 관심을 끌었다. 전반적으로는 난삽하지만 그럼에도 정신을 차리고 다시 보게 만드는 "지극히 효과적으로 지적이면서도 동시에 과대망상적"[3]인 표현들이 인상적인 데다, 그가 소설 속에 끌어들인 텍스트들의 무게가 만만치 않았다는 점도 작용했던 듯하고, 그런 측면에서 다른 텍스트들을 참조, 조립하여 새로운 텍스트를 구성하는 최근 한국 소설의 새로운 경향과 부합했다는 점도 유리하게 맞물렸던 듯했다.

하지만 다단계 피라미드처럼 소설을 제작해서 판매한다는 알레고리는 너무 직접적으로 문제를 드러내서 민망한 느낌이 있었고(「소설 작법」이라는 이 소설의 제목도 그렇다.), 실생활은 물론이고 소설에서도 찾아보기 힘든 순우리말 단어들을 의도적으로 빈번하게 사용하는 발상(「피그말리온 살인 사건」)은 한 번쯤 생각은 할 수 있으나 요즘처럼 대학에서 소설을 가르치고 배우는 상황에서는 실제로 실행되리라고는 상상하기 어려운 일이었다.(보르헤스의 작품을 서두와 말미에 세워 둔 방식 역시 창작 수업에서라면 좋은 소리를 들었을까 싶다.) 그의 소설이 한 출판사에서 신인들의 작품을 대상으로 한 상을 받았을 때의 소감에서 그는 "제 글쓰기는 '모든 글은 고작 글에 대한 글일 따름이다'라는 문장에 밑줄을 긋기 시작한 뒤부터 시작되었습니다. 그러니까 저는 「소설 작법」의 원작가가 아니라 수십 편의 소설들을 읽고 단장취의(斷章取義)한 무명의 편집자에 불과합니다."[4]라고 적은

---

2 그가 앞서 발표한 열 편의 단편은 첫 소설집 『암스테르담 가라지세일 두번째』(2014)에 묶여 있으며, 그 이후 「피커딜리 서커스 근처」(《문예중앙》, 2015년 봄호), 「유럽식 독서법」(《문학들》, 2015년 봄호), 「누군가는 할 수 있어야 하는 사업」(《세계의 문학》, 2015년 여름호), 「에스메랄다 블랑카」(《21세기문학》, 2015년 여름호) 등이 발표되었다.

3 김형중, 「김솔표 소설 공방」, 『암스테르담 가라지세일 두번째』, 문학과지성사, 2014, 361쪽.

4 「제3회 웹진문지문학상 수상소감」, 《문학과사회》, 2013년 봄호, 515쪽.

바 있었는데, 그 역시 내용보다도 오히려 너무 당연하고 상식적인 발언을 진지하고 당당하게 하고 있어서 놀라움을 주었다.

겉으로 보면 '지식조합형'의 소설처럼 보이기도 했지만, 바로 그런 점이 그를 유사한 경향의 다른 작가들과 구분하고 있었던 듯했다. 요컨대 그의 소설은 독학자의 면모를 그대로 드러내고 있어 보였던 것이다. 그가 참조하고 있는 소설들의 목록이 동시대 소설보다 거의 대부분 고전이라고 할 만한 작품들로 채워져 있거나, 소설 이외의 경우에도 인문학 담론보다도 자연과학을 비롯한 다양하고 계통 없는 담론들이 자주 등장하는 것 역시 그와 관련된다고 생각되었다.

그의 초기 소설에 자주 나오는 다양한 '소설 작법' 역시 그런 각도에서 바라볼 수 있다. 등단 이후 3년 동안 발표한 열 편의 단편을 묶은 그의 첫 소설집 『암스테르담 가라지세일 두번째』는 첫 소설집만을 대상으로 한 어느 문학상을 수상(이번에도 공동수상이었는데 신춘문예 때의 구도가 되풀이됐다. 다른 수상작에 대해서는 "그 소박한 형식 가운데 작가의 진정성이 오히려 오롯이 도드라졌다."[5]라는 평가가 있었다.)했는데, 그 심사평에서는 선택의 근거를 다음과 같이 밝히고 있다.

김솔의 소설도 대동소이한 특징을 지닌다고 볼 수도 있겠지만, 김솔의 소설집은 한 편 한 편의 작품들이 각각 새로운 소설 작법을 모색하고 있다는 점에서 훨씬 더 능숙한 첫 책으로 읽힌 것이 사실이다. 역순의 서사 진행을 선택한 플롯, 일상에서 잘 쓰이지 않는 다양한 어휘들을 늘어놓은 소설, 소설의 독자가 사라진 시대의 소설의 운명을 점치는 소설, 다양한 국적의 소설 등 이러한 각각의 시도들이 일견 놀랄 만큼 새롭다고 할 수는 없겠지

---

5 「제22회 김준성문학상 소설부문 심사평」, 《21세기문학》, 2015년 여름호, 61쪽.

만 매 작품마다 각각의 작법을 집요하게 실천해 내는 작가의 에너지만큼은 그 자체로 탁월한 것이라 평가할 만했다. 작품의 행간에 이러한 작가의 에너지가 승해 작품 속 인물들이 다소 인공적으로 느껴지는 경우도 있었지만 김솔의 소설집이 보여 준 '첫' 소설집으로서의 성과는 흔한 것이라 보기 어렵다는 점에 모두가 동의했다.[6]

앞에서도 이야기했지만 저러한 '작법'의 실험이란 '능숙'하다기보다는 순진하다고 봐야 하지 않을까 싶다. 가령 다섯 권의 문고판 『금각사』를 태워 방화를 일으키고자 했던 야마다 형제들의 이야기를 역전적인 시간 구성을 통해 전하고 있는 「은각사」나 '쓰다'라는 단어의 일곱 가지 기의를 키워드로 일곱 개의 장으로 연결된 이야기를 구축하고 있는 「잠정적인 과오 ─ '쓰다'의 일곱 가지 쓸모」, 그리고 동일한 내용을 하나는 추상적인 문체로, 다른 하나는 구상적인 문체로 서술하여 병치시킨 「주석본: 아주 오래된 여자」 같은 소설들도 너무 정직하다면 정직한 실험의 시도를 앞세우고 있어 보였다. 그렇기 때문에 '놀랄 만큼 새롭다고 할 수는 없'고 다만 '집요'하고 '에너지'가 강하다고 할 수 있으며 때로는 그 때문에 '인공적'이라고 느껴지기도 했던 것 아닐까. '작법'만 그런 것이 아니라 "관념적이고 사변적인 어휘들, 원관념과 보조관념의 거리가 아주 먼 비유들, 그러면서도 자조적이고 웅대한 어조 탓에 '외국어로 적힌 경전을 읽을 때처럼' 낯선 저 문장들"[7] 역시 맥락을 같이 하고 있다. 김솔 소설의 특징으로 언급된 바 있었던 '낯설게 하기'는 그 형식이나 스타일로 인한 것이기도 하지만,[8] 이런 측면에서 생각하면 그 실험의 시도나 결

---

6 같은 글, 60~61쪽.

7 김형중, 앞의 글, 361쪽.

8 백지은, 「문학/형식주의자의 사랑」, 《21세기문학》, 2015년 여름호, 97~101쪽.

과가 지나치게 시대착오적으로 고전적이고 원론적이어서 낯설게 느껴지기도 했던 것이 아닌가 싶다.

첫 소설집 출간 이후에 발표된 소설에서도 이런 면모가 더러 보인다. 가령 소설 전체를 한 문장으로 써내려 간 「에스메랄다 블랑카」 같은 소설이나 한 문장마다 단락을 구분한 「누군가는 할 수 있어야 하는 사업」 같은 소설에서 그런 특징을 확인할 수 있다.(소설 전체를 한 문장으로 기술하고 있는 박태원의 「방란장 주인」(1936) 같은 소설을 떠올리면 이런 실험 역시 고전적이라 할 것이다.) 하지만 이 소설들에서는 더 이상 그런 실험이 핵심이라고 생각되지는 않는다. 바야흐로 김솔 소설은 뒤늦었지만 그럼에도 불구하고 비할 바 없이 근본주의적인 방식의 습작 과정을 지나 본격적인 단계로 접어들고 있어 보인다.

2 이방인의 '사업'

지금까지 살펴본 바와 같이, 김솔의 초기 소설들은 정직한 소설 형식의 실험을 정면에 내세우고 있기 때문에 그 측면이 주로 부각되는 경향이 없지 않았다. 그 방면에 대부분의 '에너지'를 쏟고 있었던 탓에 내용이나 주제와 관련한 방향이 드러날 수 있는 여지가 그리 넓지 않아 보이기도 했다. 그의 소설을 두고 "문학의 자료(삶)가 아니라 재료가 '가공'되는 방식(쓰기)에 천착"[9]한다거나 "재료의 출중함보다 작가가 발휘한 기예의 출중함이 더 크게 작용"[10]한다고 보는 반응들 역시 그런 이유와 관

---

9 같은 글, 108쪽.
10 김형중, 앞의 글, 360쪽.

련이 있어 보였다.

　하지만 소설 속에 유럽이라는 공간이 본격적으로 도입되면서 김솔의 소설에서는 그 내용 혹은 주제의 차원이 점점 더 두드러지는 양상이 나타나기 시작한다. 물론 이런 특징은 다국적 기업을 배경으로 인도 출신 상사와의 갈등으로부터 발생한 사건을 기술하고 있는 등단작 「내기의 목적」에서 부분적으로 엿볼 수 있었고, 암스테르담에서 만난 두 이민자 출신 동성 연인의 봉별기라고 할 수 있는 첫 소설집의 표제작 「암스테르담 가라지세일 두번째」에서 그 본격적인 모습을 보이기 시작했는데, 최근에 발표된 단편들에서 그 방향은 더욱 선명하게 드러나고 있다. 김솔과 인터뷰를 가졌던 한 평론가는 이런 변화를 두고 "소설의 활동 반경과 스케일이 점점 대담하게 넓어지고 있"[11]다고 표현한 바 있다.

　김솔의 최근 단편에서 유럽이라는 공간은 특정 도시에 고정되어 있지 않고 매번 새로운 지역으로 이동해 가고 있다는 점에서 특징적이다. 초기 소설들에서 매번 다른 '소설 작법'의 실험이 시도되었다면, 최근에는 소설마다 런던(「피커딜리 서커스 근처」), 브뤼셀(「유럽식 독서법」), 파리(「누군가는 할 수 있어야 하는 사업」), 스페인 발렌시아 지방의 부뇰(「에스메랄다 블랑카」) 등 매번 새로운 유럽의 도시를 등장시키고 있는 셈이다.

　이런 공간적 배경의 설정은 작가가 중공업 분야 대기업의 해외 지사(벨기에 워털루)에 근무하면서 유럽에서 생활하고 있는 상황과 밀접하게 연관된 것으로 볼 수 있을 것이다. 이미 「암스테르담 가라지세일 두번째」를 발표(《21세기문학》, 2013년 여름호)했던 무렵 작가는 "벨기에에 체류하는 동안 제 계획은 유럽의 각국을 배경으로 삼아 단편소설집을 완성하는 것입니

11　강동호·김솔, 「인터뷰 — 이 달의 소설(2015년 9월)」, 문학과지성사 블로그(http://moonji.com/blog/)

다. 이미 영국에서 시작하여 프랑스, 벨기에, 네덜란드, 알바니아, 헝가리를 지나왔고 지금은 체코에 대한 글을 쓰고 있습니다."¹²라고 밝힌 바 있으니 이 이동의 궤적은 앞으로도 한참 더 이어지리라 기대할 수 있겠다.

이미 한국 소설의 무대가 한반도 바깥으로 건너간 지가 오래된 만큼 유럽의 도시가 배경으로 등장한다는 사실만으로 새로운 특징이라고 말할 수 없다는 것은 새삼 말할 필요가 없다. 한 평론가는 「암스테르담 가라지세일 두번째」에서 "한국어에서는 잘 사용하지 않는 많은 절들과 순수 우리말이라고는 찾아볼 수 없는 개념어들, 그리고 마치 번역하기 힘든 것을 어쩔 수 없이 늘여서 우리말로 옮겼다는 듯이 길어지는 문장, 성경에서 차용한 비유, 이별하는 와중에도 음식 값을 걱정하는 칼뱅주의적 깍쟁이들의 감수성"¹³ 등의 형식적 특징을 읽어 내면서 "소설 자체가 네덜란드어로 씌어진 후에 한국어로 번역한 듯한 형태의 몸피를 입고 있다."¹⁴라고 언급한 바 있는데, 최근 단편에서는 그와 같은 이질적인 형식과 더불어 인물이나 사건 차원에서도 한국 소설에 낯선 문제를 도입하고 있어 보인다.

김솔의 최근 단편에서 그 배경이 되는 공간은 유럽의 여러 도시들이지만 거기에 등장하는 중심인물들은 그곳에서 주변인의 삶을 살아가고 있는 이민자들이다. 그들은 '보편적 세계사'¹⁵로부터 격리된 지역, 곧 아프리카의 시에라리온(「피커딜리 서커스 근처」)이나 태국(「유럽식 독서법」), 혹은 모로코(「누군가는 할 수 있어야 하는 사업」) 등지로부터 떠나온 불법체류자들이다. 우리는 그 인물들이 생활의 근거지로 삼고 있는 도시의 지하철 화

12 김형중·김솔, 「인터뷰 — 이 달의 소설(2013년 8월)」, 문학과지성사 블로그.

13 김형중, 앞의 글, 370쪽.

14 같은 글, 369쪽.

15 김솔, 「유럽식 독서법」, 《문학들》, 2015년 봄호, 188쪽.

장실(「피커딜리 서커스 근처」, 「누군가는 할 수 있어야 하는 사업」)이나 국경 부근의 도로(「유럽식 독서법」), 혹은 공항 부근의 주차장(「누군가는 할 수 있어야 하는 사업」)을 통해 유럽 대도시의 낯선 이면을 상상할 수 있게 된다.

그런데 더 독특한 점은 김솔 소설에서 이 불법체류자들이 다만 억압받고 소외된 존재로 그려지지만은 않는다는 것이다. 그들은 지하철의 화장실이나 주차된 자동차들을 값싼 숙소로 활용하거나 "제조업체들이 미처 상상하지 못한 위험들을 발견해 내고 소비자들을 대표하여 개선을 요구하는 직업"[16]을 개발하여 유럽식 표준의 외곽에서 필사적인 생존의 결투를 치르는 한편 표면상으로 합리적이고 견고해 보이는 그 메커니즘의 문제적 단면을 드러내고 있다.

여기에 그 '엉뚱한 사업아이템'[17]이 작가의 상상에 의해 고안된 산물이라는 점도 특기할 만한 사항으로 덧붙일 수 있겠다. 그리하여 일견 경험을 살려 사실적으로 그려 내는 듯하던 이방의 세계는 돌연 상상을 동반한 낯선 질감의 세계로 변이된다. 그런데 흥미로운 것은 이 낯선 상상의 세계가 오히려 소설적 관습으로 재현된 세계보다 더 강력하게 오늘날의 현실을 떠올리게 만드는 환기력을 갖는다는 점이다. 그 상상의 세계는 단지 외부의 모습을 보여 주는 것에 그치지 않고 우리 의식 내부의 지점을 자극하기 때문일 것이다. 한 평론가는 이미 「암스테르담 가라지세일 두번째」에서 "글로벌한 21세기임에도 불구하고 한국의 독자들에게는 여전히 낯선 외국의 풍속을 반영하고 있지만 이 소설은 이국적이라기보다는 근미래적"[18]임을 간파하고 있는데, 그와 같은 특징은 그에 이어진 유럽 배경의 소설들에서 더욱 본격적으로 펼쳐지고 있는 중이다.

---

16 김솔, 「피커딜리 서커스 근처」, 《문예중앙》, 2015년 봄호, 62쪽.

17 강동호·김솔, 앞의 글.

18 이수형, 「선정의 말 — 이 달의 소설(2013년 8월)」, 문학과지성사 블로그.

3 몽상가의 '독서법'

'소설 작법'으로부터 유럽의 도시 이면으로 소설 세계가 확장되면서 소설 형식 실험의 차원으로부터 주제와 현실 환기력의 방향으로 김솔 소설의 문제의식의 중심이 이동하고 있다는 사실을 지금까지 살펴 왔다. 하지만 그 과정은 결코 단선적이지만은 않은 것 같다. 김솔의 최근 단편에서는 주제의 방향으로 진행되는 확장의 과정과 더불어 소설이라는 형식 자체에 대한 자의식이라고 할 만한 것이 한 단계 더 심화된 양상으로 나타나고 있기 때문이다.

우선 다른 텍스트를 활용하는 방식에서 최근 단편은 그 이전의 인용이나 차용의 차원으로부터 벗어난 보다 복잡한 겹쳐 쓰기의 양상을 보여 주고 있다. 다음의 인용은 그와 같은 새로운 차원의 상호텍스트성의 발생 원리를 직접적으로 담고 있어 보인다.

> 투명한 샬레(에덴)의 배양액(로고스) 속 한 마리의 짚신벌레(아담)는 너무 외로워서(괴로워서) 체세포분열(창조)을 통해 자식이자 아내(이브)를 낳고(잃고), 자식(어머니)은 또 우울해서(나른해서) 자식이자 형제(카인, 아벨, 셋)를 낳고(숨기고), 그 자식은 또 다른 자식이자 형제(에녹, 에노스)를 낳고(버리고), 급기야 무력감(미필적 고의)은 기하급수적(파괴적)으로 불어나 시공간(성경)을 가득 채우고(파괴하고),[19]

위의 인용은 「에스메랄다 블랑카」의 서두인데 여기에는 두 개의 텍스트가 동시에 제시되어 있다. 한 쪽에 짚신벌레의 체세포분열 과정이 있

---

19 김솔, 「에스메랄다 블랑카」, 《21세기문학》, 2015년 여름호, 66쪽.

다면 다른 한 쪽에는 성경 속의 연대기가 있다. 그런데 두 텍스트의 이야기 요소들은 서로 대응, 치환되는 구조를 이루고 있어, 하나의 텍스트가 씌어지는 것이 다른 텍스트의 읽기와 동시적으로 발생하는 방식으로 서술이 진행되고 있다. 그렇게 보면 짚신벌레의 체세포분열 과정은 성경의 연대기에 기초한 파생텍스트처럼 보인다. 그런데 자세히 보면 여기에서 두 텍스트는 고정된 하나의 텍스트로부터 새로운 텍스트가 파생되는 일방적인 관계를 따르지 않고 서로가 서로에게 영향을 주고받는 상호적인 구조 위에 놓여 있다는 것을 알 수 있다. 그리하여 성경의 연대기 또한 오독의 방식으로 다시 씌어지고 있고 결과적으로는 짚신벌레의 체세포분열 과정이 오히려 원래의 성경의 연대기에 더 가까운 모습을 띠게 되는 장면이 연출되기에 이른다. 다음 대목 역시 이와 연관된 원리에 의해 생산된 장면이라고 할 수 있다.

> M은 물소리가 멀어지는 쪽으로 내달렸는데, 출렁거리는 바닥을 벗어나느라 탈진하여, 늪과 같은 잠 속으로 점점 빨려드는데, 열 손가락을 깨물었건만 통증도 없이, 꺼이꺼이, 웃는 것도 우는 것도 아닌, 문둥이 시인의 목소리로, "도대체 웃음이란 얼마나 가볍게 스쳐가는 시장기냐, 도대체 울음이란 얼마나 짓궂게 왔다가 가는 포만증(飽滿症)이냐" 중얼거리다가, 이 정도면 평화롭게 죽는 것같이 점점 나른해지더니,[20]

「에스메랄다 블랑카」는 스페인 남부 323번 국도 부근의 고아원에서 자란 M이라는 인물이 그곳을 탈출하여 두 번의 살인을 저지르고(에스메랄다 블랑카는 그가 발렌시아 지방의 부뇰에서 두 번째로 살해한 여성이다.) 우루과

---

20 같은 글, 83쪽.

이 카넬로네스 지방으로 건너가 와이너리의 인부로 일하다가 그곳 주인을 살해하고 남극으로 향하던 중 죽음을 맞이한다는 스토리를, 그 대단히 복잡하고 어지러운 서술을 힘겹게 정리하면 겨우 얻을 수 있는 소설이다. 요컨대 이것은 단 한 사람의 한국 사람도 등장하지 않는 이야기인데, 위의 인용에서처럼 M의 입에서는 한하운의 「자화상」의 일부가 흘러나오기도 하고 다른 장면에서는 김수영의 「어느 날 고궁을 나오면서」의 한 부분이 그의 목소리에 담기기도 한다. 이런 지점에 이르면 김솔의 소설에서 읽기와 쓰기의 개별적인 맥락은, 그리고 읽기가 쓰기로 전환되는 과정이나 단계는, 궁극적으로는 읽기와 쓰기의 경계라는 것 자체가 거의 무의미하다고 해야 할 것이다.

이런 방식의 서술이 생성되는 과정에는 읽기와 쓰기의 관계에 대한 급진적이면서도, 지금의 상황에서는 매우 고전적이기도 한 사유가 가로놓여 있어 보인다. 그 점이 가장 선명하게 드러나는 부분을 「유럽식 독서법」의 한 대목인 다음 인용에서 확인할 수 있다.

책을 읽을 수 있을 만큼 안전한 밤이 희귀했을 그 소녀에게 독서란, 그저 우연히 발견한 광고 문구나 신문 기사에서 시작하여 자신의 경험과 동료들의 이야기를 뒤섞고 몽상으로 마무리짓는 것이라고 생각했다. 그래서인지 소녀의 이야기는 전혀 귀에 설지 않았지만 그렇다고 딱히 원작을 떠올리는 것도 쉽지 않았다.[21]

태국으로부터 아내와 함께 도주하여 벨기에와 프랑스의 국경 부근에 자리 잡은 초콜릿 공장에서 노동을 하는 불법 체류자인 '나'는 어느 날

---

21 김솔, 「유럽식 독서법」, 192쪽.

도로에서 태국어를 사용하는 소녀를 만나 그의 이야기를 듣게 된다. 처음에는 '광고문구나 신문 기사'의 읽기에서 시작하는 '독서'는 거기에 '자신의 경험과 동료들의 이야기'가 뒤섞이고 '몽상'이 덧붙여지면서 오히려 '이야기하기' 쪽에 더 가까워진다. 그리하여 '전혀 귀에 설지 않았지만 그렇다고 딱히 원작을 떠올리는 것도 쉽지 않'은 어떤 상태가 마련되기에 이른다. 어느 순간 '나'에게 소녀의 이야기는 "천일야화를 유럽의 현실의 맞게 각색하고 태국어로 다시 번역한 판본"[22]처럼 느껴진다.

이렇게 생각한다면 이런 방식의 '독서' 행위는 소녀에게만 국한되는 것은 아니다. 이 소설 역시 소녀와 만나 그의 이야기를 듣는(읽는) 것으로부터 비롯되었으나 '나'와 아내의 이야기가 뒤섞이고 또 마침내는 '나'의 몽상이 덧붙여진 것으로, 소녀와의 관계를 이야기하는 이 소설 자체가 '나'가 소녀를 통해 습득한 '유럽식 독서법'에 의거한 것이기 때문이다. 그리고 이 독서와 이야기하기의 동시발생적 구조는 이 소설을 읽는 독자와의 관계를 통해 다시 반복, 확장되어 나갈 것이다.

이 소설의 목적지에 이르러 나는 그 소녀의 목소리나 냄새, 표정이라도 당신에게 말해 주는 게 좋겠다고 생각하여 첫 문장부터 여러 번 반복해서 읽어 보았지만, 독서가 거듭될수록 소녀는 아내에서 아이로, 그 다음엔 거미로 변해 가더니 나중엔 검고 작은 돌멩이의 모습에 수렴되었다. 그리고 당신의 얼굴이 어쩐지 나와 닮아 있을 것이라는 몽상이 안개처럼 밀려들었다. 그러니 이것은 소설이 아니라 차라리 청동거울에 가까울지도 모른다.[23]

---

22 같은 글, 194쪽.
23 같은 글, 201~202쪽.

읽기와 쓰기가 뫼비우스의 띠처럼 서로 이어져 구분 불가능한 상태를 이루고 있는 상황에서는 롤랑 바르트나 자크 데리다를 경유한 예일학파의 논의가 떠오르기도 하고 독자를 진행 중인 글쓰기 속으로 끌어들이는 설정이나 그 속에 담긴 사유에서는 이인성의 『한없이 낮은 숨결』(1989)에서의 실험이 생각나기도 한다. 독서와 글쓰기가 자유롭게 자리를 바꾸고 작가와 독자가 텍스트를 매개로 만나서 한데 뒤섞이는 이런 상황이라면 소설은 대상보다 오히려 그것을 읽는 자신을 되비추는 '청동거울' 같은 것이 아닐 수 없을 것이다.

4 알레고리스트의 '연금술'

「내기의 목적」 이후 최근의 단편에 이르는 과정에서 김솔의 소설에 쌓인 '작법'과 '독서법'과 관련한 기술과 사유가 그의 소설이 장편으로 이행하는 과정에서 생산된 첫 결과물이라 할 수 있는 「보편적 정신 — The Company, Unlimited」(《세계의 문학》, 2015년 겨울호, 이하 「보편적 정신」)를 성립시킨 동력으로 작용했다는 사실을 확인하기 위해 지금까지 먼 길을 돌아온 셈이다.

「보편적 정신」은 백 년 가까이 지속된 '회사'의 연대기라고 할 수 있다. 어느 특정의 회사가 아니라 '회사'라고만 되어 있다는 사실이 우선 특이한데, 여기에서 이미 이 소설이 알레고리를 향해 시동을 걸고 있다는 것을 감지할 수 있다. 그런데 이 소설은 연대기이되 그 발생과 흥망의 과정이 순차적으로 배열되어 있지 않고 백 년 사이를 오가는 여러 시간대가 교차하면서 진행되고 있다. 혼란스럽게 과거와 현재를 오가던 시간적 교차의 흐름은 이야기가 전개됨에 따라서 연대기의 윤곽을 드러내게 되고 최종 지점에 도달하면 마치 루빅 큐브가 맞춰지듯이 그 시간적 구조가 완성되기에 이른다. 그 가운데 1차 세계대전이라든가 2차 세계대전과 같은 과거의 역사적 시간은 그런대로 분명하지만 소설 속 현재의 시간은 소설 바깥의 동시대의 시간에 정확하게 대응되지는 않는 근미래의 상황을 향해 열려 있다. 그리고 이 열린 시간을 통해 전생과 윤회의 시간까지 넘나드는 새로운 시간의 세계가 만들어지고 있다.

이와 같은 시간 구조의 설정에는, 소설의 말미에서 작가가 밝히고 있는 바와 같이 가브리엘 가르시아 마르케스의 『백 년의 고독』(1967)과 조지 오웰의 『1984』(1949)의 영향이 작용했다고 볼 수 있을 텐데, 그 영향은 앞서 살핀 최근 단편들에서도, 가령 "아우렐리아노 부엔디아 대령이 '백 년 동안의 고독'을 마감하던 밤 나무 한 그루, 삽 한 자루, 칠흑 같은……"[24] 같은 「에스메랄다 블랑카」의 한 대목을 보면 이미 나타나고 있었던 듯하다. 그때에는 인용과 같은 직접적인 방식으로 나타났던 영향이 「보편적 정신」에서는 간접적이고 다층적인 방식으로 변화되고 있다. 작가가 언급한 영향을 근거 삼아 『백 년의 고독』과 「보편적 정신」을 비교해 보면, 「보편적 정신」에서 창업주와 그의 둘째 아들을 중심으로 한 가계도는 『백 년의 고독』에서 호세 아르카디오 부엔디아와 아우렐리아노 부엔디아 대령을 중심으로 한 가계도를 떠올리게 만드는 면이 있고, 그런 구도로 본다면 「보편적 정신」에서의 연금술사 스승은 『백 년의 고독』의 멜키아데스에 대응된다고 할 수 있을 것 같기는 하나, 이 소설에서 더 의미 있는 상호텍스트적 연관은 텍스트의 표면이 아니라 그것을 성립시킨 상상력의 근원 지점에서 시작되고 있다고 해야 할 것 같다. 「보편적 정신」에서는 이 상호텍스트성의 새로운 단계를 스스로 반영하고 있다고

24　김솔, 「에스메랄다 블랑카」, 88쪽.

생각되는 대목을 찾아볼 수 있다.

인사팀의 문서에는 전략팀과 재무팀의 문서가 항상 인용된다. 인사팀 직원들은 하나같이 혼성모방과 단장취의(斷章取義)의 달인들이다. 반면 인사팀 고유의 의견은 거의 기재되어 있지 않기 때문에 전략팀이나 재무팀의 문서와 구별하는 건 결코 쉽지 않다.[25]

거의 다른 텍스트의 인용만으로 고도의 '혼성모방'과 '단장취의'의 과정을 통해 특별히 고유의 의견을 덧붙이지 않으면서도 새로운 텍스트를 만들어 내는 이 '인사팀의 문서'는 『백 년의 고독』과 『1984』를 읽고 쓴 소설이라고 명시적으로 밝히고 있음에도 굳이 스스로 밝히지 않았다면 그 상호텍스트적 연관을 뚜렷하게 입증하기는 어려운 김솔 소설 자체에 대한 자기지시적인 메타포라고 할 수 있지 않을까 싶다. 다만 '유럽식 독서법'을 직접 수행한 작가에게는 자신이 쓴 판본 뒤에 비치는 상호텍스트들의 그림자가 선명해서 때로는 위의 인용의 상황에서처럼 둘 사이를 구별하기 어렵다고 느끼는 순간도 있을 테지만 말이다.

그런 의미에서 「보편적 정신」이 『백 년의 고독』이나 『1984』로부터 받은 가장 중요한 상상력의 상호텍스트적 연관은 이 소설이 취하고 있는 독특한 알레고리의 방식에서 찾아볼 수 있을 것 같다. 앞서 말한 바와 같이, 이 소설에는 현실 속의 어떤 기업을 은유적으로 치환한 특정 회사가 등장하는 것이 아니라 '회사'가 나온다. 애초에 '회사'는 포르투갈의 포르투에서 시작되었고 이후 루마니아, 나이지리아, 중국 등지에 공장이 세워졌지만(이 세 지점은 『1984』에서 설정된 오세아니아, 유라시아, 동아시아의 세 나라

---

25 김솔, 「보편적 정신」, 《세계의 문학》, 2015년 겨울호, 338쪽.

를 떠올리게 만든다.) 결국엔 세상 모든 곳에 존재하는 '회사'가 되기에 이른다. 왜냐하면 그것은 실체가 아닌 '프로세스'로 존재하기 때문이다.(이와 같은 '회사'의 존재론에서도 『1984』의 영향이 감지되는 면이 있다.)

이것은 완벽한 유기체에서 일어나는 프로세스와 같다. 각각의 직원은 톱니바퀴가 아니며 세포도 아니다. 톱니바퀴와 톱니바퀴 사이, 세포와 세포 사이에는 인과를 추정할 수 없는 상호작용들이 끊임없이 일어나고 있으며 그것들을 모두 규정하는 것은 불가능하다. 한 명의 직원은 회사를 완벽하게 반영한 집합체이고 회사 역시 모든 직원들을 완벽하게 수용한 모나드(Monad)이다.[26]

그렇기 때문에 이 알레고리로서의 '회사'와 유사한 속성을 지니지만 회사가 아닌 어떤 것, 회사를 중심으로 동심원의 관계에 놓인 다른 세계들이 다층적으로 환기되는 상황이 마련된다. 가령 위의 인용에서 기술하고 있는 직원과 '회사' 사이에 성립된 집합체와 모나드의 관계는 이전에 비해 진전된 테크놀로지에 의거한 과학기술적 현실 속에 놓인 개인과 조직 사이의 관계를 징후적으로 드러내고 있다고 읽히기도 하는 것이다. 지금에 와서 돌아보면 "고도로 계산된 세태소설"[27]이라는 평가를 받기도 했던 김솔의 초기 소설에서는 이와 같은 알레고리로 발전하게 될 가능성이 충분히 발아되지 못한 채 다만 잠재되어 있던 것이 아닐까 생각되기도 한다. 그와 같은 상태가 이야기의 분량이 늘어나 본격적으로 사건과 주제를 펼칠 수 있는 공간이 확보되면서 극적인 변전의 계기가 마

---

26 같은 글, 294쪽.
27 김형중, 앞의 글, 362쪽.

련될 수 있었던 것이다.(물론 이 알레고리의 규모를 감당하기에 「보편적 정신」의 분량 역시 부족하다고 하지 않을 수 없다.)

이 알레고리의 뼈대는 앞서 말한 바와 같이 역사적 시간과 근미래의 환상이 결합된 이 소설의 독특한 시간 구조라고 할 수 있는데, 이 시간 구조는 실제 사건의 다큐멘트와 허구가 섞여 있는 이 소설의 스타일과 하나의 맥락을 이루고 있다. 독특한 것은 이 다큐멘트가 주로 경영학이나 자연과학과 연관된 지식과 정보라는 점이다. 이 결합 구조의 방식이 '마콘도'를 '회사'로, '빅 브라더'의 정치적 상상력을 '빅 데이터'의 과학기술적 상상력으로 전환시키는 근거였다고 볼 수 있을 것 같다.

그리하여 이 알레고리가 환기하는 세계는 기존의 소설적, 인문학적 상상력에 근거한 방식과는 다른 질감의 현실감을 불러일으키고 있다. 그것은 새롭게 형성되고 있는 정보산업화 시스템의 감각을 인식론적으로 투영하는 데, 인식 경험의 사실적 재현의 방식보다 더 적합해 보인다. 그렇다면 이처럼 실제의 다큐멘트와 허구가 뒤섞인 이 스타일은 실시간으로 제시되는 다른 텍스트들에 대한 반응으로 자기 존재를 구성하는 동시대의 주체들에 대응되는 글쓰기의 방식이라 볼 수 있지 않을까 싶다.(이런 맥락에서 보면 이 시대의 상호텍스트적 글쓰기 또한 SNS에서처럼 읽기와 쓰기가 거의 동시적으로 발생하는 현대적 커뮤니케이션의 상황에서 그 출현의 현실적 근거를 찾을 수 있을지도 모르겠다.)

이처럼 직접적으로 치환되지는 않되 서로 마주보며 상대방의 속성과 연결되는 현실과 텍스트 사이의 알레고리적 관계는 서로 다른 두 차원을 연결시키는 마술적인 속성을 갖는다. 그것을 이 소설 속의 모티프를 통해 이야기한다면 바로 '연금술'이라고 할 수 있을 것이다. 현실로부터 연유한 텍스트들로 구성된 알레고리를 만들어 그 알레고리로 하여금 새로운 현실을 떠올리게 만드는 이 기술을 두고 '연금술'이라 부르지 않는다면 과연 어떤 용어가 적당할 것인가.

「보편적 정신」에서는 연금술을 여러 차례 재정의하면서 그 내포를 새로운 차원으로 승격시키고 있는 대목을 자주 발견할 수 있다. 가령 "연금술이란, 모든 물질 속에 내포되어 있는 보편적 정신을 찾아내고 추출하여 모든 재료들의 쓸모를 재조정하는 학문이자 실천방법"[28]이라고 한다든지, 혹은 "연금술사의 주된 역할은 물질과 물질 사이의 경계를 무너뜨리고 보편적 정신이 자유롭게 건너다닐 수 있도록 입구와 다리를 만드는 것"[29]이라고 규정하는 대목들이 그것인데, 그렇다면 '연금술'은 모든 경계를 넘어 존재하는 '보편적 정신'을 추구하는 행위와 기술에 다름 아니다. 그러니 이 소설이라는 새로운 연금술에서는 픽션과 논픽션, 읽기와 쓰기, 텍스트의 내부와 외부의 경계는 절대적인 것일 수 없다. 그리고 여기에서는 과거와 현재와 미래의 시간적 구분도 새로운 관점에 의해 해체되지 않을 수 없다.

유감스럽게도, 미래는 이미 과거와 현재에 충분히 반영되어 있다. 다만 미래는 너무 잘게 나뉘어져 너무 넓은 분야 ── 물질과 제도, 사고체계, 문화, 욕망, 무의식 따위 ── 에 고루 흩뿌려져 있기 때문에 파편으로부터 전체를 단숨에 이해하기는 어렵고, 마치 사금파리를 찾아내듯, 대상을 다양한 크기의 체로 여러 번 걸러 내고 마지막 체 위에 겨우 남은 것들의 정체를 면밀하게 살피는 작업이 필요한 것이다. 이것은 연금술 작업과도 정확하게 일치한다. 그러니 연금술사에게 절대적으로 필요한 역량, 즉 감각과 사유의 한계를 뛰어넘는 직관력과, 격렬한 환유의 과정에서 사라져 버린 부분들을

---

28 김솔, 「보편적 정신」, 349쪽.
29 같은 곳.

채우는 과감한 상상력과, 실패를 성공의 필연조건으로 감내하는 인내력이, 과거의 습관과 미래에 대한 전망으로 현재를 살고 있는 사람들에게도 절실하다.[30]

그 형이상학적 대립들을 넘어서기 위한 연금술은 직관력, 상상력, 인내력 등의 능력을 그 조건으로 요구하는데, 그것은 허구를 통해 새로운 세계를 구성하는 창작에서도 필수적인 덕목들이다. 일찍이 김솔이 "작가는 현실과 과거의 노예가 아니라 꿈과 미래의 시민이 되어야 한다."[31]라고 말했던 것을 떠올려 보면 그의 글쓰기는 애초부터 이 연금술을 꿈꾸는 것이었던 듯하다. 그에게 '시참(詩讖)'[32]이라는 단어가 각별했던 것 또한 그 때문이리라. 이렇게 보면 「보편적 정신」 속의 연금술에 대한 사변적인 진술들은 그 꿈의 본격적 실현을 위한 설계도에 해당된다고 할 수 있을 것이다.

5 소설가의 '정신'

김솔은 「보편적 정신」의 처음과 마지막에 『1984』로부터 가져온 대화를 대구 형식으로 배치해 놓고 있다.

"그렇다면 우리를 패배시키는 그 원칙이란 무엇이야?"

---

30 같은 글, 364쪽.
31 김솔, 「나는 누군가의 꿈에서 시작되었다」, 《문학과사회》, 2012년 여름호, 286쪽.
32 "자기가 지은 시가 우연히 자신의 미래를 예언한 것같이 되는 일."(같은 글, 287쪽)

"모르겠습니다. 인간의 정신 같은 것입니다."

"그러면 자네는 스스로 인간이라고 여기고 있나?"

이 대목은 『1984』에서 빅 브라더에 저항하려던 시도가 발각된 주인공 윈스턴이 심문 당하는 부분으로부터 가져온 것으로, 여기에서 '인간의 정신'은 디스토피아의 절망적 상황에 맞서는, 막연하지만 그럼에도 유일한 근거처럼 제시되어 있다. 두 부분으로 나뉘어져 이야기를 감싸고 있는 이 대화는 소설 내의 특정 부분과 연결된다기보다 이 소설을 그 형식 속에 담아 세계를 향해 내놓는 그릇 같은 것으로 보인다. 그것은 유럽의 공간을 배경으로 한 그의 최근 단편들이 탈법 체류자들의 이야기를 통해 추구하는 가치와도 병렬의 관계를 이루고 있는 듯하며, 더 중요하게는 앞으로 더 확장되어 나갈 김솔 소설의 방향을 암시하고 있어 보이기도 한다. 그렇다면 「보편적 정신」은 우리가 인간인 한 어떤 상황에서도 포기할 수 없는 '정신'을 추구하는, 언뜻 무모해 보일 수도 있는 실로 과감한 소설적 프로젝트를 향한 선언을 담고 있다고 할 수 있을 것 같다.

2부
한 시대의 작가들

소설 속의 그와 소설 밖의 나

── 김승옥론

「그와 나」(1972)라는 글을 내가 처음 접한 것은 고등학생 때였다. 주홍색 표지의 『위험한 얼굴』(1977)이라는 제목의 콩트집에 실려 있는 짧은 글이었다. 아마도 그때 대학에 다니던 누나의 책이었던 듯한데, 어떻게 해서 그 책을 읽게 되었는지는 자세히 기억나지 않는다. 다만 분명한 것은 어떤 우연으로 인해 내가 그 책을 읽었다는 것이며, 그 가운데에서도 「그와 나」라는 글이 유독 선명하게 이후로도 오랫동안 내 머릿속에 남아 있었다는 사실이다. 왜 우연은 그냥 스쳐 지나가지 않았던가. 왜 그 짧은 글은 그토록 선명한 형태로 내게 남아 있었던가.

「그와 나」에는 지방 도시 출신의 한 대학생 '나'가 등장한다. 그는 고등학교를 졸업한 후 대학 합격 통지서를 들고 서울로 올라가고 있다. 승객으로 꽉 찬 기차 속에서 그는, 자리를 양보하지 않으면 안 될 사람이 근처에 올 것을 두려워하며 잠을 청하는 체 눈을 감고 있다. "옆엣 사람을 돌보지 않는 악착스런 경쟁과 경쟁에 진 자의 굴종이 스스럼없이 공존하는"[1] 세계 속에서 그가 살아왔기 때문이다. 그가 서울대학교 교복을 유일한 목표로 삼고, 그를 위해 수년 동안 코피를 쏟아 가며 수험 공부를 했던 이유 또한 지방 도시의 이와 같은 문화와 윤리에 기인한다. 그런데 대학에 합격하여 상경하고 있는 이 순간에도 그는 두려움과 긴장감에 사로잡혀 있다. 그 두려움과 긴장의 근원에는 국민(초등)학교 고학년 시절의 체험이 놓여 있다. 고향에서 입영을 앞둔 한 장정이 녹슨 쇠못에 발을 찔려 파상풍으로 죽은 사건이 그것이다. 하찮은 '녹슨 쇠못' 하나, 그것은 도처에서 삶을 위협하며 도사리고 있는 보이지 않는 위험한 우연의 메타포였던 것이다. 이 사건으로 말미암아 그는 인생이 극도로 조심스러운 것이라는 무서운 교훈을 갖게 되었고, 그의 삶의 두려움과 긴장은 이에 습관처럼 익숙해져 온 결과였다.

그런데 인생의 두려움과 긴장에 대한 주인공의 콤플렉스를 일깨우는 계기가 두 차례 찾아온다. 그 첫 번째는, 목표를 성취한 해방감을 경계하면서 잠든 체 앉아 있는 '나'에게, "양심은 말이지 사람들의 감은 눈꺼풀에 대롱대롱 매달려 있구만 그래."[2]라고 빈정거리며 '그'가 다가온 사건이다. '나'는 그 말이 악성 병균처럼 끈질기게 의식으로 파고들어 오는 것에 적잖이 당황한다. '나'는 그 표현에서 자신이 속해 있던 지방 도시의 문화와 윤리가 아닌 "대도회의 세련된 문화와 성인 세계의 윤리"[3]를 느꼈던 것이다.

두 번째 계기는 '역사적인 데모의 인파'(그것은 4·19가 아닐 것인가) 속에서 다시 '그'를 만나게 된 사건이다. 애초에 '나'에게 데모에 참석할 의도가 있었던 것은 아니다. '나'에게 데모란 등록금과 하숙비의 낭비에 불과

1 김승옥, 「그와 나」, 『위험한 얼굴』, 지식산업사, 1977, 35쪽.
2 같은 글, 34쪽.
3 같은 글, 35쪽.

했기 때문이다. 그러나 엉겁결에 데모 군중에 휩싸인 '나'는 다른 학생의 어깨 위에 목말을 타고 "우리에게 가르친 대로 그대로 행하라."라고 외치는 '그'를 발견한다. '나'는 그날의 데모에서 경찰의 총에 죽은 학생들을 떠올리며 '녹슨 쇠못'의 진리를 다시 한 번 확인하지만, 집단적인 의사라는 것을 만들어 내는 군중이라는 존재를 처음 바라본 경험에 압도되고 만다. 그리고 그 성공한 '역사적 사건'의 며칠 후 '나'는 미국인 방송기자와 인터뷰를 하고 있는 '그'를 발견한다. 거기에서 '나'는 '그'의 발언("우리는 우리의 미래를 발명하지 않으면 안 된다는 것을 믿고 있으며 우리는 할 수 있다.")이 다시 한 번 '나'를 압도해 옴을 느낀다.

이 짧은 이야기를 읽고 내가 받았던 충격은 무엇 때문이었던가. 그것은 녹슨 못의 환상 때문에 신경증적 불안에 사로잡혀 있는 소설 속의 '나'에게서 나 자신의 모습을, 그리고 나의 미래상을 보아 버렸기 때문일 것이다. 소설 속 인물인 그('나')와 소설 밖의 내가 동일한 존재일 리 없음에도 불구하고 말이다. 나는 소설 속 '나'의 소심하고도 촌스러운 행동들을 비웃기는커녕 긴장되고 두려운 마음으로 소설 밖의 나와 겹쳐지고 있는 소설 속의 '나'를 바라볼 수밖에 없었다. 소설 속의 '나'를 통해 비로소 소설 밖의 내가 누구인지가 점점 밝혀지는 기묘한 체험이었다. 그 순간 나는 소설이라는 것에 운명적으로 휘말리기 시작하고 있었다. 소설이라는 거울에 비친 나 자신의 모습은 애틋하면서도 한심하기 짝이 없는 것이었고, 나는 그것에 반발하지 않으면 안 되었다. 그 반발조차도 소설이 암시하고 유도한 것이라는 사실을 나는 뒤늦게야 깨달을 수 있었다.

대학에 들어와서야 나는 내가 읽었던 「그와 나」라는 짧은 글의 작가가 김승옥이며 그가 꽤나 유명한 소설가라는 것을 알게 되었다. 다만 문학에 일가견이 있다는 선배들조차 김승옥의 대표작들은 줄줄 꿰면서도 「그와 나」라는 작품에 대해서만은 고개를 갸웃거리곤 하는 것이 당시의 나로서는 기이하게 여겨졌다. 『다산성』(1987)이라는 제목의 김승옥 대표 작 선집을 사서 읽은 것은 그러한 기이함을 해결해 보고자 하는 심산이 었던 듯싶다. 선집이라는 말 그대로 김승옥의 대표작들이 한데 묶여 있 는 책이었다. 그 가운데에서도 「생명연습」(1962)이 유독 절실하게 읽혔 다. 나중에 알게 된 사실이지만, 「생명연습」은 김승옥의 등단작이자 대 표작의 하나이긴 했으나 거기에 실려 있는 다른 작품들, 예컨대 「무진기 행」(1964)이나 「서울 1964년 겨울」(1965), 「서울의 달빛 0장」(1977)만큼 그 가치를 높이 인정받는 유명한 작품은 아니었다. 그럼에도 다른 작품 들을 모두 물리치고 「생명연습」 가운데 한 장면이 당시의 내 의식에 선 명한 각인을 남겼다. 유년의 '나'가 누나와 함께 바닷가에서 애란인 선교 사의 고독한 자위행위를 훔쳐보는 장면이 바로 그것이다. 나는 그 장면 에서 「그와 나」의 전사(前史)를 바라보고 있었던 것이 아닐까. 물론 같은 작가의 작품이기는 하나 「그와 나」의 '나'와 「생명연습」의 '나'가 동일한 인물이라는 증거는 어디에도 없다. 「생명연습」에서 이방인 선교사의 자 위행위를 목격한 사건과 「그와 나」에서의 '나'의 콤플렉스 사이에 어떤 인과관계가 있는 것도 아니다. 그럼에도 나의 독서 체험 속에서 그 두 소 설의 '나'들은 하나의 코기토로부터 파생된 분신들처럼 보였다. 독서하 는 나의 존재가 그 코기토를 만들어 내고 있었다. 이번에도 나는 역시 마 치 내가 누나의 손을 잡고 바닷가에서 서 있었던 것만 같은 느낌에 사로 잡히지 않을 수 없었다. "하나의 세계가 형성되는 과정이 한마디로 얼마 나 기막히다는 것을 나는 잘 알고 있다."[4]라는 대목에 나는 짙은 공감의

---

4 김승옥, 「생명연습」, 『다산성』, 한겨레, 1987, 278쪽.

밑줄을 그었다.

전공을 바꿔 본격적으로 문학을 공부하기 시작한 대학원에서 나는 문학사와 관련된 수업들을 들었고 대학원의 다른 동료들과 아도르노와 벤야민, 하버마스, 알튀세르와 푸코의 이론을 함께 읽었다. 그리고 김승옥의 소설들을 다시 읽었다. 더 명쾌한 이해가, 더 그럴듯한 설명이 가능하리라는 막연한 기대감은, 그러나 충족되지 않았다. 이상하게도 그랬다. 오히려 내 개인적 독서 체험과 대학원이라는 제도의 공유면은 갈수록 줄어드는 느낌이 들었다. 가까이 간다고 다가갔는데 오히려 더 멀어진 꼴이었다. 「무진기행」의 방패로 무장한 당당한 적군 앞에서 내가 들고 있는 「그와 나」라는 칼은 너무도 초라해 보였다. 무언가 억울한 심정이었지만 나는 칼을 도로 집어넣지 않으면 안 되었다. 혼란과 회의가 찾아왔다. 「환상수첩」(1962)을 읽은 것은 아마 그 무렵이었던 듯하다. 「그와 나」에서 대학에 입학한 '나'의 대학 생활이 「환상수첩」에서 한고비를 넘고 있었다. 20대 중반에 쓰인 그 시절의 내 노트에는 「환상수첩」에 대한 독후감이 다음처럼 기록되어 있다.

「환상수첩」은 한 자살한 문과대학생(정우)의 수기를 그의 친구(임수영)가 소개하는 액자소설의 형식을 취하고 있다. 수기 속의 화자인 '나'(정우)는 지방 도시(순천) 출신의 서울대학교 문과대학생이다. 그의 서울 생활은 '환상과 현실과의 거리조차 잊어 버려 아무것도 구별해 낼 수 없는' 욕된 생활이었다. 환상적 기준이 소멸한 자리에서 현실은 자아에게 잔인한 공격법을 강요했고, 정우는 그와 같은 현실에 환멸을 느낀다. 향자와 선애를 맞바꾸자는 영빈의 제안에 쉽게 수긍해 버리는, 그리고 선애의 자살 이후 '여대생 염세자살'의 기사를 오려서 술상 위에 붙여 놓고 영빈과 술을 마시는 정우의 가장된 위악의 태도는 그가 속해 있던 환멸의 현실과 그에 대한 정우의 순진한 대응 방식을 보여 주는 사례들이다. 여전히 그는 "환상. 망상. 더구나 그 망상을 현실까지 끌어내려 그것으로써 자위해 가며 살아가고 있기까지 했던 것"이다. 정우는 새로운 생존 방법을 찾아 하향을 결심한다.

고향에 돌아온 그는 아버지의 연두색에 대한 집착을 긍정하는 한편, 아우에게서 자신을 들여다보며 아우만은 운명적인 질병으로부터 벗어나 평범한 일상의 삶을 살기를 가슴 아프도록 바란다. 부성을 긍정한다는 것, 자기 이후의 세대의 얼굴에서 자신의 표정을 발견한다는 것, 또한 그들이 굴곡 없는 삶을 살아가기를 가슴 아프게 기원한다는 것은 모두 정우의 젊음이 어느 한고비를 넘고 있음을 뜻한다.

그러나 정류장에 마중 나온 윤수와의 대화에서 정우는 벌써 자신이 피해 온 오영빈의 세계가 되살아온 듯한 느낌을 받고 식은땀을 흘린다. 또한 화상으로 비틀어져 만화의 주인공 같은 얼굴을 한 형기는 바다로, 죽음으로 데려가 달라고 정우를 조른다. 폐병을 앓으며 춘화를 만들어 팔고 문화 서적에 심취해 있는 수영까지 포함하여 모두는 정우보다 더 밑바닥 의식의 삶을 살고 있었던 것이다. 정우는 진과 위의 차이를 구별할 수 없었던 서울에서의 삶으로 되돌아가는 자신을 발견하는 것이었고, 날이 갈수록 자신의 도피가 어리석었음을 확인한다. 그리고 그러한 위기의식이 그를 여행이라는 미명의 새로운 도피로 내몰았던 것이다.

윤수와의 여수 여행에서 정우는 겨울의 쓸쓸한 풍경마저 따뜻하게 느낀다. 그만큼 환상적인 삶의 기준이 형성한 '지하실의 자기 세계'로부터 벗어나 이른바 '밝은 세계'인 범속한 삶으로 회귀하고자 하는 그의 의지는 강렬한 것이었다. 그러던 중 정우 일행에게 하나의 사건이 찾아온다. 그것은 여자 단원들로 하여금 몸을 팔게끔 할 정도로 운영난을 겪으며 해체를 눈앞에 두고 있는 곡예단과의 만남이다. 윤수와 정우는 두 명의 여자 단원이 자신들이 묵고 있는 방에 들어오지만 그냥 화투놀이로 밤을 새운다. 이 순간 정우는 윤수에 대한 신뢰와 여자들을 향한 자랑스러움을 가슴 가득히 느끼며, 정우 일행은 곡예단을 따라 거문도행을 결심한다. 거문도에서 정우는 곡예단원들의 공연을 보며 그것이 화려한 구경거리가 아닌 생활 형태의 하나임을 깨닫는다. 결국 삶이란 평생 동안 자신이 지니고 살아야 할 '하나의 얼굴'을 선택하는 것이었다.

그러나「환상수첩」에서 공중곡예사 이 씨의 죽음은 정우에게 '하나의 얼굴'로 살아간다는 것이 그렇게 단순하지 않음을 보여 준다. 이 씨의 죽음은 일상이 그저 살아가면 되는 따뜻한 공간이 아니라, '하나의 얼굴'로 견디기 위한 목숨을 건 싸움임을 일깨워 준 것이다. 정우가 섬 여행을 통해 배운 것은 바로 '하나의 얼굴로 견디기'라는 윤리이다. 여기에서 윤리는 도덕적 규범이 아닌 확고한 자기 세계를 지키고자 하는 내적 결단으로서의 윤리이다. 정우와 윤수는 이것이 그들에게 주어진 새로운 환상적 기준임을 알지 못한다. 그들은 이제 긴 방황을 거쳐 생활로 되돌아온 것이라고 생각한다. 윤수는 여자 단원 중의 한 사람인 미아와의 결혼을 결심하고, 정우는 그 따스한 여행에서 생활에 대한 자신감을 얻는다.

그러나 여행으로부터 고향으로 돌아온 다음 정우는 윤수의 죽음이라는 새로운 사건에 직면한다. 수영의 동생 진영이 수영으로부터 춘화를 사 간 깡패들에게 강간을 당하는 일이 있었고, 윤수는 그에 복수하러 갔다가 주검으로 돌아왔던 것이다. 윤수와 정우가 지향했던 일상의 '밝은 세계'에는 또 다른 역설이 잠복해 있었던 셈이다. 환상적 기준을 현실의 윤리로 전환시켰다고 하더라도, 임수영처럼 '살아남아 있음'에 최대의 의미를 두지 않는 한, 평범한 일상을 살기에는 여전히 부족하다. 이제 정우와 형기는 순천만의 염전에서 죽음이라는 새로운 환상적 기준으로 달려간다. 비윤리의 극단인 죽음으로 가장 윤리적인 삶을 선택함으로써 그들은 '하나의 얼굴'로 삶을 견디고자 했던 것이다. 말하자면 그들에게 삶이란 목숨을 담보로 하여 '하나의 얼굴'로 견디기 위한 생명의 연습이었다. 이와 같은 생명의 연습이 만들어낸 내면적 공간은 관념이 아닌 다면체로서의 인간을 이해할 수 있는 준거점이 된다. 김승옥의 소설이 대학생 편향에서 벗어나 현실 속의 타인들을 그려 낼 수 있게 되는 계기가 여기에 놓여 있다.

위에서 보는 것처럼 '하나의 얼굴로 견디기'라는 소설 속의 구절에 유독 내가 민감하게 반응했던 것은 내가 통과하고 있던 그 시기의 특성과 무관하지 않았을 것이다. 대학을 졸업한 내가 사회적 선택을 유보한 채 대학원에 진학했던 것은 그것을 가지고 평생을 살아갈 수 있는 '하나의 얼굴'을 내가 발견하지 못했기 때문이 아니었을까. 또 그때까지 나의 독서 체험 속에서 키워 왔던 문학과 대학원에서 접하게 된 제도의 문학이 사뭇 다른 것임을 발견하고 당황한 내가 그만큼 절박하게 나의 고유한 글 읽기와 글쓰기를 갈망하고 있었기 때문이 아니었을까. 그렇게 추측해 볼 수 있는 의식의 흐름을 그때 쓴 위의 글에서 새삼 발견하게 된다.

그 후로 나는 1930년대 비평, 특히 역사철학자들의 문학비평을 대상으로 한 석사 논문을 썼고 근대 초기 소설 장르의 형성 과정을 분석하는 논문으로 박사 학위도 받았다. 전후의 작가들에 대해서도 몇 편의 논문을 쓴 바 있지만 김승옥과 관련된 글은 한 번도 쓰지 못했다. 문학평론가라는 직함으로 쓴 여러 편의 글에서도 역시 김승옥과 관련된 구절은 찾아보기 힘들다. 아무에게도 보여 줄 수 없었던 위의 「환상수첩」 독후감이 전부다. 어째서 이런 일이 일어나게 되었을까. 물론 나의 게으름 탓이 가장 크겠지만, 위에서 이야기한 체험 또한 무의식 속에서 작용하고 있었던 것은 아닐까. 만일 텍스트를 객관적으로 분석하는 비평적 입장에

선다면 개인적 독서 체험은 큰 의미를 갖기 어려운 것일 테지만, 그럼에도 적어도 내게 그 체험은 객관적인 분석에 앞서 여전히 엄연하게 존재하고 있기 때문이다. 그 체험을 분리한 채 대상에 대해 객관적으로 이야기한다는 것이 과연 무슨 의미가 있을까? 반면 개인적 체험의 기술에 치중할 경우 주관적 인상에 머무르게 된다는 문제 또한 분명히 존재한다. 개인적 체험을 떨쳐 버릴 수도, 그렇다고 그걸 전면에 내세울 수도 없는 딜레마가 김승옥 소설에 대한 글쓰기 앞에 가로놓여 있었던 것이다. 내가 그 어느 작가보다도 원초적인 영향을 받았던 김승옥에 대해 한 편의 글도 쓸 수 없었던 것은 바로 그러한 사정 때문이 아니었을까 생각된다. 내가 이 딜레마를 명료한 형태로 재발견하게 된 것은 조르주 풀레(George Poulet)의 논의(『비평적 의식』, 1971)를 통해서이다.

김승옥의 소설이 있고 그것을 읽는 내가 있다. 소설을 읽기 시작하는 순간 텍스트의 물질성은 사라지고 내 앞에는 심적 대상이 된 단어와 이미지, 개념 등이 놓여 있다. 그 심적 대상들이 구성하는 사고는 애초에는 나의 것이 아니었다. 조르주 풀레의 견해에 따르면 그것은 김승옥의 것이다. 하지만 읽기의 과정에서 나는 어느새 그 사고의 주어가 된다. 그것은 다른 사람의 사고임에 틀림없지만, 내가 그것의 주체가 된 것이다. 그리하여 명백히 다른 사람의 세계에 속해 있던 사고, 내가 전에는 생각도 해보지 못했던 사고를 사유하기에 이른다. 만약 내가 그것을 다른 사람의 것으로 간주한 채 사유한다면 놀랄 것이 없다. 그런데 놀라운 것은 내가 그 다른 사람의 사고를 나의 사고로 사유한다는 사실이다.

특히 소설 읽기에 몰두하게 될 경우 제2의 내가 나를 점거하여 무대의 전면을 차지하는 듯한 느낌에 빠지게 된다. 나는 한구석에 웅크리고 앉아 그 탈취 행위를, 나와 무관하지 않은 어떤 사건을 목격하고 있는 듯한 긴장을 느낀다. 나의 삶이 아님에도 그것을 나의 삶으로 의식하고 놀라는 경험을 하게 된다. 이 놀란 의식, 그것을 조르주 풀레는 비평적 의식이라고 부른다. 그가 말하는 비평적 의식이란 텍스트 속에서 그 바깥 (현실)과 유사한 것을 찾는 것이 아니라 그 등가물을 찾는 것이다. 그가 말하는 비평적 사고의 귀착지는 작가의 의식과 독자의 의식이 하나의 강을 흐르는 두 개의 흐름처럼 일치되는 순간이다.

그러나 이 지점에서 새로운 문제가 발생한다. 작가의 의식에서 나의 의식을 발견하는 것이 비평의 최종 도달점이 아니라면 말이다. 그와 같은 의식의 향유와는 구분되는 언어적 표현의 차원이 또한 엄연히 존재하고 있기에 그러하다. 그럼에도 조르주 풀레가 강조하고 싶었던 것은 그와 같은 원초적 코기토의 발견이 비평적 의식의 출발점이라는 것일 터이다. 그의 말처럼 자아를 발견하지 못하면 세상을 발견할 수 없기 때문이다.

조르주 풀레의 논의를 음미함으로써 개인적 체험과 제도화된 사유 사이의 괴리로부터 연유하는 혼란으로부터 조금 벗어나 체험을 통해 얻어진 감각을 객관화할 수 있는 의지를 마련할 수 있었다. 독서 과정에서 텍스트와 마주하여 형성한 원초적 코기토가 비평의 전부는 아니지만 그 뚜렷한 근거라는 사실의 확인에서 어느 정도 자신감을 얻을 수 있었기 때문이다. 개인적 체험이 각인되어 있는 「그와 나」, 「생명연습」, 「환상수첩」 등과 그러한 체험의 소인이 찍혀 있지 않은 다른 소설들을 하나의 일관된 맥락으로 설명하는 것이 이제 새로운 과제로 떠올랐다.

그렇다면 「무진기행」 속 윤희중의 나이(33세)도 서너 해 지난 시점에서 다시 읽은 김승옥의 소설들은 어떠했던가. 구체화되기에는 아직 시간이 더 필요할 듯한데 우선 그 단서만을 제시하자면, 다시 대면한 김승옥의 소설들은 어떤 '시대'를 보여 주는 것으로 내게 읽혔다. 그 인물들이 짓고 있는 처참한 '극기'의 표정들은 어느 척박했던 시대가 강요한 것임에 틀림없는 것으로 보였다. 이 극기의 표정들은 「환상수첩」의 인물들의 연기(演技)에서 드러나는 위악적 포즈와 대구를 이루고 있다. 실상 그 과장된 몸짓은 그 이면에 도사리고 있는 연약함의 반사체였기 때문이다.

「역사(力士)」(1963)에는 힘을 주체할 수 없어 한밤이면 동대문 성벽의 돌을 옮기는 '역사' 서 씨가 등장한다. 이 허풍은 도대체 무엇일까. 그것은 무기력하게 바닥에 누워 벽을 바라보고 있는 '나'의 공상이 만들어 낸 환각이 아닐 것인가. 객관적 현실을 변화시킬 힘이 미처 마련되어 있지 않은 상황에서 가능한 한 가지 방식은 이처럼 주관적인 극기를 통해 의식 속에서나마 현실을 초월하고자 하는 욕망을 추구하는 것이다. 설사 그 시도가 현실에 부딪쳐 파탄에 이르더라도 그 욕망만은 남아 존재를 증명하지 않을 것인가.

「누이를 이해하기 위하여」(1963)에서 '자연'을 '도시'에 대립시키는 구도 또한 이 맥락에서 크게 벗어나지 않는 것이다. '나'가 최후의 보루처럼 기대고 있는 '자연'은 마치 '역사'처럼 현실에서는 점점 무력해지고 있기 때문이다. 그러하기에 누이가 침묵만을 배우고 돌아온 도시를 향해 '이번엔 내가 가 보지' 하고 외치면서 떠나는 '나'의 행로는 이미 예정된 실패를 향한 무모한 것이다. 무모한 것이기에 순수한 것이라고 주장하고 있는 것이다.

그렇다면 김승옥 소설에 등장하는 극기의 인물들은 어떤 특정 시대에 대응되는 윤리를 실현하고 있는 존재들이 아닐까. 너무도 척박했기에 맨몸으로 덤벼들 수밖에 없었던, 그러나 그러하기에 장엄할 수 있었던 시대가 바로 그것일 터, 그 척박함, 비장함에서 어떠한 시간적 표지보다도 선명한 한 시대의 표정을 읽을 수 있다. 말하자면 한 개인의 성숙과 공동체의 성장이 동시적인 과제로서 운명처럼 얽혀 있던 시대, 김승옥의 초기 소설들은 바로 그러한 시기의 산물이라 할 수 있지 않을까. 내 앞의 연구자들이 루카치의 개념을 빌려 '환멸의 낭만주의'라고 지칭했던 시각이 더 이상 낯설게 느껴지지 않았다. 나의 개인적 독서 체험이 외부와 소통하기 시작하는 기미가 희미하게나마 감지되는 순간이었다.

여유가 조금 생기자, 나의 독서 체험으로부터 배제되었던 소설들도 시야에 들어오기 시작했다. 「들놀이」(1965)에는 회사 '들놀이'에 혼자만 초청장을 받지 못한 인물 맹상진이 등장한다. 무시해 버리고 싶지만 이런저런 의혹과 불안이 연달아 일어난다. 직접 확인해 보면 될 일이지만 현실과 마주하기를 두려워하는 무의식이 그것을 가로막고 있다. 들놀이가 있는 날, 맹 군을 위로하기 위해 함께 들놀이에 가지 않은 동료 이 군의 집에서 두 사람은 바둑을 둔다. 바둑을 두면서도 맹 군은 이 군에게 너라도 야유회에 가라고 하고, 이 군은 단지 실수일 뿐이니 함께 가자고 한다. 이러지도 저러지도 못하면서 둘의 무기력한 승강이는 계속된다. 가자니 귀찮지만 막상 자기만 가지 못하게 되니 불안한 들놀이. 그 들놀이 초청장은 결여로서만 주어지는 남성적 욕망의 대상을 희화화하고 있는 사물일 것이다. 「들놀이」에서 신경증적 불안에 사로잡힌 인물들은 얼마나 솔직한가. 그들에게서는 위악이나 허풍이 보이지 않는다. 「무진기행」을 경과하면서 김승옥 소설 속의 인물들은 위악적 포즈로 위장된 젊음이 아니라 자신의 치부를 덤덤하게 바라보는 나이 든 인물들로 바뀌고 있다. 위악적 포즈와 무모한 극기의 시도들은 「무진기행」이나 「들놀이」에서 보는 것처럼 현실 속에서 남성적 욕망의 신경증으로 귀착되어 버리고 있다. 이 남성적 신경증의 기원은 사내를 데리고 오는 어머니, 어머니를 죽이자는 형의 음모, 어머니의 행위를 아버지에 대한 사랑으로 채색하는 누나, 이 모두가 결국은 '나'의 환상의 산물임이 드러나는 「생명연습」과 아버지와 형들과 함께 빨치산의 시체를 묻으러 갔던 '나'가 윤희 누나를 불러내는 형들의 '무서운 음모'에 가담하는 「건(乾)」(1962)에까지 거슬러 올라간다.

　「생명연습」, 「건」에 발생적 기원을 둔, 「환상수첩」에서 확장될, 그리고 「무진기행」, 「들놀이」에서 실현될 미래상을 예비하고 있는 어떤 원초적 코기토를 고등학교 시절의 나는 「그와 나」에서 발견했던 것이리라. 그것은 소설 속의 '나', 그들의 코기토이자 동시에 소설 밖의 나의 코기토이다. 「그와 나」를 필두로 오랜 시간 동안 김승옥의 소설을 읽으며 나는 새로운 판본의 '그와 나'를 쓰고 있었던 것이다. 이 글쓰기는 앞으로도 판을 고쳐 가며 계속 쓰일 것이다. 그런 의미에서 「그와 나」는 내게 미로와도 같은 한 작가의 소설 세계로 들어가는 입구에 묶어 놓은 아리아드네의 실과도 같은 것이다.

환상으로 존재하는 삶

— 최인훈론

1 관념에서 환상으로의 이행

한 작가가 쓸 수 있는 이야기는 궁극적으로는 하나가 아닐까. 뿔뿔이 흩어져 있던 이야기들이 하나의 큰 이야기로 수렴되지 않는다면 그 작가의 이야기는 아직 완성되지 않은 것이라고 볼 수도 있다. 한편 그것이 이미 이루어졌다면 그 이후에 다시 시작되는 이야기들은 어쩌면 사족일지도 모른다. 삶과 소설이 쉽게 분리되지 않는다는 전제에서 보면 그럴 것이다.

그런 점에서 최인훈은 작가로서의 운명에 충실한 드문 작가라고 할 수 있다. 그는 이리저리 헤매느라 자신의 이야기를 제대로 발견하지 못한 얼치기 작가가 아니었고, 또 자신의 것이 아닌 다른 이야기에 대한 헛된 욕망을 갖지도 않았다.

그렇다면 최인훈에게 그가 쓸 수 있었던, 혹은 쓰지 않을 수 없었던 이야기는 무엇이었던가. 사실은 그것이 무엇인지 밝히는 것이 최인훈의 글쓰기였고, 그것이야말로 글쓰기의 유일하고도 최종적인 목표이기도 하다. 그런 의미에서 그가 수행한 글쓰기는 '문학을 자신의 손으로 발명하려고 드는' 근본주의적인 것이었다고 할 수 있다. 그 실체화되지 않는 대상을 프로이트를 따라 욕동의 '관념적 재현체(Vorstellungsrepräsentanz)'라고 지칭한다면, 최인훈의 소설과 희곡을 비롯한 모든 형태의 글은 그 관념적 재현체가 그가 놓인 그때마다의 시공간적 상황과 맥락에 따라 언어를 통해 상징화된 결과일 것이다.

그 관념적 재현체가 피난민으로 살아야 했던 그의 삶의 사건들로부터 도출된 것이라는 점에는 의문의 여지가 없다. 원리적으로도 그렇고, 그의 글들이 증명하고 있는 바이기도 하다. 그럼에도 그것은 쉽게 투명한 형태로 상징화되지 않는다. 상징화의 시도는 오히려 그 관념적 재현체의 실재성만을 부각시키고, 그렇기 때문에 그 상징화된 언어들을 그 실재의 재현에 턱없이 미치지 못하는 부질없는 껍데기 같은 것으로 만들고 만다. 한 가지 이야기를 계속 다시 고쳐 쓰는 '시시포스의 도로'를 반복하지 않을 수 없는 이유가 바로 거기에 있다.

최인훈의 초기 글쓰기에서 그 관념적 재현체에 접근하는 수단은 '관념'이었다고 나는 생각한다. 「광장」(1960)이나 『회색인』(1964), 혹은 『서유기』(1966) 같은 대표작들에 등장하는 그 도저한 관념들을 보라. 미메시스적인 접근 방식보다 그것이 훨씬 더 큰 리얼리티를 생산할 수 있었다. 당연히도 관념적 재현체를 재현하는 문제는 단지 사실성의 문제에 국한되는 것이 아니다. 어느 시기 이후 최인훈은 아예 그쪽에는 손을 대지 않았다. 역사적으로 그 방식이 할 수 있는 문학적 역할은 이미 할 만큼 했다는 것이 자명했기 때문이다.

그 관념을 매개로 한 관념적 재현체의 서사화가 어느 정도 이루어지고 나자, 최인훈이 새롭게 시도한 수단은 '패러디'였다. 『총독의 소리』

(1967), 『소설가 구보씨의 일일』(1971) 등의 계보에 속하는 작품들이 그 사례였다고 나는 생각한다. 그 상호텍스트의 운동은 관념에 객관적인 형식을 부여하는 역할을 했다. 순수한 자아란 가장 뜨거운 열정의 형식이기는 하지만 또 얼마나 관념적이고 유치한 것인가. 그런 자각이 작가를 다른 텍스트들의 세계로 이끌었지 않았을까.

앞서 시도된 관념과 패러디 형식의 특징들을 끌어안으면서도 거기에서 한 발 더 나아간 지점에 「하늘의 다리」(1970)와 「두만강」(1970)이 놓인다는 전제에서 이 글은 쓰인다. 이 새로운 접근의 열쇠는 우리가 잘 알고 있듯이, '환상'이다.

2 환각, 혹은 실재의 그림자

「하늘의 다리」는 독신으로 살아가고 있는 삼십대 중반의 월남민 출신 화가 김준구가 고향에서의 학창 시절 은사였던 한동순 선생의 부탁으로 그 딸 성희를 찾는 이야기가 그 뼈대를 이루고 있다. 그 뼈대 사이를 주로 김준구의 관념과 환각, 그리고 그의 짝패인 소설가 한명기와의 대화가 채우고 있다. 그 가운데에서도 가장 문제적인 것은 김준구가 시시때때로 바라보는, 하늘에 떠 있는 여자의 다리의 환각이다.

보도에 내려서서 조금 걸어가다가 준구는 또 '그 착각'을 일으켰다. 그것은 착각이라기보다 '허깨비'라고 하는 편이 옳았다. 갠 밤하늘에 여자의 다리 하나가 오늘도 걸려 있다. 허벅다리 아래만 뚝 잘린 다리다. 쇼윈도에 양말을 신겨 거꾸로 세워 놓은 마네킹의 다리가 하늘 한가운데 애드벌룬(氣球)처럼 떠 있는 것이다.[1]

이런 비현실적인 상황을 현실적인 것으로 느끼는 장면의 질감은 이 소설이 등장하기까지의 한국 소설에서는 너무도 낯선 것이 아니었을까. 그런데 이 장면은 좀 더 이야기가 진행된 후에 다음처럼 되풀이하여 서술된다.

> 초저녁 하늘에 여자의 다리 하나가 오늘도 걸려 있다. 허벅다리부터 아래만 몸에서 뚝 잘린 다리다. 쇼윈도에 양말을 신겨 거꾸로 세워놓은 마네킹의 다리가 하늘 한가운데 애드벌룬처럼 떠 있는 것이다. 발을 아래로 제대로 허공을 밟고 선 다리는 한쪽뿐인데 허벅다리 위에서 끝나 있다. 그런데 그 끊어진 대목이 마네킹과 다르다. 끊어진 대목에서 피도 흐르지 않는다. 있어야 할 둥근 절단면이 없는 것이다. 아무리 뒤로 돌아가서 절단면을 보려 해도 보이지 않는다. 절단면은 자기 그림자를 밟으려 할 때처럼 시선에서 벗어난다. 끊어진 다리. 그런데 끊어진 자리가 없다. 그것은 마네킹의 다리가 아니라 분명히 살아 있는 다리였다. 여러 번 보아서 그런지 이제는 부자연스럽지도 않다. 땅 위에서 올라가는 밤의 도시의 색깔 섞인 불빛들의 힘이 다해서 스러져 가는 언저리보다 훨씬 높이, 별빛만으로 차고 맑게 빛나면서 살찐 발가락들이 부드럽게 하늘을 즈려밟고 있다.[2]

묘사는 조금 더 구체적으로 되었다. 그런데 자세히 보면 앞부분에서 작가는 앞에서 썼던 문장을 그대로 반복해서 다시 쓰고 있다. 이처럼 '하늘의 다리'의 환각이 등장할 때마다 같은 형태의 문장들이 그대로 다시 서술되는 양상은 이후에도 반복해서 나온다.[3] 작가는 왜 똑같은 장면을

---

1 최인훈, 「하늘의 다리」, 『하늘의 다리/두만강 — 최인훈 전집 7권』, 문학과지성사, 2009, 27쪽.
2 같은 글, 64쪽.
3 같은 글, 97쪽.

이렇듯 똑같이 반복해서 기술하고 있을까. 이러한 진술 방식의 효과는 프로이트가 「두려운 낯섦(Das Unheimliche)」(1919)에서 분석하고 있는 몇몇 환상적인 이야기에서 나타나는 효과와 비교하여 설명할 수 있다. 가령 한 인물이 반복해서 똑같은 숫자를 만난다. 집을 나서면서 본 버스 노선의 숫자가 그 날 방문한 사무실의 번호로 반복되고, 또 모르는 누군가로부터 전해 받은 편지에 다시 그 숫자가 적혀 있다면 그 인물은 누군가가 자기를 지켜보고 있는 듯한 느낌에 사로잡힐 수밖에 없다. 그것은 우연적인 일이지만 그럼에도 필연적인 느낌을 불러일으킨다. '하늘에 떠 있는 다리' 역시 사실은 낯설지만 또한 낯익은, 어쨌거나 갑작스럽기는 하지만 다른 어떤 곳도 아닌 김준구의 내부로부터 발생한 현상인 것이다. 말하자면 그것은 우연과 필연이 교차하는 지점에서 생성된 현상이다. 같은 형태로 반복되는 문장들은 그 점을 비재현적인 방식으로 드러내고 있다.

또한 이렇듯 똑같은 장면이 반복되는 과정에서 시니피에(기의)는 증발하고 시니피앙(기표)만이 남게 되는 효과가 일어난다. 반복되고 있는 것은 의미가 아니라 기호의 차원이다.(의미의 문제라면 그렇게 똑같이 반복될 필요는 없을 것이다.) 그 결과 기의는 비어 있고 기표만 반복되는 양상이 일어난다. '하늘의 다리'라는 환상적인 기표는 매번 새로운 의미 속으로 미끄러져가고 그러면서 그 자신은 공백의 기표가 된다.

커다란 다리가 밤의 하늘 한가운데 떠 있다. 글씨처럼. 다리는 밤을 밟고 있다. 풍선처럼 밤 위에 떠 있다. 배처럼. 다리는 솟아 있다. 안테나처럼. 소리들은 하늘로 올라가 다리가 된다. 오작교처럼. 죽은 쥐들과 짓밟은 말과 허송한 시간들은 하늘로 올라가 다리가 되었다. 다리는 밤의 한가운데서 말이 없다. 벙어리처럼.[4]

무슨 '글씨처럼' 하늘에 떠 있는 다리는, 그러나 읽히지 않는다. '다리'라는 기표는 '풍선'으로 '배'로 '안테나'로 '오작교'로 미끄러져 간다. 그러나 그 어디에도 정박하지 못한다. 그것은 '벙어리'처럼 말이 없다. 그러나 기본적으로 기표의 의미화가 계속 거부되고 있는 상황에서도 그 의미에 대한 탐색은 지속적으로 시도된다. 이 소설은 환상이 빈번하게 등장하고 있기는 하지만 기존의 환상소설의 문법과 크게 다른 점이 있는데, 그것은 이 소설의 경우 그 환상들을 즐기는 데 목적이 있지 않다는 점이다. 여기에서는 오히려 그 환상들이 발생한 현실적 근거를 탐색하는 것이 목적이기 때문이다.

난데없이 스피커로 어쩌구어쩌구 하는 소리가 하늘로 올라간다. 그리고 하늘 복판에 떠 있는 다리가 가끔 보인다. 웬일인지 성희의 다리라는 생각이 난다. 성희를 알기 전부터 보아 온 환상이니 그럴 리가 없는데도 어쩌다 퍼뜩 그렇게 이어지자 그 두 가지 오브제는 단단히 들러붙어서 서로 그림자가 되고 몸이 되고 하면서 떨어지지 않게 됐다. 사실 흡사한 일이었다. 성희는 분명히 이 도시의 어딘가에 있으면서 준구에게는 그 하늘의 다리나 진배없는 환상이었다.[5]

이 소설은 김준구의 의식을 통해 그 환상의 원인과 의미에 대한 여러 가지 각도에서의 분석을 시도하지만 그럼에도 그것은 끝까지 투명한 형태로 제시되지 않는다. 하늘에 떠 있는 다리의 환상은 성희와 만나기 전부터 보아 왔던 것인데 그것이 이번에는 성희의 이미지와 결합된다. 환

---

4 같은 글, 105쪽.
5 같은 글, 107~108쪽.

상의 기의는 확정되지 않고 이처럼 새로운 의미와 결합된다. 그때마다 환상의 형식은 조금씩 변형의 과정을 거친다. 이처럼 이미지들은 마치 그물처럼 얽혀 있고 하나의 이미지는 그것과 연동된 이미지들의 연쇄 고리와 함께 움직인다. 그리고 하늘에 떠 있는 다리에 김준구의 리비도가 집중적으로 투여되면서 김준구의 의식 속에서 이미지들의 치환과 압축의 연쇄 고리는 하늘에 떠 있는 다리의 환각을 중심으로 재편되기에 이른 것이다.

이렇게 본다면 이 소설의 특징은 환각이 등장한다는 데 있는 것이 아니라 그것을 제시해 두고 그것에 대한 상징화를 시도하지만 끝내 상징화하지 않는다는 점에 있다고 할 수 있다. 이 소설에 등장하는 환상의 선구성, 문제성은 바로 그 점에 있다. "삶이란 예측할 수 없다",[6] "잘 설명할 수 없었다",[7] "불확실함. 삶의 불확실함",[8] "커다란 소용돌이 속에서 살면서도 그 소용돌이의 의미는 알기 어렵다",[9] "진흙탕"[10] 등 이 소설에는 인식의 불투명성에 대한 언급과 비유가 빈번하게 등장하는데, 그것들은 모두 상징에 대한 회의의 분위기를 형성하고 있다. 이 소설에서의 환각은 어쩌면 그와 같은 상징의 압력으로부터 벗어나고자 하는 내밀한 욕망의 산물일지도 모른다. 상징화할 수 없는 것을 상징화하려는 시도가 환각이라는 형식을 낳았던 것이다.

또한 이 소설은 환각이라는 결과와 그 원인에 대해서도 관심을 기울이고 있지만, 그와 더불어 환각이 발생하는 과정에 대해서도 각별히 주

---

6 같은 글, 24쪽.
7 같은 글, 33쪽.
8 같은 글, 40쪽.
9 같은 글, 63쪽.
10 같은 글, 117쪽.

목하고 있다. 아마도 그 환각은 현실로부터 발생했을 테지만, 그것은 현실에 대한 즉자적인 반응이 아니라 지속적인 압축과 치환의 과정을 통해 생성된 것이다. 소설 속에서 그 과정에 대한 유비를 만날 수 있다는 것은 우연이 아닐 것이다.

> 머릿속에서도 무엇인가 달아오르고 뼈개지듯이 아팠다. 그 머릿속에서 무엇인가 맹렬한 사건이 진행되고 있는 모양이었다. 그게 무언지 준구는 알 수 없었고 그에게 통보된 것은 뼈개질 듯한 아픔뿐이었다.[11]

증상은 원인과의 직접적인 대면을 회피한 결과로 나타난다. 환각 역시 마찬가지로 일종의 방어기제라고 할 수 있다. 그것은 대상에 대한 압축, 치환의 과정을 거쳐 뒤틀린 왜상(歪象)의 형태로, 마치 "중간의 필름을 잘라 낸 채 처음과 마지막 두 커트만을 몽타주한 이야기"[12]처럼 그 과정은 은폐한 채 결과만을 드러낸다. 그런 의미에서 그 환각은 자아가 회피하고자 했던 실재의 그림자이다.

> 웬일일까. 그녀의 고집스러움은 떠오르는데 고집스러움을 담았던 턱은 떠오르지 않는다. 상냥하던 입술을 그려 본다. 그러면 상냥스러움은 남았는데 상냥한 입술은 떠올려지지 않는다. 공백을, 텅 빈 무엇인가를 담고 있던 눈도 그려지지 않는다. 그 텅 비었다는 것에 대하여 그토록 오래 생각게 하는 그 눈이 그려지지 않는다.[13]

---

11 같은 글, 21쪽.
12 같은 글, 137쪽.
13 같은 글, 111~112쪽.

그날부터 그는 작품을 시작했다. 하늘에 다리 하나가 걸려 있다. 다리는 허공을 밟고 있다. 그 밑에 멀리 도시가 있다. 도시의 하늘에 허벅다리 아래만 있는 다리 하나가 걸려 있는 그림이다. 그 다리가 성희의 것이다 ── 라고 준구는 믿고 있다. 그러나 이 다리는 도시의 하늘에 잘 걸려 주지 않았다. (……) 환영으로 보일 때는 그렇게 확실하게 저 하늘에 박혀 있던 다리가 캔버스 위에서는 그림의 공간 속에 들어박히지를 않는 것이다.[14]

성희(여성)도, 하늘에 걸린 다리도 재현을 거부하는 실재의 그림자들이다. 그것은 직접적으로 상징화되지 않는다. 언어적 상징 저편의 세계와 이 세계 사이에는 "기억과 캔버스 사이에 놓인 낭떠러지, 기억 속의 성희와 현실 속의 성희 사이에 있는 거리만큼 한"[15] 단절이 놓여 있다. 그렇기 때문에 그 세계를 이 세계의 언어를 통해 상징화하면 "영화 속에 만화를 끼워 놓은 것처럼 되고 만다".[16] 그럼에도 그 낭떠러지 아래 깊숙한 곳에 놓인, 정체를 알 수 없는 그 어떤 것을 불러내고 끌어올리는 것, 그리하여 그 서로 다른 두 세계를 소통시키려는 필사적인 시도의 다른 이름이 바로 최인훈에게는 예술이다.

예술이란, 불러내는 것. 먼데 것을 불러내는 것. 가라앉은 것을 인양하는 것. 침몰한 배를 끌어올리는 것. 기억의 바다에 가라앉은 추억의 배를 끌어내는 것. 바닷가. 표류물(漂流物)을 벌여 놓은 바닷가. 그렇게 캔버스 위에 기억의 잔해 찌꺼기들을 그러모으는 일 ── 이 아닌가? 그렇다. 그러나 내게는 기술이 없다. 연장이 없다. 깊은 바닷속으로 들어갈 체력이 없다. 체력. 그

14 같은 글. 115~116쪽.
15 같은 글. 116쪽.
16 같은 곳.

럼. 체력이 없지. 이젠. 예술은 체력 없인 안 된다. 자본이 있어도 안 된다. 해녀여야지 조합장이어서는 안 된다. 조합장은 장부 위에서 숫자와 전표만 만진다.[17]

니체의 논법으로 말하면 예술은 노예의 도덕이 만들어 낸 것. 그렇기 때문에 그것은 일반적인 통념과는 달리 향락이 아니라 (체력을 요구하는) 노동의 산물이다. 해녀여야지 조합장이어서는 안 되는 이유도 거기에 있다. 그러한 명제가 최인훈과 그의 시대의 소설에서 기본적인 전제를 이루고 있었다. 가상과 본질의 위계를 전도시켜 가상에 본질이 있다고 믿는 일이 그것이다. 그럼에도 거기에서조차 본질을 찾을 수 없다고 회의하는 지점에서 최인훈 소설의 고유함이 뻗어 나온다. 바로 그러한 예술관에 합당한 독특한 예술적 형식이 최인훈 소설의 특징적 면모를 이룬다. 다음과 같은 자유연상의 기술들, 그리고 그 기술들이 궁극적으로 이데올로기 비판에 가닿는 대목은 그 한 가지 사례이다.

고향 시절에 한 선생 댁에 놀러 갈 때면, 담 너머로 울려 나오던 오르간 소리. 담을 넘어 어우러진 아카시아 가지. 아카시아 냄새에 범벅이 된 오르간 소리. 소리꽃. 소리의 꽃. 꽃의 소리. 냄새의 소리. 소리냄새. 소리냄새꽃. 부드러운 입술. 입술꽃. 꽃입술. 그림이 되기 위해서는 너무 갈피 많은 화상(畵想). 화상이 가고 싶다는 데로 한정 없이 따라가서는 안 된다. 그것은 족할 줄 모르는 욕망과 같다. 끝이 없다. 폭군. 폭력. 자기 자신에 대한 폭력. 줄과 줄 사이에 선택이 있지 않으면 안 된다. 예술이 자유의 나라라는 얘기. 거짓말이다. 예술은 폭력의 나라다. 폭력의 근거를 따질 마음이 일지 못하게

17 같은 글, 74쪽.

강제된 폭력의 세계다. 예술을 사랑한 사람은 예술을 만들지 못한다. 무서움. 삶의 무서움에 대해서 또 하나의 무서움을 만들어 내는 것. 그게 예술이다. 아름답다는 것 ── 아름다움은 흉기(凶器)다. 흉기를 만드는 사람은 흉기보다 더 흉악하지 않으면 안 된다. 나는 그걸 몰랐지. 누가 나한테 그 진실을 말해 주었던가. 아무도. 말해 준 사람은 아무도 없다. 그들은 알고 있었는가. 아마 그들도 몰랐을지 모른다. 만든다는 것 즐기는 일만이라면 예술은 꽃이다. 그러나 만드는 쪽에 서면 ── 예술은 흉기, 즐기면서 만든다? 즐기면서 만든다? 엿장수 맘대로 되는 일인가? 꽃인 줄 알고 달았던 가슴의 장식이한 자루의 칼로 변할 때. 공중(公衆)의 눈앞에서. 문득 준구는 제정신이 들었다. 흉기는 웃고 있었다.[18]

이처럼 가수 상태에서의 의식의 기술은 (최인훈의 다른 소설에서도 자주 접할수 있는 것이지만) 이 소설에서도 몇 차례 유사한 양상으로 등장한다. 가령 13장은 전체가 자유연상에 의한 진술이다. 이 자유연상에 의해 생산된 이미지와 사유들은 언어가 아니면 그려 내기 어려운 대상이라는 점에서 언어예술로서의 소설에서 보자면 가장 소설적인 대목이라고 할 수 있다.

동시에 언어에 대한 반성의 과정 그 자체가 이데올로기 비판의 기능을 수행한다는 것을 이 대목은 잘 보여 준다. 위에서 드러나 있듯 그 반성은 기본적으로 언어(예술)가 자유이자 폭력이라는, 꽃이자 흉기라는 역설에 대한 인식으로부터 온다. 바로 그 역설에 대한 인식이 조급하게 한쪽 방향으로 치달아 개념으로 지양되고자 하는 의식을 견제하고 있다. 그 이미지들의 무한히 거듭되는 분열 속에, 들뢰즈의 개념으로 말한다면 시뮬라크르의 차원이 반복되는 속에 하늘의 다리라는 환각(또 하나의 시뮬

---

18 같은 글, 53~54쪽.

라크르)은 잠재되어 있었을 것이다.

언어의 내부에서뿐만 아니라 언어와 인식 사이에도 일방적인 반영이 아니라 쌍방향의 역설이 작동하고 있다. 인식이 언어화되기도 하지만 때로는 언어가 인식을 불러오기도 하는 것이다. 그 과정에서 일어나는 미세한 사건들을 이 소설은 다음처럼 예민하게 포착하여 보여 주고 있다.

> 준구는 원산이라는 도시가 가지고 있는 많은 뿌리를 생각해 보았다. 그속에는 준구 자신에게 뻗친 뿌리도 있었다. 그것은 지금으로서는 그의 머릿속의 기억(記憶) 세포에만 이어진 뿌리였지만 뿌리임에는 틀림없었다. 실지로 오갈 수 없기 때문에 그 뿌리는 준구의 기억세포 속에서 뿌리혹박테리아처럼 무성하게 부풀어 있었다. 그리움이란 양분을 빨아 먹으면서 그 박테리아는 20년 동안 가닥에 가닥이 얽혀 덩굴진 숲을 이루고 있었다. KAL기에 얽힌 고향의 이름 두 자가 갑자기 붓끝에 걸리는 캔버스의 닿음새처럼 이 며칠 그 덩굴을 건드려 오고 있는 터이었다.[19]

원산이라는 고향의 이름 두 자가 의식의 표면 아래에서 천천히 움직이고 있던 기표(기억)들의 덩굴을 활성화한다. 새로운 기표의 출현이 그와 연관된 기표들을 자극하고 그와 더불어 기표들에 부착되어 있던 현실을 환기시킨다. 바로 이 현실적 근거가 이 소설 속의 환상을 분석 가능한 것으로 만들어 준다. 그러나 그 환상은 결코 싱겁게 분석되어 버리는, 의식의 조작에 의해 만들어진 관념이 아니다.

> 이 환상적인 그림 속의 다리와 하늘과 도시가 이 캔버스 안에서만 어김

---

19 같은 글, 16~17쪽.

없이 서로 밀고 당기면서 넘어지지 않는다면 그것은 그림일 수가 있는 것이다. 그의 환상에서 그렇게 확실히 진짜로 보였다는 사실 때문에 그는 이 구도(構圖)를 버릴 수 없는 것이었다.[20]

이렇듯 환각과 현실을 동시에 제시하고 그 관련의 폭을 가능한 한 최대한 멀리 설정하면서도 그 연관을 포기하지 않는 데서 최인훈 소설의 고유한 구도를 확인할 수 있다. 말하자면 기의(자아 담론)와 기표(무의식 담론)의 상호 관련을 활성화시키되 각각의 독자성을 훼손하지 않는 균형이야말로 최인훈 소설의 특징이라고 할 수 있다.

이 소설적 구도는 인물들의 관계에도 투영되어 있다. 이 소설에서 김준구와 한명기, 김상현 등은 의식 내에서의 서로 다른 지점들을 표상하지만, 그럼에도 그 지점들은 서로 연결되어 있다.

소설가는 저녁에 술을 하자고 권했으나 준구는 볼일이 있다고 했다. 실은 순간적으로 OK홀에 가 보고 싶었던 것이다. 그 처녀 소식은 없는가고 한명기가 물었다.

준구는 조금 놀라면서 없다고 대답했다. 우연히 묻는 말이겠지만 한명기는 무서운 데가 있다는 생각이 들었다. 그러나 그를 크게 속이자는 생각이 없는 바에야 무서울 것도 없겠다는 생각도 들었다. 김상현의 경우도 마찬가지라는 생각도 들었다.[21]

화가 김준구와 소설가 한명기가 한 의식의 두 양상을 표현하는 짝패

20 같은 글, 127쪽.
21 같은 글, 122쪽.

라고 할 수 있다면 그들보다 더 너머에 김상현의 현실적 의식이 있다. 그들은 현실 속 인간성의 전형이라기보다 한 인간의 의식 속에 다층적으로 내재된 원형적인 타입 쪽에 가깝다. 이 구도는 현실로부터 차단되고 연결되기를 반복하는 의식의 다면적인 폭을 감당할 수 있는 장치이자 근거이다.

　한편 이 구도에서 한명기가 김준구와 김상현 사이에 놓여 표면상으로는 중심에 있지만 실제로는 김준구에 초점이 맞춰져 있다는 점도 주목할 필요가 있다. 김준구에 초점이 맞춰져 있다는 사실은 최인훈의 시선이 문학적이라는 점을 새삼 확인하게 만드는 것이다. 많은 동서고금의 예술작품들이 증명하듯이, 김준구에게서 떠나지 않는 피난민 의식, 이방인 의식, 소수자의 언어 의식은 그 자체가 문학예술을 발생시키는 보편적 기원이다. 그런 측면에서 보자면 이 소설은 김준구의 사적인 기억 혹은 트라우마가 객관화, 보편화되어 현실에 대한 문학적 인식으로 성립되는 드라마를 펼쳐 보인 것이라고도 할 수 있다.

　　바다 밑 바위 모서리에 가라앉은 조개처럼 그는 방에서 웅크리고 지냈다. 가끔 다리를 끌고 창가에 서서 내다본다. 겨울의 맑은 날 집들은 잔뜩 웅크리고 추위 속에 몰려선 피난민들처럼 보였다. 갑자기 거지가 돼서 백사지 땅에 내동댕이쳐졌던 이십 년 전이 조갯살에 파고든 한 알의 모래처럼 준구의 속에서 자라 온 줄만 알았는데 모래는 밖에도 있었다. 저기 저렇게 서 있는 집들이, 전봇대가, 거리가 모두 어디서 금방 실려 온 피난민같이만 보이는 것이었다. 그는 원래 이 도시에서 자기는 남이고 이 도시에는 자기를 빼놓은 남들의 큰 집단이 자신 있게 살고 있다는 짐작으로 살아 왔다. 그런데 차츰 그는 달리 보게 되었다. 어디에 그 증거를 대라면 댈 수 없다. 한명기라면 혹 몰라도 준구는 그런 데 서툰 사람이었다. 그저 낌새 —— 어떤 낌새가

그랬던 것이다.[22]

이 장면까지 이르면 우리는 「하늘의 다리」가 문학적 의식의 보편적인 기원과 그것이 발생한 시대적, 현실적 맥락을 아울러 내포하고 있다는 것을 확인하게 된다. 그렇기 때문에 이 소설에서의 환상은 환상으로서의 문제성을 잃지 않으면서도 그에 대응되는 현실성을 갖는다. 환상은 그 현실에 대한 명시적인 증거가 아니라 '그저 낌새 — 어떤 낌새'로서 존재한다. 그것은 현실의 반영이 아니라 징후적 현실의 발견 혹은 그에 대한 예감으로서 기능한다. 그 예감이 가장 증폭된 형태로 드러나는 것은 그 환상에 부합하는 사건이 실제로 현실에서 일어나는 순간에서이다. 소설의 후반부에서 김준구가 목격하는 피살자의 다리, 그리고 아파트 붕괴 현장이 바로 그 경우일 것이다.

이 환각과 실재의 전도된 관계는 곧 예술과 현실의 관계에 대응되는 것이다. 이 이항대립의 선택적 상황을 어떻게 돌파하는가 하는 형이상학적 주제가 이 소설의 마지막을 장식하고 있다.

나는 두 가지 생각을 가지고 있네. 한 가지는 무어가 어찌 됐건 환쟁이는 캔버스 밖으로 나가서는 안 된다, 우주가 밖에서 망하고 있더라도 머리 꼭대기에 천장이 내려앉는 순간까지는 캔버스와 팔레트와 손, 그리고 눈만이 그의 세계이어야 한다, 그 밖의 일은 더 고상한 일인지는 몰라도 미술은 아니다 — 하는 생각이야. 다른 한 가지는, 그렇다손 치더라도 그만큼 끄떡없는 집념을 가지자면 역시 바깥세상을 사랑해야 된다는 것, 근대 예술가들이 생각하듯 예술이나 학문이라는 것이 고립적인 힘으로만 이루어지는 것

22 같은 글, 112~113쪽.

이 아니라는 것, 아무도 날 때부터 미술가인 사람은 없고 인간의 공동체가 개발하고 쌓아 온 전통과, 분업의 약속 아래서만 한 전문가가 탄생한다는 것, 그러므로 인간의 마을에 대한 믿음 없이는 방법적 고립도 불가능하다는 것 — 이런 생각일세.[23]

이 문제를 현실적으로 생각한다면 그것은 예술가의 처세에 관한 것이지 소설적인 것은 아닐 것이다. 그러나 다른 한편으로 이 문제를 깊이 파고들어 논리적으로 추구해 들어가면 그것은 철학의 몫이지 문학의 몫은 아니다. 「하늘의 다리」는 이 문제를 이준구의 삶과 의식과 무의식을 통해 형상화하고 있다는 점에서 문학적이다. 이 대립이 해체되는 원점, 그 서로 얽힌 난맥으로 인한 '어질머리'로부터 벗어난 의식과 존재의 원초적 상태에 대한 메타포가 바로 이 소설의 마지막에 등장하는 '바다'일 것이다.

나도 지금 이 바다에서 나온 사람일세. LST에서 내려서 이 땅을 밟았지. 그리고 지금 바다를 대하고 이렇게 서 있군. 그 사이에 겪은 일들을 나는 도무지 갈피 잡을 수 없네. 모두가 비너스의 탄생처럼 갑작스럽고 불문곡직으로 사건들은 일어나네. (……) 보이지 않는 것을 그릴 재주가 있나. 나는 지금 이 바다에서 금방 나온 사람처럼 생소하네, 이 마을이. LST에서 걸어 나온 피난민은 헛되이 바다 앞에 섰네. 이 무지한 바다 앞에. 백치와 같은 푸른 짐승 앞에.[24]

---

23 같은 글, 135쪽.
24 같은 글, 137~138쪽.

여기에서 바다는 일차적으로는 피난민의 생활이 비롯된 시발점을 지시하고 있지만, 궁극적으로는, 「광장」에서의 바다가 그러하듯이 여기에서도 '무지하고 백치와 같은' 원초적인 상태에 대한 상징이다. 「광장」에서 이명준이 선택한 죽음은 그 세계와의 거리를 가깝게 만들어 주는 가장 직접적인 계기이다. 그런 의미에서 「하늘의 다리」에서의 바다 역시 '상징적 자살'의 무대라고 할 수 있다. 그러니까 최인훈 문학에서 바다는, 그리고 그것을 무대로 이루어지는 죽음과 거듭남의 제의적 퍼포먼스는 예술의 지향점과 그에 도달하기 위한 인간적인 의지에 대한 상징적 표상인 것이다.

3 기억, 혹은 욕망의 판타지

그 바다에 이르기 오래전 강에서 흘렀던 시간이 있다. 「두만강」이 바로 그것이다. 그런 의미에서 "하얗게 얼어붙은 두만강이 아득히 빛나고 있었다."[25]라고 끝나는 이 소설의 결말은 그것이 더 유유히 흘러 바다로 흘러들어 갈 시간들을 암시하고 있는 것이다.

「하늘의 다리」가 1970년의 첫날 전후의 이야기라면 「두만강」은 그 26년 전인 1944년의 첫날을 전후로 하여 일어난 이야기이다. 「하늘의 다리」가 월남하여 난민으로 살아가는 예술가의 이야기라면 「두만강」은 고향에서의 유년의 이야기인 것이다. 그러나 그와 같은 대비의 한쪽을 허물면서 두 소설은 하나의 동질적인 세계를 펼쳐 보이고 있다. 가령 '진흙탕'(「하늘의 다리」)과 '아지랑이'(「두만강」). 「하늘의 다리」의 진흙탕이 김준

---

25 최인훈, 「두만강」, 「하늘의 다리/두만강 — 최인훈 전집 7권」, 문학과지성사, 2009, 316쪽.

구의 환각, 예술과 현실의 관계에 대한 실존적인 고뇌에 대응된다면, 「두만강」의 아지랑이는 현경선, 한동철의 욕망과 정체성, 그들을 둘러싼 현실의 여러 층의 억압, 그리고 그것과의 필연적인 갈등을 함축하고 있다.

침략자와 피침략자 사이에 가장 비극적인 시기는 언제일까? 암살의 방아쇠가 당겨지고 가죽조끼가 울고, 기름불이 튀고 주재서(=지서)가 타오르는 시기일까? 아니다. 비극의 큰 윤곽이 원경으로 물러가고 피침략자가 침략자의 언어로 조석(朝夕) 인사말을 하게 되는 때다. 일상 속에 주저앉은 비극. 비극의 구도 속에서의 희극, 아니 그 속에 있는 당자들은 희극이라고도 느끼지 않는다. 심판의 바로 전날까지 아물거리는 아지랑이 ─ 계절의 양기. 엄청난 봄을 앞에 두고도 예삿봄의 징후밖에는 비치지 않는 역사의 돈환 같은 속 모를 깊이. ─ 물론 어리석은 자에게만이지만, 1943년의 H읍은 이런 아지랑이 속에 있다.[26]

최인훈에게 주된 관심은 식민지의 표면에 드러난 사건이 아니라 그 이면이다. 그 이면 속의 혼돈, '속 모를 깊이'나 '아지랑이'로 비유되는 심층인 것이다. 이 심층의 세계는 최인훈의 관심이 늘 놓여 있던 곳이기도 하다. 엄밀히 말해 그곳은 미메시스의 대상은 아니다.

이 소설은 「하늘의 다리」와 반대되는 지점에 놓인 작품으로 설명되어 왔다. 「하늘의 다리」가 환상적이라면 「두만강」은 사실적이라는 식의 대비인 것이다. 물론 이 작품은 그 자체로 한 소읍을 배경으로 식민지 말기의 풍속을 상당히 사실적으로 재현해 낸 면이 있다. 하지만 「하늘의 다리」가 그 환상을 통해 현실의 새로운 계기를 발견하고 있는 것처럼, 「두

---

26 같은 글, 145쪽.

「만강」의 기억의 재현 역시 환상의 계기를 내포하고 있다. 시점에서 그 점이 잘 드러난다. 프롤로그에 제시되어 있듯이 이 소설의 중심이 되는 관계는 (경선과 성철이 아니라) 경선과 동철이다. 소설 앞부분은 경선과 성철, 동철과 마리코의 연애 혹은 우정의 감정을 중심으로 이야기가 흘러가지만 어느 시점 이후 이 애초의 구도는 사라진다. 이 비대칭, 불균형을 어떻게 생각해야 하는가.

그런 의미에서 「하늘의 다리」에서의 준구와 명기처럼 「두만강」에서의 경선과 동철 역시 같은 운명을 공유한 짝패라고 할 수 있다. 경선은 동철에게 아직 부여되지 않은, 그러나 그에게 예고되어 있는 미래상을 드러내기 위한 매개적 존재이다. 그렇게 보면 "사상적 고민 같은 그런 고민이 앞서지 않고 오로지 평범한 생리의 압력 한 가지를 가누지 못하고 있는 자신의 현상"[27]에 대한 불만과 같은 경선의 고민 역시 사실 동철의 것을 미리 대신 앓고 있는 것이라고 할 수 있다. 그렇게 본다면 이 소설은 기억의 사실적 재현이라기보다 일종의 판타지에 가깝다. 여기에는 기억과 욕망, 과거와 현재가 서로 얽혀 한 몸뚱어리가 되어 있다. 거기에서 우리는 작가가 대학 시절에 썼던 「두만강」이 1970년의 시점에서 발표될 수 있는 필연성을 찾을 수 있다.

뒤떨어진 아시아에서 눈 많은 것밖에는 자랑할 것이 없는 이 북쪽 시골에 한 나무장수 딸로 태어났다는 사실은 경선에겐 무서운 실감을 수반한 절망을 주었다. 이 경향은 나이 어린 계집애의 으레 있는 감상으로 돌리기에는 너무나 심각한 것이었다. 남 못 하는 공부를 하고 나서는 저를 공부시켜 준 부모가 초라해 보이고 제가 자란 바닥도 숨 막혀진다. 더구나 서울 가서

---

27 같은 글, 315쪽.

학교를 하고자는 소원도 아버지가 마다해서 이루지 못했을 때의 심정. 자기가 못 간 서울에 가 있는 것만 가지고도 성철은 우러러보인다.[28]

자신의 정체성에 대해 민감한 존재들, 그들이 곧 난민이고 이방인이고, 경계인이다. 바로 경선과 동철처럼 세상과 대결하고자 하는 자아의 의지로 인해 스스로 주변인이 되어 버리는 존재들 말이다. 우리는 위에서 드러나 있는 현실 부정의 의지와 그것을 초래한 초월적인 욕망의 추구에서 이후 피난민 의식의 형태로 변주될 어떤 의식의 투명한 원형을 확인할 수 있다.

4 환상의 의미, 그리고 그 이후

피난민 의식을 지속적으로 탈주관화, 객관화하는 과정의 한 국면을 「하늘의 다리」와 「두만강」은 보여 준다. 최인훈은 문학 혹은 예술이라는 것 자체가 이방인, 피난민이 하는 것이라는 사실에 자각적이었고 그것을 작품을 통해, 삶을 통해 보여 주었다. 그런 의미에서 그는 문학작품을 쓴 것이라기보다 문학을 살았다. 바로 거기에 작가로서의 최인훈의 비참과 영광이 있을 것이다.

「하늘의 다리」가 기억과 의식 사이의 복잡한 치환과 압축의 고리, 그리고 그 고리에서 일탈된 낯선 환각을 보여 준다면, 「두만강」은 그에 비해 상대적으로 직접적인 치환과 압축, 단순한 환상을 보여 준다. 바로 이 점이 「두만강」에 비해 「하늘의 다리」가 집단적 환상에서 더 먼, 그렇기

---

28 같은 글, 233쪽.

때문에 더 성숙한 예술적 의식을 보여 주는 이유라고 할 수 있다. 그럼에도 우리는 그 둘 모두에서 환상이나 기억이 실재를 더 가까이 느낄 수 있게 해 준다는 역설적 진실을 공통적으로 확인할 수 있다.

사실 그 주관적인 개인 환상은 관념적 재현체에 더 가깝다. 그 관념적 재현체는 현실이라는 공동환상에서 가장 멀리 떨어져 있는 것이기 때문이다. 그럼에도 현실의 무게에 눌려 있던 문학적 의식에서 이러한 환상은 늘 관심권 바깥에 머물러 있었던 것이 사실이다. 그리고 다른 작품들에서도 이러한 계기는 이데올로기적이고 미메시스적인 계기에 비해 상대적으로 덜 주목받았던 것도 사실이다. 그렇기 때문에 역설적으로 이 작품들은 최인훈 문학을 새롭게 해석할 수 있는 중요한 근거라고 할 수 있다.

그러면서도 그 환상들이 끊임없이 현실과의 긴장을 잃지 않고 있다는 점은 다시금 강조될 대목이다. 광장과 밀실, 삶의 거시적 차원과 미시적 차원, 개인과 전체가 맺는 게마인샤프트의 영역과 게젤샤프트의 영역을 함께 사유하고 형상화하는 균형 감각이야말로 최인훈 이후의 한국 소설이 극복하지 못한 큰 장벽이다.

한참 후 최인훈은 이 환상의 계기에서 한 발 더 나아가는 또 한 번의 도약을 보여 준 바 있다. 『화두』(1994)가 그것이다. 텍스트가 이끄는 기억, 텍스트가 규정하는 삶, 텍스트가 생산하는 현실이 거기에 있다. 텍스트와 삶(기억, 현실)이 서로 얽히고 전도되는 장면 속을 걸어 그는 글쓰기의 운명적이자 최종적인 '화두'를 향해 접근해 갔던 것이다.

내러티브들의 원무(圓舞)

── 이청준론

1 유예된 글쓰기 상황 속에서 소설 쓰기

이청준의 초기작 가운데 하나인 「이제 우리들의 잔을」이라는 소설이 처음 신문에 연재(《조선일보》, 1969년 11월 15일자~1970년 8월 14일자)되었을 때의 제목은 '원무(圓舞)'였다. 이 「원무」(잠정적으로 「이제 우리들의 잔을」이라는 제목 대신 「원무」라는 원래 제목으로 이 소설을 지칭한다. 그 불가피한 이유는 이 글의 4장에서 밝혀질 것이다.)에 앞서 이청준은 두 차례 장편 발표를 시도한 바 있었는데, 첫 번째 장편 「조율사」는 편집자의 책상 속에서 4년 동안이나 빛을 보지 못했고, 두 번째 시도였던 「선고유예」(《문화비평》, 1969년 봄호~1970년 봄호)는 완성에 이르지 못한 채 연재가 중단되었다. 「조율사」는 쓰인 지 4, 5년이 지난 1972년에야 《문학과지성》에 봄부터 가을까지 세 번에 나뉘어 실렸고, 「선고유예」는 「씌어지지 않은 자서전」이라는 새로운 제목으로 역시 1972년에야 완성된 형태로 발표(『소문의 벽』, 민음사 수록)된다. 이 두 번의 실패에 대한 작가의 자의식은 그의 단편 「소문의 벽」(《문학과지성》, 1971년 여름호)에서 소설가 박준과 그의 소설 속 인물 G를 통해 간접적으로 드러나 있다.

그런데 이 두 편의 작품들은 결국 양쪽 다 빛을 보지 못하고 만 것이다. 하나는 '시대 양심'이라는 것에 바탕을 둔 편집자의 문학 이념과 어긋난다는 이유에서, 그리고 다른 하나는 소위 그 '말썽의 소문'을 두려워하는 용기 없는 편집자의 조심성(글쎄 안 형은 그것을 다만 박준의 입을 막아 버리려는 협박일 뿐인지 모른다고 했지만 말이다.)에 의해서.[1]

물론 박준이 처한 입장은 소설 속의 상황이고 그렇기 때문에 작가의 현실적 상황과 직접 동일시하기는 어렵다고 할 수도 있다. 그럼에도 자기 글쓰기에 대한 자의식이 빈번하게 (한 소설 내에서의 경우) 격자소설의 형식으로 혹은 (소설들 사이에서는) 상호텍스트성의 형태로 동반되었던 이청준 글쓰기의 맥락에서 본다면, 위의 대목에 발표가 유예되고 있는, 혹은 연재가 중단된 자신의 소설에 대한 자의식이 투영되어 있다는 사실을 그냥 지나치기도 어렵다.

소설 속의 전짓불빛이 박준의 것일 수 있다는 것은, 그리고 소설 속의 주인공 G가 바로 박준 자신이리라는 사실은, 그가 소설 속에서 '진술'이라는 말을 유독 자주 사용하고 있는 것으로도 더욱 분명해질 수 있다. 물론 진술이라는 말은 박준뿐 아니라 김 박사도 즐겨 쓰는 말이었고, 나 자신도 잡지 일을 일종의 간접적인 자기 진술 행위라고 고백한 일이 있지만(어쩌면 우리들은 모두가 그 진술과 관련하여 그것을 요구받으며 살아가고 있는 것인지도 모른다.),

---

1 이청준, 「소문의 벽」, 《문학과지성》, 1971년 여름호, 445쪽.

박준은 소설을 쓰는 사람인 만큼 무엇보다 자기의 소설 작업을 그 자신의 진술 행위로 이해하고 있었음이 틀림없는 것이다. 그러므로 G는 박준 그 자신일 수가 있으며, G로 하여금 정직한 진술을 방해하고 있는 요인들은 바로 박준 자신이 소설을 쓰면서 당하고 있는 모든 방해 요인들을 상징하고 있을 수가 있는 것이다. 그리하여 박준은 그 정직하려고 하면 할수록 오히려 실패만 거듭하게 될 수밖에 없는 한 작가의 슬픈 파멸을 G의 이야기를 통해 말하고 싶어 했던 것이다.[2]

「소문의 벽」에서 소설가 박준과 그의 소설 속 인물 G의 관계에 대한 '나'의 생각이 서술된 부분이다. 박준의 소설 속에서 G가 환상 속에 나타난 신문관을 앞에 두고 자신의 과거를 고백한다는 설정 자체가「선고 유예」(「씌어지지 않은 자서전」)를 떠올리지 않을 수 없게 만들기도 하거니와, 그 구조상 소설 속의 소설가 박준과 그의 소설 속 인물 G의 관계는 소설 밖의 소설가 이청준과 그의 소설 속 인물 박준의 관계를 자연스럽게 지시하고 있기도 하다. 그와 같은 유비 관계를 통해 이청준은 결국 "정직하려고 하면 할수록 오히려 실패만 거듭하게 될 수밖에 없는 한 작가의 슬픈 파멸"을 박준의 이야기를 통해 말하고 싶어 했던 것이라 추측해 볼 수 있다. 그 체험은 이청준으로 하여금 창작 행위와 그것을 수용하는 현실 사이에 제도와 이념이라는 이중의 벽이 가로놓여 있다는 것을 느끼지 않을 수 없도록 만들었을 것이고, 그로 인해 발생한 억압이 다른 소설에서 우회적으로 표출되고 있었다고 할 수 있을 것이다. 이 경우 이청준이 소설 속에 자신의 소설을 반영하는 방식은 상호텍스트성이라는 기법 차원 이전에 그와 같은 경험에 대한 작가의 민감한 반응이 만들어 낸 자생적

2 같은 글, 463쪽.

형식이었으리라 생각된다.

그런데 이번에는 그런 이념과 제도의 검열을 거치지 않고 상대적으로 독자들과 직접 대면할 수 있는 신문소설 연재라는 기회를 얻은 것이다. 한편으로는 장편 창작에 대한 부담감을 갖지 않을 수 없었을 상황이지만, 또 다른 한편으로는 독자들과의 직접적인 소통을 통해 앞서의 낭패를 만회할 수 있는 기회로 여겨졌을 것이다. 이청준은 「원무」의 신문 연재를 시작하기에 앞서 다음과 같은 포부를 드러내고 있다.

> 재미있는 소설을 쓰고 싶다. 그래서 모처럼 만난 독자들이 잔뜩 즐거워지고 말았으면 좋겠다.
>
> 그러나 재미있는 소설이 다 좋은 소설일 수는 없다. 반대로 좋은 소설은 반드시 재미있는 소설이다.
>
> 재미뿐인 소설에서는 그 재미가 많을수록 허무하고 위해롭기 쉬운 데 반하여 좋은 소설에서는 그것이 좋은 소설일수록 더욱 재미가 넘치되 결코 지나치는 법이 없다. 그 재미는 작품을 더욱 빛내 줄 뿐이다.
>
> 재미의 질이 문제다. 우선 좋은 소설을 쓰고 싶다. 그래야 독자들이 아무리 즐거워도 결코 지나침이 없을 테니까. 이 일을 위해서 나의 젊고 성실한 모든 노력을 기울일 작정이다.
>
> 잘 해 낼지 미리 장담할 수는 없지만, 내 딴에는 이번 기회에 신문소설의 새로운 영토를 열고 싶은 마음 또한 간절하다.[3]

'재미의 질'을 추구하겠다는, 그래서 '신문소설의 새로운 영토를 열고 싶다'는 작가의 포부를 위의 인용에서 확인할 수 있다. 포부의 내용 자체

---

3 같은 내용의 연재 예고가 《조선일보》 1969년 10월 30일자와 11월 13일자 두 차례에 걸쳐 실렸다.

는 그리 새롭거나 대단한 것이 아니지만, 그 의욕과 패기는 글의 표면으로부터 바로 읽힌다. 앞서 연거푸 두 번의 좌절을 겪은 이청준에게 신문소설 연재라는 새로운 도전은 그리 만만하지 않았을 것이다. 게다가 신문소설이라는 장르의 속성을 감안하면 이 도전에 상당한 제약이 따르리라는 것 또한 충분히 예상할 수 있다. 그럼에도 서른 무렵의 이청준에게 지나간 실패에 대한 기억은 다가올 성공에 대한 예감보다 강할 수는 없었던 것 같다. 위에 드러난 의욕과 자신감이 그것을 말해 주고 있다.

그렇다면 그 도전의 결과는 어떠했을까. '신문소설의 새로운 영토를 열고 싶다'는 그의 바람은 과연 실현되었을까. 이 물음에 대한 대답은 지금까지 그다지 긍정적이지 못했던 듯하다. 편집자의 책상 서랍 속에서 세상의 빛을 보지 못했던 「조율사」나 연재 도중 중단되는 사태를 겪었던 「선고유예」(「씌어지지 않은 자서전」)가 이청준의 초기 소설을 대표하는 장편으로 받아들여지고 있는 상황 속에서도, 이 「원무」에 대한 비평가나 연구자, 독자의 관심은 극히 제한적이었고, 그나마도 부정적인 편이었다. "작중인물들 사이의 일견 사적이고 다분히 통속적인 이 작품의 갈등 구조 안에서 역사와 권력이 인간의 삶을 억압하고 훼손하는 지점들을 정교하게 포착해 냄으로써 개인과 집단 사이의 조화로운 공존과 화해의 가능성을 집요하게 탐색해 나가는 작가 특유의 문제의식은 그다지 힘을 발휘하지 못하고 있는 것으로 보이는 것이다."[4]라는 평가는 아마도 이청준 소설 세계의 가장 높은 지점에서 내려다본 「원무」의 풍경인 것 같다. 하지만 그 봉우리 역시 「원무」 위에 솟아 있는 것으로 먼 시야에서 보면 하나의 몸체를 이루고 있다. 「원무」에서 대중적, 통속적 속성과 함께 신문

---

4 박혜경, 「생의 어두운 미궁을 향해 던지는 또 하나의 물음」, 『이제 우리들의 잔을』, 열림원, 2002, 444쪽.

소설에 대한 작가의 비판 의식을 동시에 읽어 내고 있는 또 다른 연구[5]는 신문소설에 대한 작가의 양가적 의식으로부터 이 소설의 의미를 부분적으로나마 밝혀 보려는 시도를 보여 주고 있으나 역시 이청준의 전체 작품 세계 속에서 이 소설을 바라보지는 못하고 있기에 이야기의 표면에 드러난 특징에만 시선이 국한되어 있다.

작가가 처음 시도한 신문소설의 완성도는 그 당시의 독자에게는 의미 있는 일이었을 것이다. 하지만 지금의 상황에서라면, 작가의 소설 세계 초기에 나타난 시도에서 그 미숙함에도 불구하고 이후 본격적으로 전개될 세계를 예비하고 있는 밑그림으로서의 의미를 읽어 내는 일이 하나의 작품 자체로서의 의미를 평가하는 일 못지않게 중요할지 모른다. 매번 다를 수밖에 없는 조건과 처지에서 그 상황을 헤쳐 나가려는 적응과 지양의 노력 없이 처음부터 한 사람의 작가가 있었던 것은 아니기 때문이다. 작가의 죽음으로 인해 종료된, 그러나 그럼에도 새로운 접근과 해석을 통해 여전히 생성, 변화 중인 그의 소설 세계 전체 속에서 「원무」가 갖는 의미를 폭넓게 살펴보는 것이 이 글의 목적이다.

2 내러티브들의 경합

「원무」는 무불 스님이 주지로 있는 여래암이라는 한 암자의 별채를 배경으로, 저마다의 이유로 그곳에 흘러들어온 군상들의 이야기를 담고 있다. 고시생 허진걸, 시골 면장 출신으로 국회의원에 출마했다가 두 번

---

5 김지혜, 「이청준의 『이제 우리들의 잔을』 연구 ─ 신문 연재소설의 서사 문법과 작가의 비판 의식을 중심으로」, 한국현대소설학회 제38회 학술연구발표대회 자료집, 2011. 5. 28.

이나 낙선한 김 의원(김삼용), 파계한 신부 안 선생, 사촌누이를 범하고 고향에서 쫓겨난 노 군(노명식) 등이 기숙하고 있던 그곳에 지윤희라는 젊은 여성이 요양차 찾아오면서 이야기는 본격적으로 시작된다.

3인칭 시점으로 된 이 이야기의 주된 서술 초점은 허진걸과 지윤희의 연애 관계에 맞춰져 있다. 그리고 여기에 허진걸이 시험을 치러 하산하여 서울에서 우연히 만난 여인 배경숙, 그리고 고향의 약혼녀 명순 등의 관계가 겹쳐지면서 허진걸과 그를 둘러싼 여성들의 관계가 이야기의 중심을 이룬다. 이런 관계가 이 소설에 통속적인 이미지를 부여한 것이 아닌가 싶은데, 그렇지만 이 연애는 현실 속의 연애를 모방한 이야기로 보기에는 납득하기 어려운 점이 많다. 이 이야기에서 연애는 감정이나 육체의 문제와는 다른 차원에서 발생, 전개되고 있기 때문이다.

2.1 신문소설과의 경합

이 소설에서 지윤희를 비롯한 여성 인물들을 상대로 한 허진걸의 연애가 육체를 앞세우는 통속적인 그것과 구분되는 이유는 기본적으로 그것이 신문 연재소설에 대한 대타 의식 속에서 이루어지고 있다는 사실에서 찾을 수 있다.

그런 정도였다.

자신이 상상한 정도에도 미치지 못한 것이었다. 별로 흥이 나지 않았다. 언제나 자기가 정한 날에 어김없이 여자의 옷이 벗겨지고 마는 것도 이제는 싫증이 났다. 무엇보다 긴장감이 없었다. 작가도 물론 사건의 전개를 늘 쉽게 암시하지만은 않았다. 진걸의 예상에 골탕을 먹일 작정이라도 한 듯 한껏 이야기에 변화를 주기도 했다. 그러나 진걸의 예상은 늘 작가를 앞질러 버렸다. 결국은 작가가 굴복하게 마련이었다. 그 승리감은 진걸에게 소설의 흥미를 배가시켜 주었다. 그런데 그것도 늘 이기기만 하다 보니 이젠 통 긴장감이 없었다. 그만큼 승리감도 줄어들었다. 소설을 읽는 일이 이제는 자기 추리와 상상의 결과를 확인하는 뜻밖에는 없는 듯했다. 작가와 맞서서 그를 이기려는 긴장과 스릴이 없었다.[6]

허진걸은 며칠에 한 번씩 아랫마을에 내려가는데, 그 주된 목적은 C일보에 연재되고 있는 소설을 읽기 위해서이다. 그런데 진걸이 신문소설을 읽는 이유는 더 이상 그 이야기에 담긴 통속적 흥미 때문이 아니다. 그에게 신문소설 읽기는 그 통속적 이야기의 패턴을 앞질러 맞추는 게임이고, 그 게임에서 이긴 승리감이 지금껏 그의 신문소설 읽기를 지속시켜 온 것이었다. 신문소설도 매번 전형적인 통속성만을 구사하는 것은 아니고 때로 변화를 도입하는 경우도 있지만, 그럼에도 그것 또한 한계가 있는 법이어서 신문소설에 대한 허진걸의 게임은 얼마 지나지 않아 싱거워져 버렸다. 이 소설은 윤희와의 연애가 바로 그 신문소설에서의 연애와 경합하는 내러티브라는 사실을 서두에서 다음처럼 의식적으로 전제하고 있다.

이제 당분간 신문에서는 그나마의 기대조차 걸어 볼 일이 없었다. 무엇보다 앞으로 한동안은 새로 옷을 벗게 될 여자가 등장하지 않을 터였다.

그러나 암자에선 이제 바야흐로 진짜 여자의 이야기가 시작되려는 참이었다. 여인이 그 이야기를 위해 있어 줄 것이었다.

'암, 이야기가 시작되구말구.'

진걸은 그것을 분명히 예감할 수 있었다. 여래암, 특히 진걸네 별채가 그

---

6 이청준, 『이제 우리들의 잔을』, 문학과지성사, 2011, 15쪽.

런 곳이었고, 그곳 사람들이 그런 사람들이었다. 어떤 이야기가 되든 그들은 거기서 자기 몫을 감당할 만한 충분히 기이한 성벽과 내력들을 가지고 있었다.[7]

위에서 확인할 수 있듯이 허구로서의 소설과 실제의 삶이라는 두 차원의 대비, 그러니까 신문소설과 '여래암 별채 사람들의 이야기'의 대비가 이 이야기 전체의 구도를 이루고 있다. 그 가운데에서도 가장 중심에 놓인 것이 지윤희에 대한 허진걸의 연애, 그러니까 '진짜 여자의 이야기'이다. 그것은 신문소설의 가장 중심적인 내러티브가 연애라는 사실에 대응되는 전략적인 것이기도 하다.

이처럼 이 소설에서 신문소설이라는 내러티브는 등장인물들이 엮어내는 그들 삶의 이야기에 대한 강력한 대항 내러티브로서 자주 의식되고 있다. 가령 이 소설에서 C일보의 연재소설은 독특한 방식으로 반복해서 부각되고 있다. 신문소설에 대한 남다른 승부욕을 보이는 허진걸의 경우는 말할 것도 없고, 허진걸이 시험을 치러 서울에 왔을 때 우연히 만난 배경숙 역시 C일보의 연재소설을 읽고 있으며, 심지어 허진걸이 찾아간 창녀촌의 여인까지도 최음제 대용으로 C일보의 연재소설을 활용하고 있다. 이후 허진걸은 C일보 연재소설의 작가를 직접 찾아가 만나서 그가 연재하고 있는 소설을 비판하기까지 한다. 소설적 리얼리티라는 관습을 염두에 둔다면, 신문소설과 연관된 에피소드가 자주 반복되는 것은 작위적인 인상을 주기 쉽고 신문소설에 대한 자의식이 과도하게 표현되는 것 또한 서사의 불균형을 초래할 우려가 있다. 그럼에도 이처럼 소설적 관습의 범위를 넘어서는 신문소설에 대한 관심과 서술의 비중은 신문소설

---

7 같은 책, 16쪽.

에 대한, 그 자체가 신문소설이기도 한 이 소설의 자의식이 그만큼 강하다는 사실을 드러내고 있는 것이기도 하다.

그런데, 아니 그렇기 때문에 허진걸의, 더 확장해서 생각하면 이 소설의 신문 연재소설에 대한 태도는 단순하지 않다.

> "단행본 소설, 대개 고전 같은 게 아녜요? 그런 건 제게 필요 없어요. 갖출 것 다 갖추고 정상적인 생각을 하는 사람들의 이야기엔, 저같이 한 가지 모자란 사람이 살아가는 방법이 없어요."
>
> "그럼 신문소설에서는?"
>
> 진걸은 그녀의 말에 관심을 보이며 물었다.
>
> 그녀가 C일보의 소설을 읽고 있는 것도 그가 관심을 갖는 한 가지 이유였다.
>
> "신문소설이야, 다 이상한 사람들의 이야기지 않아요? 저와 똑같은 경운 없지만 방법이야 배울 게 많지요. 어제 선생님을 갑자기 납치해 온 거나 잠자리 이야기 같은 거 비슷하지 않아요? 어차피 어느 한 가지가 모자란 터무니없고 이상한 사람들의 이야기."[8]

이 부분에서는 배경숙의 발화를 통해 오히려 신문소설에 대한 긍정적인 태도가 드러나 있다. 그에 반해 '단행본 소설', '고전소설'의 규범성은 신문소설과의 비교를 통해 비판의 대상이 되고 있다. 이처럼 이 소설에서의 신문소설에 대한 태도는 양면적이고 그렇기 때문에 결국 매우 불분명한데, 그것은 신문소설에 대한 과잉된 자의식이 초래한 귀결이라고 할 수 있다. 이렇듯 신문소설이면서 신문소설에 대한 자의식을 드러내는

---

8 같은 책, 83~84쪽.

것이야말로 「원무」의 문제적인 특징 가운데 하나인데, 더 문제적인 것은 이 소설에서 통속적인 신문소설의 레퍼토리인 연애에 맞세우는 이 이야기 또한 허진걸과 지윤희 사이의 연애라는 사실이다. 그러니까 신문소설로서 신문소설의 내러티브를 넘어선다는, 그런데 그 수단으로 신문소설의 가장 전형적인 속성인 연애를 선택해 버린 이 이중으로 겹쳐진 역설을 어떻게 극복하느냐 하는 문제가 이 소설의 핵심에 놓여 있는 셈이다. 그렇기 때문에 이 소설에서 허진걸과 지윤희의 연애는 상호적인 로맨스가 아니다. 그것은 지윤희라는 여성을 대상으로 놓고, 허진걸이 추구하는 일종의 내기로서의 성격이 강한 것이고, 궁극적으로는 현실 속의 다른 이야기들과 구분되는 새로운 이야기, 더 정확히 말하면 새로운 신문소설을 만드는 일이라고 할 수 있다. 그렇기 때문에 이 소설은 신문소설을 통속적인 것으로 비판하면서 그에 대비되는 고급하고 고상한 이야기의 규범성을 내세우는 방향으로는 나가지 않는다.

가끔 그가 읽던 신문소설의 작가들은 독자의 관심을 붙잡아 두기 위해 줄거리에 닿지도 않는 여자를 불쑥 등장시키곤 했다.
아가씨는 그런 여인들보다 더 엉터리없이 진걸 앞에 나타난 셈이었다.[9]

이 소설 속에서 배경숙이 등장하는 방식은 개연성이나 리얼리티의 차원에 입각해 있지 않다. 신문소설이 비판받는 이유 가운데 하나는 개연성이나 리얼리티가 부족하기 때문인데, 이 소설에서 여성 인물의 등장은 그보다 '더 엉터리없이' 일어나고 있다. 그러나 다시 생각해 보면, 실제의 현실 속에서 연애는 이 소설에서처럼 개연성이나 리얼리티와는 다른

---

9 같은 책, 75쪽.

차원에서 발생하는 우연적이고 단독적인 사건에 더 가깝다. 그렇기 때문에 진정한 의미에서 연애는 필연적인 원인이나 과정을 요구하지 않는다. 연애는 이유로 환원될 수 없고, 그런 의미에서 그것은 대상의 성질에 대한 기술로 치환할 수 없는 고유명과도 같은 성격을 갖는다.[10] 이 소설의 방향은 개연성이라는 소설적 관습 대신 오히려 현실의 우연성, 단독성을 따르고 있다. 신문소설에 대한 자의식을 드러내면서, 동시에 그 대척점에 놓인 근대소설의 장르적 관습과는 오히려 더 거리를 두면서 신문소설을 써 나가는 위태로운 선택이 이 이야기를 이끌어 가고 있는 것이다.

2.2 세 가지 형태의 자서전들과의 경합

이 소설에서 허진걸을 주인공으로 한 연애라는 내러티브가 그 경합의 대상으로 선택한 첫 번째 내러티브가 신문소설이었다면, 그리고 그것이 신문소설을 쓰고 있는 상황에 대한 작가의 자의식을 드러내고 있었다면, 그다음 두 번째로 등장하는 경쟁 내러티브는 바로 자서전이다. 이 소설의 주요 공간인 여래암에는 몇 명의 특이한 인물이 허진걸과 함께 지내고 있는데, 차례로 살펴보겠지만, 이 인물들은 하나의 소설적 캐릭터이면서 동시에 특정 내러티브의 의인화라고 볼 수 있는 면이 있다. 두 번째 대항 내러티브인 자서전의 첫 번째 주체는 김 의원이다.

> 김 의원은 자서전광이었다. 그는 한 정치가가 위대한 치적을 쌓고, 후세에 이름을 남기느냐 못 남기느냐 하는 것은 전혀 그 정치가의 자서전에 달린 것이라면서 묘한 자서전벽을 가지고 있었다.
>
> 정치가라는 사람들은 씌어졌거나 씌어지지 않았거나 반드시 자기의 자

---

10 연애와 고유명의 구조적 상동성에 대해서는 오사와 마사치, 『연애의 불가능성에 대하여』, 송태욱 역, 그린비, 2005 참조.

서전을 한 권씩 가지고 있다. 시저나 링컨 같은, 또는 김춘추나 세종대왕 같은 인물들 중의 하나를 정치가들은 마음속에 지니고 흔히 자기와 비교하기를 게을리하지 않는데 그게 곧 그 사람의 자서전이다. 정치가란 미리 그렇게 자기의 자서전을 마음속에 써 놓고 그것을 실현하고자 노력하는 사람들이다. 그리고 그 실현 과정이 곧 정치라는 것이다. 폭정이니, 독재니 하는 것도 실은 그 자서전의 실현 과정에서 무리가 생기거나 옳지 않은 자서전에 신념이 지나친 데서 결과되는 현상이다. 우선 그 자서전부터 올바라야 한다. 김 의원의 생각은 대개 그런 식이었다.[11]

시골 면장 출신으로 국회의원에 출마했다가 두 번의 낙선 경력을 갖고 있는 김 의원이 이 여래암에 머물고 있는 이유는 자서전을 쓰기 위해서이다. 이 자서전은 위에서 보듯 실제 기록으로서의 자서전 이전 단계, 그러니까 정치적 프로그램 혹은 어젠다에 해당되는 일종의 이념적인 성격의 것이다. 신문소설이 사적 영역 속에서의 욕망의 문제를 벗어나기 어려운 것임에 비해, 이 이념으로서의 자서전은 공적 영역을 향한 계몽의 의지에 근거를 두고 있다. 하지만 이 자서전 역시 삶의 진실을 기록하는 것과는 거리가 멀다.

"그 김 의원의 자서전을 가만히 생각해 보니 참 재미있는 데가 많더군요. 자서전이란 원래 일생을 거의 다 살고 난 사람이 지난날의 처세 경륜과 그 생애의 희비를 돌아보며 쓰게 되는 것 아닙니까. 한데 김 의원께서도 집필을 다 끝내고 나신 요즘 그런 생각이 드셨겠지만, 거긴 김 의원 자신이 살아오신 생의 여정이나 희비는 담기지 않았을 거란 말입니다. 이를테면 실제의

---

11 이청준, 「이제 우리들의 잔을」, 문학과지성사, 2011, 31쪽.

인물이 없는 자서전이죠. 인물이 있다면 그렇게 한번 세상을 살아 보고자 했던 김 의원의 그림자가 가상으로 존재할 뿐이라고 할까요."[12]

생의 욕망이 아직 가득한 지점에서 이념을 표현하기 위한 방편으로 선택된 자서전은 본래적 의미에서의 자서전이라 보기 어렵다. 거기에 한 인간의 실제 삶은 담겨 있지 않기 때문이다. 다만 그 인간의 그림자에 지나지 않는 욕망만이 드러나 있을 따름이다. 실제로 소설의 후반에서 김 의원이 약수터 바위 아래에서 의문의 주검으로 발견된 이후 진걸은 김 의원의 방을 정리하다가 그의 자서전이 아직 뼈도 추려지지 않은 채로 남겨져 있는 것을 본다. 그것은 그저 "커다란 노트에 구호나 만담 비슷한 소리를 여기저기 지껄여 놓고 있을 뿐"[13]인 것이다.

우리는 이런 종류의 '인물 없는 자서전'의 구체적인 판본을 「선고유예」(「씌어지지 않은 자서전」)에서 다방 마담의 '주인 없는 꽃'이라는 '기구한 반생의 기록'에서도 볼 수 있었다. 이런 성격의 자서전은 실상 신문소설의 내러티브와 구별되지 않는다. 우리는 그와 같은 자서전의 문제를 좀 더 나중에 '언어사회학서설'이라는 이름으로 묶여 발표된 일련의 소설들에서 더욱 분명하게 확인할 수 있다. 거기에서 대필작가 윤지욱은 세속적인 성공의 발판으로 삼기 위한 용도로 자서전을 필요로 하는 코미디언 피문오의 자서전을 대신 쓰기로 했지만, 위에서와 같은 회의로 인해 결국 쓰지 못하고 만다. 피문오가 김 의원에 대응된다면, 윤지욱의 자리에 바로 허진걸이 서 있다고 볼 수 있다.

실제로 대부분의 자서전들이 역경을 딛고 성공한 인물의 드라마를 담

---

12 같은 책, 370쪽.
13 같은 책, 376쪽.

고 있고, 그와 같은 연대기가 강력한 대중적 영향력을 발휘하고 있기도 하다. 자서전 양식의 대표적인 내러티브라고 할 수 있는 아우구스티누스의 고백록이나 벤저민 프랭클린의 자서전 역시 그 안에 등장하는 고난과 역경, 그리고 그 극복의 에피소드들은 그들의 종교적, 혹은 정치적인 위대함을 증거하는 보충적인 사건들이라고 할 수 있다. 그렇지 않은 예외적인 경우를 우리는 저 루소가 만년에 쓴 일련의 고백록들에서 볼 수 있다. 아우구스티누스의 고백록이 신에게의 귀의라는 이념의 확인이었던 것에 반해, 루소의 고백록은 그런 목적과는 거리가 먼 절도와 무고, 노출증과 성벽들로 채워져 있고 그것들은 (물론 그처럼 한 인간을 자연 그대로의 모습으로 보여 준다는 그와 같은 방식 자체 역시 어떤 이념의 표출이겠으나 표면적으로는) 이념화되지 않은 채 남아 있다. 루소의 고백록에 대한 평가는 크게 엇갈리지만, 한 연구자의 표현대로 "아우구스티누스가 신에게 말을 걸었다면 루소는 그와 달리 독자 대중에게 말을 걸면서 현대적 고백의 양식을 시작했"[14]다는 점은 충분히 인정될 수 있을 것 같다. 이 소설 속에도 루소의 고백록에 대응되는 성격의 참회록을 발견할 수 있는데, 사촌누이를 범한 죄를 고해하기 위해 안 선생에게 매달리는 노 군(명식)의 일기장이 바로 그것이다.

"허 선생…… 이걸 좀 읽어 줄 수 있겠습니까?"
기회만 있으면 노 군의 일기장을 꺼내 놓고 진걸을 졸라 댔다.
"이건 노 군의 일기장이 아니오? 노 군 이야기라면 벌써 안 선생이 다 듣고 결말을 지었을 게 아니오?"
"하지만 그게 쉽지 않아요. 이 참회설 읽어 보면 아시겠지만 노 군은 자

---

14 리오 담로시, 『루소』, 이용철 역, 교양인, 2011, 617쪽.

기의 죄악을 여간 즐겁게 추억하고 있지 않아요. 아직도 노 군은 마음으로 누이를 범하고 있는 거지요. 게다가 자기 자신 앞에서마저 가장 솔직해지질 못하고 있어요."[15]

여래암에는 허진걸과 지윤희, 그리고 김 의원 이외에 파계한 신부 안 선생과 사촌누이를 범하고 고향에서 쫓겨 온 노 군(명식)이 더 머물고 있다. 노 군은 밤마다 안 선생을 찾아와 자신의 고해성사를 받아 줄 것을 청하지만 이미 성직에서 떠난 안 선생은 그럴 수 없다고 거절한다. 노 군의 부탁은 점점 도를 더해 위협의 지경에 이르고, 안 선생은 끝까지 그 위협을 감내하며 버틴다.

김 의원의 자서전 반대편에 노 군의 일기장(참회록)이 있다. 김 의원의 자서전이 자기 외부의 이념에 종속된 허구의 산물이라면, 노 군의 참회록은 그에 비해 상대적으로 자기 내부의 진실을 향해 있다. 하지만 문제는 그 표현의 욕망에 내재된 나르시시즘적 쾌락이다. 욕망에 의해 굴절된 고백은 사실과의 일치 여부와 관계없이 진실이기 어렵다. 그것은 타자를 대상으로 한 고백이라기보다 자기 자신의 쾌락을 위한 독백에 가깝기 때문이다. 작가가 명식의 참회록을 옮겨 적고 있는 부분에 '즐거운 참회록'이라는 소제목을 붙인 이유도 거기에 있으리라 짐작해 볼 수 있다.

그래서 나는 처음 자네의 고민을 듣고 자넨 이제 하느님의 위로와 용기가 내릴 차례라고 생각했었지. 한데 알고 보니 그게 아닌 것 같더구만. 먼저 하느님께 자신의 죄부터 부려 주고 싶어 한단 말일세. 사실 얼마나 많은 사람이 자신의 죄를 생채로 짊어지고 가서 하느님께 부려 버리려고 하는가.

---

15 이청준, 「이제 우리들의 잔을」, 문학과지성사, 2011, 167쪽.

하지만 그것은 소용없는 짓이지. 기도에서 얻을 수 있는 것은 실상 자기 죄를 깨달은 자가 절망 가운데서 얻는 위로와 용기뿐이거든. 한데도 거기서 정말 용서를 얻었노라고 착각하는 사람들이 가끔 있지. 하지만 그 사람들은 정말 얻을 것을 얻지 못한 구원의 약속이 스스로의 죄닦음을 조건으로 한다는 것을 모르기 때문에 그 죄닦음을 위해 주신 위로와 용기를 놓쳐 버리거든. 결국 그 구원의 약속까지도 잃고 마는 거지.[16]

진정한 고백을 통해 위로와 용기를 얻는 대신 자신의 죄를 손쉽게 부려 놓고 용서와 구원을 얻었다고 착각하는 거짓 참회에 대한 비판이 안 선생의 진술을 통해 제시되어 있다. 안 선생이 신부를 그만둔 이유도 바로 그 신자들의 뻔뻔스러운 고해에 진력이 난 때문이었다. 거기에는 자신의 고해 행위를 바라보는 타자의 시선이 결여되어 있다.

그런데 「원무」는 이 두 가지 형태의 자서전 혹은 참회록의 문제점을 가볍게 부정하는 데 머무르지 않는다. 더 중요한 것은 고백의 내용이나 방식이라기보다 고백에 대한 태도라고 할 수 있기 때문인데, 그런 맥락에서는 명식의 참회록을 비판하고 있는 안 선생의 태도에도 역시 문제가 없는 것은 아니다.

하지만 진걸은 아직도 그 명식의 고백록 따위엔 흥미가 없었다.

감정이 뻗치는 건 오히려 안 선생 쪽이었다.

안 선생은 그 명식에 대한 자기 고백의 형식을 빌어 진걸에 대해서도 또한 그의 삶과 양식에 대한 자기 신념을 확인하고 있었다.

진걸은 그런 안 선생이 마땅칠 않았다. 한마디로 그는 그 자신과 인간 일

---

16 같은 책, 171~172쪽.

반의 삶에 대하여 너무도 엄격하고 자신만만하였다.

안 선생은 애초 명식을 용서할 생각이 없는 사람이었다.

자신이 지은 죄는 자신이 닦아야 한다든가 자기가 꼭 하나님의 권능을 대신해야 한다면 그건 책벌 쪽이라고만 말하고 있었다.[17]

이청준의 소설은 여러 형태의 이원적 대립을 전제하고, 궁극적으로는 그 대립을 초월하는 방향을 추구하는 경향이 있다. 이런 방향에서 대립 가운데 한쪽을 절대화하는 태도는 늘 경계의 대상이 되기 마련인데, 안 선생의 "그런 자신만만한 태도와 지나친 결백성의 자기 신뢰감"[18] 역시 용서와 처벌이라는 대립 구도에서 처벌만을 일방적으로 강조하는 무반 성적인 태도로 비판되고 있다. 지나친 자신감을 가진 인물에 대한 거부 감은 이청준 소설의 곳곳에서 산견되는 생리적인 성향이라고도 할 수 있 는데, 그런 맥락에서 안 선생의 그와 같은 면모는 이후 '언어사회학서설' 연작에 등장하는 이념형 인물 최상윤을 예비하고 있다. 거기에서 윤지욱 은 코미디언 피문오의 자서전 집필을 어렵게 거절하면서 봉변을 겪은 바 있었는데, 그는 그 과정에서 훼손된 글쓰기에 대한 자존심을 자수성가형 사회사업가 최상윤의 자서전 대필을 통해 회복할 수 있게 되기를 기대한 다. 하지만 최상윤의 농장을 찾은 윤지욱은 이 자서전 또한 포기하고 마 는데, 그것은 다음과 같은 이유 때문이다.

선생에게선 도대체 갈등이라는 걸 느낄 수가 없었다. 선생의 일생은 참 으로 신념의 일생이었다. 하지만 갈등이 없는 곳에선 진정한 자기 생활이나

---

17 같은 책, 183~184쪽.
18 같은 책, 184쪽.

고발에의 용기가 보여질 수 없었고, 그 참담스런 애정과 용기를 통한 과거로부터의 자기 해방이라는 것도 필요가 없는 생애였다. 그것은 오직 만인의 찬양을 받으면서 그 만인의 삶을 지배할 수 있는 거인의 동상이 될 수 있을 뿐이었다.[19]

표면상으로는 존경할 만한 최상윤의 태도 이면에서 윤지욱은 신념에 가득 차 있기에 갈등이 없는, 그렇기 때문에 자기 성찰의 여지가 없고 또 자기의 한계를 반성적으로 확인할 용기도 없는 '거인의 동상' 같은 면모를 발견한다. 안 선생에서 보이기 시작한 이 캐릭터의 싹은 「소문의 벽」의 김 박사를 거쳐, '언어사회학서설' 연작에서의 최상윤에서 좀 더 구체적인 형태로 드러나게 되면서 「당신들의 천국」(《신동아》, 1974년 4월호~12월호)의 조백헌 대령을 예고하고 있다. 그리고 더 이후에는 이 성격이 집단적 이데올로기와 연결되면서 초래되는 맹목성과 폭력성의 양상을 「자유의 문」(《신동아》, 1989년 7월호~10월호)의 백상도 노인에게서 확인하게 된다. 이 인물형의 계보를 따라 개인적 차원의 진실을 추구하는 자서전 쓰기의 불가능성의 문제는 이념의 불가능성이라는 사회적 지평으로 이행한다. 이 이념 불가능성에 대한 인식은 한 우상의 불굴의 신념이 낳은 드라마인 「소록도의 반란」(《사상계》, 1966년 10월호)을 자생적 운명을 주제로 한 새로운 서사(「당신들의 천국」)로 다시 쓰게 만든 근거였다고 할 수 있다.

이렇게 보면, 안 선생의 신념 역시 김 의원의 자서전 및 노 군의 참회록과 구분되는 자서전의 또 다른 한 형식이라고 할 수 있다. 거기에는 자기 현시의 욕망이나 고백의 나르시시즘적 쾌락이라는 동기는 발견되지 않는다. 하지만 그 신념에는 자기반성과 '용서'가 결여되어 있다. 그렇다

---

19 이청준, 「자서전들 쓰십시다」, 《문학과지성》, 1976년 여름호, 321쪽.

면 현실 속에 존재하는 여러 자서전(고백록)과는 다른 진짜 자서전은 어떻게 쓰일 수 있는가? 이청준 소설은 그것이 어떻게 가능한지 그 결과를 보여 준다기보다 그 불가능성의 임계를 추구하는 쪽에 가깝다. 그런 의미에서라면 근본적으로 자서전은 불가능할 수밖에 없는데, 이청준은 이 주제에 관해 집요한 관심과 실천을 보여 주고 있다. 사실 넓게 보면, 「조율사」나 「선고유예」(「씌어지지 않은 자서전」), 그리고 「원무」까지 포함하여 이 주제는 이청준의 초기 소설을 지배하고 있는 것처럼 보인다. 물론 심문관 앞에서 자신의 과거 속 진실을 진술해야 하는 「선고유예」의 이준이 가장 분명하게 그 주제에 접근하고 있는 것이 사실이지만, 넓게 보면 「조율사」의 은경과 영인, 「원무」의 윤희와 경숙, 명순 등의 여성들 또한 소설 속의 '나'로 하여금 자신이 누구인지 돌아보게 만들고 고백하게 만드는 심문관들이라고 할 수 있다.

2.3 여성이라는 내러티브와의 경합

이처럼 「원무」에서는 여러 내러티브들이 경합을 벌이고 있고, 그들 사이에는 일종의 먹이사슬이 형성되어 있는 것처럼 보인다. 신문소설, 자서전, 참회록, 맹목적인 신념 들을 차례로 섭렵, 비판해 왔던 허진걸이 새롭게 맞닥뜨린 의외의 강력한 대상이 바로 지윤희를 비롯한 여성이라는 내러티브이다. 이 내러티브는 앞서의 다른 내러티브들에 비해 훨씬 극복하기 어렵다. 아니, 극복에 앞서 이해조차가 매우 난해한 내러티브이다.

한마디로 윤희는 진걸과의 싸움에서 난공불락의 철옹성이었다. 진걸에겐 애초 그 윤희의 성벽이 허공이었다. 아니 밑바닥이 없는 수렁 같은 것이었다. 아무리 후려쳐도 부서지는 것이 없었고, 아무리 깊이 휘저어도 닿는 것이 없었다. 그는 언제나 싱거운 허공만 후려치고 나서 제풀에 몸을 뒤뚱

거리고 있는 꼴이었다.

　결국 윤희로 하여금 마지막으로 자신의 여인 그래프를 완성시키려 했던 것이 잘못이었을까. 진걸은 그러고만 있다가 어느 땐가는 제풀에 몸이 지쳐 나서 스스로 그 윤희의 성을 물러나고 말 것 같은 생각이 들었다. 아니 그래 프의 열 번째 눈금을 채워 넣음으로써, 이제 자신은 모든 여인들로부터 자유로워질 수 있으리라던 생각이 처음부터 잘못된 것 같기도 했다.[20]

　진걸은 자신이 관계를 맺은 여성들의 순서와 그 횟수를 그래프로 그리고 있었다. 애초에 윤희는 그 그래프의 열 번째 눈금을 채울 대상으로 선택된 여성이었다. 하지만 윤희는 그런 진걸의 관념(그래프)이 도달할 수 없는 타자로서의 면모를 여실하게 보여 준다. 진걸에게 윤희는 "처음부터 온통 거짓말과 역설과 수수께끼 같은 암시로만 이야기의 방식을 익혀 온 여자"[21]로 인식될 정도이다. 윤희에 의해 여성에 대한 진걸의 남성 중심적 관념, 그러니까 남성의 내러티브는 여지없이 무너지고 만다. 그런 의미에서 진걸은 윤희를 통해 비로소 처음으로 진정한 연애를 경험하고 있는 셈이다.

　배경숙 역시 남성들의 내러티브를 전면적으로 반성하게 만드는 또 다른 여성적 내러티브이다. 다음에서 경숙의 역할이 분명하게 드러나 있다.

　하여튼 다행이었다. 게다가 그녀가 산으로 온 후로도 여자로서의 부끄러움을 끝내 버리지 못하고 있었다는 사실과 지금까지 굴욕적으로 참고 견뎌 온 여인의 수치심을 되찾고 싶노라는 데에는 경숙이 누이처럼이나 고마

20　이청준, 『이제 우리들의 잔을』, 문학과지성사, 2011, 426쪽.
21　같은 책, 443쪽.

웠다.

그러나 경숙에 대한 그런 진걸의 고마움은 이내 별채 사람들을 향한 무서운 분노와 혐오감으로 돌변해 버렸다.

'한데 네놈들은 뭐냐? 네놈들은 아직도 그럴듯한 소리로 변명을 하고 적당히 고민도 하면서 자신들이 만만할 테지. 하지만 네깐 놈들이 그 여자에게 무슨 짓을 하고 있었는 줄이나 아느냐? 네놈들이야말로 진짜 수치심까지 내팽개치고 나선 그 허물을 경숙이에게 돌리고 말 작자들일 게다. 그러고서도 건방지게 자신들이 만만해?'

경숙이 고마워지자, 그리고 그녀가 정말로 가여운 여자로 생각되어지자 진걸은 느닷없이 별채 사람들이 역겨워지면서 욕지거리가 마구 튀어나왔다.[22]

허진걸은 자신을 찾아 암자로 온 배경숙을 의도적으로 김 의원, 안 선생, 노 군 등과 차례로 마주하게 만든다. 하지만 허진걸이 그랬던 것처럼, 배경숙을 대상으로 한 그들의 욕망은 성취되지 못한다. 구체적으로는 기술되어 있지 않지만, 배경숙은 여성으로서의 성적인 기능을 수행할 수 없는 신체적 결함을 갖고 있기 때문이다.(사실 이 소설은 통속적인 홍미를 불러 모을 수도 있을 이 과정을 자세히 서술하고 있지 않다.) 그로 인해 그들이 추구하고 있던 자서전, 참회록, 신념 등의 남성적 내러티브들은 경숙과의 관계를 통해 무참하게 무너져 버리고 만다.

소설의 후반부에서 진걸은 윤희의 육체를 강박적으로 점유하려 하고, 끝내 윤희를 임신시키기에 이른다. 그러나 그런 과정을 거치고 나서도 윤희는 여전히 타자로서 남아 있다. 이렇듯 「원무」에서의 연애는 신문소

---

22 같은 책, 191~192쪽.

설의 그것처럼 로맨스를 지향하는 것이 아니라, 애초부터 그 불가능성을 향해 있었던 것이다.

> 진걸은 난폭해지다 못해 이젠 얼굴까지 마구 뻔뻔스러워지고 있었다. 그러나 윤희는 여전히 태연했다.
> "진걸 씨가 씨를 맺고 있는 건 저에게서가 아니라 진걸 씨 자신에게서였을 걸요. 어느 것 하나 세상일이 심각해 보이는 게 없고, 무슨 일이나 그저 그렇고 그렇다는 식으로 어설픈 달관을 뽐내고 싶어 하는 진걸 씨 자신의 성격 속에서 말예요."
> "하지만 난 아무리 그 달관을 뽐내고 싶어도 윤희에게 대해서만은 끝끝내 손을 들어야 했는걸. 도대체 난 지금도 윤희에 대해서만은 아무것도 진짜를 알 수가 없단 말야. 정말 알 수가 없는 여자거든."
> "왜 저를 알 수가 없어요? 저에 관해 모르고 계신 것이 무엇이에요?"
> "아무것도 모르고 있어."[23]

연애는 추구하면 할수록 마침내는 그 불가능성에 접근하게 되는 역설을 내포하고 있다. 그것은 자신의 삶에 대한 진술이 대략적인 차원에서는 문제없이 성립하지만, 그 본질에 가닿으려고 할 때 항상 그 진술 불가능성에 접근하게 되는 것과 동일한 구조이다. 이런 점에서 「원무」의 '연애'와 「선고유예」(「씌어지지 않은 자서전」)의 '진술'은 하나의 맥락을 공유하고 있다. 「선고유예」가 진술 불가능성에 대한 이야기라면 「원무」는 연애 불가능성에 대한 이야기인 것이다. 「선고유예」에서 이준의 진술이 과거의 기억을 향한 내적 차원이라면, 「원무」에서 윤희와의 연애는 외부와의

---

23 같은 책, 446쪽.

관계에 초점을 맞춘 현재의 내러티브라고 할 수 있다.

3 내러티브들의 원무

허진걸에게 윤희는 도달할 수 없는 타자이며, 그렇기 때문에 윤희와의 연애는 결국 그 불가능성에 이르렀다는 사실을 앞에서 확인했다. 이 소설의 전략은 그런 불가능한 추구의 퍼포먼스를 통해 기존의 내러티브들에 맞서면서 그들과는 구분되는 새로운 내러티브를 구성하는 것이라고 할 수 있다. 신문소설과 여러 형태의 자서전과 거리를 두고 그들을 비판할 수 있는 근거 역시 바로 실제 삶에서 이루어지는 바로 그 연애의 우연성, 단독성에 놓여 있었다.

그렇다면 허진걸을 통해 추구했던 그와 같은 전략은 과연 성공적으로 수행되었던가. 앞서 살펴보았듯이 이 소설에서 무엇보다 강하게 의식되고 있었던 것은 기존의 신문소설과는 다른 새로운 신문소설의 영토를 여는 일이었는데, 신문소설은 처음의 생각처럼 간단히 물리칠 수 있는 싱거운 게임의 대상이었던가. 소설 후반부의 다음 구절을 보면 그렇다고 답하기는 어려울 것 같다.

연재소설은 이미 작가가 바뀌어 있었다. 그러나 진걸은 이번 연재에 대해서도 그리 흥미를 느낄 수가 없었다. 신문을 부지런히 넘겨 대며 소제목과 삽화만 대충 훑어 내려갔다.

'어차피 또 마찬가지겠지. 여자가 나오고 아슬아슬하게 그 속옷을 벗기고……'

그러나 진걸은 신문을 뒤적이다 말고 피식 실소를 머금고 말았다.

'빌어먹을, 맨날 이런 것만 들여다보고 있으니까 그렇게 되고 말았지 뭔가.'

기묘한 낭패감이 가슴을 쳐 왔다.

그는 방금 윤희에 대한 자신의 실패가 떠올랐던 것이다. 그건 뭐라고 해도 분명 실패로 끝난 게임이었다. 자신의 방법이라는 것도 그가 늘 편잔을 해 온 신문소설의 그것보다 조금도 나을 게 없었다.[24]

연재소설의 작가가 바뀌어도 연재소설에는 큰 변화가 없다. 내러티브의 주체보다 더 본질적인 것은 내러티브 그 자체이기 때문이다. 그런 맥락에서 본다면 '새로운 신문소설'이라고 하는 것 자체가 불가능한 기획일 수도 있다.

윤희와의 연애가 실패했다는 사실을 인식하는 시점에서 자신이 지속해 온 삶의 내러티브가 신문소설의 그것보다 조금도 나을 것이 없다는 자각이 이루어진다. 어느 경우에나 여성이라는 타자를 내러티브 내에 기술하는 데 실패하고 있기 때문이다. 타자의 자리에서 바라보면 신문소설과 경합한다는 것 자체가 신문소설에서 그리 멀리 있지 않은 것이다.(이 소설의 성격상 이 점은 소설 안과 밖에서 동시적으로 일어날 수밖에 없는 자각일 것이다.) 이미 허진걸의 연애라는 내러티브는 그것이 경쟁하는 내러티브를 모방하기도 했던 터였다.

그리고 나서 녀석은 그날 밤 일이 애당초 처음부터 끝까지 애숙의 철쭉 탓이었다고만 고집하고 있었다.

그것은 윤희의 눈빛을 빼앗아 버리고자 기회를 엿보고 있는 진걸에게 무

---

24 같은 책, 339쪽.

엇보다 귀중한 암시였다. 그는 명식 따위 조무래기에게 그런 암시를 얻고 있는 것이 우스웠지만 하여튼 윤희에겐 그 방법을 한번 써 봄 직하다고 생각했다. 윤희의 눈빛을 특히 멋있게 빼앗아 내야 한다는 점에서도 그것은 과히 나무랄 데가 없는 방법이었다.[25]

허진걸은 노 군의 참회록을 경멸하면서도 그 모티프 가운데 하나를 자신의 연애에 차용한다. 그리하여 윤희와 함께 그녀의 상처('눈빛')가 처음 발생한 장소인 바닷가의 요양소를 찾아가기로 작정한다. 이처럼 이 소설에서 독특한 것은 허진걸이 추구하는 내러티브가 기존의 내러티브 외부에 있지 않다는 점이다. 그 내러티브를 가볍게 거부하는 것은 쉽지만, 그 거부는 관념적인 것에 지나지 않는다. 그 내러티브들에 담긴 인간적 욕망은 쉽게 부정될 수 있는 것이 아니기 때문이다.

그리고 적당히 부풀어 오른 젖가슴과 둔부는 탐스럽다기보다 그 굴곡이 귀엽다. 차라리 양감이 풍부한 것은 바지폭을 팽팽히 잡아당기고 있는 허벅지 쪽……

그러나 한참 윤희의 몸뚱이 위로 시선을 달리고 있던 진걸은 문득 쓰디쓴 미소를 짓고 말았다.

'하지만 이건 명식이 녀석과 너무 비슷한걸.'

마음 편히 잠든 윤희를 곁에 하게 된 것도 실상 그것이 처음이었다. 진걸은 불쑥 기분이 거슬렸다.

' 여기까지 녀석과 같아질 순 없지.'[26]

---

25 같은 책, 281쪽.
26 같은 책, 298쪽.

이 소설에서 내러티브들은 서로 경합하면서 독자성을 추구하지만, 그럼에도 그들은 불가피하게 서로 연루되어 있기도 하다. 허진걸의 내러티브 또한 다른 내러티브에 의존하여 자신의 욕망을 발견하는데 그 점에서 그것은 현실성을 갖고 있다고 할 수 있다. 그러나 그 과정에서 자신의 내러티브와 명식의 내러티브는 서로 얽혀 구분할 수 없게 되어 버린다. 그것은 진걸 자신의 내러티브에 대한 자의식을 발동시킨다. 그렇게 해서 다시 차이를 추구하지만 어느새 원점으로 다시 돌아오고 만다.

"망했어요……."

한마디를 중얼거리고 나서야 김 의원은 겨우 생기를 조금 되찾은 듯 진걸을 쳐다본다. 그리고는 뭐가 우스운지 픽 힘없는 실소만 머금었다.

영락없이 아까 진걸이 윤희의 일로 혼자 자신을 일소하고 만 그런 웃음이었다.

'빌어먹을!'

진걸은 기분이 나빴다.[27]

김 의원은 이 소설의 인물 가운데에서 상대적으로 피상적인 성격의 소유자로 그려지고 있다. 그가 쓰고 있는 자서전을 비롯하여 대부분의 경우에서 그는 진걸을 비롯한 다른 인물들에 의해 냉소적인 시선으로 관찰된다. 그러나 위의 대목에서 보듯, 김 의원과 진걸은 때로 같은 표정을 드러내는, 크게 다르지 않은 본성을 지닌 존재로 그려져 있기도 하다.

그러니까 신문소설의, 자서전의, 참회록의, 신념의, 연애의 주체는 고정되어 있는 것이 아니다. 한 인간은 특정 시기 상황에 따라 그들 내러티

---

27 같은 책, 342~343쪽.

브 가운데 한 가지 형식에 잠시 머물 수 있을 따름이다. 그러면서 하나의 캐릭터에 할당된 것처럼 보였던 여러 내러티브들 사이에는 새로운 관계가 성립된다.

정말 이젠 모든 것이 빙빙 돌아가기 시작한 것이다. 명식이 녀석이 신학교를 지원해 가는가 하면, 안 선생은 장삼을 입게 되고 그 장삼의 진짜 주인이었던 무불 스님은 또 옛날 김 의원을 닮으러 산을 내려가 버리고 아무렇지 않게들 그렇게 자리를 바꿔 돌아가고 있는 것이다.

진걸은 거기서 어떤 현란한 무질서, 흐느적거리는 윤리의 흔들림 같은 것이 느껴지기 시작했다. 아니 그런 무질서, 그런 윤리의 흔들림은 벌써 오래전부터 그를 지배해 오던 의식의 한 파편 같기도 했다.[28]

소설의 후반부에서 여래암의 인물들에게 변화가 찾아온다. 노 군(명식)은 신학교를 지원하여 암자를 떠나고, 신부였던 안 선생은 무불 스님으로부터 수계를 받고 승려가 되어 여래암의 새로운 주지가 된다. 그런가 하면 무불 스님은 불교계의 정치적 문제를 해결하기 위해 산을 내려가는데 그 길은 앞서 김 의원이 갔던 길이다. 그리고 명순의 오빠이자 진걸의 친구인 경식이 여래암에 등장했을 때 우리는 이미 진걸의 퇴장을 예감하게 된다.

그는 경식이 나타난 순간부터 줄곧 같은 예감 속에만 사로잡혀 있었다. 그것은 지금까지 김 의원과 무불 스님과 그리고 안 선생과 명식 들이 차례차례 자리를 바꿔 나가듯이, 진걸에게도 이젠 그 자리를 바꿔 서 줄 상대가

---

28 같은 책. 463~464쪽.

나타나 버린 것 같은 달갑잖은 예감이었다. 경식의 출현은 결국 진걸이 그와 자리를 바꿔 산을 쫓겨 내려가게 될 징조처럼 보였다.[29]

진걸이 하산하고 여래암에는 다시 다섯 명의 구성원이 새로운 생활 공동체를 이루었다. 이야기의 한 주기가 끝나면서 새로운 주기가 반복되는 일종의 원환적인 구성인 셈이다. 이런 식으로 이 이야기는 돌고 돌아 언제까지나 반복되어 나갈 것이다. 이 소설의 원래 제목이 '원무'라는 사실을 다시 떠올릴 수밖에 없는 대목이다.

4 두 개의 「이제 우리들의 잔을」

그런데 이청준은 1978년 이 소설을 단행본으로 출간하면서 제목을 '이제 우리들의 잔을'로 바꾸었다. 물론 제목을 바꾸는 일은 일반적이라고까지 말할 수 없을지는 몰라도 그렇게 드문 일도 아니다. 이청준의 경우 특히 제목을 변경하는 일이 잦았다. 그러나 이 경우는 그보다 훨씬 복잡하고 중요한 문제를 안고 있다.

「원무」를 신문에 연재하는 동안 이청준은 또 하나의 소설을 여성지에 연재하기 시작한다. 그런데 그 소설의 제목이 바로 「이제 우리들의 잔을」(《여성동아》, 1970년 1월호~1971년 2월호)이다. 「이제 우리들의 잔을」은 지상민이라는 소설가가 잡지사에 근무하는 민 형의 도움으로 T시 근교 석은영 모녀가 기거하는 별장에서 지내게 되면서 이야기가 시작된다. 여기에서도 연애와 글쓰기가 소설의 중심적인 모티프라고 할 수 있겠는데, 그렇게

---

29 같은 책, 468쪽.

보면 "한 여자와 소설을 두 교각으로 진실이란 다리를 걸어 놓고 있는 나의 장난"[30]은 「조율사」에만 해당되는 것이 아니다. 그 규정은 「원무」에도, 그리고 이 「이제 우리들의 잔을」에도 공통적으로 적용될 수 있다. 이처럼 연애와 소설의 연루는 초기 이청준 장편에서 필연적인 듯 나타나고 있다.

내용만으로 본다면 이 소설은 석은영 모녀와 정숙 등 세 여성과 지상민의 관계를 둘러싼 이런저런 사건들을 그린 풍속소설로 볼 수도 있겠으나 거기에만 그쳐 있는 것은 아니다. 이 소설에는 도예를 전공하는 은영을 통해 예술의 불가능성의 문제에 대한 인식의 편린이 드러나 있어 이후 「사랑을 앓는 철새들」(《서울신문》, 1973년 4월 2일자~12월 1일자)을 거쳐 '남도소리' 연작에서 본격화되는 궤도의 출발점이 이 부근이라는 사실을 짐작해 볼 수 있으며, 또 그와 같은 인식에 토마스 만의 『부덴브로크 가의 사람들』(1901)이 영향을 미치고 있다는 사실도 더불어 확인할 수 있다. 그러나 이 소설의 더 큰 문제성은 내용보다 소설의 구성과 형식에 있다.

이 소설은 전체적으로 상민이 민 형에게 보내는 편지 형식의 이야기와 상민, 석은영 모녀와 정숙 등의 인물이 등장하는 3인칭 서술의 이야기가 교차되는 구조를 취하고 있다. 중간에는 은영의 일기가 길게 삽입되어 있기도 하다. 말하자면 여기에서는 편지, 일기 등의 내러티브가 소설과 실제 삶 사이에 놓여 있다. 그런데 뒤로 가면서 이 구조가 단순히 여러 형식의 이야기들이 교차되는 평면적인 성격의 것이 아니라는 사실이 드러난다. 왜냐하면 상민과 석은영 모자, 그리고 정숙 사이에서 일어난 일들은 결국 민 형이 주관하는 잡지에 연재하는 상민의 소설의 내용이 되기 때문이다. 그리고 나중에는 석은영 모자를 비롯한 이야기 속의 인물들도 자신들의 사건이 소설로 쓰이고 있다는 사실을 알게 된다. 그

---

30 이청준, 「조율사」, 《문학과지성》, 1972년 봄호, 69쪽.

렇다면 이 소설이야말로 내러티브의 안과 밖이 넘나드는, 삶과 이야기가 서로 얽혀 있는 '원무'를 서사구조로 취하고 있는 셈이다.[31]

그런데 이청준은 여성지에 연재했던 「이제 우리들의 잔을」이라는 제목의 이 소설을 단행본으로 출간하지도 않았고 생전에 간행된 전집에도 포함시키지 않았다. 대신 앞서 이야기한 것처럼 1978년 「원무」를 단행본으로 간행할 때 그 제목('이제 우리들의 잔을')을 가져와 사용했다. 「이제 우리들의 잔을」은 사라졌고 「원무」가 「이제 우리들의 잔을」이 된 셈이다. 그러나 지금의 상황에서는 「원무」가 사라지고 두 개의 「이제 우리들의 잔을」이 우리에게 남아 있는 것처럼 보인다.

우리는 이 대목에서 이청준의 단편 「가수(假睡)」(《월간문학》, 1969년 8월호)에 등장하는 특이한 에피소드를 떠올려 볼 수 있다. 정확히 1년 간격을 두고 같은 자리에서 두 사내가 기차에 몸을 던져 사망하는 사건이 발생한다. 먼저 죽은 사람은 주영훈이라는 사내였는데, 문제는 뒤에 죽은 남자가 자신이 사실 진짜 주영훈이라고 주장했던 것이다. 기자 유상균, 검사 한치윤의 시각을 통해, 그리고 사고 열차의 기관사, 소설가 허순, 주영훈의 아내 등의 진술을 통해 사건에 대한 탐구가 진행된다. 한 사내가 주영훈이라는 자신의 이름을 다른 사내에게 빌려주었는데 그 사내가 기차에 몸을 던져 사망하자 그는 자신의 이름으로는 죽을 수도 없는 처지에 놓이게 되었고, 결국 자신의 이름을 빌려 간 사내의 삶에 자신을 대입시킴으로써 자신의 이름을 마침내 회복한다. 두 명 모두 주영훈이지만, 둘 중 누구도 온전히 주영훈일 수 없다.[32]

「원무」와 「이제 우리들의 잔을」 사이의 관계에서도 우리는 「가수」 속

---

31 이청준은 이와 같은 독특한 서사 구조를 한참 후에 「축제」(1996)에서 다시 차용한다.
32 이 주영훈이라는 이름은 한참 후에 「자유의 문」(1989)에서 한 소설가의 필명으로 다시 등장한다.

에 등장했던 두 명의 주영훈과 동일한 운명을 바라보고 있다. 자신의 제목을 내주고 난 뒤 「이제 우리들의 잔을」은 유령과도 같은 소설이 되어버렸다. 그리고 두 소설 중 어느 쪽도 「이제 우리들의 잔을」이라는 제목을 온전하게 소유할 수 없게 된 것이다.

한편 사라진 것처럼 보였던 '원무'는 앞에서 살펴본 것처럼 사실 '이제 우리들의 잔을'이라는 제목의 두 소설 안에서, 그리고 두 소설 사이에서 계속 진행되고 있다. 「원무」가 「이제 우리들의 잔을」로부터 제목을 취했다면, 「이제 우리들의 잔을」은 「원무」의 구조를 내재화하고 있다. 말하자면 두 개의 「원무」, 그리고 두 개의 「이제 우리들의 잔을」이 생긴 셈이다. 그리고 「이제 우리들의 잔을」과 「축제」의 서사구조적 상동성을 떠올려 보면, 그리고 두 편의 「이제 우리들의 잔을」과 「가수」 속의 두 명의 주영훈의 관계와 「자유의 문」에서 다시 등장하는 주영훈을 생각해 보면 이 '원무'는 두 편의 「이제 우리들의 잔을」과 이청준의 다른 소설들 사이에서도 계속 이어지고 있다고 할 수 있다. 이 상호텍스트성의 원리에 의해 이청준의 소설들은 서로 중첩되고 연결되면서 하나의 커다란 세계를 형성하고 있다.(이에 대해서는 부분적으로 논의들이 있어 왔다. 그러나 미출간 작품들과 이청준 소설에서 배제되었던 작품들, 그리고 만년의 작품들까지 포함하면, 상호텍스트성은 그보다 더 전면적이라고 말할 수 있다.)

두 편의 「이제 우리들의 잔을」은 이후 본격적으로 전개될 이 상호텍스트의 세계에 두 가지 방식으로 기여하고 있다고 생각된다. 그 하나가 이후의 텍스트들에서 확장, 진화될 모티프의 싹을 앞서 보여 준 것이라 할 수 있다면, 그 다른 하나는 반복의 원리를 통해 텍스트들 사이의 수평적, 순환적 차원을 마련하고 있는 것이다.

우선 두 편의 「이제 우리들의 잔을」을 포함한 초기 이청준 소설의 요소들은 이후 점차 진화하고 확장되는 양상을 보여 준다. 「원무」, 「선고유예」(「씌어지지 않은 자서전」)에서의 자서전 쓰기의 불가능성의 문제는 '언어사회학서설' 연작에서 더욱 심화되고, 또 소설 쓰기, 글쓰기의 일반적 차원으로 확장되는 양상을 볼 수 있다. 연애의 불가능성의 문제는 「백조의 춤」(《여학생》, 1971년 2월호~1972년 3월호, 「젊은 날의 이별」로 개제), 「사랑을 앓는 철새들」에서 좀 더 분명한 서사적 윤곽을 갖추면서 변주되고, 「이제 우리들의 잔을」에 씨앗처럼 뿌려져 있던 예술의 불가능성의 문제는 더 진전되어 '남도 소리' 연작으로 이어진다. 그리고 「원무」에서 안 선생을 통해 제시되었던 '신념의 우상'의 문제는 「소문의 벽」의 김 박사, 「자서전들 쓰십시다」의 최상윤을 거쳐 「당신들의 천국」의 조백헌 대령에서 전면적이고 구체적인 성격을 얻게 된다. 이 과정에서 자기 구제로서의 소설 쓰기의 문제는 사회적 지평과 만나 균형 있고 완성도 높은 근대소설의 면모를 획득해 나갔던 것이다. 김현의 언급대로 어느 시점 이후 이청준 소설에서는 초기 소설에서의 모티프들이 소멸되는 현상을 확인할 수 있는데,[33] 되돌아보면 그 모티프들은 작가 자신의 체험에 밀착되었기에 주관적인 면모를 상당히 갖고 있는 것이 사실이지만 그렇기 때문에 더 절실하고 진정한 '조율'의 계기들이었다고 할 수 있을 것이다. 그리고 그런 의미에서 문예지가 아닌 신문이나 여성지에 발표된 두 편의 「이제 우리들의 잔을」이 그 조건에 대응하는 방식 역시 '조율'이라는 각도에서 살펴볼 수 있다.

"섹스가 선생님에게 드릴 마지막 패를 스스로 갖지 못하고 있는 것이 치

---

33 "1967, 8년을 경계로 그는 사실상 연애소설을 팽개치고 있는 것이다. 또한 「소문의 벽」에 이르면 환상적인 면, 「선고유예」에서의 심문, 「조율사」에서의 단식과 같은 것은 완전히 제거되고, 삭막하고 우울한 현실만이 남는다."(김현, 「생활과 예술의 갈등」, 『한국작가·작품해설집』, 한국문학전집 별권 1, 삼성출판사, 1972, 438쪽.)

명적이라고 하셨는데, 그렇다면 어째서 선생님은 하필 그 치명적인 것을 이 야깃거리로 삼고 있습니까? 결국 선생님께서도 그 소음에 한몫 끼어들고 싶어진 것입니까?"

"그건……."

선생은 잠시 망설였다.

"그건…… 이야기를 선택할 수 없기 때문입니다. 마지막에 가서 훌륭한 패를 내놓을 수 있는, 그런 패가 준비될 수 있는 이야기들이 있지요. 하지만 아직 그런 이야기를 택할 용기가 없습니다."[34]

왜 신문소설을 쓰느냐는 진걸의 물음에 신문소설 작가는 자신의 용기가 부족하기 때문이라고 대답한다. 마지막에 훌륭한 패를 내놓을 수 있는 이야기가 있는 줄 알지만, 아직 그런 이야기를 택할 용기가 없다고, 망설임 끝에 고백한다. 이와 같은 소설 속에서의 신문소설 작가의 발언에는 현실에서 신문소설을 쓰고 있는 작가 자신의 자의식이 투영되어 있다고 보아도 큰 무리는 아닐 것 같다. 물론 이런 자의식이 이청준으로 하여금 신문소설다운 신문소설을 쓰지 못하게 만든 원인으로 작용했을 테지만, 반면에 그로 인해 관습적인 내러티브에서 벗어나 새로운 소설적 궤도로 진입하는 중요한 계기가 된 것도 사실일 것이다. 말하자면 신문소설을 쓰지 않을 수도, 그렇다고 쓸 수도 없는 상황을 이청준은 '조율'의 계기로 삼았던 셈이다. 그 결과 우리에게는 이청준에 의해 쓰인 독특한 한 편의 신문소설이 남았다.

여성지에 발표했던 「이제 우리들의 잔을」에서도, 그리고 여학생들을 대상으로 한 잡지에 연재되었던 「백조의 춤」(「젊은 날의 이별」)에서도 우리

---

34 이청준, 「이제 우리들의 잔을」, 문학과지성사, 2011, 102쪽.

는 작가의 일관된 태도를 확인할 수 있다. 이청준은 안일하게 조건에 맞는 소설을 제공하는 방식으로 타협하지 않았고, 항상 그 조건의 범위에서 벗어나지 않되 그 글쓰기의 조건에 대한 자의식을 버리지 않았던 것이다.

그리고 이제 마지막 문제 하나가 남았다. 그렇다면 과연 이청준의 초기 소설들은 이후에 본격화된 과정의 예비적 단계로서의 의미만을 갖는 것일까. 그렇지 않다는 사실을 밝히면서 이 글을 마무리하고자 한다.

김현이 "그의 기술 양식의 기본 패턴은 격자소설적 방법이다."[35]라고 규정한 이래 이청준 연구의 한 방향은 그와 같은 구성적 방식에서 이청준 소설의 기본 구조를 확인하고 그 성격을 분석, 해명하는 흐름을 이루어 왔다. 그런 흐름에 입각해서 바라본다면, 이청준 소설의 격자소설적 방법은 대상 현실의 표면과 심층을 동시에 문제 삼는 시선을 확보하기 위한 구성적 전략으로 설명될 수 있다. 한편으로는 사태의 실상을 제공하면서, 동시에 그 실상과 연루되어 있는 보다 근본적인 차원의 문제로 시야를 여는 이중적인 시선이 거기에 겹쳐져 있는데, 이 두 차원에는 위계가 설정되어 있다. 이 경우 궁극적인 초점은 현실의 표면 아래에서 작동하고 있는 근원적이고 심층적인 차원에 맞춰지기 때문이다. 표면과 심층 사이의 어긋남, 그 아이러니를 추구한다는 점에서 이청준 소설은 근대소설로서의 정통적인 면목을 갖추고 있다. 초기의 충분히 사회화되지 않은 문제 영역에서 발생한 모티프가 진화하여 이후 사회적 지평으로 확대된 서사 속에서 다시 본격화된 양상으로 등장하는 발전적 도식 역시 근대소설의 맥락에 부합한다. 그 역시 하나의 이야기가 더 큰 이야기 속에 수렴되는 격자소설 구조라고 할 수 있기 때문이다.

---

35 김현, 「장인의 고뇌」, 『별을 보여 드립니다』, 일지사, 1971, 371쪽.

그런데 「원무」와 「이제 우리들의 잔을」은 이청준 소설의 주류적 방식과는 조금 다른 태도를 보여 주고 있다. 여기에서는 표면과 심층 사이의 위계가 사라지고 없다. 여러 내러티브들이 병립되어 있고, 그 내러티브들 사이의 교차가 있다. 그 이야기들은 서로 물고 물리는 관계 속에 있기에 특정 이야기가 다른 이야기에 비해 우월하다고 주장하기 어려운 구도 속에 놓여 있다. 여기에서 이야기와 현실은 서로 넘나들고 있고, 이야기의 시작과 마지막 역시 원환처럼 서로 맞물려 뫼비우스의 띠를 이루고 있다.

이 이야기 세계에서는 통시적으로도 격자적인 방식과는 다른 성격을 보여 준다. 가령 「이제 우리들의 잔을」의 구도는 「축제」에서 다시 반복된다. 「원무」라는 제목은 「이제 우리들의 잔을」로 바뀌어 두 개의 「이제 우리들의 잔을」이 생겨 버렸다. 이러한 반복적, 순환적 차원을 이청준의 정통적인 근대소설의 세계 안에 잠재되어 있던 탈근대적 계기라고 볼 수 있지 않을까. 이 소설들이 근대소설의 시선에서 낯설어 보였던 이유도 바로 거기에 있지 않았을까. 그런 까닭으로, 이 계기는 이후의 과정에서 근대소설의 계기에 의해 은폐되어 왔던 것이다.

하지만 시간이 지나면서 그 잠복되었던 계기가 다시 솟아오르게 된다. 근대소설의 시간성을 벗어나는 우화, 설화, 신화 등의 새로운 내러티브가 소설 속에서 자라나는 한편, 에세이와 소설 등 장르 사이의 경계도 희미해진다. 『인문주의자 무소작 씨의 종생기』(2000)에서 떠돌이였던 무소작 씨는 고향을 찾았지만 '이야기 장수'인 그는 끝내 고향에 머물지 못하고 방랑에 길에 오른다. 종적도 없이 사라진 그의 행적을 좇아 어느 '이야기 공부꾼'이 지방의 마을들을 더듬어 나간다. 그래서 드러난 사실은 꽃 전설을 이야기하던 노인인 무소작 씨가 어느새 꽃씨 할머니가 되어 마침내 이야기 속으로 사라졌다는 것이다. 이처럼 어느 시점 이후, 글쓰기의 최종 지점에 가까이 다가갈수록 이청준의 소설은 점점 근대적 양식에서 벗어나 그보다 더 넓은 범주의 이야기가 되어 가고 있었다. 그러면서 설화, 신화, 우화 등 전근대적 이야기 양식들이 점점 더 표면으로 솟아오른다. 「태평양 항로의 문주란 설화」(《현대문학》, 2005년 8월호)에는 20세기 초 미주 이민의 '역사'가 한 층위를 이루고 있지만, 그보다 더 심층에는 16세기 일본에 노예로 팔려 전 세계로 흩어진 조선인들이 있었다는 '설화'가 자리 잡고 있다. 『신화를 삼킨 섬』(2003)에서처럼 역사가 신화와 설화의 세계와 만나고, 「천년의 돛배」(《현대문학》, 2006년 3월호)나 「신화의 시대」(《본질과현상》, 2006년 겨울호~2007년 가을호)에서처럼 유년의 기억이 설화 혹은 신화의 세계와 하나가 되는 장면 역시 그와 같은 마지막 국면에서 일어난 사건들이다. 그는 두려움을 간직한 채 그의 이야기 속 인물인 무소작 씨가 되어, 꽃씨 할머니가 되어 소설의 영토를 넘어 그 아득히 넓고 깊은 이야기들의 세계 속으로 사라져 갔던 것이다.

형식의 균열과 텍스트의 무의식

— 이문열론

1 기억의 현상학, 혹은 소설가의 초상

제임스 조이스의 『젊은 예술가의 초상』(1914) 같은 소설을 읽다 보면 작가의 페르소나에 해당되는 인물들로부터 진술되는 과거의 기억이 상상할 수 없을 만큼 상세해서 놀라지 않을 수 없다. 그 오래전에 지나쳤을 일이 마치 지금 겪고 있는 것처럼 세밀하고 생생하기 한이 없는 것이다. 그 기억의 순도는 작가가 그 일을 겪었던 상황에서 그만큼 섬세하게 반응했고, 또 그 사건들이 작가의 의식 속에 오랫동안 머물러 있었다는 증거일 터이다. '의식의 흐름'이 단지 기법의 문제일 수만은 없는 이유도 그 점과 관련이 있다.

사람들은 자신이 겪은 일들을, 좋지 않은 일일수록 아예 잊어 버리거나 혹은 상상을 통해 가공하여 원래의 기억을 덮고 일상으로 돌아온다. 그런데 어떤 사람들은 그 예민해서 날카로워진 기억을 기꺼이 그대로 자신의 의식 속에 품은 채 고통을 감수하며 살아간다. 그 기억에 찔린 의식으로 바라보는 세상이 밝을 리가 없다. 그것은 생각만 해도 얼마나 답답한 일일 것인가. 도대체 그 일들은 얼마나 절실했기에 그에게서 떠나지 않고 오랫동안 괴롭도록 그의 의식을 사로잡고 있는 것일까.

제임스 조이스의 소설들은 그 불행한 의식의 주체가 바로 고전적 의미에서의 작가라는 생각을 하게 만든다. 그렇게 보면 작가라는 존재는 표현의 주체이기에 앞서 운명적으로 겪어야 했던 사건으로 인한 기억을 비참이자 영광으로 자기 존재 속에 받아들인 채 의식의 일부를 늘 그것에 내주는 사람이라고 할 수 있다. 말하자면 과거의 어떤 시간을 늘 현재로서 겪는 사람인 것이다. 아니 오히려 그는 그 기억이 시간 속에서 변질될까 봐 늘 조심스럽게 신경 쓰며 돌보는 사람일지도 모르겠다. 그러니까 그냥 지나쳤더라면 얻을 수 있었을 일상의 평온함 대신 기꺼이 그 마음의 지옥에 자신을 가둔 자가 바로 그들이다. 그들의 이야기를 채우고 있는 세밀하고 생생한 기억들이 그것을 증거하고 있다.

『젊은 날의 초상』(1981)을 비롯한 이문열의 소설을 읽으면서도 그런 느낌을 받게 된다.[1] 그가 등단하여 짧은 시간 동안 써 낸 그 많은 분량의, 그러면서도 다양한 이야기들은 단지 필력의 문제가 아니라 그만큼 그 이야기들이 오랫동안 격렬하게 그의 내부에서 들끓고 있었고, 그가 힘겨운 방황을 거치면서도, 아니 어떤 의미에서는 그 방황을 통해 기억의 고통을 버텨 왔다는 증거에 다름 아닐 것이기 때문이다. 그 압력이 한순간 주체로 하여금 의식 속의 기억들을 글로 밀어내도록 했을 것인데, 이문열의 초기 소설들에서 우리는 그가 자기 속에서 먼저 꺼내지 않을 수 없었던, 그렇기 때문에 덜 다듬어진 투박한 모습을 하고 있을 수도 있지만 그

---

1 「젊은 예술가의 초상」과 『젊은 날의 초상』 사이에 제목 및 결말 장면에서 유사성이 보인다는 사실에 대한 지적이 있었다. 김욱동, 「이문열 — 실존주의적 휴머니즘의 문학」, 민음사, 1994, 176쪽 참조.

때문에 가장 첨예하고도 문제적인 이야기를 만날 수 있다.

2 개인적 기억과 집단의 문제 사이의 알레고리
──「나자레를 아십니까」, 「새하곡(塞下曲)」, 「필론과 돼지」

우선 이문열의 초기 소설에서는 인물들을 폐쇄된 공간에 배치하는 경우를 자주 볼 수 있다. 「나자레를 아십니까」(1977)나 「필론과 돼지」(1980, 원제 '필론의 돼지')가 기차 객실을 배경으로 설정하고 있는 것 또한 그런 맥락에서 생각해 볼 수 있다. 그 제한된 공간에 집중하여 우리는 인물들의 의식과 그 대립의 실상을 가까운 거리에서 들여다볼 수 있게 된다. 뒤에서 더 자세히 살펴보겠지만, 이와 같은 설정은 알레고리의 효과와 밀접하게 연관되어 있기도 하다.

「나자레를 아십니까」에서 '나'와 동행하는 김 선생은 기차 안에서 우연히 만난 '사내'에게 '나자레'라는 이름의 고아원에 대한 기억을 환기시킨다. 김 선생의 이야기는 점차 강도를 높여 가며 안 그래도 어두울 수밖에 없는 '나자레'의 시간을 더욱 아픈 기억으로 채워 나간다. '우는 누나'와 '그', 그리고 '작은 아버지'에 관한 사연이 차례로 펼쳐진다. 그럼에도 사내는 거듭 알지 못한다고 부인한다. 하지만 그 사내의 강한 부인은 이야기의 마지막 순간 철교 아래로의 투신이라는 극적인 행동으로 귀결되고, 그 반전은 김 선생의 이야기 속 인물인 '그'가 바로 사내였다는 사실을 확인시켜 주고 있다.

유년 시절에 대한 '사내'의 반응은 외면과 부정, 혹은 투신(죽음)의 극단적인 분열을 동반하고 있다. 과거의 기억에 왜 이들은 이토록 긴장하며 불안정한 반응을 보이는가? 그 구체적인 원인은 짧은 분량에 비해 복잡한 서사 구조, 그러니까 액자 내부와 외부가 맞물리면서도 어긋나 있는 구조로 인해 전모가 드러나 있지 않은데, 과거의 기억에 도달하기 위해 필요한 이런 이중적인 간접화의 구조는 더 넓은 범위에서 보면 그 사건에 대한 내포작가의 태도를 드러낸다고도 볼 수 있을 것 같다. 그러니까 한편으로 그 기억은 집요하게 주체의 의식 위에 떠오르지만 다른 한편으로 주체는 그 기억을 부정하는 양가적인(ambivalent) 태도를 보이고 있는 것이다. 그만큼 이 이야기를 만들어 내고 있는 주체에게 그 시간의 기억은 여전히 직접 대면하여 감당할 수 없는 어떤 심각한 것으로 의식되고 있는 듯하다. 다소 불투명하지만 우리는 그것이 권력 관계의 어둡고도 부조리한 이면으로 인한 공포와 상처로부터 왔을 것이라고 짐작해 볼 수 있다.

이렇게 본다면 '나자레'는 직접적으로 의식의 표면에 드러나지 않은 채 잠재되어 있는 더 넓은 범위의 기억, 그러니까 이제부터 바야흐로 이문열 소설에 차례로 드러나게 될 과거의 시간 전체에 대한 상징적인 메타포라고 할 수 있을 것이다. 그런 맥락에서 「나자레를 아십니까」의 고아원에 대응되는 세계가 「새하곡」(1979)과 「필론과 돼지」에서는 군대이다. 여기에서 고아원이라든가 군대 등은 작가의 경험과 연관된 개인적 기억의 공간이면서 동시에 억압적 현실 상황에 대한 알레고리로 확장될 수 있는 가능성을 가진 공간이기도 하다.[2] 「나자레를 아십니까」에서 고

---

2 이문열은 가정 사정 때문에 밀양의 고아원에 체류했던 사실에 대해 적은 바 있다. 그 시절에 대한 기억은 이문열, 「귀향을 위한 만가」, 『이문열론』, 삼인행, 1991, 11쪽 참조. 그 회고에서 "고아원 생활은 무척 어려웠다."라고 하는 식의 구체적인 기술을 피하고 있는 듯한 인상을 주는 대목이나 "고아원에 딸린 농원에서의 그 진절머리나는 작업" 등의 표현을 보면 「나자레를 아십니까」에서처럼 한편으로 기억하면서 동시에 그 기억을 외면하는 양가적인 태도를 엿볼 수 있다. 좀더 이후에 「제쳐 논 노래」(1980)에서 작중 인물은 자신이 한때 머물렀던 '갈릴리 보육원'을 찾아가기도 한다. 한편 작가의 늦은 군대 생활과 그것이 「새하곡」의 창작으로 연결되었던 경위에 대해서는 이문열, 「그해, 1979년 1월 전후」, 『사색』, 살림, 1991, 82~85쪽 참조.

아원의 규율과 권력관계의 작동 방식을 두고 "적어도 십 년은 후에 군대에 가서나 경험하게 될 그런 방식"[3]이라고 서술하고 있는 대목은 두 공간이 그와 같은 보편적 알레고리 차원에서 상통하는 맥락을 갖고 있다는 사실을 말해 준다.[4]

「새하곡」은 바로 그 군대가 직접적인 배경으로 등장하는 이야기여서 문제의 차원이 좀 더 객관적인 지평으로 확장되어 있는 데다 분량 또한 중편의 길이를 갖추고 있어 그와 같은 알레고리가 보다 본격적으로 추구될 수 있는 조건을 마련하고 있다. 그로 인해 「나자레를 아십니까」에서는 희미했던 한 가지 특징이 여기에서는 뚜렷하게 제시되고 있는데 그것은 바로 등장인물 사이에서 일어나고 있는 대화와 논쟁의 형식이다.

> "군대가 아주 특수한 사회란 생각 — 박 상병도 그런가?"
>
> "예, 약간은."
>
> "그런데 나는 달라. 이건 오히려 평범하기 짝이 없는 집단이라고 생각해. 그걸 특수하게 만든 것은 어떤 사회의 왜곡된 의식 구조나 관찰자의 편견 같단 말이야."
>
> (……)
>
> "이 시대에는 이미 순수한 개인이란 존재할 수가 없어. 어디를 가든 우리는 집단에 소속하게 되어 있고, 그 집단은 또 나름대로의 위계와 규율을 우리에게 강요할 거야. 예를 들어 우리가 취직을 한다는 것은 대대장이나 사단장이 전무나 사장으로 바뀌는 정도야. 명칭은 감봉이나 징계 따위로 다르

---

3 이문열, 「나자레를 아십니까」, 『필론과 돼지 — 이문열 중단편전집 1』, 민음사, 2016, 20쪽.

4 수직적 위계가 작동하는 현실을 반영하기에 효과적인 알레고리적 공간이라는 점에서는 「우리들의 일그러진 영웅」(1987)의 '교실'도 그 맥락에 연결된다. 좀더 넓은 의미에서는 「익명의 섬」(1982)의 오지의 '마을'이나, 혹은 「들소」(1979)의 선사시대의 '씨족 부락', 「칼레파 타 칼라」(1982)의 '아테르타'라는 가상의 도시국가 등 역시 같은 범주에 넣어 생각할 수 있다.

지만, 그곳에도 빳다와 기합 같은 게 있지. 그리고 때로 그것은 우리가 이곳에서 체험하는 것보다 몇 배나 더 가혹하고 철저해."[5]

이 소설에서는 지식인적 성향의 인물인 이 중위와 강 병장, 박 상병을 중심으로 군대라는 조건 속에서 발생하는 부조리에 대한 관념적인 토론이 이루어지고 있다. 그리하여 군대라는 공간은 억압과 자유의지 사이에 놓인 실존적 상황과 그 속에서 이루어질 수 있는 인간의 선택이라는 형이상학적 문제를 고찰하는 무대가 되고 있다. 그럼에도 아직까지 그 관념성은 소설이라는 경계를 크게 벗어나지 않는 범위 내에서 비교적 온건하게 제시되고 있다.[6]

위의 인용에 나타난 이 중위의 의견대로 수직적 권력 관계의 문제가 비단 군대에만 국한되지 않는다는 사실을 「필론과 돼지」는 곧바로 입증해 보이고 있다. 「필론과 돼지」에서 사건의 본격적인 전개는 제대 군인들을 태운 기차 객실에 한 무리의 현역병들이 등장하면서 시작된다. '불합리와 폭력'에 근거한 갈취는 주인공인 '그'를 비롯한 제대 군인들로 하여금 무기력한 군중으로의 전락을 경험하게 만든다. 소설은 이 심리적인 경험의 과정을 예리하면서도 차분한 시선으로 그려 내다가 마침내는 그

---

5 이문열, 「새하곡」, 『필론과 돼지』, 88~90쪽.
6 그런 점에서 이 소설은 이후에 본격화될 이문열 소설의 한 특징을 예고하고 있다. 그 특징은 소설 속의 인물들이 특정 주제를 중심으로 의견의 대립을 형성하고 때로는 관념적이라고 느낄 만큼 진지한 대화와 논쟁을 수행하고 있다는 것이다. 그 주제는 종교, 이념, 권력 등 한국 사회가 저개발의 상태에서 벗어나면서 마주하게 된 1980년대의 시대적 문제에 해당되는데(이와 같은 측면과 관련하여 이문열의 문학적 성취를 중산층과 연관시켜 설명하고 있는 논의를 참조할 수 있다. 「이문열의 문학적 편력」, 《문학과사회》, 1998년 겨울호, 1238~1240쪽). 어느 순간 대학을 중심으로 한 지식인 사회의 일부에서는 특정 이념에 근거하여 그 주제들에 대한 답변의 방향이 정해진 듯 단정하는 분위기를 형성했다. 그런 가운데에서 이문열은 그 주제들을 직접 소설적 대상으로 삼아 정면에서 다뤘고 그 앎의 의지가 작가와 소설 속 인물들과 일상 속 대중들의 문제의식을 하나로 연결시켜 주었다고 할 수 있다. 문체의 문제와 별도로, 바로 그 점이 이문열 소설이 가질 수 있었던 대중성의 근거였다고 볼 수도 있다.

억눌린 분노가 분출하여 상황이 반전되는 과정까지 이끌어 간다. 그런데 불합리한 폭력에 항거하여 마침내 그 상황을 진압한 제대 군인들을 사로잡고 있는 것은 다름 아닌 '눈먼 증오와 격앙된 감정'이다. 그렇기 때문에 사건이 종료된 시점에서 '그'는 "동료들이 부상당하고 피해를 당하고 있을 때 그들을 분기시키지 못했던 것처럼, 이제 불필요하게 난폭하고 잔인해진 그들을 만류할 능력 또한 그에게 없었다."[7]라는 또 다른 회의에 빠져들 수밖에 없다.

이 소설은 권력과 군중의 관계라는 관념적일 수 있는 문제를 직접적으로 다루고 있으되 그것을 상황의 묘사와 행동으로부터 소외된 주인공의 의식을 통해 간접적으로 형상화하고 있다는 점에서 특징적이다. 이념의 내용보다도 이념 형식 자체를 바라보면서 그 속성에 대한 비판을 수행하는 관점은 이후 이문열 소설의 기본적 태도를 이루게 되고 가면 갈수록 더욱 굳어지는 양상을 보이기도 한다.[8] 그런 맥락에서 생각해 보면 「필론과 돼지」에서는, 그 이후에 더 발전된 단계에서는 오히려 찾아볼 수 없는, 어떤 사유가 발생하는 순간 특유의 긴장이 돋보인다. 이 점은 이후에 발표된 다른 소설에 등장하는 이념 비판의 대목과 비교해 볼 때 보다 분명하게 드러난다.

법과 질서에 대한 죄의식이나 선천적인 나약함 탓도 있겠지만, 군중이란

---

7 이문열, 「필론과 돼지」, 『필론과 돼지』, 335쪽.
8 이와 같은 이데올로기적 좌표 설정은 이념의 문제로 인한 콤플렉스로부터 자유로울 수 없었던 작가의 삶의 조건('연좌제'라는 단어가 그것을 상징한다.)에 기인한 것이기에 그 내용만으로 비판될 수 있는 사항은 아니라고 할 수 있다. 누군가에게는 이념이라는 것이 적극적으로 추구해야 할 대상이 아니라 처음부터 경계하지 않으면 안 될 폭발물과 같은 것일 수도 있기 때문이다. 그런데 이후에 살펴볼 테지만 이 이데올로기의 좌표는 처음부터 고정된 것은 아니었고 시간이 흐르면서 상황과 조건에 따라 변화해 나가게 되는데, 이문열의 소설 세계를 전체적으로 조망하는 이 시점에서 더 의미 있는 것은 바로 그 이동의 궤적일 것이다.

원래가 그러했다. 이상한 정열에 휩쓸리면 성난 파도처럼 휩쓸어갈 수도 있으나, 일단 각자의 얄팍한 타산과 실리(實利)가 그 정열을 제어하게만 되면 가을 벌판의 가랑잎처럼 흩어져 가고 만다.[9]

결국 그 내용은 크게 다르지 않다고 할 수도 있지만, 이미 고정된 생각의 재진술이라고 할 수 있는 「칼레파 타 칼라」에서 인용한 위의 대목과 「필론과 돼지」를 비교해 보면 그 메시지가 제시되는 방식에 따라 이념 비판의 문학적 성격은 달라진다는 사실을 새삼 확인할 수 있다. 이문열의 초기 소설이 독서 과정에서 발산했던 신선함은 메시지 자체보다 그 메시지가 통상적인 방식과 달리 알레고리적 상황을 통해 제시되었던 형식으로부터 연유했던 것 아닐까 싶다. 사유의 발생과 더불어 새롭게 발견된 그 형식은 사람들이 현실 속에서 느끼는 권력 관계의 양상을 환기하면서도 자유, 예술과 같은 추상적이고 보편적인 문제를 추구할 수 있는 현실 환기력을 그 내용과 형식의 새로운 만남 속에서 빚어내고 있기 때문이다. 이문열의 초기 소설에서 알레고리가 리얼리즘보다 효과적인 교육학적 공간을 제공하고 있다는 사실을 이 지점에서 새삼 확인할 수 있다.

소설은 마지막에서 일련의 소동을 무기력하게 지켜보며 이념의 속성에 대한 비판을 속으로 삼켜야 했던 '그'의 머리에 떠오른 일화, 즉 폭풍우를 만나 수라장이 된 배 속에서 무기력할 수밖에 없었던 현자 필론이 소동에 아랑곳없이 편안하게 잠을 자고 있는 돼지를 흉내 냈던 행동을 덧붙이고 있다. 「새하곡」에서는 서사와 병립하는 한시(漢詩)의 세계가 제목에만 흔적을 드리우고 있지만, 「필론과 돼지」에서는 이처럼 일화가 기

9 이문열, 「칼레파 타 칼라」, 『익명의 섬 — 이문열 중단편전집 3』, 민음사, 2016, 161쪽.

본 서사와 별도로 텍스트의 끝부분에 부기되어 두 영역 사이의 알레고리 구조를 형성하고 있다. 이문열의 초기 소설에서는 이와 같이 이질적인 두 영역을 하나의 텍스트 내에 구조적으로 배치하는 독특한 양상이 점점 더 지배적이 되는 경향을 발견할 수 있다.

이문열의 소설 세계 속에는 이와 같은 두 개의 상이한 형식 충동(Formtrieb)이 공존하고 있다. 그러나 이문열에게는 이 둘 중 이야기의 충동이 훨씬 더 지배적이다. 그것은 「칼레파 타 칼라」나 「들소」에서와 같이 소설 전체를 압도하기도 하며, 「필론과 돼지」나 『영웅시대』와 같이 결구의 방식으로 등장하여 소설적 공간을 단성적인 결론으로 유도해 내기도 한다. 더러는 『젊은 날의 초상』에서의 「해따기」나 『그대 다시는 고향에 가지 못하리』에서의 「분호난장기」와 같이 삽화적인 형태로 삽입되기도 한다. 여기에서 이야기적 요소들은 인간의 삶에 대한 하나의 보편적인 비유로서, 그 안에서 특정한 개인의 진실이 왕왕 무시되거나 의도적으로 사상되는 단일한 의미의 체계로서 존재한다. 삶의 제 요소들은 현상학적으로 환원되어 그 안에 포함되어 있는 구체성과 특수성을 상실하고, 오직 하나의 의미 체계를 위해서만 봉사한다.[10]

위의 인용에서는 '두 가지 상이한 형식 충동의 공존'이라는 관점에서 이문열 초기 소설에 나타난 병렬 구조의 형식을 유형화하고 있다. 『사람의 아들』(1979)에서 현실과 신화가 교차하는 서사 구조나 『황제를 위하여』(1982)에서 현재의 서술 상황과 실록 속의 세계가 이루는 격자 구조 역시 넓게 보아 이 범주에 포함시킬 수 있을 것인데, 이문열 소설에 대한

---

10 서영채, 「소설의 열림, 이야기의 닫힘」, 류철균 편, 『이문열』, 살림, 1993, 198~199쪽.

논의가 활발하게 이루어지던 1990년대 초반까지 한국의 비평이 변증법적 통일성을 강조하는 리얼리즘의 강한 영향 아래 놓여 있었다는 사실을 위의 인용을 비롯하여 알레고리 형식에 비판적인 글들을 통해 미루어 짐작해 볼 수 있다.

하지만 독자들은 그런 형식 실험을 신선하고 흥미로운 것으로 받아들였던 듯하고, 그 시점 이후의 소설적 흐름을 보아도 이야기적 요소와 소설적 요소를 구분하여 대비시키는 방식과는 반대로 흘러왔다고 할 수 있다. 오히려 전통적인 소설과 그 외부의 장르가 결합된 혼종적인 양식이 소설의 주된 흐름을 이루어 왔으며, 어떤 의미에서 이문열 소설은 그와 같은 흐름을 선취하고 있었던 것으로도 보인다. 그 당시에는 주로 이문열 소설의 문제점으로 지적되어 왔던 형식의 균열은 지금의 자리에서 돌아보면 오히려 더 확장될 수도 있었을 가능성으로 재인식될 여지가 있다. 21세기 세계소설의 관점에서 바라보면 그와 같은 해체와 탈구축의 경향이야말로 소설이 가고 있던 방향을 지시해 주고 있었기 때문이다.[11] 이처럼 이문열의 초기 소설의 형식적 특징에는 동시대 소설의 인식 지평에서 벗어나는 측면이 있었고, 그것은 다음에서 다룰 이데올로기적 양가성을 위한 중요한 근거로서 기능한다는 점에서도 이 글의 맥락에서는 특별한 의미를 갖는다.

---

11 물론 유기적인 체계를 벗어나는 형식적 특징들이 모두 다 의미가 있는 것은 아니라서 일반론적으로 평가할 수 있는 문제는 아니다. 앞에서 살펴본 것처럼, 다른 시공간을 알레고리로 차용한다는 점에서 「들소」와 「칼레파 타 칼라」는 유사한 성격을 갖지만 그에 대한 문학적 평가는 그런 알레고리를 사용했다는 점에서만 이루어질 수는 없고 그 구체적인 방식과 효과에 대한 점검을 통해 이루어져야 하는 것이기 때문이다.

3 피카레스크 구성과 이데올로기의 충돌

─ 「맹춘중하(孟春仲夏)」, 「사라진 것들을 위하여」

알레고리의 공간을 배경으로 권력 관계에 의해 주도되는 현실과 그에 반응하는 군중 심리의 메커니즘에 대한 비판이 이문열 초기 소설의 한 경향을 이루고 있다는 사실을 앞에서 살펴봤다. 그리고 그 비판적 시선에는 당대의 현실에 대해 갖는 작가의 태도가 반영되어 있다고 볼 수 있었다. 이와 같은 현실 비판적 시선과 대비되어 이문열의 초기 소설에서는 가문에 기반한 전통적 생활세계에 대한 향수가 또 다른 특징을 이루고 있다. 이념에 대한 비판적 태도가 그런 것처럼, 전통적 세계에 대한 지향성 역시 이문열 소설 세계 전반에 걸쳐 일관되게 나타난다고 할 수 있는데, 그 지향성은 앞서 「새하곡」에서도 제목을 통해 징후적으로 암시된 바 있었고, 「맹춘중하」(1979)와 「사라진 것들을 위하여」(1979)에서 보다 직접적으로 드러나 있다.

'어떤 족숙의 근황'이라는 부제를 달고 있는 「맹춘중하」는 그 형식에서부터 고전적인 면모를 드러낼 뿐만 아니라 사립 전문학교 강사인 주인공을 두고 '백보(白步) 선생'이라는 명칭을 부여하는 데서도 반근대적인 성향이 직접적으로 확인된다. 더 문제적인 것은 내용에 있다. 구두수선공이나 창녀처럼 도회지의 하층에서 생활하고 있는 인물들이 백보 선생과의 만남을 통해 전통적 가치에 공명하고 있는 장면들이 바로 그러하다. 여기에서 전통적 세계의 법도는 부박하고 설익은 근대의 부산물들에 대비되면서 그 대안적 가치로 제시되고 있다. 피카레스크 식으로 연결된 이야기들 가운데 하나인 '기삼(其三), 면방가전(面方假傳)'은 텔레비전을 의인화한 가전체 형식을 취하고 있는데 이 또한 내용과 형식 모두에서 근대 비판을 수행하기 위한 설정으로 볼 수 있다. 그런 가운데 백보 선생은 도회지에서의 삶으로부터 벗어나고자 하는 욕망에 휩싸이게 되는데, 그 욕망 역시 '욕기(浴沂)'라는 고전적 개념을 통해 표현되고 있다. 백보 선생의 그와 같은 욕망은 고향의 옛집에 돌아오는 꿈으로 현시되지만, 그 꿈 속에서조차 이제 고향에서의 삶은 생각과는 달리 암울하기만 한데, 소설은 백보 선생이 그 꿈에서 깨어나 일상으로 되돌아오면서 마무리된다. 이 소설은 일방적으로 전통적 세계에 대한 애호의 취향만을 드러내고 있는 듯 보이지만, 마지막에는 그런 몽상 가운데에서도 언뜻 현실이 눈을 부릅뜨고 지켜보고 있다는 인상을 받게 만든다.

「맹춘중하」가 '백보 선생'의 이야기라면, 「사라진 것들을 위하여」는 '도평 노인'의 이야기이다. 앞에서 살펴본 「나자레를 아십니까」, 「새하곡」, 「필론과 돼지」 등이 객관적인 서술자의 진술로 전개되었던 것과는 달리, 「맹춘중하」와 「사라진 것들을 위하여」는 얼핏 보기에는 각각 평범한 전지적 시점이나 1인칭 시점 형식으로 되어 있지만 좀 더 자세히 들여다보면 독특한 서술의 특징을 갖고 있다는 사실을 알 수 있다. 이 소설에서 서술자는 작가와 매우 가까운 거리에 있지만 그 위치를 특별히 지정하고 있지는 않고 있어서 에세이처럼 읽히는 측면이 있다. 서술자와 인물 및 독자 사이의 거리도 가까워서 사실 이런 서술 구도는 이데올로기적 형식이 되기 쉬운 조건을 마련하고 있다.

전지적 시점 혹은 1인칭 서술 형식 속에 '우리'라는 집단적 화자가 자주 등장하는 특징 역시 그런 맥락에서 이해할 수 있다. 그 지칭은 개별적인 근대적 주체들을 시간적으로 회귀시켜 전근대적 공동체의 일원으로 소환한다.[12] 그 부름은 현실 속에 견고한 근거를 갖지 못한 이방인의 의

---

12 이런 서술 장치는 『황제를 위하여』에서는 변형된 형태로, 『아가』(2000)에서는 거의 유사하게 다시 등장하여 효과적으로 활용되고 있다. 이렇게 보면 이문열 소설에서 이와 같은 서술 방식은 전통적 가치라는 내용과 밀접하게 연관되어 선택된 것으로 볼 수 있을 듯하다.

식을 향한 것이다. 그 현실에 적응하고 또 그와 대결하여 세속적인 성공을 거두었다 해도 이 의식의 어느 부분은 사라지지 않기에 그 낭만주의적인 과거 지향성의 세계는 근대 추구의 이면에서 짙은 그림자를 드리우고 있다.

이와 같은 서술 형식과 이데올로기적 태도에 의거하여 「사라진 것들을 위하여」에는 전통적 가치에 대한 예찬의 어조가 텍스트 전체를 뒤덮고 있다. 그럼에도 불구하고 갓 만들기에 평생을 바치면서 사라져 가는 가치를 온몸으로 지켜 내고 있는 인물인 도평 노인이 일방적으로 존숭의 대상이 되는 것만은 아닌데, 이는 「맹춘중하」의 백보 선생과 달리 「사라진 것들을 위하여」의 도평 노인이 가문(문중)의 바깥 경계에 있는 '장터거리'의 인물이라는 사실과 연관이 있다. 이문열의 소설 세계에서 고향은 이원적 구조로 구성된 세계이다. 언덕 위의 문중이 그 중심에 있고 그 바깥에 여러 겹의 동심원들이 있다. 그 경계의 시선에 의해 비로소 중심의 이면이 드러난다. 「익명의 섬」의 깨철이나 『그대 다시는 고향에 가지 못하리』(1981)의 순실 누님과 춘삼 씨, 희 아주머니와 만덕 씨, 『아가』의 황 장군과 당편이 등이 그 인물군의 계보를 잇고 있다. 공동체의 바깥을 지향하는 이 '하위 모방'의 세계가 주로 '상위 모방'에 치중된 이문열 소설에 이데올로기적 균형을 부여하고 있기도 하다.[13]

이와 같은 이데올로기의 균열 현상은 이 소설의 형식적 특징에도 영향을 미치고 있는 듯 보인다. 「사라진 것들을 위하여」에서 도평 노인의 이야기를 시작하기 전에 그와 내용과 형식상 단절된 긴 도입부가 필요했던 이유도 그런 맥락에서 생각해 볼 수 있다. 서술자는 이 이야기를 그

---

13 하층 계급의 인물을 대상으로 삼고 있다고 하더라도 「구로 아리랑」(1987)처럼 내용과 형식 사이의 모순을 통과하지 않고 이데올로기적 의도가 직접적으로 서사의 표면에 드러나 있는 소설은 이 범주에 속하기 어렵다.

동안 써 왔던 '거리의 얘기', 그러니까 독자와 비평가의 요구를 만족시키기 위해 꾸며 낸 이야기에 대비시키고 있는데, 일단 도평 노인이 등장하면 거침없이 그 시간의 이야기들이 쏟아져 나오지만 거기에 접근하기 위해서는 근대적인 소설과 치루는 모종의 의식적인 대결을 전제로 삼지 않을 수 없었던 듯하고, 그래서 이 소설 앞부분에서처럼 의식의 심층에 접근하기 위한 다소 복잡한 우회로가 필요했던 것 같다. 말하자면 소설이라는 근대적 이야기 양식에 그와 모순되는 전통적 가치에 대한 지향성이 자연스럽게 담길 리가 없기에 이 소설들에서도 그 과정에서 형식상의 뒤틀림이 불가피했다고 볼 수 있다.

요컨대 「맹춘중하」와 「사라진 것들을 위하여」에는 전통적 가치에 대한 이데올로기적 태도가 소설이라는 근대적 이야기 양식 속에 담기면서 발생하는 형식상의 뒤틀림과 이데올로기적 균열의 양상이 드러나 있다. 이 두 편의 소설은 '어떤 족형의 전언'이라는 부제가 달린 「과객」(1982)과 더불어 『그대 다시는 고향에 가지 못하리』 개정판(1986)에 '경외편(經外編)'으로 실리게 된다. 『그대 다시는 고향에 가지 못하리』의 배경이 '암포(岩圃)'라는 가상의 공간임을 염두에 두면, 「맹춘중하」에서 백보 선생이 '영해부(盈海府) 암포현(岩圃縣) 사람'으로 제시된 대목에서 이미 그 연관성은 드러나 있었다고 봐도 좋을 것이다.[14] 「맹춘중하」가 여섯 개의 이야기의 병렬적 구조로 되어 있고 그들 사이의 형식상의 불균등성이

---

14 이처럼 이문열의 소설에서는 단편으로 발표된 소설이 장편의 일부가 되고, 혹은 장편의 일부라고 해도 단편으로서의 완결성을 갖춘 경우를 자주 발견할 수 있는데, 그렇게 보면 이문열 소설의 경우만큼 단편과 장편의 경계가 불분명한 사례도 드물다고 할 수 있을 것 같다. 한편 「그 세월은 가도」(1982)는 그 내용의 측면에서 『영웅시대』(1984)의 밑그림이라고 할 수 있어서 단편과 장편의 장르적 성격을 활용하고 있는 이문열 소설 창작 방법의 한 경향이 여기에서도 확인되는데, 이 경우에는 단편이 장편으로 확장되면서 과거를 서술하는 시선이 이념의 문제를 주제화하는 시선에 의해 환골탈태의 과정을 통과한 사례라고 할 수 있을 것 같다.

존재했던 것처럼, 그 이야기의 확장이라고 할 수 있는 『그대 다시는 고향에 가지 못하리』 또한 균질적이지 않은 이야기들이 병렬적으로 연결된 피카레스크 식 구성으로 이루어져 있다. 이 형식상의 불균등성도 문제적이지만, 더 중요한 문제는 이 형식상의 불균등성이 이 소설 속에 드러나 있는 이데올로기의 모순과 충돌에 대응되고 있다는 점에서 찾을 수 있다. 『그대 다시는 고향에 가지 못하리』는 사라져 가는 전통적 공동체에 바치는 만가(挽歌)의 성격을 지니고 있는 것이지만 그럼에도 「상처」나 「기상곡(奇想曲)」, 「분호난장기(糞胡亂場記)」 등에는 전통적 세계의 부정적 이면이 제시되어 있다. 그리하여 '피의 윤리'를 무엇보다 우선하는 절대적 가치로 내세우는 가운데에서도 "사랑하는 고향의 또다른 모습"¹⁵ 혹은 "옛 고향의 어두운 단면"¹⁶이 드러나 있다. 이런 이데올로기적인 충돌은 때로 부정적으로 비판되기도 했고, 반대로 긍정적인 평가를 받기도 했다.

고향과 문중에 대하여 애틋한 사랑과 사라져 버린 것에 대한 아쉬움을 느끼고 있으면서도 화자는 결코 고향과 문중을 무조건적으로 찬양하거나 예찬을 늘어놓지 않는다. '사라져 간 옛 영광'에 못지않게 '옛 고향의 치유될 수 없는 상처'에 대하여서도 큰 관심을 가지고 있다. 고향과 문중에서 지켜 오던 여러 가지 관습과 전통이 반드시 긍정적으로만 그려져 있는 것은 아니다. (……) 「상처」나 「인생은 짧아 백 년, 한은 길어 천 년일세」와 같은 작품은 바로 이러한 경우를 보여 주는 좋은 예이다. 이동하는 이러한 작품들을 예외적인 것으로 간주하여 작품의 전체적인 일관성을 유지하고 통일

---

15 이문열, 「분호난장기」, 『그대 다시는 고향에 가지 못하리』, 나남출판, 1986, 143쪽.

16 이문열, 「기상곡」, 『그대 다시는 고향에 가지 못하리』, 민음사, 1981, 164쪽.

된 메시지를 전달하기 위하여서는 이 두 작품을 차라리 빼어 버리는 편이 나았을지도 모른다고 주장한다. 그러나 그것들은 이 소설에서 결코 예외적인 작품이라고 볼 수 없다. 예외적이기는커녕 오히려 나머지 다른 작품과 균형과 조화를 이루고 있다는 점에서 아주 중요한 작품들이다.[17]

위의 대목에서는 「상처」나 초판에서는 「기상곡」이라는 제목에 담겼던 「인생은 짧아 백 년, 한은 길어 천 년일세」 등에 나타난 전통적 세계의 부정적 이면의 제시가 『그대 다시는 고향에 가지 못하리』의 이데올로기적 체계의 일부이며 그렇기 때문에 균형과 조화의 요소라고 설명하고 있다. 하지만 이 글의 맥락에서는 그것이 의도의 차원에서 이루어진 구성의 결과라기보다 이야기의 생산 과정에서 발생한 이데올로기의 충돌로 해석해 볼 수 있다. 특히 「기상곡」의 경우에는 이데올로기적인 충돌이 형식의 뒤틀림을 동반하고 있다는 점에서 주목되는데, 그것은 단지 이 소설뿐만 아니라 이문열 초기 소설 전체에서 이러한 문제가 나타나고 있기 때문이다. 그러니까 「사라진 것들을 위하여」에서 발아한 균열이 『그대 다시는 고향에 가지 못하리』에서의 이데올로기적 충돌로 확장되며 그것으로부터 『황제를 위하여』가 태어나 다시 『영웅시대』로 발전하게 된다고 볼 수 있는 것이다.[18] 『황제를 위하여』는 바로 그 전통적 세계에 대한 양가적인 의식에 근거하여 만들어진 이야기이며, 『영웅시대』

---

17 김욱동, 앞의 책, 130~131쪽.

18 이런 맥락에서 생각하면 『사라진 것들을 위하여』와 『황제를 위하여』의 제목에 나타나는 언어 형식의 상동성 역시 그와 같은 발생론적 과정과 무관하지 않다고 할 수 있다. 한편 『황제를 위하여』와 『영웅시대』는 성격이 매우 다른 이야기이지만 한국전쟁이라는 사건을 경계로 다른 차원의 두 세계가 연결되어 있다고 볼 수 있는 측면이 있다. 『황제를 위하여』와 유사한 언어 형식의 제목으로 되어 있을 뿐만 아니라 내용적으로도 상관성이 있는 「홍길동을 찾아서」에 『영웅시대』에 등장했던 한 가지 모티프(세 명의 인재가 태어난다는 폐방)가 다시 등장하는 상호텍스트적 관련 양상 역시 이런 관점에서 보면 우연만은 아니라고도 할 수 있다.

에서의 가문에의 지향성과 현실 이념의 충돌 역시 시간과 공간이 뒤얽혀 빚어내는 복합적인 의식의 산물이라고 할 수 있기 때문이다.

> 황제의 부친 정 처사(處士)는 (물론 후에 신무(神武) 황제로 추존된다) 원래 남해의 호족이었다. 젊어 그는 그 지방의 손꼽는 재사(才士)로서 아래로는 주문(朱門) 기방(妓房)으로부터 위로는 유림, 불가에 이르기까지 그의 자취가 이르지 않은 곳이 없었다. 거문고를 들을 때는 종자기(鍾子期)요, 화필을 잡으면 소(小)사백(思白=董其昌)이었으며, 한말 술로 두이(杜李)와 시흥을 다툴 수 있었고, 천하경륜을 논할 때는 그의 눈도 삼국정립을 예언하던 공명(孔明)의 혜안처럼 빛났다고 한다. 그러나 한편으로 그는 이름 없는 잔반(殘班)의 후예로서 얼마 안 남은 가산마저 주색잡기로 탕진한 건달에 불과했다는 풍설도 있다. 두 가지 다 애꾸눈의 옆면 초상화 같은 얘기리라. 성한 쪽을 그리면 성한 사람이 되고 감긴 쪽을 그리면 장님이 되고 마는 식의.[19]

『황제를 위하여』에서 스스로를 『정감록』의 정도령이라 믿고 나라('남조선')를 세운 '황제'와 그 일행을 바라보는 이 소설의 시선은 다면적이고 다층적이어서 이채롭다. 그 시선에는 존경과 비웃음의 양가적 태도가 얽혀 있고 이문열의 소설 가운데에서는 특이하게 비극적 요소와 희극적 요소가 공존하고 있는데 그러면서도 시종일관 그 두 축의 어느 한 쪽으로 기울어지지 않는 균형과 대립의 긴장을 잃지 않고 있다. 작가는 이 소설을 구상하는 과정에서 "나는 그 모든 것들 ── 과학과 합리주의, 갖가지 종교적 이념, 그리고 금세기를 피로 얼룩지게 한 몇몇 정치사상 등등 ── 이제는 거의 아무도 그 유용성이나 정당함을 의심하려 들지 않는

---

19 이문열, 『황제를 위하여』, 동광출판사, 1982, 27쪽.

것까지도 순전히 동양적인 논리로 지워보려 애썼다."[20]고 밝힌 바 있지만, 실제 그 결과는 의도와 다른 것으로 나타났다.

> 하지만 이 작품이 연재된 지난 2년간은 내게는 그대로 소모와 피로의 세월이었다. 처음의 의도는 그런 대로 뜻있는 것이었으나, 완결 짓고 보니 아무래도 만족스럽지만은 못한 작품이 되고 말았다. 지우는 작업도 제대로 된 것 같지가 않고 동양정신의 정수(精粹)를 끌어내 보이려던 것도 터무니없는 야심이 되고 만 것 같다.[21]

위의 인용은 『황제를 위하여』에 수록된 「책을 내면서」의 일부이다. 작가는 여기에서 이 소설의 창작 동기를 이루는 의도를 서양의 근대적 이념에 대한 비판과 동양 정신의 대안적 제시라고 밝히고 있는데, 작가 스스로 그 의도가 충분히 실현되지 못했음을 고백하고 있다. 소설의 결과를 두고 봐도 거기에서 위에서와 같은 의도를 읽어 내기는 어려울 듯하다. 소설이라는 것은 작가의 의도가 그대로 투영되는 투명한 이야기 양식이 아니다. 상류는 그럴 수 있을지 몰라도 하류는 흐름 자체가 만들어 낸 방향으로 흘러가는 법이며, 그 과정에서 작가의 의도와 배치되는 텍스트의 무의식이 생성되기도 한다.[22] 그렇기 때문에 의도의 실패가 곧 작품의 실패를 의미하는 것은 아니다. 만일 『황제를 위하여』가 작가의

---

20 이문열, 「책을 내면서」, 『황제를 위하여』, 326쪽.

21 같은 글, 327쪽.

22 이 글의 기본적 관점을 이루고 있는 이런 시각은 전반적으로 소설 텍스트가 작가의 의도나 현실의 반영이 아니라 새로운 이데올로기의 생산과 그 객관화라 보는 피에르 마슈레, 테리 이글턴, 프레드릭 제임슨 등의 논의에 대한 공명으로부터 영향을 받고 있다고 할 수 있을 것 같다. 한편 소설의 이데올로기와 형식 사이의 관계에 대해서는 페터 지마의 논의, 그리고 알레고리의 성격과 기능에 대해서는 폴 드 만의 논의의 영향을 받고 있다.

말에서 제시된 의도대로 써졌다면 이 소설의 성과는 오히려 지금에 미치지 못했을 것 같다.

이처럼 이문열의 초기 소설들은 어떤 의미에서는 그것이 초기의 소설이기 때문에 정연하게 다듬어지지 않은 균열을 보여 주고 있는데, 아마도 그 문제들은 작가의 의도라기보다는 오히려 그에 반해서 빚어진 결과로 볼 수 있다. 하지만 어떤 관점에서 바라보면 바로 그 이유로 인해 문제성을 보유하기도 한다. 김현은 『황제를 위하여』에 대해 "이문열의 무의식에서 일어나고 있는 전통적 문화에 대한 회귀욕망과 거부의지 사이의 섬세하지만 치열한 싸움의 무의식적 결과"이며 "그는 전통적 문화에 회귀하는 것을 긍정적으로 묘사하려 하지만, 그의 소설은 그것을 부정적으로 비판"하고 있기 때문에 "일종의 모순의 소산"[23]이라고 이야기한 바 있는데, 그 분석 역시 이 소설이 이데올로기적 의도를 담는 그릇으로 작용하지 않았음을 드러내고 있다. 그리고 분열된 형식의 틈은 이와 같은 이데올로기적인 충돌이 일어날 수 있는 무대를 제공한 것으로 보인다.[24]

이러한 초기 소설의 특징은 전통적 세계의 가치에 대한 지향성을 이어받고 있는 후기의 작품들과 대비되고 있다. 『그대 다시는 고향에 가지

---

23 김현, 「베끼기의 문학적 의미」, 『이문열론』, 256쪽.

24 전통에 대한 양가적인 태도의 모순적 결합과 함께 한 가지 이 맥락에서 더 생각해 볼 수 있는 문제가 곧 이문열 소설에서 동양적인 것과 서양적인 것이 만나 이루는 관계이다. 그의 소설은 기본적으로 전통적인 가문의식을 지향하고 있음에도 다른 한편으로 그 이야기의 외피는 서양 근대 소설의 영향을 받고 있다. 내용은 전통적인 세계에 대한 향수를 담고 있지만 제목은 토마스 울프의 소설로부터 차용한 『그대 다시는 고향에 가지 못하리』는 그와 같은 부딪침을 상징적으로 보여 주는 사례이다. 『그대 다시는 고향에 가지 못하리』의 첫 장이 '롤랑의 노래'라는 제목을 달고 있고, 『황제를 위하여』의 첫 장이 '카프리치오의 서장'인 것 역시 그런 맥락을 보여 준다. 이런 모순은 작가의 의식의 차원에서 존재하는 양상과는 달리, 실제로는 서양적인 것과 동양적인 것의 대립이 관념적인 것이라는 실상을 오히려 효과적으로 드러내고 있다. 작가가 쓴 산문의 일부인 다음에서도 그와 같은 혼종성이 확인된다. "동양의 전통대로 역사와 연관된 서사 구조이고 한문으로 기술되어 있기는 하지만 거기에는 우리의 올림푸스와 영웅들이 있고 베울프와 롤랑이, 원탁의 기사들과 신비의 여왕들이 있다."(이문열, 「리얼리즘에서 미메시스로」, 『한국문학이란 무엇인가』, 민음사, 1995, 323쪽)

못하리』에 나왔던 일가의 장 씨 할머니를 본격적으로 소설화한『선택』(1997)의 이데올로기적 일방향성을 그 대비되는 사례로 들 수 있다. 조선 시대 양반 문중의 여인이 후대의 여성들을 대상으로 자신의 생각을 전하는 형식 자체가 단성적인 목소리가 발생할 수 있는 조건을 취하고 있는 『선택』과 달리『아가』는 공동체의 외부 경계에 놓인 인물을 대상으로 삼았기도 했지만 형식적 측면에서 보면 서술 과정에서 의식적인 제어를 통해 어느 정도 균형 감각을 확보한 경우에 해당된다.

> 녹동어른이 그렇게 당편이를 고향에 받아들인 일을 소상히 얘기하는 것은 자칫 그 어른이 번성을 누렸던 옛 체제와 질서의 관대함을 과장해 드러내는 것처럼 들릴지도 모르겠다. 그리하여 심하게는 이미 몰락해 버린 시대에 대한 어쭙잖은 향수와 동경으로 의심받거나, 있지도 않은 과거의 이상화로 몰릴 수도 있다.[25]

『아가』에서는 위에서 보는 바와 같이 예외적으로 의식적인 조절을 통해 이데올로기적 지향성이 어느 정도 제어된 편이지만, 이문열의 후기 소설에서는 전체적으로 초기와 달리 정치적 이데올로기를 내장한 담론이 본성상 이데올로기 비판 담론이라고 할 수 있는 소설의 경계를 넘어가 버리거나 「홍길동의 찾아서」(1994)나 「이강(漓江)에서」(1996)에서처럼 자기도취적인 나르시시즘으로 치닫는 경우를 종종 목격할 수 있는데, 초기 소설의 형식적 특징과 그것이 내포한 이데올로기 비판의 가능성을 확인하는 이 마당에서 그와 같은 변모는 안타깝게 느껴진다.

---

25 이문열, 『아가』, 민음사, 2000, 29쪽.

4 이념과 예술의 대립 구도와 양가적 의식 — 「들소」

지금까지 이문열의 초기 소설 세계에서 알레고리의 형식을 매개로 한 현실 이념 비판의 양상과 그 대안적 가치로 선택된 전통적 세계에 대한 태도를 살펴봤다. 그런데 그 과정에서 애초의 작가의 의도가 소설이라는 형식 속에 담기면서 그와 길항하는 이데올로기를 발생시키고, 그리하여 그들이 텍스트 내에 모순적으로 공존하는 양상을 아울러 목격할 수 있었다. 소설 형식에 나타난 균열은 그와 같은 텍스트 무의식의 발생 과정을 확인할 수 있게 해 주는 단서였다. 「맹춘중하」와 「사라진 것들을 위하여」에서 전통적 가치에의 지향성이 놓여 있던 자리에 「들소」와 「그해 겨울」(1979)은 이념에 맞서는 새로운 근거로 '예술'을 제시하고 있다.

우선 「들소」에서 선사시대라는 특이한 시간을 배경으로 권력과 군중의 문제를 알레고리의 방식으로 탐구한 측면에 대해서는 다른 소설들과 함께 앞서 이야기를 했다.[26] 그것이 집단적 차원에서 발생하는 문제에 대한 탐구라고 할 수 있다면, 이 소설에서 주인공의 예술의식의 측면은 작가의 개인적 차원의 문제와 보다 밀접하게 결부되어 있는 또 다른 알레고리라고 할 수 있을 듯하다. 부족의 다른 구성원들과는 달리 농경민의 혈통을 지닌 주인공의 이방인 의식에서도 그 점이 확인되며, 또 다른 차원에서는 주인공이 도달한 낭만적 예술의식 역시 (물론 「그해 겨울」보다는 간접적이지만) 또 하나의 교양 혹은 성장의 드라마라고 할 수 있기 때문이다.[27]

26　「충적세, 그후」(1980)는 「들소」의 세계가 현실을 비추는 알레고리라는 것을 직접적으로 입증하는 증거에 해당된다. 두 작품을 비교해 보면, 알레고리적 관계를 텍스트 자체가 직접 드러내 버리는 경우 독서 과정에서 그 효과가 반감된다는 사실을 확인할 수 있다.

27　이문열의 초기 소설 세계에는 앞에서 이야기한 것처럼 전통적 세계에 대한 지향성과 서구 소설의 영향이 모순적으로 공존하는데, 「들소」와 「그해 겨울」에서는 다른 소설들에 비해 상대적으로 후자의 측면이 더 뚜렷한 편이다. 「그해 겨울」에서 헤르만 헤세의 『크눌프』(1915)나 『페터 카멘친트』(1904)의 영향을

실리적 안목과 술수를 무기로 군중을 장악한 '뱀눈'이 집권하면서 혈족 중심의 질서와 규율이 해체되기에 이른 상황 역시 선사시대라는 시간적 알레고리를 걷어 내면 그대로 봉건과 근대가 교차하는 이문열 소설 특유의 현실 구도에 상응한다. 그와 같은 상황의 변화는 이제 연약한 신체와 심성으로 인해 용사의 길로부터 배제된 주인공에게도 선택을 강요하고 있다. 주인공은 선택의 상황을 앞두고 두 가지 모델을 간접적으로 경험한 바 있는데, 부당한 현실 속 권력 구조를 비판했지만 결국 그로 인해 스스로의 죽음을 초래한 '큰 목소리'가 걸었던 길과 풍요와 안락을 대가로 받고 신성한 언어로 '뱀눈'의 신화를 읊었던 '얘기꾼'이 선택한 길이 그것이다. 그렇다면 주인공의 길은 어떤 것일까.

> 그렇다면 나의 소는 어떤 것일까. 그녀가 말했듯 내가 '뱀눈'에게 봉사하고 얻는 고기는 나의 소가 아니다. 산과 수렵 생활을 떠난 지금 그림이 가졌던 실용으로서의 주술도 의미를 잃었다. 그렇다고 '큰 목소리'처럼 낡은 이념의 희생으로 쓰러져야 할 것인가. 공허한 하늘의 목소리에 의지해서 강력한 인간의 조직과 그것이 가진 힘에 부딪쳐서 깨어져야 할 것인가. 언제 싹 틀지 모르는 사상의 씨앗을 뿌린 것만으로 자신을 저 끝 모를 죽음과 허무의 심연에 던져 버려야 할 것인가. (……) 지금까지 그가 추구해 온 것은 '그림 너머'의 혹은 '그림으로써' 얻어지는 어떤 것이었다. 말하자면 그림은 하나의 종속적 가치로서 어떤 목적을 위한 수단이나 도구였을 뿐이다. 그런데 이제 그가 새로운 추구의 대상으로 찾아낸 것은 그림 그 자체, 표상된 선과 색의 완전성이 가지는 가치였다.[28]

느낄 수 있다면, 「들소」에서는 또 다른 경향의 성장소설을 대표하는 토마스 만의 『토니오 크뢰거』(1903)의 인물 관계와 유사한 구도가 감지된다. 즉 주인공–'초원의 꽃'–'뱀눈'의 관계는 토니오 크뢰거–잉게보르크 홀름–한스 한젠의 구도에 대응되고 있다.

주인공이 선택한 '예술'의 길은 소멸해 가는 이전 시대의 가치와 아직 미처 자리를 잡지 못한 새로운 질서의 틈 속에서, 그리고 기성의 권력과 그에 대한 저항의 이념이 충돌하는 이데올로기적 전장의 그늘진 구석에서 혼돈과 번뇌의 과정을 거쳐 힘겹게 도달한 지점이다. 그러하기에 주인공의 그림에 대한 욕망은 "자연과 위대한 정령에게 우리의 뜻을 전달하는 도구이며, 동료 인간들에게 나누어 주는 믿음과 격려의 부적"[29]으로서의 그림이라는 늙은 스승의 예술관으로부터 벗어난 것이며, 또한 부당한 권력에 대한 저항과 비판의 이념을 추구했던 '큰 목소리'의 예술관과도 대비를 이루는 것이다. 전통적 예술관의 표상인 스승과의 사이에서 발생하는 대립은 이후 「금시조」(1981)에서 본격적인 주제로 다시 등장하게 되고, 「들소」에서 더 큰 비중으로 다루어지는 대립은 '큰 목소리'의 이념형 예술관을 상대로 한 것이다.

그런데 여기에서 문제는 주인공과 '큰 목소리'의 예술관이 대립되고 있기는 하지만, 작가의 관점이 그 가운데 하나에만 대응된다고 볼 수는 없다는 점에 있다. '큰 목소리'의 예술관에 대한 주인공의 태도 또한 결코 대립으로만 시종하는 일면적인 것이 아니다. 주인공의 선택은 한편으로 '큰 목소리'의 저항과 그로 인한 죽음을 바라보면서 감내해야 했던 무력과 비굴에 대한 회한을 바탕에 두고 있는 것이기 때문에 주인공의 예술의 자율성에 대한 신념은 외부로 표출되지 못한 이념이 굴절된 형태로 내면화된 것이라고 볼 수 있는 측면이 있다. 실제로 주인공은 '큰 목소리'가 '뱀눈'에 의해 죽음을 맞은 이후 '큰 목소리'의 정신을 떠올리고 전사들을 상대로 자유의 기억을 일깨우는 행동적 실천의 모습을 보이기도 한다.[30]

28　이문열, 「들소」, 『필론과 돼지』, 191쪽.

29　같은 글, 143쪽.

30　'이념'과 '예술'의 대립 구조에 대응되는 '큰 목소리'와 주인공의 관계는 이후 『그대 다시는 고향에 가

「들소」에서 신석기 시대를 배경으로 펼쳐졌던 예술관의 탐구는 시간적인 이동을 통해 봉건과 근대가 교차하는 구한말, 혹은 더 거슬러 올라가 조선시대 후기를 배경으로 하여 새로운 방식으로 이어지는데, 「금시조」와 『시인』이 그것이다. 이 소설들에서 역시 예술은 이념과 '맞진리'(Gegenwahrheit)의 관계를 구축하고 있다. 그렇기 때문에 한 인물에만 초점을 맞추면 예술 이외의 이념을 부정하고 예술에 절대적 가치를 부여하는 예술지상주의적 태도라고 할 수 있을지도 모르겠지만, 그 예술관이 반대편에 놓인 이념지향성을 전제로 한 것이라는 사실을 고려하면 그렇게 단순하게 이야기하기는 어렵다.

「금시조」를 관통하는 '석담'과 '고죽'의 두 가지 예술관 중에서, 작가 이문열이 은연중에 '고죽'의 유미주의적인 예술관에 경사되고 있음은 명백하다고 생각된다. 무엇보다도 이 소설의 진행이 '고죽'이 주인공이 되어 그가 자신의 파란만장했던 과거를 회고하는 시점으로 전개된다는 점, 바로 그렇기 때문에 '석담'의 모습과 예술관이 '고죽'의 시점에 의해서 다소 주관적으로 굴절된 면모로 나타난다는 점 때문에 그렇다. 그러므로, 「들소」의 주인공의 모습에 작가 이문열의 음영이 겹쳐져 있다는 사실과 마찬가지로, 우리는 「금시조」의 '고죽'의 예술관에 역시 작가 이문열의 예술관이 포개져 있다는 사실을 인지할 수 있는 것이다."[31]

지 못하리」에서의 형과 '나', 『시인』(1991)에서의 '병하'와 '병연' 형제, 『변경』(1989~1998)에서의 '명훈'과 '인철' 형제 등 대체로 형제 관계의 인물들에서 여러 차례 변주된 형태로 다시 등장하게 되는데, 이들 형제의 대비되는 삶의 행로는 서로의 존재를 전제로 한 것이기에 사실은 하나의 운명을 둘이서 나누어 살아 가는 면이 있다.

31 권성우, 「이문열 중단편소설의 문학사적 의미」, 『아우와의 만남 — 이문열 중단편전집 5』, 둥지, 1994, 261쪽.

물론 서술 구조상으로는 「금시조」의 '고죽'이나 「들소」의 주인공이 '석담'이나 '큰 목소리'보다 작가와 더 가까운 자리에 놓여 있다. 그렇지만 「들소」에서 주인공과 '큰 목소리'를, 그리고 「금시조」에서 '고죽'과 '석담'을 서술하는 내포작가의 태도가 선택과 배제의 일관된 이분법을 따르고 있는 것은 아니다. 오히려 스승(선임)과 제자(후임)라는 수직적 관계 구도 위에 놓여 있기 때문에, 성장의 과정에서 후자의 인물군이 겪는 시행착오에 대비되어 전자의 인물군의 신념이 긍정적으로 조명되는 대목도 적지 않다. 작가가 정말 순수하게 예술지상주의적 관점을 가졌다면 이렇듯 이념과의 대비 구도를 여러 소설 속에서 반복적으로 설정할 필요도 없었을 것이다. 「금시조」에서 '고죽'이 보여 주고 있는 다음과 같은 태도 역시 그런 맥락에서 이해할 수 있다.

열병과도 같은 몰입(沒入)에서 서서히 깨어나면서부터 고죽은 스스로에게 자조적으로 묻곤 했다. 내가 무슨 짓을 해 왔으며, 하고 있냐고. 그리고 스승과 다툴 때의 의미와는 다르게 되물었다. 장부로서 이 땅에 태어나 한평생을 먹이나 갈고 붓이나 어르면서 보내도 괜찮은 것인가. 어떤 이는 조국의 광복을 위해 해외로 떠나고, 혹은 싸우다가 죽거나 투옥되었으며, 어떤 이는 이재(理財)에 뜻을 두어 물산(物産)을 일으키고 헐벗은 이웃을 돌보았다. 어떤 이는 문화사업을 통해 몽매한 동족을 일깨웠고, 어떤 이는 새로운 학문에 전념하여 지식으로 사회에 봉사하였다. 그런데도 자신의 반생은 어떠하였던가, 시선은 언제나 그 자신에게만 쏠려 있었고, 진지하고 소중하게 여겼던 지난날의 그 힘든 수련도 실은 쓸쓸한 삶에서의 도피거나 주관적인 몰입에 불과하였다. 자신만을 향해 있는 삶, 오오, 자신만을 향해 있는 삶……."[32]

32 이문열, 「금시조」, 『금시조 — 이문열 중단편전집 2』, 민음사, 2016, 267~268쪽. 예술에 한정된 의식에 대한 회의는 이미 앞서 「제쳐 논 노래」의 "아아, 예술적이란 이름의 이 공허한 삶, 아무리 아름다

석담과의 대립 구도를 통해 고죽이 추구해 왔던 예술적 태도는 이렇듯 한순간에 그 반대편의 자리에서 회의의 대상이 되고 있다.『시인』에서 김삿갓의 일탈 가운데에서도 문득 솟아오른 '가문에 대한 집착'[33] 역시 그렇다.「맹춘중하」나「사라진 것들을 위하여」에서 확인할 수 있었던 전통적 가치에 대한 작가의 태도가 여기에서 갑자기 사라진 것은 아니다. 인물들 각자는 그 대립 구도의 한 축을 선택하고 있지만 소설 전체로 보면 그와 같은 대립을 통해 문제에 대한 양가적인 태도를 드러내고 있다고 할 수 있을 것이다.[34]

요컨대 이문열의 초기 소설에서 이념과 예술은 서로 충돌하고 있으며, 그에 따라 예술에 대한 관점도 분열되고 진동하고 있다.『그대 다시는 고향에 가지 못하리』의 한 부분인 다음 대목에서는 그와 같은 갈등이 좀더 직접적인 형태로 제시되어 있다.

　　사실 그 무렵 나는 갑작스레 내 눈앞에 펼쳐진 삶의 새로운 국면에 심한

운 말로 꾸며 보아도 본질적으로는 자기 자신만을 향해 있는 삶, 그 어떤 신성한 의미를 부여해 보아도 결국은 이미 배고픔을 면한 자의 여가를 가꾸는 데 불과한 삶"(이문열, 「제쳐 논 노래」, 『금시조 — 이문열 중단편전집 2』, 민음사, 2016, 141쪽)이라는 대목에서 유사한 방식으로 제시된 바 있다. 소설 속에서 소설가인 주인공은 자신을 알아보고 다가온 독자 앞에서 스스로를 부인하고 있다. 소설의 마지막에 나오는 발레리의 시「제쳐 논 노래」의 한 구절-"Qui es tu? Mais rien!"(너는 뭐냐? 아무것도, 아무것도 아니지!)-은 그와 같은 회의적 의식의 발생에 작용한 한 요소를 보여 주고 있다.

33　이문열, 『시인』, 민음사, 2008, 126쪽.

34　이문열의 소설에서 아버지와 형의 자리에 놓여 기본적으로 이념형으로 분류되는 인물들의 경우에도 그 의식의 일부는 예술을 향해 열려 있다.『영웅시대』에서 이동영은 젊은 시절 "설익은 지사의식과 영웅심에 억눌려 있던 예술적 성향"이 더 강력하게 자극되었다면 "엉뚱하게도 탐미적인 문사(文士)의 길을 걸을 뻔하기까지 했다."(『영웅시대』, 400쪽)고 생각하며 「암포 신문인협회」의 형 역시 뒷골목 세계에 뛰어들기 전 어느 권위 있는 잡지의 시(詩) 추천을 받은 일이 있는데 얼핏 보면 전혀 맥락이 이어지지 않은 두 화제가 동생인 화자에게는 "형의 시와 주먹, 그들은 동일한 뿌리를 갖고 있다."고 인식되고 있는데, 그 둘 모두 "울분과 한의 표현"(『그대 다시는 고향에 가지 못하리』, 나남출판, 1986, 35쪽)이라는 점에서는 같기 때문이다.

당황과 혼란을 느끼고 있었다. 앞서의 얘기들에서 짐작할 수 있는 것처럼 그때껏 나는 비교적 고향 사람들의 가치관에 충실하게 살아 온 셈이었다. 그런데 그해 봄의 등단(登壇)은 그와는 상반된 가치에 대한 내 오랜 동경과 유혹을 현실적인 가능성으로 바꾸고 말았다. 처음 얼마간 나는 원고지와 법학서적 사이를 시계추처럼 왔다 갔다 했다. 그러나 이윽고는 견딜 수 없을 정도로 강렬한 택일(擇一)의 감정에 시달리게 되었다. 다양하게 분화된 가치 체계 속에 살고 있는 도시 사람들에게는 얼른 이해되지 않을 테지만 재산과 명성을 포함한 구식의 권력개념(벼슬)에만 가치를 두고 있는 고향과 같은 전통적 사회에서 자라난 나에게는 자못 심각한 문제였다. 거기다가 내 선택을 더욱 어렵게 한 것은 몇 편의 짧은 이야기로 간신히 문단의 인정은 받았기는 해도 그것이 기껏 시작에 불과하다는 점과 마찬가지로 비록 겉으로는 법학 공부를 집어치웠어도 그 방면에 대한 가능성은 여전히 남았다는 데에 있었다. 나는 수많은 밤을 독한 소주나 불면으로 지새웠지만 결론은 쉽게 얻어지지 않았다.[35]

작가의 페르소나로 등장하는 일인칭 화자는 '고향 사람들의 가치관'에 충실한 삶을 살아 오는 동안에도 '그와는 상반된 가치'에 대한 '오랜 동경과 유혹'을 키워 오고 있었다. 이렇게 보면 어떤 의미에서 예술이라는 이름의 낭만주의적 유혹은 그가 속해 있던 고향의 실용주의적 가치관에 대한 반발의 심리로부터 연유한 것일지도 모르겠다는 생각을 해 보게 된다. 그렇기 때문에 발생의 시점에서 이미 그 예술은 그 반대편에 놓인 고향의 가치와 같은 기원을 가지고 있는 것이다. 현실 이념 비판의 근거로 때로는 고향의 전통적 가치가(「맹춘중하」, 「사라진 것들을 위하여」), 또 때로는 예술

---

35 이문열, 「종손」, 『그대 다시는 고향에 가지 못하리』, 민음사, 1980, 127쪽.

이(「들소」) 선택될 수 있는 이유 또한 그와 같은 구조에서 찾을 수 있다.

그런 가운데서 발생한 등단이라는 사건은 '나'로 하여금 '강렬한 택일의 감정'에 시달리도록 만든다. '법학서적'과 '원고지' 사이를 '시계추'처럼 진동하는 일이 그래서 일어난다. 이문열 소설에서 예술과 이념이 대립구도를 구축하고 양자택일의 문제로 제시되는 발생적 맥락을 이 진동하는 의식으로부터 찾아볼 수 있을 것이다.[36] 초기 소설의 국면에서는 주로 그 가운데 '예술'에 초점이 맞춰져 있고 어느 대목에서는 그것이 절대적인 것처럼 제시되고 있기도 하지만, 이런 상황에서는 이념과 예술 가운데 한 쪽을 선택한다고 해도 그것은 다만 잠정적인 것에 지나지 않는다.

문학이 아직도 내 종교가 되지 못하는 게 늘 안타깝다. 고향의 전통적 사고에서 자유로와지지 못한 탓이다. 그러나 여기(餘技)로만 여기던 시대보단 한결 진보해서 이젠 내 생의 중요한 일부란 느낌은 갖게 되었다. 좀 더 많은 것을 문학과 주고받음으로써 이것이 나의 전부라는 경지에 이르게 될 날을 기대한다.[37]

이렇게 보면 이문열의 소설에서 인물들은 이념과 예술의 대립에 의거하여 그 가운데 한 축 위에 서 있으면서도 사실은 그 반대편에 대한 미련

---

36 작가는 한 산문에서 자신이 문학이라는 이데올로기의 주체가 된 내적 연혁을 더듬는 가운데 아버지로 표상되는 이념에 대한 자신의 양가적 태도를 다음처럼 술회한 바 있다. "어쩌면 나는 그때 한편으로는 짓밟고 부수면서, 그리고 다른 한편으로는 그래서 그림자나 파편으로만 남은 아버지의 이데올로기를 다시 다듬어 껴안으면서, 긍정과 부정 사이를 시계추처럼 왔다 갔다 한 것이나 아닌지 모르겠다."(이문열, 「이데올로기로서의 문학 — 내 문학과 이데올로기」, 르 클레지오·가오싱젠·김우창 외, 『세계화 속의 삶과 글쓰기 — '2011년 제3회 서울국제문학포럼' 논문집』, 민음사, 2011, 260쪽) 이렇게 보면 보다 근원적으로는 아버지를 상대로 한 이 양가적 의식이야말로 이문열의 소설에서 이념의 문제를 중심으로 형성된 모든 대립 구도의 원형이라고 할 수도 있을 듯하다.

37 이문열, 「작가 노우트·나의 문학수업」, 『그해 겨울』, 민음사, 1980, 281쪽.

을 버리지 못하고 있는 것이다. 그 이분법적 대립의 구도로부터 벗어나서 바라보면 현실 속에서 그 둘은 그처럼 선명하게 구분되지 않은 채 상황에 따라 서로 다른 비중의 혼합 상태로 존재한다. 순수한 이념도, 순수한 예술도 관념 속에만 존재하는 것이기 때문이다. 그렇지만 이분법적 대립의 구도는 그 양편의 개념을 더욱 본질적인 극단으로 이끌어 간다. 그리하여 이념과 현실 사이에 놓인 다양한 편차는 고려되지 않고 이념다운 이념, 가장 예술다운 예술의 자리만이 추구된다.

작가는 그로부터 한참의 시간이 흐른 후 한 문학상의 수상소감에서 '사인성(私人性)'으로서의 문학에 대한 회의를 밝힌 바 있다.[38] 그 시기 그의 문학은 정치성을 노골적으로 드러내고 있는데, 갑작스러운 변화처럼 보이지만 사실 그것은 이런 맥락에서 보자면 새삼스러운 것만은 아니라고도 할 수 있다. 예술의 방향으로 한참을 걸어왔지만, 그래서 표면상으로는 이념으로부터 멀어진 듯 보이지만, 작가로서 그의 높아진 지위는 그에게 다시 '이념'을 향해 건너갈 수 있는 디딤돌을 마련해 주고 있었던 것이다.

그 뒤 그는 한동안 적막 같은 양비(兩非)와 양시(兩是)의 세월을 보냈다. 때로는 우주와 인생을 다 이해한 것처럼 그 두 상반된 세계와 인식을 한꺼번에 꾸짖었고, 때로는 그 둘을 아울러 껴안고 아파하며 뒹굴었다. 하지만 그가 가진 것은 답이 아니었으므로 스스로도 막막했으며, 두 세계와 인식은 너무도 완강하게 등을 돌려 그는 외로웠다. 극단으로 대립되어 있는 두 세계와 인식 사이에서 중용이나 조화를 추구함은 시비의 끝이 아니라 시작이었다. 양비일 때는 어김없이 양쪽 모두가 적이 되면서도 양시일 때는 모두

---

38 「제2회 21세기문학상 수상 소감」, 『1998년 제2회 21세기문학상 수상작품집』, 도서출판 이수, 1998, 20쪽.

가 벗이 되어 주지 않았다.[39]

위의 인용은 『시인』 이후에 발표된 「시인과 도둑」(1992)의 한 대목으로 이후 출간된 개정판에서는 그 일부로 삽입된다. 그러나 나중에 덧붙여진 부분은 처음의 이야기 속에 녹아들지 못한 채 덩어리 상태의 관념을 남겨 놓고 있다. 그처럼 관념의 층위에서 이념과 예술 모두가 긍정되거나 혹은 부정될 때, 오히려 그 둘 사이의 분리와 대립에서 오는 긴장은 사라지고 만다.

5 기억의 환상을 걷어 낸 자리에 놓인 '수첩' ― 「그해 겨울」

전통적 가치에 대한, 그리고 이념과 예술 사이의 길항에 대한 이문열 소설의 양가적 시선과 그 의미를 살펴보기 위해 그 계보의 소설들을 따라 꽤 오랫동안의 시간적 과정을 지나왔다. 이제 마지막으로 다시 시간을 거슬러 그 기원에서 발생한 또 다른 소설적 문제를 「그해 겨울」을 통해 탐색해 볼 차례이다.

「그해 겨울」은 잘 알려져 있는 것처럼 그 자체로 독립된 단편으로 볼 수 있으면서도 3부작으로 구성된 장편 『젊은 날의 초상』의 마지막 장에 해당되는 이야기로 「하구」, 「기쁜 우리 젊은 날」의 세계를 이루고 있던 짧은 대학 시절 전후의 방황에 이어진 성찰과 정화의 시간을 담고 있다.

혼란의 대학생활을 중단하고 무작정 길을 떠난 주인공이 광산과 바다에 정착하지 못하고 잠정적으로 이른 곳은 어느 산촌의 여관 겸 술집

---

39 이문열, 「시인과 도둑」, 『아우와의 만남 ― 이문열 중단편전집 5』, 민음사, 2016, 47쪽.

이었다. 주인공이 그곳에서 했던 '방우' 생활 가운데 주된 일은 남포등을 닦고 온돌을 데우는 일이었는데, 그것은 무척이나 소박한 일에 지나지 않지만 그럼에도 주인공이 통과하고 있던 방랑의 삶의 내적 맥락에서는 강한 인상으로 남게 된다. 그 시간은 몸의 노동을 통해 정신적인 시달림을 잠정적으로 소거시켜 줌으로써, 주인공으로 하여금 그의 혼란스러운 현실과 정신을 정돈할 수 있는 기회를 제공했기 때문이다. 소설 곳곳에서 보이는 '배화(拜火)의 의식', '엄숙한 정화와 희생의 제전', '성지(聖地) 순례' 등의 표현들은 그와 같은 인상의 강렬함을 드러내 주고 있으며, 그렇기 때문에 그 모티프는 이 소설뿐만 아니라 『변경』을 비롯한 이문열 소설의 몇 대목에서 변주되어 다시 등장하고 있다.

이 장면뿐만 아니라 이 소설 전체가 그렇다고 할 수 있다. 가령 길에서 만난 '칼갈이 사내'가 그토록 치열하게 별렀던 복수를 무의미한 것으로 자각하는 대목 역시 『그대 다시는 고향에 가지 못하리』 속의 한 편인 「상처」의 만덕 씨에게서 다시 목격하게 되며,[40] 유부남과 불행한 연애를 한 '집안 누나'의 사연은 「폐원」의 '그녀'에게서 재연되고 있다. 이렇듯 이후의 소설에서 다시 변주되어 등장할 만큼 젊은 시절의 그 인상들은 원형의 체험이라고 할 만한 강력한 것이었고, 시간이 지난 이후 쉽게 복원되지 않는 이 스쳐 지나간 젊음의 인상을 재현하는 것이 바로 「그해 겨울」을 비롯한 『젊은 날의 초상』의 소설적 핵심이라고 할 수 있다.

이 대목에서 새삼 눈여겨볼 대상이 바로 "지금도 남아 있는 그때의 수첩"[41]이라는 구절이다. 이 소설은 '십 년 전 그해 겨울'을 회상하는 시선

---

40 이 경우 작품의 발표 순서로는 「상처」(《한국문학》, 1979년 10월호)가 「그해 겨울」(《문학사상》, 1979년 12월호. 이때 제목은 '그 겨울')보다 앞서지만, 내적 시간 체험의 측면에서는 「그해 겨울」의 시간이 앞선다.

41 이문열, 「그해 겨울」, 『필론과 돼지』, 236쪽.

에 의해 서술되고 있기 때문에 기본적으로는 과거의 시간을 되돌아보는 낭만적 향수의 관점에 입각해 있다. 주인공이 그 시절 만난 산촌 술집의 색시들, 길에서 마주친 순박한 사람들, 폐병쟁이 청년, 칼갈이 사내, 집안 누님 등의 인물들은 그의 신산스러운 방랑의 시간에 빛나는 낭만적 색채를 부여하고 있다. 그 회상의 시선 반대 방향에 성장의 과정을 추구하는 '발전의 시간'[42]이 맞물려 있다고 해도 원리적으로는 그 역시 기억 행위에 의해 재구축되는 것이다.

그런데 이 소설에는 이야기의 중간에 그런 낭만적 침윤의 흐름을 중단시키는 장치가 등장하고 있는데, 그것이 바로 '수첩'이다. 물론 그 '수첩'의 기록이 이 소설에서 갖는 일차적인 기능은 젊은 날의 경험의 순간을 보다 정밀하게 증언해 내는 데 있다. 그렇지만 이 글의 맥락에서 '수첩'이 갖는 더 중요한 기능은 과거를 회상하는 기억의 시선이 가질 법한 낭만적 성향을 제어하면서 그 경험이 발생하던 순간의 의식의 상황을 훼손하지 않고 이야기 속에 그대로 담아내는 역할을 수행하고 있다는 점에서 찾을 수 있다.

우리에게 깊은 인상을 남긴 사물은 오래 오래 기억 속에 보존된다. 물론 그때의 창수령은 지금도 내 기억에 생생히 남아 있다. 그러나 왜곡되고 과장되기 쉬운 것 또한 우리의 기억이다. 나는 차라리 그 위험한 기억에 의지하기보다 서투른 대로 그날의 기록에 의지하련다. 문장은 산만하고 결론은 성급하다. 거기다가 그 글은 전체적으로 흥분해 있지만, 그래도 그쪽이 진실에 가까울 것이므로.[43]

---

42 '환멸의 시간'(회상)과 '발전의 시간'(성장)이 양방향에서 결합된 구조로 「그해 겨울」을 바라보는 논의로 서영채, 앞의 글, 187~191쪽 참조.
43 이문열, 「그해 겨울」, 『필론과 돼지』, 254쪽.

기억의 자의적 속성과 대비되는 기록의 진실을 언급하고 있는 위의 대목에 이어 창수령을 넘는 순간의 감상을 기록한 수첩의 내용이 길게 제시되고 있는데, 그 감상은 예술에 대한 형이상학적 인식에 도달하면서 이 소설의 절정을 이루게 된다.

> 나는 산새도 그곳을 꺼리고, 불어오는 바람조차 피해 가는 것 같았다. 오직 저 영원한 우주음(宇宙音)과 완전한 정지 속을 나는 숨소리조차 제대로 내지 못하며 걸었다. 헐고 부르튼 발 때문에 그 재의 태반을 맨발로 넘었지만 나는 거의 고통을 느끼지 못했다. 그만큼 나는 나를 둘러싼 장관에 압도되어 있었다.
>
> 고개를 다 내려왔을 때 나는 하마터면 울 뻔하였다. 환희, 이 환희는 아무도 이해할 수 없으리라. 나는 아름다움의 실체를 보았다. 미학자들이 무어라고 말하든 나는 그것을 감지하는 것이 아니라 인식하였다.[44]

물론 이렇게 낭만적으로 관념화된 예술관은 그 반대의 현실적 관점으로부터 생각하면 실현 불가능한 절망적인 것으로 다시 인식될 수밖에 없다. 그럼에도 수첩 속에 기록된 위의 대목은 흥분과 감상의 어조로 젊음 특유의 불안정한 유동의 상태를 증언하면서 그 순간을 객관화하는 기능을 수행하고 있다. 그것을 현재의 성숙한 시선으로 다시 가다듬지 않고 그 상태를 그대로 드러내 보이고 있는 것이다. 외부의 시선에는 유치하게 보인다 하더라도 자신의 내부에서 처음 발생하는 경험이기에 무엇보다 소중하게 간직하고자 하는 욕망을 일러 젊음이라고 부를 수 있다면, '수첩'이라는 메타포 속에 표현된 이 '쓰기'의 행위야말로 아직은 비

---

44 같은 글, 255쪽.

어 있는 삶의 여백을 처음 맞이하는 경험으로 채워 나가는 젊음의 시간을 체현하고 있다고 할 수 있을 것이다. 다음의 대목은 이 소설에서 마지막으로 등장하는 수첩의 기록이다.

> '돌아가자. 이제 이 심각한 유희는 끝나도 좋을 때다. 바다 역시도 지금껏 우리를 현혹해 온 다른 모든 것들처럼 한 사기사(詐欺師)에 지나지 않는다. 신도 구원하기를 단념하고 떠나 버린 우리를 그 어떤 것이 구원할 수 있단 말인가.
>
> 그러나 갈매기는 날아야 하고 삶은 유지돼야 한다. 갈매기가 날기를 포기했을 때 그것은 이미 갈매기가 아니고, 존재가 그 지속의 의지를 버렸을 때 그것은 이미 존재가 아니다. 받은 잔은 마땅히 참고 비워야 한다. 절망은 존재의 끝이 아니라 그 진정한 출발이다…….'
>
> 역시 눈비로 얼룩진 그날의 수첩은 그렇게 결론짓고 있다.[45]

미적 환희의 순간과 그에 뒤이은 절망의 경험을 지나 눈길을 뚫고 도착한 바닷가에서 주인공은 죽음과 재생의 제의를 통해 정화된 의식의 상태에 도달한다. 그러면서 타나토스의 충동과 리비도의 욕망이 위태로운 줄다리기를 펼치던 청춘의 방랑은 이제 결말에 이른다. '수첩'은 그 방랑의 시간을 지나온 주체의 의식에 과거의 생생한 순간을 환기시키면서 성장의 한고비를 경계로 단절된 전후의 시간을 하나의 이야기 속에 담아낼 수 있도록 만들어 주고 있다.

「그해 겨울」에서는 이처럼 아마도 실제 작가가 기록한 단상이었을 그 시절의 '수첩'에 의거하여 그 젊은 날의 시간을 서술하는 대목을 여러 곳

---

45 같은 글, 273쪽.

에서 발견할 수 있는데, 앞에서 살펴본 바와 같이, 매끈한 텍스트의 조직만을 아름답게 여기던 당시의 기대 지평에서는 이처럼 그 이면의 바느질 자국을 그대로 드러내는 듯한 이 같은 장치가 이야기의 전체적인 유기성을 저해하는 단점으로 생각되기 쉬웠다. 가령 잦은 수첩의 동원을 형상화가 덜 이루어진 흔적으로 지적하는 경우 같은 것이 그런 사례에 해당된다.[46] 그러나 이문열의 초기 소설 세계처럼 표면상으로는 이데올로기적인 방식을 비판하고 있음에도 실상은 그 내부에 이데올로기적인 문제에 대한 양가적인 태도를 담고 있는 이야기에서 이데올로기적 속성과 어긋나는 그와 같은 장치들은 결코 사소하지 않은 기능을 수행하고 있다고 할 수 있다.[47]

요컨대 「그해 겨울」에서의 '수첩'은 원체험과 소설 사이에 놓여 있는 밑그림이다. 그것은 떠오르는 대로 마구 휘갈겨 쓴 메모처럼 미처 이데올로기에 의해 구성되지 않은 의식의 실제 상태에 더 가깝다. 그때 소설은 한 개인의 성숙한 의식을 표현하는 장르라기보다 그처럼 모순적으로

---

46 김욱동, 앞의 책, 203쪽 참조.

47 이문열의 초기 장편 가운데 하나인 『영웅시대』는 양반 가문 출신의 지식인 이동영과 그의 아내 조정인에 각각 서술의 초점을 둔 두 갈래의 이야기가 교차하여 서술되는 방식으로 이루어져 있다. 여기에서도 이야기 중간 중간에 동영의 수첩이 서술의 흐름 도중에 삽입되고 있는데, '수첩'의 기록을 삽입하는 형식을 동일하게 취한다고 해도 「그해 겨울」의 방식과 『영웅시대』의 방식은 다르며, 『영웅시대』 내에서도 맥락에 따라 그 기능은 다르게 평가될 수도 있다. 『영웅시대』에서 수첩은 기본적으로 관념적 진술을 담는 공간이지만 자기반성이나 서술자와 인물(동영) 사이의 거리를 확보하는 장치로서도 효과적으로 사용되고 있다. 다만 단행본으로 출간되면서 덧붙여진 마지막 부분의 동영의 노트와 편지는 중간에 사용되었던 수첩과 성격이 다르다. 상당히 긴 분량의 그 노트와 편지는 오히려 이 소설이 내내 대결을 벌이던 이데올로기의 문제를 '휴머니즘'과 '민족주의'로 단순화시켜 정리하면서 소설의 맥락 외부에서 이데올로기적 층위를 덧붙이는 사족이 되고 말았다. 요컨대 이데올로기를 부정하는 내용의 그 노트와 편지는 그 자체가 이데올로기의 형식이 되어 버린 것이다. 결과적으로 "세월이란 오히려 첫 발상(發想)의 신선함을 망쳐 버리는 수가 있으며, 주관적인 절실함도 종종 객관적인 감동을 떨어뜨린다."(「작가의 말」, 670쪽)는 작가 자신의 말에 위배되는 사태가 초래된 것이다. 만일 노트와 편지에 표현된 동영의 이데올로기가 작가의 의도였다면 그것은 소설이 이데올로기를 투명하게 반영하는 양식이 아니라는 사실을 역설적으로 입증하고 있는 셈이다.

충돌하는 의식의 실상을 드러내는 이데올로기 비판의 양식일 것이다. 그런 의미에서 「그해 겨울」은 이문열 소설 전체의 밑그림으로 놓인 한 권의 '수첩'이라고 할 수 있을 것이다.

6 소설의 행로, 혹은 오디세우스의 귀향

지금까지 살펴 온 것처럼, 이문열 초기 소설에는 특유의 낭만적 세계 인식과 그로부터 파생된 특징들이 놓여 있는 한편, 그에 대응되는 유기적 형식과 배치되는 균열과 병렬의 양상도 볼 수 있었다. 그러한 특징은 의도와 배치되는 방향에서 작동하던 무의식적인 지향성으로부터 연유한 것으로, 반대 방향에서 작용하는 두 힘의 모순적인 충돌이 이문열 초기 소설 세계를 풍성하게 만드는 근거였다는 사실을 확인할 수 있었다.

흥미롭게도 작가는 「그해 겨울」이 발표된 시기로부터 한참 지난 후에 한 신문에 연재한 소설에서 주인공으로 하여금 자신이 썼던 소설 속 무대를 다시 찾아가게 만들고 있다.

> 그때 그가 도원평으로 갈 결심을 굳힌 것은 오히려 그 눈 때문이었을 것이다. 이미 문청의 길을 디뎌 본 그는 자연스레 크눌프를 떠올렸고, 눈 속에서 죽어가는 달콤한 상상에 이끌렸다. 죽음조차도 어떤 경우에는 달콤하게 상상할 수 있었던 그 나이……. (……) 그로부터 서너 시간의 감동은 그가 뒷날 쓴 글에서 과장되게 펼쳐 보인 바 있다.[48]

---

48 이문열, 「성년의 오후」, 《동아일보》, 1994년 6월 23일자. 이 에필로그 부분은 나중에 독립되어 「나무 그늘 아래로」라는 단편으로 중단편전집에 수록되었다. 그 판본에서는 「나무 그늘 아래로」, 『아우와의 만남 ── 이문열 중단편전집 5』, 둥지, 1994, 229쪽.

그런데 여기에서는 「그해 겨울」 안에서 두 겹으로 나뉘어져 있던 시간의 간격이 메워져 있다. '수첩'의 시간이 기억의 시선에 수렴되어 버린 것이다. 이처럼 어느 시점 이후 이문열 소설에서는 초기 소설의 특징을 이루고 있던 균열과 모순이 사라지고 일가적(monovalent)인 질서의 세계가 이야기의 중심에 놓이는 양상을 발견할 수 있다. 신화와 더블린의 하루가 다가적(multivalent)인 형식 속에 교차하는 제임스 조이스의 『율리시즈』(1922)와 달리 그의 『오디세이아 서울』(1993)은 볼펜이라는 사물을 화자로 설정하여 한국의 현실에 대한 직설적인 조롱과 야유를 거침없이 쏟아 내고 있다.

이 지점에 이르면, 만일 작가가 그처럼 일찍 세상의 반응을 얻지 못했다면 어땠을까 하는 가정을 해 보게 된다. 그리하여 그의 초기 소설 속 인물이 추구했던 방향대로 글쓰기에만 전념할 수 있었다면 어떠했을까. 그랬다면 그의 묵시록(『호모 엑세쿠탄스』, 2006)이나 디아스포라에 대한 탐구(『리투아니아 여인』, 2011)는 다른 모습이 될 수도 있지 않았을까. 그의 초기 소설들에 그런 가능성이 전혀 잠재되어 있지 않았다고 할 수는 없지 않을까. 개인적으로는 불우했던 그의 유년의 환경은 소설가의 자리에서 생각하면 세계사적인 사건과 맞물려 있는 운명적인 자산이 아니었을까. 기원의 목소리를 담고 있는 그의 초기 소설 세계의 골짜기를 더듬다 보면 그런 메아리가 환청처럼 들려오는 듯하다.

발표지면

1부

살아남은 자의 운명, 이야기하는 자의 운명 ── 김연수론(《작가세계》, 2007년 여름호)

개인 방언으로 그려 낸 환상의 세계 ── 염승숙론(염승숙 소설집 『채플린, 채플린』 해설, 문학동네, 2008)

숨의 기원 ── 김숨론(김숨 장편 소설 『백치들』 해설, 랜덤하우스코리아, 2006)

식물이 자라는 속도로 글쓰기 ── 한강론(《작가세계》, 2011년 봄호)

'아오이가든' 바깥에서 편혜영 소설 읽기 ── 편혜영론(《문학과사회》, 2011년 봄호)

주사위로 소설 쓰기 ── 김중혁론(《문학동네》, 2011년 겨울호)

Vanishing, Sui generis Island ── 배수아론(《자음과모음》, 2013년 가을호)

'카스테라'를 만드는 소설적 레시피 ── 박민규론(박민규 소설집 『카스테라』 개정판 해설, 문학동네, 2014)

모더니즘의 문체와 리얼리즘의 문제는 어떻게 하나의 이야기 속에 양립할 수 있었는가? ── 박솔뫼론(박솔뫼 소설집 『그럼 무얼 부르지』 해설, 자음과모음, 2014)

삶의 끝으로부터 현상하는 소설 ── 백민석론(《자음과모음》, 2014년 봄호)

정신에 이르는 소설의 현상학 ── 김솔론(《세계의 문학》, 2015년 겨울호)

소설 속의
그와
소설 밖의
나

1판 1쇄 찍음 2016년 6월 23일
1판 1쇄 펴냄 2016년 6월 30일

지은이   손정수
펴낸이   박근섭·박상준
펴낸곳   (주)민음사

출판등록   1966. 5. 19. 제16-490호
주소   (06027) 서울시 강남구 도산대로 1길(신사동)
            강남출판문화센터 5층
대표전화   515-2000 | 팩시밀리 515-2007
홈페이지   www.minumsa.com

ISBN 978-89-374-3310-8 03810